유리구두가 깨지면

유리구두가
깨지면

초판 1쇄 인쇄일 | 2020년 4월 20일
초판 1쇄 발행일 | 2020년 4월 27일

지은이 | 이혜위
펴낸이 | 박성면
펴낸곳 | (주)동아

출판등록 | 제406-2007-000071호
주소 | 경기도 파주시 문발로 115, 세종출판벤처타운 201-A호
전화 | (031)8071-5201
팩스 | (031)8071-5204
E-mail | bear6370@hanmail.net

정가 | 11,000원

ISBN 979-11-6302-334-0 (03810)

유리구두가 깨지면

이혜위 장편소설

DONGAROMANCESTORY

목
차

1. 그 남자

"아, 짜증 나 진짜! 뭐? 가나다라부터 다시 공부하고 와? 별 거지 같은 드라마에 내가 특별 출연 해 주는데, 뭐? 저런 앨 왜 데려왔어? 자기들이 드라마를 거지같이 만들어서 연기가 안 되는 걸 어쩌라고! 그게 지들 탓이지 내 탓이야? 씨!"

흰 우유를 입 속 가득 머금은 듯 어린 얼굴이 팍 구겨졌다. 새끼 햄스터처럼 귀여운 인상과 달리, 나율의 통통한 볼 안쪽에서 쏟아져 나오는 말은 거칠다.

매니저가 나율이 발로 빵 차 버리고 들어간 대기실 문을 조심스레 닫고, 벌써 거울 앞에 앉은 나율에게 다가갔다.

"미안해, 나윧아. 언니가 작가한테 전화해서 대사 바꾸라고 하고, 감독한테도 뭐라고 할게."

부종에 좋다는 설탕 녹인 녹차 물을 바치듯이 건네자, 나윧이 사납게 낚아챘다.

"뭐야, 미지근해졌네. 난 차가운 게 좋은데."

"얼음 구해 올까?"

"됐어. 나 그냥 대충 하고 끝낼 거니까, 붓이나 들어오라 그래."

"붓?"

"아, 붓 하면 메이크업 하는 애들밖에 더 있어? 나 화장 번들거리는 거 안 보여? 그리고 지금 아이섀도도 완전 별로야. 언니 아까 나 어떻게 찍혔는지 봤지? 부어 보이잖아. 나 이런 핑크가 잘 안 받아서 그래. 스모키 화장 할래. 검정색이랑 남색으로."

"네가 맡은 캐릭터는 아파서 오래 입원해 있는 앤데, 그건 좀."

나윧의 두 눈매가 뾰족하게 섰다. 매니저를 향해 구르는 눈동자로부터, 드르륵, 커터 칼을 올려붙이는 소리가 나는 것 같다. 매니저가 날쌔게 고개를 숙였다. 미안, 미안. 조그맣게 사죄하며.

"근데 배수아는 어딨대? 대표님이 배수아가 나 마중 나올 거랬는데, 코빼기도 안 보이네? 내가 그래도 자기 후밴데, 후배 밀어 주는 게 싫은가 보지? 걔 이제 서른 아니야?"

"올해로 스물여덟이지."

"그게 이제 서른이지 뭐야. 늙었음 지 인생 다 끝난 거 인정하고 내려올 줄도 알아야지, 추하게 어린 나를 질투하고. 스탭들도 진짜 어이없어. 나보고 저게 어디가 제2의 배수아녜. 웃겨. 배수아는 데뷔작에서도 연기를 잘했다고? 연기를 잘하긴 무슨. 그거다 얼굴 빨이지. 칼 안 댄 데가 없잖아. 쌍꺼풀에 코에 턱도 돌려 깎고. 그렇게 하면 누가 안 예뻐져? 그리고 언니. 배수아 걔, 솔직히 연예인치곤 평범하지 않아?"

"응? 수아가, 평범…… 으음."

"내가 물만 마셔도 붓는 체질이라, 카메라 빨이 영 안 받아서 그렇지. 체질만 아니면 배수아 같은 건 진짜!"

얄밉게 달싹이는 그 입술 앞에 마이크라도 붙은 듯 우렁차던 목소리가, 갑자기 뚝 끊겼다. 대기실 저 안쪽에, 벽을 바라보고 있는 소파 쪽에서 웬 인기척이 느껴져서.

매니저가 헛숨을 들이켜고, 나율의 고개가 신경질적으로 돌아갔다. 짜증 어린 눈동자가 소파에 닿는 순간. 소파의 옆구리 너머로, 어떤 여자의 두 발이 발레하듯 길게 튀어나왔다. 무슨 발이 복숭아뼈 밑에서도 달콤한 꽃잎 향기가 날 것처럼 생겼다.

"여, 여기 내 대기실로 쓸 거니까 비워 두라고 했잖아! 대표님한테 다 말할…… 마, 말할……"

나율은 겨우 발만 보고도 왠지 저 여자에게 진 기분이 든다. 매니저를 다그치는 목소리가 달달 떨리다가, 소파에 누워 기지개 켜던 여자가 곧게 일어선 다음에는 아예 목구멍 속으로 기어들어 갔다.

막 잠에서 깨어난 듯한 조막만 한 얼굴이 나율의 매니저를 보고 생긋 웃었다. 살짝 깜빡이며 휘는 두 눈에서 다이아 가루 같은 게 반짝반짝 흩어져 나오는 것 같다.

"언니 오랜만."

"으, 응, 수아야. 안녕. 여기서 쉬고 있었어? 왜 집에 안 가고."

"집에 갈 시간이 어딨어. 우리 드라마 내일이 막방이잖아. 한 달째 쪽잠에 이번 주는 거의 못 잤어. 피부 좀 봐. 너무 칙칙하네."

예쁜 모양으로 뻗은 입술은 시무룩하게 부풀어도 그저 사랑스럽고, 칙칙하다며 손끝으로 톡톡 치는 피부는 마치 깨끗한 햇빛을 펴 바른 양 뽀얗고 청순하다. 뺨 위에 발그레하게 물들어 있는 생기는, 그 어떤 화장품으로도 흉내 내지 못할 말간 딸기우윳빛이다.

배수아. 열일곱 살에 솔로 아이돌로 데뷔하자마자 세상을 발칵 뒤집어 놓은 여자.

음반 시장을 무슨 자길 위해 만들어진 맛있는 사탕처럼 한입에 굴려 먹었고, 배우로 전향해서는 순식간에 꼭대기에 올라앉아 사람들 마음을 가지고 놀았다.

배수아는 천재적이고 독보적인 스타였다. 남들이 별이라며 우러르는 연예인들도 그녀 옆에서는 조연이나 엑스트라로 전락한다고 했다.

뭐, 그래 봤자 회삿돈을 퍼부어 만들어 준 스타성이겠지, 코웃음을 쳤는데. 모든 세대가 짝사랑한다는 그녀의 실물은 상상 이상으로 놀라운 것이다.

나율은 제 옆에 서서 거울을 들여다보는 배수아의 얼굴에 멍하니

사로잡혀 있다가, 거울로 시선을 돌렸다. 거울의 한 프레임 속에는 나율 저와 배수아가 나란히 담겨 있다.

좀 전까진 내가 세상에서 제일 예쁜 사람인 것 같았는데, 배수아가 나타나자 그런 생각이 꼬랑지를 내리고 뒷걸음질 친다. 배수아는 마치 보통 사람과는 다른 비율의 공간에 존재하는 듯했다. 모든 뼈가 덜 자란 소녀처럼 가냘프고 작으면서도 다리는 기다라니, 아예 종족부터가 특별한 건가 싶기도 했다.

왜 혼자만 저렇게 생겼어? 어디 반사판이 숨겨져 있나? 나율은 진심으로 당혹하며 찔끔찔끔 의자를 뒤로 물렸다. 그러나 아무리 그래도 거울 속 배수아의 얼굴이 저보다 조그맣다.

"내가 탑이긴 해. 같은 연예인한테 악플 같은 소릴 다 듣고, 연예인들의 연예인이라니까. 아, 꼭 누구 들으라고 말하는 건 아니고, 그게 요즘 내 고민이거든. 어떤 연예인이 내 뒷담을 그렇게 까고 다닌대. 누가 인터넷에다 하도 악의적인 댓글들을 달길래, 고소하려고 알아보니까 그것도 연예인이고."

"……."

"근데 이건 어쩔 수 없는 거겠지? 내가 너무 독식하니까. 팬들 사랑도, 상도, 돈도, 내가 다 가지잖아. 얄밉고 싫을 수도 있지 뭐. 그래도 좀 속상하긴 해. 나는 좀 나누고 싶은데, 그게 내 뜻대로 안 되는 걸 어떡해……."

딱히 꾸며내는 기색 없이 흘리는 목소리는, 이대로 녹음해서 내보내면 음원 차트 1위를 거머쥘 것이다. 배수아 찍어도 모자랄 시간에, 채나율 특별 출연이 웬 말이냐고 혼잣말처럼 투덜거리던 감독의 심정이 이해가 된다. 분했다. 나율은 조용히 주먹만 움켜쥐었다.

"이상하네. 선배가 말을 거는데, 후배가 왜 입을 닥치고 있지? 매니저가 비위 좀 맞춰 주니까 자기가 벌써 스타 된 기분인가? 아님…… 아직 아무것도 이룬 거 없는 애가, 없다 없다 싸가지까지 없나?"

순한 말투와 천사처럼 짓는 표정. 그러나 수아의 입술 사이로 튀어나온 낱말 하나하나는 모서리 많은 돌멩이 같고, 까맣고 선명한 눈동자 위에는 미묘한 냉기가 흐른다.

"에이. 설마아. 그건 아니겠지. 딱 보니까 인성 하나는 좋아서 아이돌하는 앤데."

나율은 수아의 오랜 소속사 마렌에서 띄우려는 신예 배우다. 수아가 지금 나율을 정말 몰라보고 저런 소리를 하는 게 아니었다. 자기처럼 화면을 휘어잡으며 연기할 비주얼은 절대 안 되고, 그렇다고 춤이나 노래를 잘할 것 같지도 않다는 욕을 빙 돌려 하는 것이다. 나율의 귀가 새빨갛게 달아올랐다.

"아. 날 눈앞에 두니까 TV 보는 기분이라 그러는구나? 괜찮아. 다른 연예인들도 나 처음 보면 다 그래."

아름다운 얼굴 위로 피어나는 미소가 완벽하다. 나율은 자기도 모르게 넋을 놓았다가, 어느 순간 날카롭게 돌변하는 수아의 표정에 놀라 움찔했다.

"근데, 나 나오는 TV는 니네 집에 가서 볼래? 내가 좀 피곤해서."

이길 수 없는 여자다. 이곳의 주인공은 오직 배수아였다. 채나율은 열이 올라 경련하듯 씰룩거리는 얼굴을 숙이며, 의자에서 일어섰다. 나율의 매니저가 얼른 나율을 부축했다. 그 순간.

"잠깐."

차디찬 목소리가 대기실의 공기를 할퀴었다. 나율이 걸음을 멈추고 수아를 바라봤다.

"너 그거 벗고 가. 그 슈트, 내가 엔딩 씬에 입으려고 봐 둔 거야."

"……싫어요. 코디들이 이거 나 입어도 된다고 했거든요?"

지금 나율이 입은 건 아시아에 단 한 벌 들어왔다는 유명 디자이너의 옷이었다. 배수아의 전담 코디들이 이 귀한 걸 대체 어떻게 구했냐며 쑥덕거리는 걸 엿듣고는 강제로 빼앗았다. 배수아 옷을 도둑질한 셈이지만, 어쨌든 이걸 벗으란 소린 못 듣겠다.

말없이 얻어맞고만 있던 나율의 반격이 황당하고 뜻밖이었는지, 배수아는 말문이 콱 막힌 모습이었다. 뭐야. 별거 아니었잖아? 나율의 입가가 비틀렸다.

"저기요. 선배님. 마렌, 이제 저 밀어주기로 했거든요? 선배님 건 이제 다 제 거예요. 옷도, 드라마도 다요."

배수아는 대답 대신 휴대폰을 꺼내 들었다.

뭘 하려고 저러는 거야?

나율이 비뚤게 뜬 눈으로 수아를 노려봤다. 까마득한 선배를 찌르는 그 건방진 시선의 끝에서, 수아는 엷게 웃었다.

"오빠. 나 오늘 촬영 안 해. 차 끌고 와. 집에 갈래."

분홍빛 혀끝으론, 채나율의 자존심을 저며 버릴 무기를 빚어 내며.

그러길래. 아직 아장거리지도 못하는 게, 왜 날 건드려.

수아는 아까 나율이 차지했던 의자에 걸터앉아, 난장판이 된 대기실 풍경을 응시한다. 이제 마지막을 코앞에 둔 드라마는 생방이나 다름없는 쪽대본 촬영 중이었다.

당장 오늘 밤 내보낼 방영분을 만들어야 하는데 주인공인 수아가 촬영을 거부하니, 그야말로 날벼락이 떨어졌다. 드라마 국장이 친히 뛰어 내려와 수아를 다독였고, 감독을 비롯한 모든 스태프가 나율을 둘러싼 채 언성을 높였다.

"채나율 씨. 상식적으로 아파서 병원에 살다시피 하는 애가, 그런 드레시한 슈트가 말이 돼? 우리 드라마 망치려고 작정했어?"

"그 옷, 디자이너가 수아 씨라서 보내 준 거래요. 그 디자이너 콧대가 얼마나 높은 줄 알아? 얼른 다른 걸로 갈아입어요, 나율 씨. 정말 이렇게 쓸데없는 고집부릴 거야? 자기 뭐 특별 출연 한 번 하면 다 끝나? 앞으로 이 바닥에서 일 안 해?"

도끼눈을 뜨고 버티던 채나율의 얼굴에 기어코 울음기가 스며들기 시작한다.

어차피 수아에겐 옷이 중요한 게 아니었다. 뭘 걸치든 자신의 아름다움이 훼손될 일 없으리란 건 배수아 본인이 가장 잘 아는 사실이다. 수아는 단지 선배를 업신여기며 밟으려 든 저 애를 좀 눌러놓고 싶었을 뿐이다.

나한테도 이러는데 다른 사람들 앞에선 얼마나 심하게 굴 거야. 그냥 놔두면 못 배운 살쾡이같이 연예계를 헤집고 다닐 게 뻔했다. 그래서 어리고 거만한 저 목을 살포시 내리눌러 놓고, 아무나 할퀴고 물면 안 된다는 가르침을 준 거랄까.

이만하면 충분히 혼이 났겠지. 수아가 꼬고 있던 다리를 풀며, 내내 다물고 있던 입을 열었다.

"아, 정말 못 봐 주겠네."

"미안해 수아야. 수아 네가 망해 가는 우리 드라마국 다 살려 냈는데, 애들이 일을 왜 이 지경으로 했는지 모르겠네. 어디서 저런 핏덩어리를 데려와서는 난데없이 특별 출연이야? 수아야. 날 봐서라도 조금만 참아. 응?"

드디어 배수아의 인내력이 바닥 난 줄 알았을까. 국장이 무릎 꿇을 기세로 굽실대며 빌었다.

"왜 이러세요, 국장님. 뭘 참아요."

"수아야. 진짜 딱 한 번만……"

"아니, 국장님. 안 그래도 2주를 내리 밤샘 촬영인데, 더 지체되면 우리 스태프들 진짜 쓰러져요. 그냥 제가 다른 옷을 입을……"

살얼음이 따로 없던 얼굴이 청량하게 녹고, 그 위로 깨끗한 웃음이 찰랑인 직후이다. 수아가 말끝을 흐리며 문가를 쳐다봤다. 가느다랗게 뻗은 두 다리가 다시 꼬이고, 쌍꺼풀이 깊게 진 수아의 눈꼬리로 날카로운 고드름 같은 게 얼어붙어 왔다. 누가 왔음을 알아차린 나율이 잽싸게 뒤를 돌아봤다.

"어? 대표니임. 왜 이제 와요."

"나율아. 너 왜 서 있어. 다리 부으면 어쩌려고, 응? 네가 앞으로 소화해야 될 스케줄이 몇 갠데. 몸 생각 안 해?"

그새 고자질을 했나 보다. 마렌의 대표, 기정균이 스태프들을 밀치고 대기실 안으로 들어섰다. 뒤에는 소속사 직원으로 신분 세탁한 조폭들을 주렁주렁 매단 채였다.

붉으락푸르락하고 서 있던 채나율이 울상 지으며 기 대표에게 붙어 섰다. 거대한 몸 뒤에 숨어 수아를 말끄러미 바라보는 나율의 두 눈 끝에는, 앙큼한 비웃음이 어려 있다.

"야. 송진우."

"예?"

"의자 가져와, 새끼야. 배수아만 네 연예인이야? 내가 담당 연예인들 다 제쳐 놓고 나율이부터 케어하라고 안 했나?"

"죄, 죄송합니다. 대표님."

수아의 매니저인 송진우가 무슨 하인처럼 의자를 가져다 바치자, 나율이 생글생글 하며 앉았다.

"배수아. 너 입을 옷이 없다며? 야, 내가 가져왔다. 갈아입어."

한 걸음 걸어 나온 기 대표가 수아 발 아래 무언가를 던져놓는다. 눈동자를 살짝 내려 보자, 걸레로도 못 쓸 홀복이다. 입으면 가슴골이며 허벅지가 다 드러날 것이다. 수아가 연하게 웃었다.

"오빠. 주워."

매니저가 기 대표의 눈치를 보면서도 쭈뼛쭈뼛 움직여, 옷 조각을 집어 들었다.

"대표님한테 드려. 대표님이 직접 내 옷 골라 주시는데, 이런 건 예의를 갖춰서 받아야지. 대표님. 다시 주세요. 이번엔 제대로 받을게."

수아가 꼿꼿이 일어서며 말했다. 그리고 옷이 매니저의 손에서 기 대표의 손으로 넘어가는 찰나, 다시 입술을 달싹였다.

"윤정아. 카메라 들고 이리 와 볼래? 지금 이 장면, 예쁘게 찍어서 네 트위터에 올려 주라."

배수아의 팬은 어디에나 있다. 스태프들 중 한 명이 기다렸다는 듯 대포 카메라를 쳐들며 앞으로 튀어나왔다. 오직 배수아와 같이 일하겠다는 일념으로 방송국에 달려들었다는 조연출이었다. 기 대표를 노려보는 윤정의 눈에는 살기 비슷한 게 서려 있다.

"이제 다시 해 봐요, 대표님. 아까랑 똑같이, 그거 나한테 던 져요."

수아가 반달 모양으로 눈웃음치며 두 입꼬리를 보드랍게 끌어 올렸다. 똑똑하게 계산한 웃음은, 수많은 사람을 단숨에 사랑에 빠뜨리는 그녀만의 요술이다. 요술에 걸린 사람들은 그녀를 위해 뭐든 할 수 있는 방패막이 될 것이다.

"뭐 하세요. 얼른 주세요."

수아의 웃음이 더 깊어지고, 찰칵- 윤정의 카메라가 경호원의 총소리 같은 셔터 음을 냈다. 싸구려 옷을 쥔 기 대표의 낯 위로, 보기 흉한 분노가 울퉁불퉁 돋아 올랐다.

"다 나가!"

억세고 거친 고성이 장내를 산산조각 냈다. 저 커다랗고 나쁜 사람이 나 때문에 열 받아 죽으려는 꼴은 보기에 재밌지만, 한편 으론 많이 두렵다. 수아가 떨려오는 하얀 손을 팔짱 끼어 감췄다.

"배수아. 너 죽고 싶어?"

"네. 언제나. 근데 대표님이 나 죽게 안 놔두잖아."

"아냐, 수아야. 난 너 언제든지 죽어도 돼."

대기실에 수아만이 남겨지니 기 대표의 태도는 더욱 포악해진다. 아까의 그가 강도 정도라면, 지금의 그는 미친 살인마 같다. 그가 무식하게 두꺼운 손바닥을 치켜들자 온몸의 솜털들이 곤두섰다.

"나한테 손 대 봐요. 대표님이 미는 채나율, 어떻게 나자빠지나 보고 싶으면."

"네가 머리 굴리기 전에, 내가 너부터 추락사시키지 않을까? 너 지금 뭘 착각하는 모양인데. 난 이제 너 없어도 돼. 배수아 너 죽어도, 나는 존나 잘살아. 알아?"

알고 있다. 기 대표의 손아귀에, 제 치부를 한 번에 열어젖 힐 수 있는 버튼이 들려 있다는 걸. 그러니 자신은 끝끝내 기 대표를 이길 수 없다는 걸. 그런데도 볼품없이 쪼그만 이라도 세우고 대든 건, 내가 당장 버려지고 죽을까 봐 무서웠기 때문이다.

실은 난 조금도 아프고 싶지 않아. 낭떠러지 끝에 선 애처로운 몸은 늘 겁에 질려 있다. 흑요석을 닮은 예쁜 눈동자가 바들바들 미동하다가, 눈물에 빠져 간다.

"우리 수아. 입질이 너무 늘었다. 요즘 내가 덜 무섭지?"

"내가 왜. 대체 왜 내가, 내 이름값으로 얻은 옷을 엉뚱한 애한테 줘야 되는데요. 그 애 내 드라마에 카메오로 나오는 것도 작가님한테 나 팔아서 허락받은 거라면서요. 나는 내 자리 뺏을 거 뻔한 애한테 카메라 뺏기는 것도 모자라서, 옷까지 뺏겨야 돼요?"

숨을 아프게 할딱이며 울고 호소한다. 그러면 기 대표는 배부른 사람처럼 흡족하게 웃었다. 그에게 배수아란 앙앙 짖고 무는 새끼 강아지보다도 못한 존재이다.

그는 수아가 나도 사람이라며 두 발로 반듯이 일어서는 걸 제일 싫어하는 인간. 그를 두려워하는 눈으로, 제발 귀여워해 달라고 낑낑거려야 찬밥이라도 던져 준다.

예전에는 그의 말을 잘 들으려고 애썼다. 그것만이 자신이 생존할 수 있는 유일한 방법이라고 믿어서. 하지만 이제는…….

"진작에 그렇게 나올 것이지. 근데 오늘은 너무 늦었어. 이거 입고 나가."

기 대표가 일부러 바닥에 떨어뜨린 옷을 발끝으로 툭 가리켰다. 수아는 말없이 젖은 눈만 깜빡였다. 몇 초쯤 기다려 준 기 대표가,

채나율이 마시던 녹차 물을 얼굴에 대고 거칠게 뿌렸다. 동그란 이마부터 턱 끝까지를 흠뻑 적신 냉수가, 뚝뚝 떨어지고 흘러내려 옷으로 스며들었다. 물먹은 얇은 섬유가 속살에 들러붙었다.

기분 더러워.

수아가 물 구슬 맺힌 눈시울을 팽팽히 당겨 올렸다.

"촬영 이러고 해야겠다. 시청률 잘 나오겠네."

눈을 똑바로 뜨며 빈정거리니, 기 대표의 목줄기에 핏대가 솟구친다.

"이게 진짜!"

수아는 틈을 엿봐 문을 향해 달렸다. 기 대표가 아무리 개차반이어도, 많은 눈들 앞에서는 그 토 나오는 성질머리를 좀 사렸다. 말하자면 도망이었다.

그러나 어느새 문 바깥쪽도 기 대표의 영역이 되어 있다. 대기실 너머 복도에는 배수아라면 사족을 못 쓰는 드라마 국장도, 최소한의 개념은 있는 감독도, 수아 자신의 팬이라는 사람들도 보이지 않는다. 깡패 새끼들이 기 대표의 수많은 분신처럼 서 있을 뿐이다.

"야. 걔 잡아."

여유롭게 뒤따라 나온 기 대표가 명령했다. 그의 분신들이 당황한 수아의 양 팔뚝을 가벼이 붙들고, 뚜벅뚜벅- 기 대표가 발소릴 크게 울리며 걸어왔다.

수아의 여린 낯이 벌써부터 아파 파들대며 이지러지지만, 기 대표는 조금도 신경 쓰지 않는다. 사납고 더러운 손가락이 젖은 옷의 단추에 닿았다. 어려서부터 기 대표 밑에서 자랐는데, 이렇게까지 끔찍한 상황은 처음이다.

수아가 눈꺼풀을 질끈 닫으며, 자신의 아랫입술을 이 끝으로 찍어 눌렀다. 절실히 몸부림치다 보니 저도 모르게 쓸데없는 부위에도 힘이 실린 것이다.

울음기 섞인 신음이 여린 목 끝을 찢으며 비어져 나가고, 뼈가 비틀리도록 반항했다. 발목이 꺾이고 구두 한쪽이 벗겨져 나갈 때까지 바닥을 차며 발버둥질했다. 하나도 소용없었다. 깡패들은 어린아이처럼 약한 그녀의 양팔을 조금의 동요 없이 결박했다.

나는 결국 바닥까지 끌어내려질까. 이 지옥을 견딜 바에야 혀를 깨물고 죽는 게 낫지 않나.

입술을 헤집고 있던 치아 아래 혀끝을 가져다 댔다. 인간의 껍데기도 빼앗겨 버리느니, 차라리 내가 나를 찢어 먹을 참이었다. 정말 스스로 죽어 버리려고 했다.

그런데, 뭘까. 기 대표의 손은 단추 하나를 잡아 뜯는 게 전부이다. 더는 아무 짓도 하지 않았다.

저 쓰레기가 겨우 이쯤에서 물러날 리가 없는데.

의구심이 수아의 뇌리를 살랑살랑 간질여 올 무렵.

"여기 있었네."

어디선가 황홀할 지경으로 단단한 저음이 날아 내려와, 그녀의 혹독한 세상에 날개를 접었다.

뭐지?

절망이라는 늪에 가맣게 잠겨 가던 두 눈동자가, 급히 눈꺼풀을 들추고는 밀려드는 빛을 먹는다.

조금 전까지 배수아의 세계는 쓰레기장이었다. 기 대표와 그의 부하들만 잔뜩 널려 있었기 때문에. 숨을 들이쉴 때마다 입 속으로 구더기들이 쏟아지는 것 같았다. 사랑스런 재앙이 일어나 저 쓰레기들을 걸레처럼 말끔히 닦아내지 않는 이상, 이런 썩은 기분이 절대 사라지지 않을 거라고 생각했다.

그런데 왜일까. 지금은 더럽단 느낌이 하나도 들지 않는다. 기 대표의 숨소리로부터 뿜어져 나오는 악취 덩어리를, 정체 모를 청아한 공기가 갈라낸다.

수아는 두 눈을 동그랗게 열며, 제 앞에 나타난 새롭고 아름다운 존재를 바라본다. 골격이 포식자같이 강인하고 크면서도, 군더더기 없이 시원스러운 몸이 완전무결하다. 사람의 눈을 홀리려고 계획적으로 깎아 만든 조각상들보다 훨씬 더 수려하게 생긴 남자였다. 그는 수아의 옷을 벗겨내려던 기 대표의 팔뚝을 한 손으로 거머쥐고 있었다.

기 대표는 이름난 조폭 출신이다. 그 낯짝만큼이나 흉악한 범죄들로 긁어모은 불법 자금을 들고 연예 사업에 투신했다고 들었다. 그리고 사업은 성공적이었다. 그를 부르는 이름은 더 이상 조폭이 아니라 대표였다.

하지만 음식물 쓰레기를 장미라고 불러 준다 해서, 썩어 문드러진 게 예쁜 꽃이 되진 않는 법이다. 기 대표는 여전히 무섭도록 더러운 쓰레기, 구제 불능 깡패였다. 거기에 재력이라는 거대한 무기까지 틀어쥐니, 제아무리 잘났단 인간들도 기 대표 앞에선 순한 양이 됐다.

기 대표의 손아귀에 붙잡힌 일곱 살 이래, 수아는 누가 기 대표의 뜻을 저렇게 무례하게 꺾는 모습을 단 한 번도 본 적이 없다.

"뭐야?"

기 대표는 피가 끓어오르는 듯한 얼굴이었다. 살집에 가려진 저 짧은 목 안에는, 어떤 새끼가 감히 날 막느냐는 목소리가 걸려 있을 것이다. 화가 난 기 대표는 도저히 사람이라고는 볼 수 없는 짓거리들을 저지른다.

수아는 아직도 기 대표의 팔을 붙들고 있는 남자를 올려다봤다. 얼핏 슬림한 느낌이긴 해도 키가 크고 체격이 작지 않아, 몸의 마디마디가 다 우월해 보였다.

그러나 그동안 배수아의 세상에서는 기 대표가 가장 강하고 무서웠다. 기 대표를 어떻게 할 수 있는 사람이란 존재하지 않는다.

피해요.

하도 급한 나머지 수아는 소리도 없이 입술을 달싹였다.

그 순간, 기 대표가 결국은 뒤를 돌아봤다. 뭔가 단단한 것이 꺾이는 소리가 복도를 뚜둑 울리는 동시에, 낮은 비명이 터졌다. 기 대표의 목덜미가 화를 낼 때처럼 붉어졌다.

이번에는 피가 낭자할 차례이다. 방금 남자의 입에서 튕겨져 나온 비명은 귀여운 수준이다. 그보다 훨씬 더 날카롭고 괴로운 비명이 남자의 입술 위로 무성하게 피어날 것이다. 이제 아름답게 생긴 몸은 찢어지고 닳아서 원래의 형체를 찾아볼 수 없게 된다. 기 대표에게 밉보인 모두가 그랬듯이.

기 대표의 포악에 어느 정도 내성이 생긴 줄 알았는데, 오히려 기 대표에게 처음 맞은 날보다 더 거대하며 아린 공포가 살을 깎아 온다. 수아는 바들거리며 두 눈을 닫았다.

하지만 남자의 비명은 들리지 않는다.

"내 사무실에 데려다 놔요. 이 사람 없어지면 당신들이 취조실에 앉게 될 겁니다. 형사로서가 아니라, 그 수갑에 묶여서."

금방 이 말, 저 남자가 내뱉은 거야?

수아의 눈이 어린 강아지처럼 커다랗게 뜨였다. 꺾이고 비명을 터뜨린 쪽은 당연히 남자일 줄 알았는데, 아니었다. 남자는 아까의 깨끗한 모습 그대로, 등 뒤로 꺾어 놓은 기 대표의 팔에 수갑을 채웠다. 그리고 시끄럽게 악악거리는 큰 몸뚱이를 형사들을 향해 밀었다.

형사들 몇이 일그러진 얼굴을 하고는, 남자가 채우다 만 수갑을 똑바로 매만졌다. 예리하게 찢어진 기 대표의 눈매가 남자를 쏘아보지만, 남자는 조금도 신경 쓰지 않는다. 기 대표는 쓸모없는 짐같이 치워졌다. 뒤이어 다른 형사들이 소속사 직원들을 하나둘 제압해 데리고 나가자, 복도 위에 남은 사람은 그 남자뿐이었다.

수아는 눈도 깜빡이지 못했다. 일곱 살 때부터 무슨 하늘이나 땅처럼 한 치의 흔들림도 없었던 기 대표라는 절대성이, 이토록 허무하게 무너져 내리다니.

쉴 새 없이 똑딱거리던 세상의 모든 시계가 일시에 멈춰 버린 것 같다. 자신이 꾸역꾸역 기생하던 우주가 통째로 고장 난 느낌도 들었다. 혹시 내가 꿈을 꾸는 건 아닐까. 아니면 드디어 정신이 돌아 버렸거나, 죽었거나.

그치만. 그렇다기엔 지나치게 뚜렷한 남자의 얼굴과, 지나치게 충실한 제 심장 소리. 말짱히 살아 있는 게 아니라면 볼 수 없고 들을 수가 없는 것들.

복도 위를 한 차례 느리게 훑은 남자는, 쓰레기들이 깨끗이 청소된 걸 확인하고는 엷게 한숨 쉬었다. 호흡하느라 희미하게 들썩이는 남자의 몸은 거짓말 같다. 저런 남자가 살아 움직인단 게 도저히 믿기지 않는 것이다.

수아는 남자를 뚫어져라 쳐다봤다. 어지간한 배우들도 못 이겨 먹을 훤칠한 다리와, 별도의 장식과 어떤 눈속임 없이 클래식한 싱글코트를 우월하게 소화하는 어깨, 균형 있게 배치된 이목구비—정말이지 그의 모든 걸 제 눈 속에 깊이 새길 기세로.

자신을 그렇게 보는 시선을 느꼈을까. 어느 순간 남자의 눈이 수아를 향했다. 당황한 수아의 눈동자가, 누가 잘못 건드린 동그란 보석처럼 도르르 굴러 떨어졌다.

그러니 더는 그가 눈에 보이지 않는데도, 그의 존재감은 쳐다보는 것 이상으로 묵직해지고 선명해진다.

굳이 소리를 죽이지 않고 다가드는 우아한 발짓.

무거운 듯하면서도 부드럽고, 달콤한 것 같으면서도 쌉쌀한, 정신없이 어지러운 향기.

그의 거침없는 동작이 흔들어 놓는 공기.

시시각각 짙어지는 그가 신경 끝자락을 강하게 휘어잡는다. 그리고 마침내 한 뼘 거리까지 걸어와 시야 가장자리에 그의 구둣발이 파고들었을 땐, 숨도 쉴 수 없었다.

기 대표에게 잡혀 칠흑뿐인 새카만 감옥 속에서 지내던 배수아에게, 그는 난데없이 쏟아진 빛줄기였다. 그라는 아름다운 균열과 희망이 너무 낯설고 갑작스럽다. 저런 게 어째서 내 앞에 나타났을까. 알 수가 없다.

걸음을 멈춘 남자는 먼저 수아 앞에 무릎을 굽히고, 상반신을 조금 기울였다. 힘이 빠져 자기도 모르게 주저앉아 있던 수아와 눈높이를 맞추기 위해서였다. 길고 차가운 남자의 손가락이 옆으로 도망가는 흰 턱 끝을 잡아당겼다. 눈동자와 눈동자가 마주쳤다.

시선이 부딪힌 찰나. 어쩔 줄 모르고 일렁이는 수아와는 정반대로, 그는 아무 감정도 묻지 않은 표정이었다. 까만 빛깔에 숱이 많아 강렬하면서도 날렵히 그어진 눈썹은 조금도 흐트러질 줄 모르며, 잘생긴 코와 일자로 다물린 도톰한 입술은 그저 정갈했다.

자신을 코앞에서 바라보면서 이러는 남자는 처음이다. 도대체 뭘까. 누구야. 왜 내 삶에 이런 식으로 파고들어선 날 흔드는 건데.

수아가 고요한 혼돈에 빠져 허우적거리는 사이. 남자는 시선을 틀어 수아를 살피기 시작했다. 그윽하고 섬세하게 음각된 눈매 안쪽. 쇠처럼 서늘하고 강한 동공이, 신중히 움직인다. 두 눈과 미간, 이마와 콧날과 뺨을 차례로 탐색하는 게 느껴졌다.

시선은 무형에다 온기조차 없는 것이다. 그런데도 꼭 그에게 만져지는 것 같은 환각이 들었다. 얼굴을 느리게 여러 번 매만진 그의 눈이 목을 타고 흘러내려, 늑골을, 흐트러진 옷깃과 단추가 뜯겨 나간 옷의 틈을. 젖은 옷 아래로 윤곽이 도드라진 둥근 가슴을 만진다. 그리고 마지막으로는, 구두가 벗겨져 나간 작고 새 뽀얀 발을.

마치 진열된 상품이 어디 망가진 덴 없는지 확인하는 것 같은 담백한 들여다봄. 그럼에도 이렇게 노골적으로 터치당하는 기분이 치미는 건, 남자 자체가 관능적이고 위험하게 생겼기 때문이다.

수아는 괜히 가빠지는 숨을 삼켜 제 뱃속에다 감추며, 그만 눈을 피했다. 남자가 수아의 턱을 감싸 쥔 건 그때였다. 남자의 엄지 끝이 아랫입술을 눌러 내리고, 여린 입이 그를 향해 무력하게 벌어졌다. 수아의 몸 위를 아슬아슬 맴돌던 남자의 시선이 그 틈을 비집고 들어왔다. 그리고 가지런한 이와 혀를 살살 어루만졌다.

평소에는 피부 아래 무디게 잠겨 있는 은밀한 감각이 꿈틀거린다.

이내 이성과 현실 감각은 흐릿한 안개에 감싸이고, 오직 여자의 즐거움에만 민감한 조직들이 눈을 느슨히 떴다.

아, 이 남자와 키스하고 싶다는 충동이 솟구친다. 왕자가 위기에 빠진 여자를 단숨에 사랑하고 구원해 준다는 어이없는 동화들이 뼈저리게 이해되는 순간이었다.

하지만 남자는 또 무심하게 멀어졌다. 손을 떼고 일어서는 일련의 동작들이 그렇게 차가울 수가 없다. 훅 들이친 남자가 또 훅 멀어질 조짐이 일자, 남자의 개연성 없는 등장으로 지저분하게 뒤집혔던 머릿속이 정돈된다. 평소의 배수아로 돌아왔을 땐, 그는 이미 등 돌린 채 저만치 가 있었다.

"저기요."

수아가 새침한 목소리로 그를 불렀고, 그가 멈추어 고개를 조금 비틀었다.

그가 자신의 목소리를 들은 거라고 생각했는데. 우연히 타이밍이 맞은 것뿐이었다. 그는 수아를 돌아보기 위해 정지하고 고개를 돌린 게 아니다. 그의 발치에 뒹구는 수아의 구두 한 짝을 쳐다보는 거였다.

수아는 바닥에 초라하게 놓인 맨발을 꼼지락거리며, 마른침을 삼켰다. 제 부름에 반응할 필요를 느끼지 못했어도, 이렇게 구두를 본 이상 그가 자신의 곁으로 돌아올 거라 생각했다. 바닥에 나뒹구는 구두를 집어 들고서.

그 생각도 보기 좋게 틀렸다.

그는 수아가 흘린 구두를 그냥 지나쳐 간다.

멍해졌다. 누구지, 저 남자. 뭐 하는 사람이길래 나한테 저렇게 무심하고, 또 저렇게 남자같이 다가올까.

"수아 씨. 괜찮아요?"

"나는 진짜 이해가 안 가. 왜 수아 씨가 기 대표 같은 사람이랑 일하는 건지……."

"근데 뭐야. 아까 기 대표 데려간 그 사람들, 경찰들이었지?"

어느새 곁에 몰려든 스태프들이 수아를 공주처럼 챙겼다. 수아는 멍한 얼굴로, 사라진 남자에 대해 생각했다.

그는 누구인지. 어디서 뭘 하기 위해 나타난 건지. 내가 그를 또 만날 수 있을지…….

아무리 생각해 봐도 문제들만 늘어날 뿐. 답은 하나도 나오질 않는데, 단 한 가지만은 분명하게 정리가 된다. 그는 기 대표가 짠 동화대로만 흘러가는 자신의 세상을 흔들고 있었다.

👠

"예은 씨. 지금 시계 좀 봐."

"그런 거 볼 시간 없습니다아. 검사님이 오늘까지 해 달라고 하신 거 아직 반도 못 했어요."

"남예은 씨 능력 좋다. 그걸 오늘 하루 종일 해서, 반도 못 했단 말이야? 이야, 대단해 진짜. 나는 말이야. 삼분의 일도 못

했어. 오늘도 야근 확정."

높고 낮은 서류 더미로 가득한 책상 숲 사이. 으아아아, 황인희 계장이 신음을 쏟아내며 쓰러지듯 엎드렸다. 그랬다가 벌떡 일어나, 아까 전에 깨끗이 비웠던 아메리카노의 빨대를 쪽쪽 빨았다. 이제 커피 다 마시고 열심히 일하려던 사람인 척.

"우리 검사님 이제 오십니까. 오늘은 또 무슨 일거리를 들고 오셨으려나!"

막 사무실 문을 밀고 들어온 훤칠한 미남을 바라보는 황 계장의 눈이, 슬프게 반짝거렸다.

"기정균은요."

기정균. 잘 나가는 엔터테인먼트 CEO의 탈을 쓴, 깡패 내지는 살인자. 서울중앙지검 형사부의 도베르만이라는 저 잘생긴 남자가 다음 목표로 삼은 사냥감이다. 그러나 무슨 영문인지, 경찰이 차일피일 체포를 미루고 있었다.

놈이 부자에 깡패라 그런지 너무 신출귀몰해서 잡을 수가 없다. 이번엔 진짜 잡을 뻔했는데, 갑자기 놈을 쫓던 형사가 심근경색이 오는 바람에……

체포를 못 했다며 들고 오는 이유들은 영 믿음직스럽진 않지만 뭐 그럴싸하고, 이 사건이 아니더라도 검사의 책상 위에는 일 더미가 산맥처럼 쌓여 있다. 세간의 주목을 받는 사건도 아니니, 다른 검사들 같으면 '그래요?' 하며 더 무거운 사건에 집중했을지도 모른다.

한 번 물기로 작정한 것은 하루빨리 물어 버려야 하는 성질인 도베르만은, 당장 몸을 일으켰다. 사냥감을 직접 찾아 물기 위해서. 그가 나간 지 겨우 한 시간 만에 기정균에게 수갑을 채웠다는 소리가 들렸다. 그런데 문제가 생겼다.

"어? 서 경위가 보고 안 드렸어요? 또 꽝이에요, 꽝. 꽈아앙- 교통사고 났답니다, 오는 길에. 기정균 그거 의식 없어 가지고 병원에 누워 있다는데요? 기정균 체포해서 오던 형사들도 꽤 다치고."

황 계장의 목소리 뒤로 무거운 침묵이 늘어졌다. 우리 검사님이 무슨 생각을 하시려나. 설마, 피의자랑 경찰이 손 맞잡고 짝짜꿍을 하는 거라는 생각은 안 하시겠지.

조용히 눈치를 보는 황 계장의 시선 속. 길게 뻗은 잿빛의 속눈썹이 느릿느릿 깜빡이다가, 우아하게 들렸다. 그리고 겨울 호수를 닮은 차가운 눈동자 두 개가 황 계장을 향했다.

"지금부터 채효수 청장 잡습니다."

"에, 예? 누구요? 서울경찰청장 말씀이세요?"

깡패 잡다가 갑자기 경찰청장을 잡겠다고? 동네 이장도 동장도 면장도 아니고, 경찰청장을?

"압수 수색 준비하세요."

"하늘이시여……."

황 계장이 이번에야말로 하얗게 질린 얼굴로 책상 위에 실신했지만, 그의 검사는 신경도 쓰지 않는다. 인정이라곤 없는 무자비한 눈이, 묵묵히 일하고 있는 남예은 실무관에게로 옮겨 갔다.

"실무관님. 마렌 소속 연예인 명단하고 계약서들 확보됐습니까?"

"아, 그건 따로 말씀이 없으셔가지고. 아직이요. 근데 이번 사건에 그게 필요할까요, 검사님? 딱히 상관도 없는 것 같은데?"

"내부에도 피해자가 있는 것 같아서. 지금 바로 여자 배우들 목록부터 정리해 주세요."

"네, 검사니임. 아. 근데요, 검사님. 오늘 피의자 잡으러 드라마 촬영장 가셨다면서요. 배수아 보셨죠? 어때요? TV랑 똑같아요?"

"그게 누군데요?"

"와, 검사님 진짜 공부랑 일만 하시나 봐요…… 아님 혹시 간첩?"

"예은 씨. 배수아는 간첩들도 다 알아. 간첩이라고 TV 안 보고 스마트폰 안 하나구."

쓰러져 있던 황 계장이 고개만 까딱 쳐들고는 속닥였다. 미남의 잘생긴 눈썹 사이가 연하게 구겨졌다. 뭔가를 고민하는 듯했다.

"혹시 배수아가 간첩도 다 알 만하게 생긴 여잡니까? 그러니까 제 말은, 얼굴이."

"네!"

황 계장과 남 실무관이 동시에 대답했다.

"그럼 그 여자 자료부터 부탁합니다."

간첩들도 다 알 만하게 생긴 또 다른 몸이 두 사람을 등지고,

안쪽에 따로 난 그의 방으로 향하려고 했다. 그 순간, 사무실 문이 발칵 열렸다.

"이청신."

누가 감히 노크도 없이 검사실에 침입을 해? 황 계장이 눈썹을 치켜세우며 상반신을 일으켰다. 그러나 멋대로 들어와 검사의 이름을 부른 얼굴을 확인하고는, 다시 쓰러진 척했다.

"경찰청을 건드릴 생각이야? 너 지금 검경 관계가 어떤지 몰라서 그래? 그렇잖아도 우리 검찰, 가진 권한 다 경찰들한테 빼앗길 위기야. 이 시국에 경거망동하다가 실수라도 저지르면……."

"기정균과 서울지방경찰청 사이에 커넥션이 있습니다. 이걸 들춰내면 오히려 우리한테 유리한 일 아닙니까?"

"우리? 이 검사 네가 그런 말도 할 줄 알았나? 얼마 전에도 우리 살 찌른 놈이, 우리는 무슨. 맘에 없는 소리 하지 마."

검사는 동일체라는 원칙이 있다. 모든 검사들은 검찰총장을 머리로 하는 하나의 조직체라는 거다. 그러므로 검사가 검사를 기소한다는 게 제 살 찌르는 짓인데, 이청신은 범죄를 처단하기 위해서라면 제 살도 푹푹 찔렀다.

검사로 임용된 지 겨우 3년 된 핏덩이. 그에게 물려 떨어져 나간 검찰의 살점이 벌써 두 조각이었다. 검사 두 명이 이청신 때문에 옷을 벗었단 얘기다.

민간에서는 그를 도베르만이라 부른다 했다. 법조계에서 통하는 그의 진정한 별칭은 미친개다. 누가 그렇게 부르자고 주도한 것이 아닌데도 다들 미친개 하면 그게 이청신인 걸 알았다. 죄의 냄새가 나는 것은 같이 법으로 밥 먹고 사는 식구이든 아니든 간에 달려들어 뜯어먹으니, 그 모습을 한 번이라도 봤으면 그가 미친개란 걸 모르는 게 이상하지.

구치소와 교도소 안에서도 그의 이름이 미친개라는 건 검찰의 자부심을 상하게 했으나, 그렇다고 그를 다른 이름으로 부를 순 없었다. 이청신은 미친개다. 뭘 위해서 미친개가 된 건지는 아무도 모르지만.

"본성이 정의로운 건지. 실적에 미친 건지. 헷갈려, 하여튼."

차장검사가 이청신의 담배에 불을 붙여 주며 중얼거렸다.

"제 실적이 범죄 척살이니, 제가 미친 건 정의로운 겁니다. 허가해 주십시오."

이청신이 고개를 살짝 수그려 불을 받았다. 그는 평소에 흡연을 하지 않는다고 들었다. 눈매를 일그러뜨리면서도 담배를 입에 무는 건, 그가 내미는 최소한의 성의일 것이다.

"안 돼. 네 밑에 수사관 꼴 좀 봐. 네 방 불 꺼지는 날이 없다고 소문 다 났다. 다 지친 사람들 데리고 뭔 수로 경찰청 심장을 찌르려고. 응? 그러다가 괜히 헛손질하고 우리만 다치지."

"그럼 직원들은 퇴근시키죠."

경찰청쯤이야 자기 혼자서도 해치울 수 있다는 건가? 어디 닳은 데 없이 깨끗하고 단단한 조각 같은 얼굴을 보며, 차장검사는 허 하고 웃었다. 이청신이 확실히 난놈이기는 했다.

"아니. 이청신 너부터 쉬어. 이틀만 쉬고, 너 하고 싶은 거 원 없이 해라. 자."

거두절미하고 내미는 서류는 서울지방경찰청에 대한 감사 자료 이다. 그 청이 경찰의 권한을 제멋대로 휘두르니 수사를 해 달라는 감사원의 의뢰가 있었다. 그리고 차장검사는 이 일의 적임자로 이 청신을 낙점했다.

"안 그래도 청신이 너한테 거기 맡길 참이었어. 우리 지검에 이런 거 해낼 놈이 너밖에 더 있니. 네가 그쪽 경찰청이랑 일하기 시작한 이상, 굳이 안 시켜도 언젠간 알아서 일 칠 것 같기도 했고."

"그럼."

감사 자료를 받아 든 이청신은, 아직 끝머리도 타지 않은 담배 를 바닥에 버렸다. 그리고 묵례조차 하지 않고 뒤돌아섰다. 상명 하복이 원칙인 검찰에서 위아래를 모른다는 놈이 어쩐지 오늘은 고분고분하다 했다. 원하는 걸 얻었으니 이제 볼일 끝났다는 건가.

"야, 이청신."

급히 부르자 고개만은 돌려 준다.

"쉬면서 해, 쉬면서. 너 정말 몸 상한다."

"하던 일만 마무리 짓고, 내일은 저 안 보시게 하겠습니다."

옥상을 벗어나는 이청신의 그림자가 유독 길고 짙었다.

그 남자, 검사였다. 소속사 직원들이나 스태프들이 자기들끼리 속닥이며 하는 소리가 그랬다. 기 대표를 잡아간 남자가 이청신이라고, 되게 유명한 검사라고.

마렌과 더불어 2대 엔터테인먼트라는 소릴 듣는 기획사의 대표를 얼마 전 감옥에 넣은 사람도 그 남자라고 했다. 그러니까 아마 기 대표도 깜빵 신세를 면치 못할 거라고도.

이청신.

수아는 그의 이름을 잘 기억하고 있다가, 혼자 남았을 때 인터넷 검색창에 그 석 자를 쳐 넣었다. 연예인이 아닌데도 그에 대해 얘기하는 사람이 많았다. 과고를 조기 졸업하고 한국의대를 최연소로 졸업한 수재에, 그러고도 모자라 돌연 로스쿨로 길을 틀어 검사가 된 사람.

검찰에 들어선 그는 피의자와 변호사들이 제일 만나기 싫어하는 검사 1위이고, 피해자들이 가장 신뢰하는 검사 1위였다. 연예인도 아닌데 팬카페까지 있다고 했다. 그가 아직 서른한 살이니 법조인으로서는 갓난애면서도, 벌써 몇 번 굵직한 사건을 담당해 언론을 탄 적이 있었기 때문이다.

SNS에는 이청신한테 수사받는 범죄자들이 부럽다는 농담들이 백 개도 더 넘었다. 겁 없는 여자애들이 커다란 카메라를 들고 검찰청과 법정 근처를 어슬렁거리다가 쫓겨난 일화는 모르는 사람이 없는 것 같았다.

그렇게까지 잘난 남자였던가?

수아는 제 눈앞의 현실을 자주 잊어버린 채, 그날의 그를 떠올리려고 애썼다. 인터넷에 검색하면 뜨는 그의 사진은 그냥저냥 잘생겼다고 할 만한 배우 느낌이었다.

실물은 전혀 그렇지 않았다. 수아가 본 어떤 모델이나 배우도 그가 풍기는 고혹적인 분위기는 못 가졌다. 깊고 짙으면서도 그 이름처럼 청신하고, 크고도 날렵하게 생겼던 것 같은데. 아무리 고민해 보아도 육안으로 봤던 얼굴이 또렷이 그려지지 않는다.

"다시 보고 싶다……."

자기도 모르게 혼잣말을 해 버렸다. 깜짝 놀란 수아가 괜히 피곤한 척 한숨 쉬며 기지개를 켰다.

음악 채널에서 주최하는 어워드에 참여했다가 퇴근하는 길이었다. 경호원들이 수아의 밴을 둘러싼 팬들을 통제하는 사이. 운전석에 앉아 열심히 뭔가를 하던 매니저가, 뒤돌아보며 싱글벙글했다.

"안 잤어? 야, 수아야. 이거 봐. 오늘 네가 무대에서 바른 립스틱, 인터넷에서 벌써 매진이래. 어제 드라마에서 멘 가방 있지. 그것도 오늘 완판이고. 역시 배수아."

"그게 뭐 하루 이틀 일이야? 나 피곤해 오빠."

"오늘 시상식도 그래, 너 참석한다니까 어떻게 바로 그 큰 상을 내주냐. 급이 달라요, 급이. 수아 너는 이제 뮤지션도 아냐. 베토벤, 모차르트 그런 거지. 근데 심지어 대배우야."

"나 피곤하다고. 조용히 좀 하라고."

수아의 작은 입술이 샐쭉 내밀어졌다. 렌즈 광고도 웰메이드 드라마로 만들어 버린다는 예쁜 눈은 얼어붙었다. 가뜩이나 이청신이란 남자 실물을 까먹어서 스트레스 받는데, 어워드 얘길 하니 짜증이 솟구쳐서.

요즘 들어 수아의 본업은 노래가 아니라 연기였다. 가수 활동을 하긴 했지만 자신이 참여한 드라마의 OST나 몇 개 부르는 게 다였고, 노래 연습은 거의 하지도 못했다.

무대에 유독 깊은 애착을 가진 수아는 기 대표에게 제발 이런 상태로는 어떤 무대에도 세우지 말아 달라고 애원했다. 그래서 원래는 뮤직 어워드 초대도 전부 거절하기로 한 걸, 오늘은 억지로 참여했다. 기 대표가 체포된 일로 마렌의 주가가 요동쳤기 때문이다.

마렌은 위기가 닥칠 때마다 배수아를 최전방에 내세웠다. 그녀는 언제나 가장 높은 자리에서 반짝반짝 빛나는 별. 그녀가 마렌에 붙박여 있다는 걸 보여 주면, 사람들은 마렌이 무너지지 않는 하늘이라고 생각한다. 이번에도 그녀가 보란 듯이 최고의 아티스트상을 수상하자, 흔들리던 주가가 어느 정도 제자리를 찾았다.

이렇게 이용당하는 거야 이제 수아에겐 일상이다. 그런데도 생각할수록 짜증 나고 불만스러운 것은, 어제 기 대표에게 저항하다가 발목을 삐었기 때문이다. 계획 없이 갑자기 오르게 된 어워드의 무대는 평소에 비해 흔들림이 많았고, 높은 굽에 오른 발목이 아리고 시큰거리는 통에 표정도 너무 굳어 있었다.

생각하니까 또 열 받네. 기 대표는 언제쯤 내 인생에서 꺼져 줄까. 상대가 누구든 나쁜 사람이면 무조건 물어뜯는다는 남자를 또다시 떠올리게 된다. 떠올리니까 그 모습이 보일 듯 말 듯 가물거리고, 그러니까 또 막 다시 만나고 싶고…….

"근데 오빠. 기 대표 잡아간 사람 말야. 검사라나 뭐라나, 그 남자. 다시 볼 수 있을까?"

보고 싶은 맘이 하도 간절하니까, 가슴을 넘어 입 밖으로 튀어 나가 버린다. 1분도 안 되게 본 남자를 생각하고 있단 걸 남한테 티 냈다니. 자존심이 구겨진다.

"아니, 잠깐만…… 오해하지 마. 나 배수아야. 내가 그 남자 보고 싶어서 그러는 게 아니라, 나도 뭐 기 대표랑 오래 일한 사람이니까, 참고인 그런 걸로 날 부르지 않을까. 그런 생각을…… 아니. 근데 진짜 왜 안 부르지?"

구겨진 자존심을 도로 빳빳이 펼치기 위해 종알거리던 입이, 또 한 번 엉뚱한 소릴 내뱉는다. 이번엔 얼굴이 홍당무로 변한다.

"나 불러 줬으면 하고 바라는 거 아니거든. 그, 그냥, 나 스케줄 꽉 찼잖아. 근데 검사가 오라고 하면 꼭 가야 하는 거 아닌가? 그러니까 혹시 날 부르면 일을 어떻게 해야 하나 걱정이 되고. 자꾸 신경 쓰이니까……."

열심히 변명을 했다. 나름 잘한 것 같은데, 매니저는 조용하다. 아, 내 변명이 너무 구렸나? 오히려 더 티 난 거 아니야?

"오빠. 지금 내 말 씹어?"

괜히 심술을 내자 매니저는 말없이 휴대폰을 내밀었다. 화면에는 메모장이 켜져 있다.

[대표님 검찰 수사 받을 일 없으셔, 수아야. 그런 걱정 안 해도 돼. 그리고 1분 뒤에 전화 인터뷰 있어.]

"이걸 왜 이제 말해?"

"말하려고 했는데, 수아 네가 조용히 하래서……."

"쓸데없는 건 다 말하고, 정작 필요한 건 말 안 해 주고. 맨날 저래. 왜 내 옆에 있는 건지."

수아의 발음 한 알 한 알이 송곳 같다. 매니저가 정말 뭐에 찔려서 피가 나는 사람 같은 얼굴을 했지만, 하나도 불쌍하지는 않다.

"아. 수아야. 요즘 일 너무 많이 해서, 목 상태 안 좋지? 여기, 모과 차. 우리 엄마가 너 주라고 챙겨 주신 거야. 좀 마시고 인터뷰 해."

"됐어. 오빠나 마셔. 대표한테 이것저것 꼰지르느라 목 아플 텐데."

"……."

누구는 송진우 같은 사람이 없다고 했다. 그처럼 자기 연예인에게 살뜰하고 헌신적인 매니저를 구하긴 하늘의 별 따기란다. 그러니까 잘해 주라는 말을 얼마나 많이 들었는지 모른다.

참 웃기는 소리였다. 수아는 매니저가 내미는 따듯한 모과차를 비웃고는 창문으로 시선을 옮겼다. 얼마 지나지 않아 휴대폰이 울었다.

—······그런데 수아 씨. 이번에 맡은 역할이 극중 아버지랑 케미가 굉장히 좋았잖아요. 전에 저희가 유재형 씨랑도 짧게 인터뷰를 진행했었는데, 촬영 끝나고도 배수아 씨랑 계속 아빠 딸 하기로 하셨다고 그렇게 자랑을 하시더라구요.

"네에. 선생님이 저를 분에 넘치게 예뻐해 주셔서, 제가 감히 선생님 막내딸로 살아가고 있습니다. 예명을 유수아로 바꿔야 하나 그런 고민을 진지하게 하는 중이에요."

드라마 두 개를 잇달아 찍고, 체력 소모가 큰 무대를 뛰었더니 컨디션이 좋지 않았다. 그래도 전화 인터뷰는 화기애애하게 진행됐다. 인터뷰어는 정중하며 유쾌했고, 그의 질문에 답하는 수아 자신의 목소리는 더할 나위 없이 다정했다.

그런데 어느 순간부터 뭔가가 심장을 조여 왔다. 난데없이 시작된 이 인터뷰가, 기 대표가 휘두르는 채찍일지도 모른다는 예감이.

—어머. 유재형 씨는 본인이 배씨로 성을 바꾸실 거라던데요. 두 분이서 잘 조율을 해 보시기를 바라고요. 수아 씨야 무슨 연기든지 완벽하지만, 이번에 아버지와 함께하는 부분에서 유독 명장면이 많이 나왔어요. 그리고 유재형 씨가 하신 말씀이, 처음

부녀지간 연기를 하고 나서 수아 씨가 많이 우셨다고요. 돌아가신 친아버님이 생각이 나셔서 그런 것 같다고 하시더라고요.

친부 얘기가 나오는 찰나. 온몸이 홧홧해진다. 순식간에 겁을 먹은 수아의 눈망울이 물기를 머금었다.

—지난번에 예능 방송에서 친아버님이 프랑스에서 학교를 다니셨다고 하셨는데, 마침 유재형 씨도 젊은 시절 프랑스에서 유학을 하셨잖아요. 수아 씨랑 유재형 씨 두 분이 외모가 닮은 편이라서, 정말 실제 부녀지간 같단 말도 많거든요. 혹시 유재형 씨의 어떤 점이 수아 씨 친아버님을 떠올리게 하던가요? 아니면 뭐 잊히지 않는 추억 같은 게 있으신지 말씀 좀⋯⋯. 수아 씨. 배수아 씨? 전화가 끊겼나? 여보세요?

휴대폰 너머에서 들려오는 인터뷰어의 음성이 어항 밖에서 들려오는 것과 같이 아득하다. 현기증이 치밀고 호흡하는 게 어려웠다. 가냘프게 색색거리고 있자 매니저가 잽싸게 휴대폰을 가져가 통화를 끊었다.

그러고도 한동안은 물속에 빠진 사람처럼 허덕였다. 스스로가 사람이면서도 기 대표의 좁고 악랄한 어항 속에서 갇혀 살고 있단 걸 깨닫는 순간마다, 이렇게 힘들다. 마음은 물론 몸까지도.

"이번엔 또 뭔데."

제정신을 찾자마자, 희게 질린 낯으로 매니저에게 물었다. 서늘한 눈 끝에 맺힌 매니저는 선량한 얼굴이다.

"응? 뭐가 수아야?"

"대표님이 나 협박하는 거잖아, 지금. 시키는 거 안 하고 꼴리는 대로 하면, 내 비밀 다 불 거라고."

"……그런 거 아니야. 대표님 지금 사고 나서 의식도 없으신데, 갑자기 잡힌 전화 인터뷰로 널 어떻게 협박하겠어. 수아야. 대표님이 너 이번에 드라마 너무 고생했다고, 촬영 다 끝나면 휴식 시간 좀 주라고 하셨어. 미리 숙소 구해 놨으니까 가서 좀 쉬자. 응?"

인터뷰나 방송에서 누가 수아의 가정사를 들먹이고 나면, 회사는 꼭 수아가 하기 싫어하는 일들을 시켰다. 몸이 많이 아플 때 투어를 돌게 한다거나, 수아가 정말 싫어한 드라마에 강제로 투입시킨다거나 하는 식이었다.

수아는 갑작스레 잡힌 인터뷰가 기 대표의 술수란 걸 본능적으로 눈치챘다. 자기 말을 듣지 않으면, 대중 앞에서 네 비밀이 다 까발려질 거란 위협을 그딴 식으로 에돌려 하는 것이다.

기 대표와 수아의 관계는 완벽하게 상하 혹은 주종으로 굳었다. 그러니 수아 앞에서 잔머리 굴릴 필요가 없는 인간이 왜 굳이 그렇게 하겠느냐 하면, 그게 무엇보다 효과적이니까. 기 대표는 누구보다 잔인한 성미이다. 좀 귀찮아도 남을 강력하게 제압하려면 뭐든 했다.

매니저는 기 대표가 사고로 의식을 잃었다고 하지만, 그 집요하고 운 좋은 인간이 그럴 리가 없다. 그냥 쓰러진 척을 하는 거겠지. 침대에 누워 자기 머리에 드리운 위기의 그림자로부터 어떻게 벗어날지 고민 중일 거다. 아마도 옛날부터 그랬듯, 날 어떻게 써먹을 생각을 하고 있겠지.

이번엔 또 무슨 짓을 시키려 들까?

수아는 오래 경계하다가, 달콤하고 부드러운 거품을 푼 물에 몸을 녹였다. 기 대표가 지시하는 건 주로 무리한 활동이었고, 이곳은 아름답고 고급스러운 별장이었다. 그러니 뭘 시키더라도 별장 밖에서나 시킬 거라고 생각했다.

어깨며 목 뒤에 딱딱하게 뭉쳐 있던 피로가 따뜻한 물에 녹아내리자, 매니저 말대로 정말 그냥 쉬게 해 주려는 건가 싶은 낙관까지 피어나기 시작했다.

"그럼 아까 인터뷰어는 그냥 아무 꿍꿍이 없이, 순전히 궁금해서 그런 질문을 한 거였나?"

조그맣게 옹알대며 몸에 가운을 걸쳤다. 그리고 침대가 있는 하나뿐인 방으로 들어섰다. 고되고 긴 드라마 일정을 끝마치고도 바로 쉬지 못했기에 어디에라도 눕고 싶은 맘이 간절했다.

하지만 침실 문턱을 넘어서고 나서는 그런 맘이 손끝 발끝으로 쏜살같이 내달려, 남김없이 빠져나갔다. 몸이 하얗게 식는다. 누우려던 침대 옆엔 웬 남자가 서 있었다. 수아가 힘없이 웃었다.

"그렇게 보고 싶어 했는데. 내 소원이 이루어졌네."

중얼거리며.

그 남자였다. 이청신. 내 지옥 같은 세상을 쪼개 줄 최초의 희망이고 균열이라고 잠깐 여겼던 존재.

"기 대표. 자기 봐달라고, 날 검사한테 판 거야? 어쩐지. 너무 아무 일도 없더라."

그리고 너무너무 이상하더라. 내 인생이 좋아질 리 없는데. 내 앞에 희망이 떨어질 리 없는데…….

"뭐 해요. 얼른 하고 끝내요."

비참하고 화가 났지만, 기 대표의 협박 앞에 무릎 꿇지 않았다간 생길 일이 무서웠다.

"자자구요, 나랑. 그러려고 온 거잖아."

어차피 나는 온몸을 내 맘대로 못 하는데, 속 좀 내주면 뭐 어때.

수아는 무서움에 잡아먹혀 자기 자신을 버린 채 가운을 벗었다. 물기 어린 하얀 몸이, 이제 겨우 두 번째로 보는 남자 앞에 활짝 피어났다.

"어, 송진우. 배수아 들여보냈어? 이청신은. 방금 들어갔다고? 알았다. 너 또 수아 걔 돕겠다고 설칠 생각 하고 있으면 접어라. 응? 내가 별장 안이랑 밖에 눈깔 다 달아 났거든? 조금이라도 허튼짓하는 거 카메라에 잡히면, 오늘이 네 애비 제삿날이야. 별장 앞에 조용히 짱박혀 있다가, 수아 걔 일하고 나오면 잘 잡아 놓기나 해. 바로 또 써먹어야 되니까."

병원 특유의 알싸한 알코올 냄새 대신, 잘 섞어 만든 칵테일의 상쾌한 허브 향이 감도는 특실.

통화가 막 끊긴 휴대폰이 소파 위에 던져지고, 기정균의 얇은 입매가 비스듬히 휘었다. 맞은편에 앉아 있던 서 경위가 과일을 한 조각 씹으며, 기정균의 잔에 진을 따랐다.

"에이. 이게 뭔 맛이여. 안주는 고추장 푹 찍은 노가리가 최고지. 안 어울리게 자몽은."

"의사 새끼가 과일이랑 풀떼기 많이 챙겨 먹으라잖아. 꼬우면 네 손가락이나 빨아먹든지."

"너 식물인간 된 척해야 되는데, 술 처먹어도 되냐?"

"알코올로 소독한 거라고 배 째야지 뭐."

두 남자의 낮은 웃음소리가 흐르고, 잔과 잔이 부딪쳤다. 기정균이 병원복과 어울리지 않는 칵테일 잔을 단숨에 비웠다.

"근데 누구야? 방금 전화."

"아, 송진우. 배수아 매니저."

"기정균 너, 그 검사한테 배수아 팔았냐?"

"어."

"야. 이청신이 좋다 하디? 배수아 먹고 너 봐주겠대?"

"이청신이 그럴 리가 있냐, 새끼야. 내가 다 대가리를 굴린 거지."

"제대로 굴린 거 맞아? 이 대가리 라인이 희한하게 울퉁불퉁한 게 딱 기괴한 바위 같아 가지고, 하나도 안 굴러가게 생겼고만."

"갑자기 시비야. 왜. 내가 수갑 차고 설렁탕만 처먹으면 좋겠냐? 이청신 좋아해?"

"그게 무슨 개 같은 소리! 그럴 리가! 우리 짭새들, 고양이 새끼도 안 먹을 요만한 쥐꼬리 받으면서 살아. 꼴랑 그거 먹으면서 목숨 걸고 범죄자 잡아, 불철주야 좆빠이 쳐. 나라 위해서 이 한 몸 희생하는데, 국민이 주는 비타500 한 번 받아 마실 수도 있지. 양복입고 펜만 쓱쓱 굴리느라 그런 것도 모르면서, 뭐 하나 걸리면 우리 죽이려고 드는 놈이야, 이청신 그놈이. 정균이 네가 이청신 없애주면 우리야 땡큐지."

경찰과 조폭은 똑같이 뭔가를 지키기 위해 다른 사람을 잡고 팬다. 그 뭔가가 무엇이냐에 따라 누구는 백상아리파가 되고 누구는 신서방파가 되고, 또 누구는 짭새가 되는 거지. 그리고 싸움판 위든 침대 위든 같이 엉켜 뒹굴다 보면 다 몸 정이 드는 법이다.

어떤 조폭과 어떤 경찰은 형님 아우님 해 가며 서로를 형제처럼 여겼고, 기정균과 서 경위가 바로 그런 케이스였다. 서 경위가 그 새파란 검사 놈을 싫어할 거란 사실 정도야 묻지 않아도 알았다.

그냥 병원에만 갇혀 있으니 심심해서 농담 좀 던져 본 건데, 저렇게 발끈하는 거 보면 엔간히 싫어하는 게 아닌가 보지. 기정균이 픽 웃으면서 술을 따랐다. 영롱한 물소리가 병실 안을 채웠다.

"차장검사 매수했어. 그 인간 구린내 안 나는 척하더니, 알고 보니까 존나게 변태더라? 술집에서 여종업원 성추행을 했는데, 그 술집이 씨발 내 가게네?"

"와, 씨발! 개운명적이야. 야, 짠 하자, 짠."

서 경위가 투명하게 술이 차오른 잔을 높이 치켜들었고, 기정 균이 대충 호응해 주고는 소파에 등을 파묻었다.

"내가 그 일 깨끗이 덮어 주는 대신, 이청신한테 흠집 좀 내자고 제안하니까 바로 꼬랑지 내리고 엎드리더라고. 지금 배수아, 이청신 별장에 집어넣었어."

"할까? 이청신이?"

"지가 아무리 여자에 관심이 없어도 눈앞에 배수아가 있는데, 하고 싶겠지. 잘나신 회장님들도 못 만나서 안달인 애 아니냐."

"안 하면."

"야, 안 해도 둘이 같이 있는 씬 하나만으로도 충분히 성 상납 파문 일으킬 수 있지. 자그마치 5년 전이야. 5년 전에 실수로 채무자 좀 죽인 걸 가지고, 이제 와서 염병. 내가 내 조직 꾸리면서 수없이 피 봤지만, 빨간 줄 하나도 없는 놈이야. 어디 그깟 일로 나 빵에 처박으려고 해봐. 이청신은 그 즉시 성 상납 받은 검사 되는 거야. 그 새끼 옷 벗기고 만다, 내가."

어쩌면 그 몸뚱이에서 영혼을 벗겨 내 줄 수도 있고.

"너무 멋있어 형. 박수 세 번 짝짝짝!"

"지랄."

"아. 근데 야. 너 배수아 그렇게 써도 괜찮냐? 걔만 한 연예인이 또 어딨다고."

"이럴 때 써야지. 걔가 화제성이 좀 있어? 배수아가 검사랑 잤다고 해 봐. 근데 그게 성 상납이야. 아시아가 뒤집어지고 지구가 술렁이는 거지. 이청신이라도 그건 못 견딜 거 아냐. 뭐 그것만이 아니라, 요즘 그 기지배가 너무 기어오르기도 하고. 나이 스물다섯 훨씬 넘긴 거, 이제 슬슬 처분할 때도 됐고……."

🥿

차갑게 식은 공기 입자들이 연한 맨살을 향해 달려들었다. 덜 닦였던 물방울들마저 빠르게 증발하고 나자, 피부 위에 아무것도 남지 않았다는 게 뼛속들이 느껴진다.

가운을 벗어 던진 건 자기 자신이면서도 많이 놀란 수아가, 작게 뒷걸음질을 놓고는 한 팔로 가슴을 가렸다.

손목 아래로 어린애의 것처럼 말랑한 살이 이지러지며, 앵두 닮은 자그만 알맹이가 약하지만 선명히 눌려 왔다. 두 발을 옮기느라고 살짝 벌어졌던 다리 사이로는, 마치 어떤 차가운 손가락이 배려 없이 파고드는 것 같은 냉기가 날카로이 스며들었다.

요모조모가 다 가느다랗게 생긴 수아의 몸이 조금씩 떨려 왔다. 지금은 너무 추웠다. 어깨가 다 드러나는 미니 드레스를 입은 채 한겨울 무대 위에 올라섰을 때도, 한파 속에서 비 맞는 씬을 촬영

했을 때도 이런 추위는 아니었다.

커다랗고 투명한 눈망울에 물기가 찔끔찔끔 고여 올랐다. 뭘로든 몸을 덮고 싶어, 제 손으로 떨어트린 가운을 집으려고 했다. 그러나 손가락 끝머리 하나 작게 움찔대 보지도 못한 채 체념했다.

기 대표가 날 팔았다. 기 대표의 목을 겨누고 있다던 검사란 남자는, 날 사겠다고 했을 거고. 두 남자 사이에서 거래가 성사됐는데, 여기서 도망치거나 반항하면 기 대표가 저지를 일이야 뻔했다.

그게 수아를 두렵게 한다. 기 대표가 쥐고 있는 저의 치부는, 가슴팍에 맺힌 작은 열매나 하반신에 숨어 있는 꽃망울보다 수치스럽고 위험한 것이라서.

그런 게 세상에 적나라하게 벌려지고 드러나게 두느니, 차라리 기 대표 뜻대로 저 남자에게 몸의 모든 부위를 갖고 놀라고 내주는 편이 나았다.

수아는 추락한 제 신세와 함께 바닥에 처박혔던 눈을 서서히 들어 올렸다. 눈물로 짓물러 가는 시선의 한가운데. 우월하고 특별난 그 남자의 실루엣은 명확히 수아를 향해 서 있었다. 수아가 눈꺼풀을 살포시 닫아, 눈 표면에 모여 있던 이슬방울들을 눈가 밖으로 몰아냈다. 뺨과 턱이 젖고, 조금 맑아진 눈 속으로 남자의 얼굴이 박혀 들었다.

그는 깨끗한 얼굴이었다. 물티슈로 문지르면 그가 아니라 티슈의 표면이 투명하게 닦일 듯했다. 눈처럼 서늘하고 강한 저 낯짝 어디에도, 죄악감이나 미안함 같은 가뭇한 감정들이 배어 있지 않은 것이다.

"검사라는 새끼가. 나쁜 놈 놔주는 대신 사람을 받아 놓고, 더럽게 당당하네."

호수에 빠진 것처럼 먹먹해지는 눈을 힘껏 당겨 뜬 채, 남자를 노려봤다. 욕을 퍼먹였는데도 저 서늘한 표정의 온도에는 변화가 없다. 그는 정말 아무렇지도 않은 걸까.

겨우 저딴 걸. 저렇게 파렴치하고 추악한 걸, 날 지옥에서 꺼내 줄 빛이라면서 궁금해하고 보고 싶어 했다니.

그의 이름을 훔쳐보며 남몰래 쌓아 올린 희망은 어느덧 자신의 생살이 되어 있다. 그에 대한 기대를 무참히 벗기려고 보니, 살갗이 과도 같은 걸로 느리게 깎여 나가는 것 같다. 쓰라리고 따가워. 호흡이 흐트러지고 눈시울이 연붉게 달아올랐다.

입 안에 아릿하게 도는 엷은 울음을 입술 깨물어 꾹 막으며, 남자에게로 걸어갔다. 어차피 하게 될 일이라면 징징거리고 괴로워하는 약한 모습 같은 거, 보이기 싫었다.

수아의 벗은 몸이 한 발 한 발 가까워지자 남자는 코트를 벗었다. 그를 가리고 있던 옷 한 겹이, 무슨 육중한 암흑 덩어리처럼 큰 무게감을 자랑하며 바닥에 처박힌다. 단추가 끝까지 다 채워졌는데도 이상하게 야릇한 느낌이 감도는 상반신의 윤곽이 드러났다.

이제 그와 닿기 직전이다. 그는 한 사람을 집어삼킬 수도 있을 것 같은 깊다랗고 짙은 시선으로, 수아의 눈을 사로잡는다. 그를 쳐다보며 그에게 다가가고 있는 건 분명 수아 본인의 자의인데, 마치 그에 의해 전신이 함부로 끌려가는 듯한 기이한 기분이 드는 건 왜일까.

순식간에 포획당한 사냥감같이 그 앞에 꼼짝없이 멈춰 서 있자, 그가 자기 셔츠의 단추를 위에서부터 천천히 뜯어냈다. 그리고 새하얗게 뻗은 수아의 등허리를 조심스레 당겨 안았다. 예고 없이 등을 감싸는 남자의 손이 꼭 인두 같아, 소리 없이 비명 지르며 물러서려 하자 그가 이번엔 조금 강압적으로 몸을 끌어간다.

가슴 끝머리가 그의 상체에 눌려 제 형체를 잃었고, 라일락의 달콤함과 우디 향이 어우러진 농밀한 체취가 콧속으로 쏟아져 들어왔다. 제 몸 바깥쪽과 몸속이 다 그의 것으로 차오르니, 그에게 안기기 시작했다는 게 실감이 났다.

이 남자에게 날 팔면, 다음은 또 누구에게 팔게 될까. 아마 한두 사람으로 끝나지는 않겠지. 어쩌면 열이 넘고 백이 넘어갈 거야. 기 대표는 살이 헐고 피가 맺혀도 날 봐주지 않을 인간이다.

수아는 두 눈을 꼭 감으려고 했다. 왈칵 눈물이 날 것 같았기 때문에. 그러나 원하는 대로 할 수 없었다.

"몸 팝니까?"

다 알면서 굳이 질문하는 이 남자의 목소리가 황당해서. 수아가 힘없이 늘어져 있던 두 손을 들어, 그를 밀쳤다. 그는 반 보쯤은 물러나 주었다.

"네, 나 몸 팔아요. 대표가 웃으라면 웃고 울라고 하면 울고.

드레스 입으라고 하면 입고, 수영복 입으라고 하면 군말 없이 입고 그래요. 내 얼굴도 팔도 다리도 내 거 아니야. 그러니까."

최선을 다해 뾰족하게 벼렸지만, 여전히 동그란 눈동자를 치켜들어 그를 노려봤다.

"그러니까……."

자꾸 시든 꽃줄기처럼 쓰러지려는 시선 끝을 어떻게든 그의 동공에 찔러 넣으면서, 그의 오른손을 쥐었다. 그리고 자신의 왼쪽 가슴 위에 올려두었다. 다섯 손가락을 꽉 오그려, 그의 손이 그 연약하고 뽀얀 부분을 움켜쥐도록 모양까지 잡아 줬다.

"좀 입 닥치고 하자구. 나한테 이런 건 아무것도 아니니까."

쏘아붙이는 말에, 남자는 나직이 중얼거렸다.

"안 판다는 말을 어렵게 하네. 앞으로 아무 남자들한테나 던져지고 싶지 않으면, 내 말대로 해요. 배수아 씨. 나랑 사귑시다."

가슴의 첨단을 손가락 끝으로 살살 굴리며, 남자가 지껄여 대는 소리는 황당한 것이다. 수아가 대놓고 비웃으며 몸을 틀었다.

"이건 또 뭐야. 너랑만 하라고?"

"옷 벗고 남자한테 안기는 모습, 카메라에 찍히기 싫으면 좀 가만히 있고."

카메라가 있다니?

당황한 수아가 반사적으로 가슴을 가리며 남자에게서 비켜서려 했다. 그러나 거의 곧바로 남자의 손에 의해 끌어당겨지고, 시야가 남자의 육체로 뒤덮였다. 수아가 몸을 비틀자 남자는 딱

그만큼만 움직여 다시 수아 앞에 섰다. 본인의 몸으로 카메라 렌즈를 가려 주려는 것 같았다.

이딴 배려, 누가 필요하다고 했나?

얼른 이 별장에서 뛰쳐나가는 게 우선이라고 판단했다. 수아가 하얀 미간을 찡그리며 다시 남자에게서 떨어져 나오려 했다. 그러나 발끝을 들기도 전에 헛숨을 삼키며 무너졌다. 그의 길고 단정한 손가락이, 몸의 아랫부분에 돋아 있는 옅은 수풀을 헤집어 왔으므로.

남자의 손끝은 비밀스러운 살의 둔덕 초입에서 빙빙 맴돌기만 했다. 과민하고 연한 세포들이 모여 있는 부분은 아니었다. 손바닥이나 뺨이 살살 간질여지는 것과 별다를 게 없었다. 그런데도 왜 이상한 기분이 드는 건지 모를 일이었다.

그가 헤집어대는 엷고 여린 체모들 사이로 퍼진 간질간질함이 깊은 살 틈새로 흘러내려 온다. 심장이 달뜨고, 조그맣게 숨어 있던 여성의 징표가 부푸는 게 느껴졌다. 가느다랗고 무더운 숨이 흰 몸의 내부를 가르고 날아가, 입술 위에 투명하게 꽃피고 꽃폈다. 그의 손이 마치 더 안쪽의 샘을 노리기라도 하는 것처럼. 그는 여전히 별 감각 없는 둔덕이나 만지작거리고 있는데.

이 뭣 같은 상황에서도 몸이 이런다는 게 짜증났다. 수아가 눈을 치켜떴다.

"손 떼."

"하자고 하지 않았었나? 아무렇지도 않다면서."

차라리 발정하고 달려들었다면 좀 나았을까. 남자는 무미건조했다. 낯은 그저 하얗게 무표정했고, 말하는 투는 몸을 섞자고 하는 사람답지 않았다.

내내 빙글대며 맴돌던 수풀을 가로질러 음부의 첫머리를 살며시 건드려 오는 손가락도 그랬다. 건조하고 깨끗해, 그 손가락 끝에 여자에 대한 욕망 같은 건 조금도 묻어 있지 않았다.

그런데도 촉촉하게 물들기 시작하는 배수아 자신을 이해할 수 없다. 나 진짜 왜 이러는 거야? 자존심 상하게. 여린 턱 안에서, 조그만 치아들이 악물렸다.

"이게 하는 거야? 진짜 못하네. 이러니까 여자를 이딴 식으로밖에 못 만나지."

수아가 작지만 제법 날카롭게 목소리를 세우자, 남자는 희미하게 웃었다.

뭐야. 방금 비웃었어? 내가 만지는 둥 마는 둥 하는 자기 손가락에도 느낀단 걸 다 알고? 아니면? 무슨 자신감이 있어서 여유를 부리는 건가?

수아가 열심히 머리를 굴리며 남자의 얼굴을 읽을 때. 다물려 있던 남자의 입술 사이가 벌어졌다.

"잘 들어요. 여긴 내 별장입니다. 이미 아는 것 같지만, 나는 당신 회사 대표를 기소한 검사고. 기정균은 날 매수하지 못해 안달인 사람이지. 그런데 갑자기 소속 연예인인 당신이 내 별장에 와 있고."

"나도 다 알아요. 우리 대표가, 나 당신한테 준 거."

"아뇨. 기정균은 날 성 상납 받은 검사로 만들 계획입니다. 배수아 씨가 그렇게 벗고 날 쳐다보고 있으니, 그 계획이 이미 성공한 거군요."

그는 자신이 기 대표의 덫에 걸렸다고 말한다. 기 대표와 추잡한 작당을 한 게 아니라. 제가 예리한 칼로 저며진 줄 알고 절망했던 작은 심장이 다시 숨을 토하기 시작한다. 수아의 눈동자가 조금 떨며 남자를 올려다봤다.

"그래서요?"

"연애하자고요."

얄게 들썩거리는 모양 좋은 입술은 빛깔마저 붉어 매혹적이다. 맞물렸다 떨어지길 반복하는 두 장의 살이 미지의 아름다운 열매 같아, 입을 대고 싶단 발간 욕망을 불러일으킨다.

목이 마르는 기분이었다. 저건 먹으면 안 되는 거라고 생각하는데도, 혀는 자꾸만 달아오른다. 이 남자는 왜 이딴 순간에도 잘생겼는지. 수아가 두 눈을 빠르게 깜빡이며 마른침을 삼켰다.

"아아. 그러니까, 성 상납 받은 게 아니라, 연예인이랑 사귀는 검사님으로 만들어 달라? 내가 왜?"

"내가 성 상납 받은 검사 되면, 배수아 씨는 몸 판 연예인이 되니까."

"기 대표는 나 없음 안 돼요. 내가 그렇게 무너지게 둘 것 같아요?"

거짓말이다. 무도회에 가기 위한 신데렐라의 호박 마차와 비슷한 허세.

기 대표가 무리한 활동을 시킬 때마다, 수아와 기 대표의 관계를 잘 모르는 사람들은 수아를 염려했다. 그 인간이 널 배신하려는 게 아니냐고. 그러면 꼭 지금처럼 대답하고는 했다. 기 대표는 나 없음 안 돼요. 돌아오는 사람들의 반응은 늘 똑같았다. 그래 그럴 리가 없지. 수아 너같이 완벽한 애를 또 어디서 찾아내겠어…….

배수아가 떨어지지 않는 별이고 흐려질 일 없는 보석이라고 말해 주는 사람들의 목소리 속에는, 안정제가 녹아 있다. 그 소릴 듣고 나면 안심이 되는 거다. 내 위장이 아직은 완벽하구나. 그럼 기 대표도 날 당장 내치지는 않겠지.

그런데 이 남자는.

"당신 없어도 됩니다."

자신이 기 대표 때문에 당신의 뭘 만질 수 있게 되었는지 알라는 듯, 남자가 손끝에 무게를 싣는다. 작은 골짜기가 그가 밀어붙이는 모양대로 무너지고, 하반신에 숨어 있던 선홍빛 진주가 그의 손가락 끝머리에 달라붙었다.

온몸이 그 자그만 살덩이의 빛깔로 젖어드는 것 같아 바닥을 딛고 있는 열 발가락이 조약돌처럼 둥글게 오그라지며, 새하얗게 질린다. 수아는 주먹을 꽉 쥐고는 쾌락으로 벌어지려는 입술을 어떻게든 참았다.

"왜 이렇게 잘 알아. 짜증 나게."

"내가 짜증 납니까?"

"네."

"나랑 자기 싫을 만큼인가."

남자가 낮게 중얼거리면서, 여자의 말랑하고 특별한 보석을 가만히 압박하고 있던 손가락을 조금 움직여 왔다. 봉긋했던 것이 남자의 손가락에 밀려 이지러진다. 아니. 뜨겁게 녹아내린 다고 해야 할까.

고작 설레어 하는 사람의 뺨의 온도쯤으로 설익은 채이던 수아의 하반신이, 물을 흘리며 달게 흐무러졌다. 이젠 부정할 수 없이 젖어 버린 그곳을 남자의 손가락이 길게 갈랐다.

"그 정도는 아닌 것 같아 보이는데."

"맞아요. 그쪽, 꽤 생겼거든요."

그래서 쳐다보고 있기만 해도 젖더라구요.

뒷말은 뱉지 않고 목 밑으로 삼켰다. 그게 못 할 말이라서는 아니 었다. 단지, 아래서부터 치미는 열기에 어지러워졌을 뿐이다. 눈꺼 풀을 나른하게 깜빡이며 어깨를 늘어뜨리자, 남자가 허리를 끌어안 았다. 꽃잎 두 장 사이에 폭 감싸여 있던 남자의 손가락이, 다시 한 번 음부를 세로로 비벼 왔다. 남자가 자의로 그런 게 아니라, 수아의 몸이 그를 향해 움직이다 보니 그렇게 문질러진 거였다.

인과관계가 어떻든 그건 분명한 애무이다. 수아가 훗 하고 옅 은 교성을 뱉으며 남자의 상체에 이마를 묻었다. 그렇게 하지 않으면 금방이라도 쓰러져 버릴 것 같았다.

"그럼 오늘 나랑 자죠."

남자가 고개를 느긋이 숙이고는 귓가에다 목소리를 불었다. 그마저도 자극적이어서 숨이 턱 막혔다. 이 남잔 말짱한데 나 혼자서 흔들리는 꼴을 대놓고 보여 주기는 싫다. 수아가 이상 기류에 휘말려 가는 호흡을 애써 숨긴 채로, 입술을 열었다.

"입이 가벼운가 봐요. 언제는 연애하자더니, 이젠 또 자재."

따박따박 받아치는 목소리가 삐죽하게 생긴 유리같이 말갛고 매서웠다. 보통 사람들은 이렇게 찔러 대면 빈정이 상해서든 할 얘기가 없어서든, 더는 수아와 말을 섞지 않으려고 했다.

수아는 이 남자도 그러기를 바랐다. 저 입술이 뭐라고 말하면 울림 좋은 목소리가 자신의 몸 곳곳에 파문을 만드니까. 그리고 그 파문들은 반드시 하반신의 한 점으로 모여들어, 안 그래도 남자의 손가락으로 힘든 그곳을 뒤흔든다.

"연애하느라 자는 척하자는 겁니다. 지금 당신이랑 날 찍는 카메라 필름의 존재가 세상에 알려지든 말든, 당신도 나도 떳떳하게."

검사라 그런가. 남자는 한마디를 지는 법이 없다.

"꼭 자는 척까지 해야 하나?"

"누가 날 보자마자 벗는 바람에. 사귀는 여자가 닥치고 자자면서 벗는데, 자야죠. 기정균이 원하는 그림대로 배수아 씨가 날 받는 양, 기정균의 눈을 속여야 하기도 하고."

"아. 그건 또 그러네."

"대답은요."

"내가 그쪽이랑 자면, 무슨 일이 벌어지는데요?"

"기정균의 계획이 어그러지고, 기정균이 날 치려고 세운 단두대엔 기정균 머리가 걸리게 될 겁니다."

남자가 어떤 대답을 내주든 그러겠다고 했을 것이다. 눈앞의 남자는 독보적으로 탐스러웠고 수아 자신은 흥분한 상태였다. 이미 이 남자 몸에 반 이상 넘어갔으면서, 이러고 질질 끄는 것은 알량한 자존심 탓이다.

"맘에 드네. 그래요. 여기서 자고 갈게요."

자는 모습이 카메라에 담기는 건 남자에게나 자신에게나 한없이 불리한 일인 것 같은데, 이걸로 대체 어떻게 기 대표를 몰아붙이겠다는 건지. 실은 하나도 납득되지 않은 주제에, 괜찮은 제안이라는 척 입술을 달싹인다.

그 순간.

"좋습니다."

음부에 잠자코 감겨 있던 남자의 손가락이 조심스레 물러나는가 싶더니, 둔부를 감싸 쥐었다. 이번엔 제법 과감한 손짓이었다.

"지금부터 당신을 만질 겁니다. 침대에 눕히기도 할 거고 키스를 하기도 할 겁니다. 놀라지 말고, 배수아 씨가 맨날 하는 그 연기라는 걸 한다고 쳐요."

"다 만져 놓고, 이제 와서 뭘."

"자는 사이에, 겨우 이게 다 만진 거라고 생각합니까?"

"영화나 드라마에서는요. 베드 신이라곤 촛불 끄고 누우면 촬영 끝이거든. 아무리 다 벗어야 되는 장면이어도, 이렇게 맨몸으로 하지도 않고."

"그렇군요. 미안합니다. 내가 그쪽 세계의 룰을 잘 몰라서."

"아뇨. 상관없어요. 촬영 컨셉 파악하는 게 내가 제일 잘하는 일이거든요. 지금 그쪽이 원하는 그림, 애들은 관람 불가인 거잖아. 이 정도는 다 각오하고 있었어."

"그렇다면."

조금 단단한 발음이 귓속에 박혀 듦과 동시에, 큰 손바닥이 하반신에 피다 만 꽃송이를 한 손에 다 틀어쥐었다. 만개를 예감한 수아의 꽃잎들이, 남자가 지펴 주는 봄볕 같은 열 속에서 들썽거렸다.

가녀린 허리가 뒤로 휘는 순간. 남자의 혀가 신음을 물고 있느라 닫혀 있는 여린 입술을 두들겼다. 수아가 꾹 견디면서 그를 받아들이지 않자, 남자가 벌써 한계까지 몰린 작고 빨간 알맹이를 노골적으로 비틀었다. 아! 참기 힘든 소리가 입술 틈을 맘대로 찢고 터져 나갔다. 기어이 활짝 피워 놓은 입술 속으로, 남자가 밀물져 왔다.

세상이 바닥없는 미약의 호수이다. 남자의 혀가 입 안을 헤집기 시작하자, 긴장으로 경직됐던 모든 것은 말랑하게 풀리고, 건조했던 것들이 어디 하나 빠짐없이 적셔졌다.

여자를 어지럽도록 눈부신 환상에 빠뜨리는 액체 같은 게, 이 남자의 전신에서 뿜어져 나오기라도 하는 걸까.

이성과 관계 맺는 거야 여러 번 해 본 일인데도, 남자가 닿아오고 만져주는 곳마다 심한 스파크가 튀었다. 바깥세상을 처음으로 밟아 본 존재같이 모든 자극이 낯설며 거대하다.

코끝까지 차올라 숨 막히게 하는 쾌락을 견디다 못한 수아가 혀를 뒤로 감추고, 양손으로 남자의 가슴을 밀어냈다. 그러자 남자가 두 손목을 한 손에 잡아 쥐며, 강하게 아랫도리를 문질렀다.

여리게 젖은 살을 활 켜듯 비벼 주는 그의 손짓은 온몸을 열어 젖힐 수밖에 없는 열쇠이다. 보기 드물게 아름다운 이목구비가 잔뜩 이지러져 더 보기 드문 아름다움으로 짙어지고, 헐거워진 입술 틈으로 새빨갛게 익은 숨이 터져 나왔다.

남자는 수아가 흘리는 촉촉하고 뜨거운 신음을 삼키며, 그의 뜻대로 달콤하게 열린 입 속을 파고들었다. 다시 미칠 것 같은 호수 속이었다. 작은 손에 힘을 주고 버텨도, 아무리 도리질을 치고 까치발을 쳐들어도, 참을 수 없고 빠져나갈 수 없는 열락의 깊은 구덩이.

으, 으응, 아……! 머릿속의 단어들이 다 녹아 버린다. 입 밖으로 꺼낼 수 있는 말이라곤 새된 신음 소리가 전부였다. 앙앙 울기만 하는 악기가 된 것 같아, 이런 스스로가 부끄러우면서도 몸은 남자에게 저절로 감기며 달라붙는다. 조금 더 해 주길 원하는 듯이. 남자의 손 아래서 발갛게 여문 꽃은, 남자를 향해 그 조그만 입술을 빠끔거린 지 오래이다.

어느 순간 몸이 번쩍 들렸다. 남자가 등과 엉덩이를 받쳐 안느라 키스와 애무를 멈췄지만, 수아는 그간 남자가 일궈 놓은 열기에 떠밀려 홀로 절정에 올랐다. 남자가 고개를 젖힌 채 약하게 파들거리는 몸을 침대에 눕히고는, 입술과 쇄골에 차례로 입 맞췄다. 그리고 가슴의 열매 하나를 부드럽게 쓰다듬었다.

"꺼내요. 직접."

나지막이 떨어져 귓가에 맺히는 목소리 한 방울 한 방울이, 심장을 톡톡 건드리고는 아랫배를 타고 내려간다. 하반신의 둔덕이 누가 건들고 희롱하는 것처럼 찌릿해지고, 분홍빛으로 식어 가던 골짜기에 또 한 번 희열이 고인다. 아직 남자의 무엇도 닿지 않은 깊디깊은 안쪽이 간지러워졌다.

수아가 흰 손을 뻗어, 아까부터 팽창해 있던 남자의 슈트 바지를 끌렀다. 무채색의 드로즈 안에서 길고 큰 실루엣이 꿈틀거렸다.

"조금만 참아요, 배수아 씨."

"하기나 해요."

양 가슴 끝에 입맞춤이 내려앉았다. 수아는 어느 쪽에서 봐도 흠이 없는 완벽한 얼굴이 자신의 가슴에 파묻힌 모습을 말끄러미 쳐다보다, 다리를 벌려 그의 허리에 살짝 감았다. 하체와 하체가 조금쯤 가까워지자 남자가 숙이고 있던 머리를 들어 수아를 바라봤다. 남자는 입술이 말간 핏빛으로 붉었고, 두 눈동자는 깊이를 알 수 없는 칠흑이었다.

수아가 그 위험할 지경으로 아름다운 얼굴에, 자기도 모르게 넋을 빼앗긴 사이. 남자가 물기 가득한 살에 자신의 부푼 기둥을 눌러왔다. 수아가 어깨를 움찔 하고 떨었다.

이 떨을 기대가 아니라 긴장으로 오인했을까.

남자는 침대에 아무렇게나 너부러져 있던 수아의 두 손을 자신의 큰 손으로 하나하나 깍지 껴 감싸고는, 강인한 선으로 뻗은 허리를 전후로 흔들기 시작했다.

단단한 힘으로 곧추선 남자의 상징이, 민감하고 연약한 부위를 꽉 짓누른 채 거침없이 움직였다. 손끝에 굴려지고 굴려져 한껏 달아진 귤 조각의 알맹이같이 흐무러진 클리토리스부터, 뽀얀 물로 엉망인 갈라진 틈새와, 연신 오물거리는 비밀스런 출입구까지.

음부 전체가 어디 한 점 빠진 데 없이 남자에게 압박당하고, 그 상태로 위에서 아래로, 다시 아래에서 위로 뭉개졌다. 남자의 행위는 그와 맞닿은 여린 살이 모두 빨갛게 까질 것처럼 세차다. 그런데도 불쾌하거나 아프지가 않았다. 온몸이 볕 속에 놓인 초콜릿이 된 듯, 남자가 어딜 어떻게 매만지든 찐득하고 달달하게 흐트러질 뿐이다.

음란한 교성이 제멋대로 입술 밖으로 쏟아졌다. 턱을 악물고는 하반신에 몰두해 있던 남자가 고개를 낮춰 와, 신음으로 젖어드는 여린 입술을 삼켰다. 혀끝으로 튕겨져 나가는 야한 신음 조각들은 남자의 입속에서 녹아 고요히 사그라들고, 남녀가 찰박대는 소리만이 방을 가득 채웠다.

뭔가 잘못됐다는 생각이 든 건 두 번째 절정을 맞았을 때이다. 남자가 아직도 수아의 몸 위에 있는데도, 한계까지 벌어졌다 닫히길 반복하는 작은 동굴 안은 아무것도 없이 허전했다. 남자는 삽입하는 흉내만 냈을 뿐. 수아를 끝까지 원하지는 않았던 것이다.

할 일을 다 끝낸 남자가 몸을 물렸다. 수아는 숨을 몰아쉬며 두 눈을 깜빡거렸다. 남자가 살갗 위에 어지럽게 피워 놓은 열꽃들이 빠른 속도로 시들자, 뿌연 물속에 잠긴 듯했던 시야가 차츰 맑아졌다. 오르락내리락하는 속눈썹 사이로 낯선 침실의 광경이 감겨 들어 왔다. 그제야 이 남자 때문에 깜빡 잊고 있던 게 생각났다.

"아. 나 연기하는 거였지. 기 대표 때문에."

연한 속삭임이 입술 끝에 위태로이 매달려 있다가, 흔적도 없이 사라진다.

기 대표가 내 몸을 이 남자에게 팔려고 했지.

버려졌지. 초라하고 더럽게. 하수구 같은 밑바닥에 던져졌지. 그러고도 기 대표에게 잘 보이고 싶어서, 하라는 걸 하려고 했지. 그래서 내 손으로 발가벗었다가 이 남자 침대에 눕게 된 거였지.

차마 입 밖으로 뱉어내지 못한 말들은 목 안에 가시처럼 걸려 있다. 수아는 목과, 목 밑이 찢어지게 아파지는 걸 느끼며 옆으로 돌아누웠다. 눈꼬리를 따라 투명한 물이 흘러내렸다.

"미안했습니다. 배수아 씨."

"내가 더요. 연기자로서는 내가 한참 선밴데, 리드를 하나도 못해 줬네요."

"웁니까?"

"네. 좋아서요. 그쪽이랑 한 게 너무 좋아서."

목소리에 자꾸만 축축한 물이 엉겨 붙었다. 아무 말도 하고 싶지 않아 몸을 조그맣게 웅크리는데, 남자의 손이 어깨를 짚었다. 돌려 눕히려는 것 같았다.

"건들지 마요."

수아가 눈물을 꾸역꾸역 안으로 먹으며 겨우 말했다. 지금 자신은 엉망진창이었다. 그리고 저 남자는 자신이 제 몸 하나 지키지 못하고, 기 대표의 뜻에 순종한 노예란 걸 잘 알았다. 그에게는 머리카락 한 올조차도 보여 주고 싶지가 않았다. 몸 전체가 치부처럼 부끄러웠다.

"카메라가 아직 돌고 있습니다. 울려면 나한테 안겨서."

남자는 기어이 수아의 몸을 그에게로 돌려놓고는 당겨 안아 주었다. 이 품 역시도 다정한 연인을 연기할 뿐이란 걸 알았지만, 남자에게 강도 높게 시달린 손끝 발끝엔 힘이 없었고 울음을 더 참는 건 곤란했다.

수아는 남자의 상체에 흰 얼굴을 기댄 채 어린애처럼 울었다. 밤마다 쏟아냈던 울음은 늘 빈방에 외롭게 투둑투둑 떨어졌는데, 오늘밤은 그렇지 않았다. 등과 어깨를 다독여 주고 쓰다듬어 주는 손과, 눈물을 소리 없이 받아 주는 가슴이 곁에 있었다.

남자는 우리가 연기하고 있는 거란 걸 잊게 한다. 평소보다 많이 울었다.

기침이 여러 번 나올 때까지 울고서야 몸 속 눈물이 다 말라붙었다. 내부에 파인 상처들은 그대로이지만, 몸에 든 눈물이 없으니 한동안은 괜찮은 척 버틸 수 있을 것이다. 적어도 겉으로는.

　수아가 분홍빛으로 부어올랐을 눈꺼풀을 열심히 깜빡이며 심호흡을 했다. 계속 헐떡대며 끊기거나 흐트러져 있던 수아의 호흡이 어느 정도 안정적으로 펴지자, 잠자코 있던 남자의 몸이 조금 움직였다.

　딱히 좋아하지도 않는 여자의 무게를 감내하며 끌어안고 있는 게 그도 힘겨웠을 일이다. 아까는 아무 정신이 없어 생각을 못했는데, 돌이켜 보면 자는 시늉을 할 때도 그의 손짓에는 힘이 실려 있었다. 끈적거림 없이 깔끔한 손길이었다. 얼른 그 일을 끝내고 싶어서, 여자가 잘 느낀다는 부분만 정확히 골라 누르고 문질렀던 거겠지.

　빨리 마무리할 마음이었는데, 내가 억지로 몸 바친 여자처럼 엉엉 울어댔으니 얼마나 황당하고 귀찮았을까. 수아는 그가 이제 그만 저를 치워 버리고 싶은 거라고 넘겨짚으며, 상체를 일으키려고 했다.

　그러나 움직인 남자는 수아를 밀어내는 게 아니라 더 깊이 끌어안았다. 아담한 봉우리가 그의 가슴팍에 눌려 이지러지고, 한쪽 뺨이 그에게 빈틈없이 밀착되도록.

　언제 다 벗었는지 그도 맨살인 채였다. 따뜻하고 부드러우면서도 어딘지 딱딱한 그의 가슴과 자신이 이렇게 포개졌단 생각에,

심장이 시끄럽게 파닥거렸다. 그도 이걸 느낄 것이다.

지금은 설렐 때가 아닌데. 나 너무 오래 슬프고 외로웠나. 그래서 몸이 다 망가졌나. 왜 고작 이런 거에 두근거리고 난리야.

"놔줘요. 이만하면 우리 연기, 완전 오케이예요."

제 심장 소리에 뜨끔해서, 부러 새침하게 말했다. 고개를 숙여 빨간 볼을 가리며. 하지만 남자는 들을 마음이 없어 보였다. 몸을 좀처럼 놓아주지 않는 것이다.

"기정균이 배수아 씨의 뭘 쥐고 있죠."

오히려 뒷머리까지 감싸더니, 남자가 한 말.

수아의 동공이 부풀었다. 시간이 멈춘 듯 얼어붙은 그 까맣고 연약한 점 위로, 눈사태 같은 게 새하얗게, 새하얗게 달려든다. 암만 세월이 흘러도 바래지 않는 먼 과거의 그림자이다.

2. 신데렐라에 대하여

병아리 몇 마리가 콩콩 뛰어놀다 간 듯, 귀여운 발자국들이 제멋대로 피어 있는 눈밭. 저 위에서 순진하게 내달려 온 햇살이 눈의 입자들에게 연신 입맞춤했다. 아침 햇살과 갓 내린 아가 눈송이가 뽀뽀하면 꼭 흰 보석처럼 반짝거린다. 밤사이 내린 눈은 바다처럼 너르니, 눈 내린 아침의 세상은 보석 바다이다.

"세상이 다 반짝이풀이야! 너무 예뻐!"

언제부턴가 이 깊고 고요한 산골짜기에 사는 여자아이가, 저만한 눈덩이를 굴리다 말고 예쁘게 감탄했다. 빙글빙글 돌며 주변을 둘러보는 두 눈망울이 수정같이 말갛다. 초승달 모양으로 휜 두 눈이 깜빡깜빡하며 튕겨내는 햇볕 조각은, 여자애 눈에 닿기 전보다 깨끗해져 있다.

저야말로 그 무엇보다 빛난다는 것을 모르는 애는, 바닥에 앉아 있는 모든 눈 알갱이 하나하나를 예뻐라 해 준 뒤에야 하던 일을 마저 한다. 누가 연분홍색 물감을 콕 찍어 바른 양 얼어붙은 코를 찡긋대며 눈덩이를 마저 굴리는 것이다.

크게 뭉친 눈을 토닥토닥 정성껏 다독여서 동그랗게 빚고는, 미리 주워 둔 나뭇가지를 꽂자 제법 그럴듯한 눈사람이 완성되었다. 차가운 눈을 만지느라 군데군데가 빨갛게 물든 열 손가락이 꼼지락꼼지락, 눈사람의 짧은 목에 할머니 목도리를 묶어 주었다.

"안녕? 너는 할머니 눈사람이야. 너 너무너무 예쁘다!"

조그만 몸이 눈사람을 껴안고 사랑하다가, 문득 고개를 갸우뚱했다. 할머니는 요즘 우리 아기가 있어서 산다고 하지. 그럼 할머니 눈사람도 아기 없이는 못 살겠지? 이번에는 눈을 손톱만큼 모아, 어린 눈사람을 만들었다. 이렇게 하면 안 외롭겠다. 여자애가 생글생글 웃고 있을 때이다.

"야, 너 배수아지?"

처음 보는 아저씨가 눈을 푹푹 짓밟으며 다가와 아는 척을 했다. 까만 신발이 지나간 자리마다 눈이 새카맣게 죽어 있었다. 왠지 나쁜 아저씨 같아, 눈사람들과 놀던 어린 눈에 경계심이 어려 들었다.

"나는 똥강아진데?"

"노인네가 애를 어떻게 키웠길래, 지 이름도 몰라. 너 몇 살이야."

"여섯 살. 내일모레 떡국 먹고 일곱 살 될 거야."

"너 내일모레 일곱 살인데 이 시골 동네에서 이따구로 살면 큰일 나. 야, 똥개. 이리 와 봐."

눈사람 옆에 쭈그려 앉은 그가, 불꽃에 먹혀들어 가고 있는 담배 끝머리로 아기 눈사람을 짓눌렀다. 치직거리는 소리와 함께 눈사람의 가슴에 멍이 졌다.

낯설고 덩치 큰 어른이 무서워서 저만치 물러서 있던 여자애가 눈을 커다랗게 떴다. 자기 가슴 한가운데가 그렇게 타들어 간 것처럼 속이 아팠다. 솔직히 할머니가 있는 집으로 도망가고 싶었는데, 눈사람들을 저 아저씨 옆에 두고 가면 안 될 것 같았다.

"나 똥개 아냐. 똥강아지야."

두 주먹을 야무지게 말아 쥔 채 따지자 아저씨는 피식 웃었다. 너 같은 건 하나도 무섭지 않다는 얼굴이길래, 두 눈으로 째려봤다.

"그래 똥강아지. 너 좀 이쁘게 생겼다?"

"나는 세상에서 제일 이쁘거든?"

"이름도 모르는 게 그건 또 아네. 야. 너 삼촌이랑 저기 서울 안 갈래? 삼촌 따라서 서울 가면 맛있는 것도 사 주고 돈도 존나, 아니 하늘만큼 땅만큼 우주만큼 많이 줄 수 있는데. 나 니네 아빠 친구야. 내 말 믿어도 돼."

"……아빠 친구?"

아빠, 라는 말 한 조각에 여려도 꽤나 앙칼졌던 눈매가 꽃잎처럼 유순해진다. 아빠는 사진 한 번 보지 못했는데도 늘 그리운 존재여서, 아저씨가 아빠의 친구라고 하니 왠지 막 다가가고 싶어졌다.

"아저씨는 비행기 타고 날아왔어?"

"어. 너 잘 아는구나. 이리 와 봐."

제자리에서 우물쭈물하던 작은 발이 용기 내어 한 발짝 한 발짝 걸었다. 느린 걸음이 조금씩 거리를 베어 물고, 어느 정도 가까워지자 억센 손이 꽃줄기 닮은 팔을 함부로 잡아챘다. 원치 않게 안겨 버린 몸을 움츠려 보지만, 아저씨에게서 풍겨 오는 지독한 담배 냄새는 피할 수가 없었다.

"자. 이거 봐라. 삼촌 명함이다? 삼촌이 여기 이 회사 주인이거든? 너 여기 오면 내 아빠도 볼 수 있고 부자도 될 수 있어. 어때. 나랑 계약할래?"

눈썹을 찡그리면서도 싫다는 말을 하지 않았다. 그러면 아빠를 보여 주지 않을 것 같았다. 냄새가 고약하다고 짜증을 내는 대신 세필로 그린 것처럼 고운 눈썹을 순하게 내리며, 아저씨가 자랑하듯이 내미는 종잇조각을 조심스럽게 받는 순간.

"우리 강아지! 어디서 노니?"

부드럽게 불어온 바람이 할머니의 다정한 목소리를 실어다 주었다.

"할머니이, 나 여기 있어! 여기 여기!"

폴짝거리며 대답하면 할머니는 언제나처럼 똥강아지를 찾으러 온다.

"우리 예쁜 똥강아지, 여기서 뭐 하고 있었어?"

"나 눈사람 만들었어! 이것 봐! 할머니랑 나다? 그리고 있잖아……."

할머니를 반기느라 깜빡 잊어먹은 아저씨를 뒤늦게 돌아보니, 그가 있어야 할 자리는 투명하다. 마치 원래 그렇게 없었던 것처럼 감쪽같이. 작은 눈사람을 아프게 만든 담배꽁초와, 제 손 안에 든 명함만이 그 아저씨가 거짓말이 아니라며 조용히 속삭거렸다.

어떤 아저씨가 왔다 갔어. 아빠 친구래. 서울 가면, 나한테 아빠 보여 주고 돈도 많이 많이 준댔어.

아직 하지 못한 말이 혀 위에서 자갈처럼 모래알처럼 굴렀다. 아주 불편한데도 차마 입술이 떨어지지 않았다. 엄마 아빠 얘길 꺼내면, 할머니가 슬픈 표정을 짓는단 걸 알았기 때문이다. 하늘나라가 어디길래 그럴까?

할머니는 하늘의 별이나 구름을 바라보면서 저게 바로 네 엄마 아빠가 사는 나라라고 했지만, 제가 맨날 올려다보는 그 드높은 공간이 할머니가 말하는 그 하늘나라는 아닐 것이다.

그곳이 정말 누가 살 수 있는 곳이라면, 태풍이 불어서 구름이 마구잡이로 흩어질 때 한두 명쯤은 땅에 뚝뚝 떨어져야 한다. 천사들이 청소해서 하늘에 손톱만 한 구름 한 조각이 없는 날에도 그들의 집 같은 건 비치지 않았다.

진짜 하늘나라는 어디지? 도무지 알 수가 없어서 맨날 가슴속에 맛없는 콩자반이 꽉 들어찬 기분이었는데, 오늘 아빠 친구가 나타난 것이다. 하늘나라는 아마도 서울이란 곳인가 보다.

"아이고, 너 혼자서 어떻게 이걸 다 만들었어. 응? 요 손 좀 봐. 집에 가자. 할미가 우리 똥강아지 좋아하는 칼국수 만들어 놨다."

"우와! 정말? 많이 만들었어?"

"그러엄-."

"할머니, 나 열 그릇 먹을래! 김치도 열 개 먹을 수 있어!"

할머니에게 아저씨를 만났다는 말은 하지 않기로 했다. 왜인지는 잘 모르겠지만, 하늘나라라는 서울은 할머니를 아프고 힘들게 만드는 게 틀림없었다.

내일모레 일곱 살이 되고 나면 나는 언니야. 언니가 되어서 혼자 다녀와야지. 가서 아빠를 만나고, 엄마랑 할머니랑 나랑 넷이서 살자고 설득할 거야. 내가 하늘나라에서 엄마 아빠를 데려오면 할머니도 기뻐하겠지?

씩씩하게 생각하며 할머니의 따사로운 손을 잡았다. 할머니가 참새 같다고 하는 소리로 좀 재잘거리다 보니 고소하고 따뜻한 냄새가 코로 감겨들었다. 훗날 기 대표가 구질구질하고 더럽다고 욕하게 되는 그 집의 냄새이다.

수아 자신이 기억하기에도 제가 옛날에 살던 그 집은 기 대표가 말하는 그대로이다. 판자들을 대충 덧대어 만든 외관은 금방이라도 무너질 것같이 생겼고, 안으로는 다리 많은 벌레들이 득실거렸다. 기 대표는 토 나오게 생긴 시궁쥐도 그런 곳엔 안 살 거라고, 습관처럼 놀리고 비웃었다.

나는 시궁쥐가 사람으로 잘못 태어난 애일까? 우리 집이 그렇긴 했지 싶으면서도, 그 집을 무슨 목숨처럼 그리워하는 자신이 부끄러웠던 적은 없다. 시궁쥐들끼리는 자기들의 굴과, 거울같이 닮은 서로를 사랑하는 법이다.

겉모습은 사람이지만 어쩌면 시궁쥐로 태어났어야 할 팔자였는지도 모르는 할머니와 어린 수아는, 그 집에서 그저 행복했다. 할머니가 손수 기르고 구한 재료들로 끓인 음식은 혀 위에서 꿀처럼 달게 녹아내렸고, 할머니가 짠 이불을 덮고 있으면 하얀 구름이 부럽지 않았다.

그러니 그 시절 수아의 하나뿐인 꿈은 그저 할머니랑 같이 밥 먹을 수 있는 아침이었다. 머리카락을 빗어 내리는 할머니의 부드럽고 늙은 손길이었고, 설거지하는 할머니의 허리를 껴안고 포근한 살에 뺨을 비빌 수 있는 시간들, 할머니에게 안겨 자는 순간순간이었다.

사람들이 이루어지기 어려운 걸 두고 꿈이라고 부른단 사실을, 그때는 하나도 몰랐다. 알았더라면 꼭 다른 걸 꿈꿨을 텐데.

눈을 함부로 죽이며 온 아저씨가 갈 때는 소리도 없이 사라진 다음 날. 일어나서 마당에 나가 보니, 어제 만들었던 아기 눈사람이 하얘진 가슴을 하고 서 있었다. 내가 보고 싶어서 여기까지 온 거구나. 나는 너를 까먹고 있었는데……. 반가우면서도 미안해서 수줍게 깜빡거리던 눈이, 어느 순간 동그랗게 열렸다.

"근데 할머니 눈사람은 왜 안 왔지?"

당장 어제 놀았던 언덕으로 뛰어갔다. 제자리에 홀로 남은 할머니 눈사람은 반쯤 녹은 다음이었다. 다시 살을 채워 주고 싶어도, 어제 땅에 내렸던 눈이 다 사라져 있었다.

아프지 말라고 조그만 손으로 토닥여 주었지만 소용없었다. 눈사람은 계속 녹기만 했다. 시무룩하게 처져 있던 눈꼬리에 울음이 맺혔다. 갓난아이도 아니면서 엉엉 울었다.

"아가. 왜 울어, 응? 어디 다친 거야? 넘어졌어? 할머니 봐 봐."

"할머니이. 할머니 눈사람이 아파. 이렇게 녹아 버렸어."

울음소리를 듣고 달려온 할머니는 작은 몸을 꼭 안아 주고는 다독여 주었다.

"아픈 게 아니야. 보이지 않는 거야. 눈에 보이지 않는 요정들이, 할머니 눈사람을 데려가느라고 이렇게 안 보이는 거야. 괜찮아. 할머니 눈사람은 하늘나라에 가고 있어."

"나는 보고 싶어어. 왜 내가 보고 싶어 하면 다 하늘나라 가?"

울음에 파묻힌 채 바들바들 떨리는 목소리를 들은 할머니는 잠시 말이 없었다. 그러더니 한참 만에야 이렇게 대답했다.

"할머니 눈사람이, 이다음에 다시 눈이 되어서 아가 보러 놀러 온대. 그러면 그때 할미랑 같이 또 할머니 눈사람 예쁘게 만들어 주자."

할머니가 대답을 망설였던 것은 그게 듣기 좋은 거짓말이었기 때문이다. 하지만 기분을 달콤하게 만드는 사탕이 필연적으로 충치를 불러일으킨다는 것을 모르는 어린애로서는, 날름 받아 물고 해맑게 웃게 된다.

"응! 꼭이야 할머니."

고른 앞니들을 밝게 드러내며 새끼손가락을 내밀었다. 할머니는 또 망설이다가 손가락을 걸어 주었다.

작고 하얗던 삶을 좀먹기 시작한 충치는 바로 그날 밤 생긴다. 할머니가 눈이 오기도 전에 쓰러진 것이다.

한밤중에 혼자 집을 나가, 버스를 타고도 이십 분은 족히 걸리는 마을로 뛰어갔다. 모두가 잠든 고요한 밤에 울고불고 떼써서, 어른 몇을 깨워다가 우리 할머니 좀 살려 달라고 빌었다.

어른들은 귀찮아하면서도 낡은 차에 시동을 켰다. 그리고 꼭 눈사람처럼 새파랗게 질려서는 제자리에 얼어 있는 할머니를 실어다가, 그 근방에선 그나마 크다는 병원으로 데려다 놓았다.

"얘. 너 엄마 아빠 있어?"

"있는데요."

"어디에."

"하늘나라에."

의사는 코웃음을 쳤다.

"꼬마야. 너 천 원 있어? 이런 거."

"없어 그런 거."

"네 할머니 살리려면 이런 게 만 장도 더 있어야 돼. 없으면 못살려. 자. 선생님이 이거 열 장 줄 테니까, 네 할머니 데리고 집에 가. 알겠니?"

의사의 손이 팔랑팔랑 흔드는 지폐 다발을 노려봤다. 할머니랑 단둘이 사느라 제대로 된 교육을 받진 못했지만, 저게 돈이란 것쯤은 알았다. 어떤 아저씨가 우주만큼 줄 수 있다고 말했던 그 물건 말이다. 만 장이라는 게 얼마만큼 많은 건지는 모르지만, 주제에 우주보다 많지는 않을 것이다.

"나 돈 있어요. 그러니까 우리 할머니 살려 줘. 내가 돈 갖고 올 테니까."

천 원짜리 열 장을 뺏어들며 야물딱지게 쏘아붙였다. 그리고 꼬깃꼬깃 구겨다가 주머니 속에 숨겨 두었던 아저씨의 명함을 꺼냈다.

아저씨가 있다는 서울은 참 멀었다. 택시나 버스에 몇 번 오르락내리락하다 보니 돈은 동났고, 생전 처음 보는 글자들과 숫자들로 이루어진 아저씨의 주소는 너무 어려운 수수께끼였다. 대체 이런 걸 보고 어떻게 찾아오란 말이지?

다리도 아프고 배도 고파 주저앉고 싶었지만, 돈을 갖고 가지 않음 할머니가 계속 그렇게 누워 있어야 한다고 했다. 모르는 아주머니에게 물어 전철을 이리저리 바꿔 타고, 군복 입은 아저씨에게 도와달라고 부탁했다.

어떻게든 명함 속 주소를 찾아 높은 건물 앞에 도착했을 땐 이미 해가 진 뒤였다. 하늘에 검은색 페인트가 왕창 엎어졌는데도 깜깜하지 않았다. 사방이 별보다 빛나는 것투성이였기 때문이다. 이래서 할머니가 서울 보고 하늘나라라고 한 걸까?

닫힌 문 앞에 쪼그려 앉아 명함 준 아저씨가 오길 기다렸다. 하늘나라에 왔으니 겸사겸사 내 엄마나 아빠도 찾아가야지, 생각하며. 태어나서 한 번도 제대로 마주한 적은 없지만, 아이는 엄마 아빠를 붕어빵처럼 닮는다고 했다. 분명 서로를 알아볼 수 있을 거야.

졸린 눈을 부릅떴다. 그러나 눈앞을 오락가락하는 수많은 사람 중에 엄마 아빠를 찾는 건 못 할 일이었다. 하늘나라에 있다는 엄마 아빠 얘길 꺼내면, 할머니가 우울한 얼굴을 했던 게 비로소 이해가 됐다.

"하늘나라는 사람 찾기 어려운 곳이네……."

입술을 삐죽 내밀며 고개를 떨어트린 직후이다.

"어? 똥개."

"아저씨!"

술에 진탕 취해서는 새빨간 얼굴로 나타난 기 대표에게 사정을 설명하자, 그럼 계약을 하는 거냐고 했다. 계약이 뭐냐는 물음에는 그건 마법 같은 거라는 대답이 돌아왔다. 거지를 공주님으로 만들어 주는 거랬다. 그런 거면 나쁠 것도 없지. 알겠으니까 빨리 천 원짜리나 만 장 넘게 달라고 졸랐다. 기 대표는 빙긋 웃었다.

나중에야 알게 되는 건데, 기 대표는 자기에게 큰 이득이 생길 것 같거나 남이 괴로워질 것 같음 그런 식으로 웃는다. 어려서는 웃음이란 건 다 착하고 좋은 건 줄 알았다.

"똥개. 네 할머니 있는 데는 머니까, 너 달고 가면 너무 늦어. 삼촌이 가서 할머니 데려올게. 그러니까 넌 여기서 얌전히 기다려."

빙글거리며 지껄이는 말을 잘도 들었다.

며칠 뒤. 할머니는 기 대표에게 안겨 돌아왔다. 녹은 눈사람처럼 하얗게 부서진 채로.

할머니. 왜 눈이 된 거야? 지금 하늘나라에 가고 있어? 보이지 않는 요정들이 할머니를 쪼끔씩 쪼끔씩 데려가? 빨리 그러지 말라고 해 할머니. 내가 할머니 아픈데 보고 싶어 해서 미안해. 내가 좋아하는 건 다 하늘나라 가 버리는데, 내가 깜빡하고 할머니를 보고 싶어 했어.

이제 나는 할머니 정말로 안 보고 싶어. 그러니까 돌아오면 안 돼? 같이 눈사람 만들기로 했잖아. 약속을 안 지키면 나쁜 사람이야. 할머니는 나쁘지 않잖아. 내일 올 거지? 내일모레 와도 돼. 아니야. 눈이 올 때까지 기다릴 수 있어. 눈 오는 날 나한테 와야 돼, 할머니. 약속 지켜야 돼…….

어디론가 떠나가고 있을 할머니가 들으라고 크게 크게 울었다. 그렇게 몇 초만 있음 할머니는 꼭 달려왔으니까.

하지만 녹아 버린 눈사람은 다시 빚어지지 않는다. 눈사람처럼 새하얗게 내려앉더니만, 할머니도 그랬다. 다시는 살지 않았고, 달려와 주지 못했다.

할머니를 잃고 혼자 남겨진 수아에게 기 대표는 많은 걸 가르쳤다. 자신의 성이 배씨이며, 이름은 똥강아지가 아니라 수아인 것도 그때 들어 알았다.

아빠는 전 국민이 이름만 대면 다 아는 유명한 살인범이라고 했다. 할머니와 어린 수아가 산골짜기에 숨어 산 건 전부 아빠 탓이다. 하나는 범죄자를 낳았고 또 하나는 범죄자의 피를 물려받았기 때문에 도저히 당당할 수 없었던 것이다. 수아의 엄마가 누구인지는 아빠의 불알친구인 기 대표나 겨우 아는 진실인데, 아빠에게 억지로 안겼던 여자가 수아를 낳아서 아빠 집 앞에 버리고 갔다고 했다.

뭐 하나 좋은 구석이 없는 제 가정사를 들으며, 수아는 그저 멍했다. 그땐 할머니가 눈가루처럼 부서졌다는 생각만이 작은 머릿속에 가득했다.

기 대표 말로는 할머니는 희귀병에 걸린 상태였다. 친구의 어머니인 할머니를 자기 친모인 양 따랐던 기 대표는, 수아가 그를 찾아온 순간 할머니가 위독한 걸 직감했다. 당장 시골로 달려 내려갔고 큰돈 들여 수술을 잡았지만, 할머니의 명은 딱 거기까지였다. 할머니는 수술대에 누워 있다가 하늘나라로 떠나갔다.

"수아야. 봐. 하늘나라는 저기야. 지금 니네 할머니가 훨훨 날아가는 곳 있지? 저기라고, 서울이 아니라. 너 앞으로 할머니 절대 못 보는 거야. 네 할머니는 하늘나라 갔고, 아빠는 감옥에 갇혀서 못 나와. 너 오갈 데도 없어서 고아 된 거, 삼촌이 아까운 돈 버려

가며 거둬 주는 거다? 그러니까 이제부터 삼촌 말 잘 들어.”

할머니의 유해를 별도 들지 않는 산속에 아무렇게나 뿌리며, 기 대표는 마지막으로 하늘나라란 곳에 대해 일러 주었다. 그의 두꺼운 손가락은 나뭇가지 사이의 하늘을 가리켰지만 할머니 유해가 착지한 곳은 돌부리나 질척거리는 진흙, 죽은 지 꽤나 오래되어 보이는 까만 나뭇잎 옆이었다.

하늘나라는 무덤들과 비석들, 조그만 항아리들이 가지런히 방치된 선반들이다. 살이 녹아 없어지고 뼈가 바스러져, 더 이상 사람이 아니게 된 존재들이 최종적으로 버려지는 곳 말이다.

죽은 사람들이 도란도란 모여 사는 비밀스럽고 환상적인 나라 같은 건 없다. 누군가 하늘나라로 가 버렸다는 건, 그 사람이 이제는 사람이 아니라는 말. 나무나 돌 같은 무생물들과 다를 바 없게 되어서 같이 얘기하거나 눈동자를 마주칠 수 없다는 뜻이었다. 할머니는 기 대표 손끝에서 먼지처럼 흩어졌고, 이내 저 흙 알갱이들 중에 무엇이 할머닌지 알아볼 수도 없게 되었다.

앞으로 할머니랑 밥 먹지 못하겠구나. 할머니에게 안기지도 못하고, 할머니가 엉망인 내 머리카락을 빗어 주지도 않을 거야. 죽음이 뭔지 깨달은 뒤로 며칠을 줄기차게 울었다. 어려서부터 눈물이 많은 편이었으니, 아마 혼자 물에 빠졌다가 건져지길 수차례 반복한 것 같은 몰골이었을 것이다.

기 대표는 자신이 흘린 눈물에 익사할 기세인 어린애를 다독여 주는 게 아니라, 그 무서운 얼굴이 핏빛이 되도록 역정 냈다.

사진을 찍어야 하는데 계속 그렇게 울면 눈이 붓는다는 이유에서였다.

수아는 당돌하고 영리한 애였지만 화가 난 기 대표에게 대들지는 못했다. 그는 다 큰 남자치고도 덩치가 너무 위협적이었고, 얼굴을 가로지르는 눈매는 칼에 베인 흉터처럼 징그럽게도 날카로웠다. 거부하고 떼를 쓰면 자신이 다칠 거라는 본능적인 예감에 울음이 뚝 그쳤다.

눈물이 부풀려 놓았던 쌍꺼풀이 곱게 가라앉고, 한동안 제대로 식사하지 못해 팔다리가 티 나게 마르자 기 대표는 만족스러워했다. 입으라는 옷을 입고 지으라는 표정을 지었다. 카메라 셔터가 터졌다. 찍어간 사진들로 뭘 할지 두려웠으나 감히 물어볼 수는 없었다.

"나는 고모도 사촌언니들도 없어요. 그리고 내 아빠, 안 죽었어. 대표님이 제일 잘 알잖아요."

열일곱 살. 억지로 찍은 사진과 영상들로 수아의 과거를 철저히 날조하는 데 성공한 기 대표는, 마침내 수아의 두 발에 유리 구두를 신겼다. 얼핏 고귀하고 특별해 보이지만 그건 끔찍한 족쇄였다.

"야. 살인자 딸에 심지어 너처럼 더럽게 태어난 걸 누가 예뻐하고 동경해, 욕하고 짓밟고 싶어 하지. 입 다물고 시키는 대로 해."

"나 데뷔 안 해요. 연예인 같은 건 할 생각도 없었어."

"그럼 계약 파기하고."

거부하자 기 대표가 내민 것은 여섯 살 때, 할머니를 살려 달라고 찾아갔던 날 기 대표가 보여 주었던 계약서이다. 기역 하나 쓸 줄 몰랐던 시절에는 잘 보이지도 않았던 글자들이, 한 자 한 자 눈에 달려드는 양 뚜렷이도 읽혔다. 그건 연예인 전속 계약서였다.

"위약금 10억부터 갚아. 내가 여태 너한테 쏟아부은 돈은, 잠깐 있어 봐라. 야, 조 변호사. 그게 다 얼마냐?"

"얼마든 평생 일해서 갚을게요."

"평생 같은 소리 하네. 네가 뭐가 돼서 그 돈을 벌어 올 건데."

"고등학교만 졸업하면 바로 공장에 들어가서……."

"끽해야 한 달에 이삼백. 그렇게 하면 삼십 년이 지나도 다 못 갚아. 나더러 그걸 기다려 주라고? 배수아. 너 내가 누군지 몰라?"

기 대표는 법을 짓뭉개고 앉아, 그에게 빚지거나 책잡힌 사람들을 물건처럼 함부로 부려먹었다. 그에게서 벗어날 정당한 방법 같은 건 없다.

데뷔 무대를 하루 앞둔 날, 도주를 시도해 봤지만 금방 잡혀 왔다. 기 대표에게 처음으로 맞은 뺨은 그 부근의 살가죽이 에인 것처럼 따끔거렸다. 얼굴이 발갛게 부어서 데뷔일이 미뤄졌다. 또 한 번 도망칠 기회가 주어진 거였는데도 아무것도 할 수 없었다. 또 맞을까 봐 두려웠기 때문에.

데뷔 무대는 성공적이었다. 공들여 치장한 얼굴은 조명 속에서 살아 있는 보석처럼 찬란했고, 부끄러워하면서도 간절히 빠끔거리는 작은 입술이 빚어내는 노랫소리는 달빛보다 신비로웠다.

아름다운 의자에 걸터앉아 속삭이듯, 또 울부짖듯 노래하는 수아의 무대가 세상에 드러난 순간. 수아의 이름은 모든 인터넷 화면을 장식했다. 저 요정 같은 여자애는 누구냐며 궁금해하는 사람들이 수만 명이었고, 기 대표 회사의 가치는 천정부지로 솟구쳤다.

"안녕하세요 배수아입니다. 이제 막 열일곱 살이 됐구요. 그리고, 어…… 뭐부터 얘기해야 하지. 어, 저는 프랑스에서 태어났어요. 부모님은 두 분 다 한국인이셨는데, 제가 아홉 살 때 사고로 돌아가셨구요. 그때부터 고모 부부의 보호를 받게 됐어요. 저희 고모는 사실 친고모는 아니시고, 고모 어릴 때 할아버지 할머니가 조금 도와주셨던 게 연이 돼서 식구처럼 지내던 분이에요. 그러니까 사실은 정말 남남이거든요. 피는 한 방울도 안 섞인. 남인데도 고아가 된 저를 거둬 주셨으니까 늘 감사하고 죄송했어요. 어떻게 하면 고모께 짐이 안 될까 늘 고민했는데, 어느 날 운이 좋게 마렌의 기정균 대표님을 만나서……."

기 대표는 그동안 계획적으로 만들어 온 수아의 자료들을 세상에 풀기 시작했다. 가장 먼저 내놓은 것은 가수 데뷔가 결정된 아침, 강제로 외우게 한 자기 소개 영상이었다.

옆에 두면 풋사과 향기가 풍겨올 듯 싱그럽고 예쁜 소녀가 오물

오물 이야기하는 모습이 또 화제가 되었다. 생긴 게 천생 연예인이라고 감탄하거나, 조실부모한 사연이 짠하고 안쓰럽단 댓글들 사이사이로, 기 대표가 심은 거짓말들이 버젓이 피어올랐다.

「와, 수아가 연예인 됐구나. 저 프랑스에 살고 저 고모란 사람 잘 알아요. 거둬 주긴 개뿔, 애가 착하니까 저렇게 말한 거지, 애 고모가 진짜 그 불쌍한 어린애를 하녀처럼 써먹었어요. 자기 친딸들은 명품으로 둘둘 말아 놓고 수아 애는 헌옷 수거함에서 주운 것 같은 옷들만 입히고, 맨날 지 딸들 짐 들게 시키고 청소 시키고…….」

「배수아 고모부가 내 동창입니다. 원래 프랑스에서 조그만 미용실 했는데, 어느 날 갑자기 이사하더니 돈을 흥청망청 쓰더라구요. 로또라도 됐나 신기해서 술김에 슬쩍 물어보니까, 자기 와이프 양오빠가 죽어서 그 유산 다 꿀꺽했다고…….」

기 대표는 수아를 신데렐라로 꾸며놓았다. 겨우 아홉 살에 부모를 다 여의고, 고모 부부에게 입양된 소녀로. 고모 부부와 그 딸들은 그녀의 부모가 남긴 어마어마한 재산을 제 것처럼 썼고, 그녀는 구박데기가 되었다.

그렇게 궂은 잡일과 새언니들의 심부름을 도맡아 하게 된 지 3년째 되던 해의 일이다. 한국에서 아이돌이 되는 게 꿈이던 사촌 언니들을 위해 온 가족이 서울로 향했다.

그날 저녁. 작고 가엾은 신데렐라는 프랑스의 빈집에 남겨진 채 처량하게 울고 있었는데, 마침 신인을 찾아 돌아다니던 한 어른의 눈에 띄었다. 운명적이게도, 언니들이 오디션을 보러 간 그 기획사 대표의 눈에 말이다.

연예기획사 마렌은 고모 부부에게 막대한 계약금을 지불하고 그녀를 한국으로 데려왔다. 그리고 열성을 다해 데뷔시켰다. 마치 신데렐라에게 그 푸르고 깨끗한 눈동자 색을 닮은 드레스를 입히고, 호박 마차에 태워 보내듯이.

나는 살인자의 딸인데. 세상에 태어나지 말았어야 할 더러운 씨앗인데.

기 대표가 입혀 놓은 그 말도 안 되는 소설을, 사람들은 철석같이 믿었다. 조작된 거지만 물증도 있고, 수아는 기 대표가 워낙 철두철미하게 기획한 상품이라서 하자가 없었기 때문이다.

초라했던 이름 위에 티아라처럼 씌워진 별명, 국민 신데렐라. 수많은 사람이 위장된 그녀의 생을 동경하며 사랑했다. 차라리 무명의 연예인으로 가라앉길 기도했지만, 어느새 그녀를 모르는 사람은 없다.

높이 올라갈수록 무서웠다. 거짓의 칠은 벗겨지고 진실은 떠오르는 게 섭리이니까. 언젠가는 시침과 분침이 12시 위에 모이고, 마법은 풀려 버릴 것이다. 화려한 드레스는 넝마로 변하고, 보석들은 알알이 흩어져 먼지가 되겠지.

사람들은 왜 그 동화를 낭만적으로만 바라보는 걸까. 왜 신데렐라라는 여자가 쉽게 살았다고 하지? 아무도 모를 거야. 공주에서 재투성이 시녀로 변해가는 계단 위를 내달리는 그 여자의 심정이 어땠을지. 실체를, 진실을, 내 거지 같은 꼴을 들킬까 봐 달아나는 그 마음은 나만이 알아.

내 자정은 언제일까. 일주일 뒤일까. 내일일까, 오늘 밤일까.

시계의 태엽을 쥐고 있는 건 기 대표이다. 그 인간이 네 알몸을 드러내겠다며 겁박하면, 어쩔 수 없이 그 발치에 엎드려 빌게 된다. 제발 12시를 미뤄 주세요. 조금만 더 나를 내버려 둬요. 찢지 말고 벗기지 마. 나 뭐든지 다 할 테니까…….

"배수아 씨."

"……."

자신의 지난 삶을 돌아보고 있던 눈동자에 어느새 눈물이 엉겨 있다. 남자에게 깊이 안겨 있어서, 흘러내린 눈물은 전부 남자의 가슴팍에 스미고 있었다. 남자가 바보가 아니니 내가 또 울고 있단 걸 알아차렸을 것이다.

이 남자 앞에선 왜 자꾸 구질구질한 모습만 보여 주게 되는 거야, 쪽팔리게. 수아는 쓸데없이 헛기침하며 일어나려고 했다. 그러나 꿈쩍도 할 수 없었다. 남자가 안은 몸을 놔주지 않았으므로.

"계약 해지, 왜 안 하는 겁니까?"

남자는 대답을 들을 때까진 계속 이러고 있을 심산이다. 약점

같은 거 하나도 안 잡혔다고 떵떵대고 싶었지만, 벌써 그가 아는 게 많았다.

기 대표가 내 몸을 팔았는데 얌전히 팔리는 꼴을 보여 줬으니 말 다 한 거 아닌가. 심지어 그는 기 대표를 물고 늘어지려는 검사다. 일반인들 중에서는 기 대표를 가장 잘 알고 있을. 그러면 그딴 인간과 일하는 내 모습이 영 납득되지 않겠지.

"고마워서요. 나는 기 대표 싫어하지만, 어쨌든 날 여기까지 키워 준 사람이니까."

역겨운 거짓말을 내뱉었다. 못 먹을 걸 혀 위에 올려놓은 사람같이 기분이 더러워졌지만, 아무튼 남자는 수아를 풀어 주었다. 남자에게서 최대한 고개를 돌린 채 일어나, 손등을 들어 올렸다. 뺨과 눈매에 났을 눈물 자국을 얼른 닦으려고.

그러나 반쯤 올라오던 뽀얀 손등은 어정쩡하게 굳어 버린다. 고요히 따라 일어선 남자가, 수아를 새카맣고 진하게 직시하고 있는 탓이다.

아무런 무게도 갖지 못했으면서, 꼭 손가락이나 혀끝처럼 강렬하고 원색적인 그 특유의 시선이, 발목과 종아리를 조심스럽게 쓸어 올리기 시작한다. 마치 그에게 붙잡힌 양 제자리에 붙박여 있는 사이 두 허벅지와 그 틈새의 둔덕이 꾹 눌렸고, 오목하게 들어간 아랫배, 가슴 밑쪽과 그 새하얀 언덕의 정상에 꽃핀 살이 차례로 어루만져졌다.

그리고, 입술.

도저히 의식하지 않을 수 없는 그 동공이 마지막으로 닿은 곳은 입술이었다. 그가 지그시 바라보자 왠지 그곳을 열어 줘야 할 것 같은 압박감이 입매를 물들인다. 이 기이한 느낌을 떨쳐 내고 싶어, 뒤늦게 고개를 틀었다. 그건 숨겠다며 비좁은 동굴에 머리만 집어넣은 꼴이었다. 그대로 방을 나가 버렸어야 했는데.

남자는 직접 손을 뻗어 수아의 턱 끝을 잡았다. 그를 피해 달아났던 조그만 고개가 손쉽게 포획당해 그 앞으로 끌려가고, 짙은 시선이 다시 입술을 문질러 온다. 괜히 숨 막히는 기분이 들어, 수아가 저도 모르게 한숨을 내뱉는 순간.

"상처가 아직 그대로네."

남자의 손가락이 아랫입술을 내리눌렀다. 드라마 촬영장에서 처음 마주쳤을 때와 같이.

"위험해지면 배수아 씨 자신을 물어뜯는 버릇, 고쳐요. 약해지고 겁먹은 거 다 티 나니까."

새까만 눈이 본질을 관통한다. 꿰뚫리는 느낌이 전신을 흔들어와, 수아가 몸을 떨었다. 온몸을 채찍으로 얻어맞아 여기저기 새빨갛고 깊은 상처가 그어진 노예처럼.

실은 수아의 삶은 늘 이렇게 겁먹은 상태였다. 보이지 않는 생채기와 흉들이 모든 살을 꽉 채운 채 낫지 않았고, 살갗 위를 넘실넘실 흘러 다니는 투명한 피는 마르는 순간이 없었다. 약해 보이지 않으려 기를 썼기에 아무렇지도 않아 보였을 뿐.

오한 같은 외로움과 공포가 그녀를 떠나질 않아, 누가 좀 이런 나를 알아봐 주고 도와주길 밤마다 기도했다. 혹시 이 밑바닥이 내 자리라 영영 이렇게 살아야 하는 숙명이라면, 차라리 죽게 해 달라고도 빌었다.

사실 언제부턴간 그런 애원조차도 하기 질리고 지친다. 내가 알아서 이 숨을 끊어 먹어야 하는 걸까, 고민하는 게 새로 버릇이 됐다. 버릇이 되어 버렸을 지경인 고민을 몸으로 실천하지 못하는 건 아픈 게 진절머리 나기 때문이다.

그리고 눈앞의 남자─어쩌면 기 대표의 숨통을 옭매어 줄지도 모를 존재는, 그런 그녀를 대부분 간파하고 있다. 아니 어쩌면 그녀 자신보다도 더 많이 알 수도 있는 일이다. 자신이 참을 수 없이 죽고 싶어질 때 아랫입술을 깨문다는 건, 그녀 자신도 모르고 있던 습관이었다.

스스로를 깨물어 없애고 싶어 하는 조그맣고 애틋한 이를 쳐들어, 다 말하고 싶다는 충동이 일었다. 부디 나를 도와달라고 저 남자에게 구걸하고 싶어.

근데 왜지.

말이 나오질 않는다.

"이것 봐. 또 물잖아요."

입술에서 손을 뗀 남자가 조용히 중얼거렸다. 당연하단 듯 치아에 물려 있는 여린 살에서는 피비린내가 감돈다. 남자는 제 아랫입술을 물고 있는 수아를 짙은 눈으로 내려다보다가, 가벼이 입 맞췄다.

"내가 급히 할 일이 생겨서. 여기서 조금만 기다려요. 우리 약속이 계약 같지 않은 계약이긴 해도, 피차 상의는 필요하니까."

남자의 한쪽 어깨 위에 대강 놓여 있던 가운이, 수아의 몸에 둘러졌다. 가운을 여며 준 뒤 등 돌린 남자는 그대로 침실을 나갈 듯하다가, 몇 걸음 걷지 않은 발을 멈췄다. 벽에 걸린 검은 액자 옆에서였다. 이윽고 그의 손끝에서 작은 카메라 하나가 부서졌다.

남자가 침실을 나간 뒤. 수아는 혼자 서서 멍한 얼굴을 했다.

방금 무슨 일이 있었더라? 검사라는 남자랑 계약을 했지. 그 남자를 누명에서 구원하는 한편, 수아 자신의 발에 유리 구두를 채운 기 대표 숨줄을 꽉 조일 수 있다는 계약.

그 남자 일이야 그가 알아서 할 거고 내가 걱정해줄 이유도 없다. 하지만, 나는? 내가 그 남자를 믿어도 되는 건가? 지금까지 기 대표를 치겠다고 달려든 사람들이 한둘이 아니다. 그들은 모두 죽거나 다쳤다. 그 남자라고 뭐 다를까.

잘못된 꿈에서 깨어나는 양 깨끗한 미간이 바스러지며, 속눈썹 위로 의심의 파문이 번져 나갈 때. 별장에 들어오며 침실 테이블에 던져 놓았던 휴대폰이 요동을 쳤다.

—어, 수아야. 자고 있었어?

"아니, 왜."

—미안해. 그게…… 갑자기…… 스케줄이 잡혀서.

매니저의 목소리가 침묵에 자주 베일 땐, 기 대표가 또 뭘 시켰다는 뜻이다. 쿵. 가슴속에서 심장이 깨지는 소리가 들렸다.

"무슨 스케줄인데."

지저분한 먼지들이 소용돌이치는 듯 갑갑해지는 마음을 숨기며, 수아가 평온한 음성을 꾸몄다. 기 대표가 잔인한 손을 들이밀어 오면, 가시를 치켜세우면서도 얌전히 그 손바닥에 몸을 내줬다. 나는 내 것이 아니니까 맘대로 써먹으라고. 싫다고 버텨 봐야 아프게 끌려갈 뿐이란 걸 알아서 그랬다.

―그…… 어…… 일단 나올래? 나와서 얘기하자, 수아야.

오늘은 다르다.

―수아야. 나오는 거지? 5분 안에, 아, 아니, 준비 안 해도 되니까 지금 바로 나와.

몸을 팔아넘기기까지 한 기 대표이다. 앞으로는 계속 그 정도의 일을 시키려 들 것이다. 어쩌면 더한 짓을 강요할지도 모르지. 밑바닥에 처박다 못해 지하에 파묻으려는 걸, 가만히 당하고 있을 순 없어. 잡초라도 붙들고 늘어질 거야. 허황되고 약한 희망이라도 믿어야지.

"그래. 그렇게."

수아는 휴대폰 속으로 매니저를 속여먹을 말을 흘려 넣으며, 침실 문을 열어젖혔다. 남자는 여기서 기다리라고 했다. 그가 올 때까진 이 주변을 맴돌며 매니저를 피해 다닐 계획이었다. 시간을 좁쌀만큼이라도 더 벌려면 위장을 하는 게 낫겠지.

욕실 앞에 던져두었던 제 옷을 허겁지겁 걸치고, 남자의 옷장을 뒤졌다. 모자, 패딩점퍼, 머플러, 손끝에 걸려드는 건 뭐든 집어다가 몸을 가렸다. 그리고 미리 봐 둔 테라스를 향해 뛰었다.

겨울의 한기를 결결이 머금은 나무 바닥이 맨발을 따갑게 할퀴어왔다. 목젖 끝에 비명이 맺혔지만 그런 걸 뱉을 여유 같은 건 없다. 매니저는 기 대표가 수아의 삶에 바짝 묶어 놓은 목줄이다. 수아가 1초라도 지체하면 곧장 문을 따고 들어와, 수아를 찾기 시작할 것이다. 어쩌면 벌써 이 발자국을 쫓아오고 있는지도 몰라.

밤이 패어 놓은 어둠의 늪은 깊디깊고, 앞에서 강하게 불어닥치는 차디찬 바람이 마치 기 대표가 던져 놓은 그물망 같다. 빨리 도망가야 되는데. 가볍고 작은 체구가 떠밀려 넘어질 듯 휘청거렸다.

안 그래도 거지 같은데, 바람까지 지랄이야. 수아가 눈을 일그리며 난간을 더듬어 짚었다. 다리 한쪽을 난간 바깥으로 걸며 바닥을 내려다보자, 어지러운 느낌이 엄습했다. 테라스가 생각보다 높은 것이다. 그래도 뛰어내리지 못할 만큼은 아니다. 망설일 것 없이 사지를 내던졌다.

"아!"

나름 수많은 무대와 드라마 촬영으로 잘 다져진 몸이다. 요령껏 뛰어서 괜찮을 줄 알았는데, 작은 신음이 제멋대로 입술을 비집고 튀어나왔다.

기 대표 때문에 부어 있던 발목에 충격이 가자 아예 어긋나 버린 모양이었다. 시큰거리다 못해 얼얼하게 아렸으나, 지금은 이딴 거에 주저앉아 있을 때가 아니다. 비틀대며 일어나 모자를 눌러썼다. 그리고 다시 달려 나가려는 순간.

"……수아야."

목줄이 거칠게 당겨졌다.

"빨리 나왔네. 얼른 차로 가자. 감기 걸려."

아무것도 할 수 없었다.

별장 내에 설치된 카메라가 한둘이 아니었던 모양이다. 테라스 앞을 정확히 지키고 있었던 걸 보면.

매니저는 착하게 생긴 눈을 어색하게 휘며, 수아를 차 뒷좌석에 태웠다. 다 큰 어른의 안전벨트까지 손수 챙겨주는 것은 헌신적인 배려가 아니라 구속이다. 사람들은 수아를 묶어 두는 이 까맣고 질긴 띠와 쇠고리에 어떤 장치가 숨겨져 있는지 모른다.

"오빠도 연기를 해야 하는데. 대표님이 제안 안 해?"

"내가 무슨……."

철컥, 서늘하고 단단한 쇳소리가 귀를 찍었다. 이제 기 대표나 매니저의 손이 아니면 벨트는 풀리지 않을 것이다.

결국 나 끌려가네. 알면서도 할 수 있는 유일한 일이, 룸미러에 비친 매니저를 노려보는 것이다.

"전화를 바로 받더라. 잘 못 쉬었어?"

얼른 운전석에 앉은 매니저가 차를 출발시키며, 수아의 눈치를 봤다. 기 대표보다 좀 하수인 거지, 자기도 만만치 않게 나쁜 새 끼면서. 순하고 선한 척. 하나도 모르는 척.

"왜. 더 하고 나올까?"

너도 다 알잖아. 네 손으로 날 어디에 떠밀었는지.

"오늘 네가 나한테 시킨 거, 일이야. 쉬는 게 아니라. 다음부턴 똑바로 말해."

"미, 미안. 대표님이, 오늘 아버지 병실을 빼겠다고 협박……."

"시끄러워. 나 피곤해."

얼음처럼 쏘아붙이니 그제야 매니저의 숨소리가 죽었다. 좀 후련해, 팽팽하게 힘을 주고 있던 눈매를 그만 풀고 창밖을 바라봤다.

차창 너머는 온통 까만색이었다. 도무지 출구가 없는 그녀의 불행처럼. 혹은 어두운 체념이 끼어 있어, 반짝이지 않는 두 눈동 자처럼.

그 남자, 기 대표 목을 단두대에 올려놓을 거라고 했지.

그게 가능한 일일까. 아니. 지키지 못할 약속이야. 난 처음부터 이럴 줄 알았어. 기대, 하나도 안 했어.

가맣게 시든 눈이 한층 더 깊은 수렁으로 맥없이 빨려 들어갈 때이다. 우르릉– 모든 게 다 죽은 바닷속처럼 고요하던 침묵을 무언가 낮게 흔들어 왔다.

뭐지?

수아가 고개를 돌려 뒤쪽을 바라봤다. 차의 뒤창 바깥에서,

답도 없이 단단해 보이던 암흑이 눈부시게 부서지고 있었다. 수아의 두 눈에 빛이 깃들었다.

수도꼭지에서 일직선으로 쏟아진 물줄기가 투명한 몸 그대로 하수구에 처박힌다. 아무 의미 없이 떨어져 내려, 검고 더러운 통로로 빨려 들어가는 물방울들의 비명 소리가 시끄러웠다. 그러나 청신에게는 하나도 들리지 않는 듯했다. 틀어놓은 물을 잊은 채, 세면대 앞에 요동 없이 서 있는 그의 옆얼굴에 그늘이 깊이 드리워 있다.

"무슨 일이 있었길래."

문장마다 그녀를 찔러 죽일 독이 은밀하고도 잔혹하게 발려 있는 불공정 계약서. 독소 조항으로 점철된 그 악랄한 문서조차 지켜지지 않아, 10년간 쉰 날이 고작 일주일인데도 통장에 백만 원이 없는 그녀의 재정 상황.

여러 루트를 거쳐, 동전 하나 남김없이 기정균의 손아귀로 쓸려 들어간 그녀의 자산. 기정균이 체포되던 그날, 기정균과 그녀 둘이 든 대기실에서 고성이 났다는 방송국 직원들의 증언. 마지막으로, 이청신 자신의 눈동자에 아로새겨졌던 그녀의 모습들. 마치 노예나 학대받는 애완동물 같았던…….

눈꼬리가 이지러지고, 잘 뻗은 눈썹 사이로 금이 진다. 얼굴

곳곳에 서린 어두움이 더 짙어지려는 찰나. 청신이 고개를 살짝 저으며 세면대 위로 손을 뻗었다. 그러나 손끝이 물줄기에 닿기 직전에 또 모든 걸 잊었다. 오로지 배수아라는 여자 하나만 기억한 채.

그 여자는 왜 기정균에게 붙들려 있는 걸까. 어떤 사정으로 얽혀 있길래.

검게 침잠한 눈으로 다시 시작한 고민이 끊어진 건, 여자가 흘렸던 하얀 물이 말라붙었을 즈음이다. 청신은 여자의 흔적으로 지저분한 긴 손가락들을 잠시 쳐다보았다.

지금 자신의 손 위에는 허공뿐인데도, 부드럽고 안쓰럽게 젖으며 달라붙어 오던 연한 살의 감촉이 선명히 느껴졌다. 그녀가 아직 자신의 밑에서 울고 있는 것처럼.

아까를 떠올리자 전신에 환각제가 퍼지는 듯하다. 여리고 앙칼진 얼굴이 쾌감과 우울로 얼룩지는 광경이 눈동자를 덮쳐 오고, 흐트러지던 숨결과 우는 소리까지 귓속을 적시는 것이다. 그녀가 원해서 한 일이 아닌데, 아래로 피가 몰리는 감각이 불결하다.

청신이 이를 씹으며 손을 닦았다. 여자의 분비물이 차가운 물속에 씻겨 내려가자, 그늘에 잠겼던 이목구비로 희디흰 무심함이 피었다. 이제 욕실 거울에 맺혀 있는 것은 어떤 여자에게 파묻혀 제 앞도 못 보는 남자가 아니라, 서늘하게 아름다운 냉혈한의 얼굴이다.

간단히 손만 씻은 뒤 편한 복장을 걸쳤다. 여자의 체취가 물든 데는 양손만이 아니므로 여전히 그녀를 안고 있는 기분이 떨쳐지지 않았지만, 물속에서 지체하고 있을 때가 아니었다.

검찰 내부에도 기정균의 조력자가 있다. 그리고 자신은 그가 친 함정에 빠졌다.

청신이 다음 날 연가를 낸 걸 알고 있는 사람은 황인희 계장과 남예은 실무관, 청신의 밑에 수습 검사로 배정된 신현수. 그리고 직접 휴일을 권한 차장검사다.

개중에 이청신이 휴일 하루 전 밤, 이 별장에 온다는 걸 파악하고 있는 단 한 명.

'야, 이청신. 네가 일산엔 웬일이야.'

'여기 집이 있어서요.'

'서초동 아니었어? 아아, 그래. 내가 이렇게 헷갈려. 네가 나랑 닮았다는 생각에 가난도 닮은 것 같단 말야. 너 본가가 선화그룹이었지. 정발산 북쪽에 그 큰 별장도 선화 거란 이야기가 있더니. 그게 이청신 네 별장이었군.'

'예.'

'그러고 보니 너 내일 쉬지? 휴일 전날엔 일산으로 오나 봐.'

별장 근처 카페에서 우연히 마주쳤던 차장검사 서헌승.

차장은 초임 시절부터 권력형 비리에 대들어 왔다. 권력과 돈의 내시 노릇을 하는 검찰 집단에서, 조국의 법과 정의에만 허리를 굽힌 보기 드문 인물. 그러고도 검사복을 벗지 않을 수 있었던 건 오직 그가 가진 걸출한 능력 덕분이다.

사람들은 종종 차장을 가리키며 그가 이청신의 미래라 했다. 그 본인도 남들 앞에서 청신을 검사로서 낳은 아들이라 부르며 두둔했다.

그때마다 청신은 생각했다.

그런가. 아닌 것 같은데.

차장이 검찰 조직 내에서 거의 유일하게 자신의 뒤를 봐주는 데도, 그 생각이 잘 고쳐먹어지진 않는다. 청신이 바라보는 서헌승과, 그를 제외한 모든 타인이 바라보는 서헌승의 괴리감은 좀처럼 사라질 줄 몰랐다.

서헌승이 일개 부서의 부장으로만 떠돌 거라는 내부의 예상을 깨고, 서울중앙지검의 1차장으로 등극한 직후. 그 괴리감은 더 커지고 짙어졌다.

조직의 이미지를 대대적으로 환기시키겠다는 검찰 개혁에 힘입어 간부가 된 차장은 두 눈빛이 묘하게 검어졌다. 변심이었다. 알아보는 사람은 드문 것 같지만.

애당초 차장에 대한 기대가 전무했으므로, 청신은 전무후무한 청백리라는 그가 기정균에게 무슨 약점을 잡혔으리라는 판단을 곧장 내렸다. 그런 게 아니고서야 자신의 이름에 있어 결벽적인 면을 가진 서헌승이 일개 조폭 출신과 엮이려 할 리 없다. 검찰 내부에 기정균을 필사적으로 비호해야 하는 세력이 생긴 것이다. 그럼 쳐내야 하는데. 어떻게?

긴 속눈썹이 차분히 깜빡거리며 허공을 쓸었다. 그러다 어떤 답이 떠오른 듯, 힘이 실린 눈시울 아래로 빛 같은 게 어려 든 순간.

"장용호⋯⋯."

붉은 입술이 움직이고, 빚은 것처럼 수려한 손이 휴대폰을 꺼내들었다.

"차장님."

─어, 이청신. 이 시간에 왜 전화야. 쉬어야 할 때 아닌가?

"죄송합니다. 하지만 이건 서둘러 보고를 드려야 한다는 판단이 들어."

─무슨 일인데.

"제 방 수습 검사가 처음으로 맡은 연희대 폭행 치사 사건 기억하십니까."

─신현수가 맡은 거? 그거 알지. 대학생들끼리 치고받다가 남자애 한 명 사망한 거지?

"그 사건, 한 달 전 서울고검에서 오더가 내려졌습니다. 신현수가 겁에 질려 있어서 바로 보고 드리지 못했습니다."

─뭐? 고검에서?

체계상으로는 고등검찰이 지방검찰청의 우위 기관이나, 실질적인 권한은 모든 검찰청을 통틀어 가장 취약하다. 더 이상 진급할 가능성이 없는 노쇠한 검사들이 모여 은퇴를 기다리는 곳.

차장은 황당하다는 말투였다. 검사들 사이에선 검사의 무덤으로 통하는 그곳에서, 감히 검찰의 가장 날카롭고 큰 칼날이라

하는 중앙지검에 오더를 내렸다니 선뜻 이해가 되지 않는 모양이었다. 그러나 특별히 영리한 사람답게, 오더의 주인이 누군지 재빨리 알아차렸다.

─무슨 오던데.

차장의 목소리가 깊어진다.

"신애국당 김중우 의원의 아들이, 피해자를 고의 살인한 정황이 드러났습니다. 사실 숨기고, 일 마무리하라는 오더입니다."

─그 오더 내려 보낸 곳이 어디야.

"701호입니다."

서울고등검찰 감찰부 부장검사의 호실이다. 지금 그 방의 주인은 중앙지검의 차기 검사장이나 마찬가지였던 장용호 검사다. 엘리트 코스만 밟은 뒤 유력한 정치인 가문의 아내까지 얻어, 그야말로 탄탄대로를 걸어온 검찰계의 왕족.

비록 큰 비리 사건에 휘말려 중앙지검의 1차장 직위에서 무덤가까지 밀려났으나, 장용호가 그런 식으로 저물 리는 없다. 서헌승이라는 라이벌이 한 명 생겼을 뿐, 장용호는 여전히 차기 검사장 후보였다.

검찰의 일인자가 되겠다는 일념으로 살아온 장용호와, 이제막 검은 눈을 뜬 서헌승은 서로를 잡아먹기 위해 혈안이 되어 있었다. 청신이 도모한 계획은 차장이 먼저 장용호를 물어뜯게만드는 것.

─용호 선배. 좋은 데로 장가가서 길 한번 잘 닦였다 했더니.

그 길이 교도소로 뻗은 거였군.

차장이 흡족함에 젖은 목소리로 말했다.

처음에는 처조카의 살인을 덮어 주려던 장용호가 일방적으로 피와 살점을 잃고, 차장의 명예는 영웅처럼 새하얗게 빛날 것이다. 그러나 청신 자신이, 기정균이 쥐고 있는 차장의 약점을 파악해서 장용호 편에 던져 준다면.

—청신아.

독야청청하다는 이유만으로 그 자리까지 오른 차장의 목은, 전 국민이 바라보는 가운데 구정물에 빠지게 되겠지.

"예."

—좌천됐지만 장용호는 여전히 거목이다. 네 손으로 도끼질할 수 있는 인물이 아니야. 물증들 다 나한테 보내.

청신은 흐트러진 머리칼을 가벼이 쓸어 넘기며 욕실 문을 열었다. 차장이 의도대로 움직여 줄 것 같으니, 바로 밖으로 나가 차장의 얼룩을 찾아볼 생각이었다. 되도록 서둘러야 했다. 그러나 그의 두 발은 욕실 문 앞에서 떨어지지 않았다.

—이청신. 너 뭐야. 듣고 있는 거야?

분명 문가에 너부러져 있었던 여자의 옷가지가 사라진 채였다. 침실에서 기다리라고 했는데. 그 여자가 나갔나?

즉시 침실로 걸어가던 청신이 문득 고개 돌려 거실 쪽을 바라보았다. 공기가 아까보다 차가워진 것 같더니. 커튼이 어지러이 나부끼고 있었다. 열어 둔 적 없는 테라스의 문 쪽이었다.

여자가 신고 왔던 구두는 거실에 덩그러니 남겨져 있다. 여자가 스스로 나갈 마음이었다면 테라스를 통하지는 않았을 것이다. 신발을 버려두고 갈 리도 없고.

그녀는 원치 않게 끌려갔다. 결론을 내린 청신이 현관으로 뛰었다.

─야. 청신아. 나한테 다 보내라고.

"당장은 어렵습니다."

─왜. 무슨 일인데 그래. 어?

겨울바람의 스산한 호흡음, 현관문이 무겁게 입을 다무는 소리와, 운동화 발이 얼어붙은 바닥을 부딪는 소리를 다 들은 차장이 조바심을 냈다. 청신은 별장 앞을 떠나 막 멀어지기 시작한 차의 방향을 주시하며, 차에 올랐다.

"약속이 있어서."

짧막하고 메마른 대답 뒤, 키를 먹인 차가 낮게 울었다. 청신이 피워 낸 두 줄기 헤드라이트가, 세상에 틈 없이 들어차 있던 어두움을 깨부쉈다.

👠

창문이 너무 어두워 차 안에 든 사람이 누구인지 알 수 없었다. 그런데도 심장 끝에 기대감이 맺혔다. 사실이 뭔지 난 하나도 모르지만, 왠지 그 남자가 약속을 지키러 오고 있는 것 같단 희망이.

"뭘 그렇게 봐, 수아야."

"아무것도."

뒤창 너머에 박혀 있던 큰 눈이 새침하게 시선을 돌렸다. 겨우 쓸데없는 걸 쳐다보던 척하는 건데, 처음 주연으로 연기를 시작했던 순간보다 떨렸다.

그래도 나쁘지는 않은 연기였다고 생각했는데.

"어? 저 차……."

매니저가 내내 뒤따라오던 까만 차의 존재를 의식하기 시작했다. 수아가 아랫입술을 깨물며 기도했다.

제발 몰라라. 그냥 송진우 너답게, 멍청하게 좀 지나가.

차라리 알게 해 달라고, 누가 뒤를 따라오는 걸 알아채고 막게 해 달라고 기도할 걸 그랬나.

그녀의 기도는 늘 그렇듯 먹히지 않는다. 가느다랗게 뜨여서는 더듬더듬 뒤 차를 확인하는 매니저의 눈으로, 경악이 섬광처럼 번뜩였다. 차량 번호를 다 읽고서 저러는 걸 보아 이미 남자의 차 번호를 외우고 있었던 모양이다.

자길 구하러 온 남자가 들킨 거니 기분이 저 바닥으로 고꾸라져야 할 상황인데도, 수아의 입가에는 미소가 연하게 피었다.

따라오는 게 그 남자가 맞다고 확인받은 것 같아서. 이유가 뭐든 누군가 자신을 지켜 줄 것처럼 구는 건 처음이라서. 그 남자가 날 뒤따라와서 뭘 어떻게 해 줄 수 있는 것도 아닐 텐데, 그래도 일단 웃음이 났다.

"오빠. 나 속 안 좋아. 토할 것 같아. 좀 천천히."

이러면 매니저는 아무리 급한 일이 있어도 속도를 늦췄다. 딱히 수아를 배려해서는 아니다. 수아는 기 대표가 기를 써서 관리하여 판매하는 상품이고, 매니저는 그 상품을 가장 좋은 컨디션으로 배달하는 역할이기에 그렇다.

하지만 오늘은 오히려 액셀 페달을 더 깊이 눌렀다. 한 손으로는 어디론가 문자를 보내며. 기 대표에게 고자질을 하는 거겠지. 막을 방법 같은 건 수아 손에 없다. 하릴없이 창밖만 쳐다봤다.

그런 지 5분도 지나지 않았을 때. 어디선가 몰려든 차들이, 일산에서 서울까지 내내 뒤꽁무니를 따라오던 남자의 차를 방해하기 시작했다. 끼익 하는 소리가 여러 번 났고, 제 속도를 못 이겨 중앙 분리대를 넘어가는 차도 보였다. 여기저기서 클랙슨 소리가 시끄러웠다.

경찰차도 왔나. 날카로운 사이렌의 울음이 도로 위를 맴돌기도 했다. 수아가 나른하고 무관심한 눈으로 뒤를 돌아봤다. 그리고 소리 없이 속삭였다. 그냥 가요. 오늘은 약속 지킨 셈 쳐줄게. 나는 내가 알아서 해 볼게.

그 속삭임이 전해졌을 리가 없는데, 꼭 들은 것처럼 남자는 차를 세웠다.

가슴 한 귀퉁이가 허물어지는 느낌이 들었지만 외면했다. 어차피 남자가 기 대표의 목을 부러뜨린다는 건 말도 안 되는 짓이었다.

원래부터 날 지킬 사람은 나밖에 없어. 실망할 게 아니야.

속으로 그런 생각을 했다. 여러 번, 세뇌하듯이.

숨도 쉬지 않고 운전에 몰입한 매니저가 처음 브레이크를 밟은 곳은 호텔이다. 의도가 분명해 보이는 장소. 수아는 매니저가 운전석에 내리는 짧은 시간을 틈타, 차에 타며 벗어 놓은 남자의 모자를 버킷 백에 쑤셔 넣었다.

"가방은 놓고 내려."

"싫어. 저기 사람들 많잖아. 사진 찍힐 거 빤한데, 가방이라도 하나 들어야 꼴이 좀 낫지."

"안에 뭐 들어있진 않아? 무거우니까 내용물은 빼고……."

"오빠 내가 가방 드는 거 처음 보는 거 아니잖아. 한 번도 이런 적 없어. 근데 오늘은 왜? 칼이라도 들었을까 봐?"

"아니, 그, 그게…… 그냥……."

"빈 거야. 신경 꺼."

거짓말을 당당히 내뱉으며 노려보자, 매니저가 한 발 물러났다. 먼저 걸어 나가며 수아는 별 수천 개를 박아 넣은 양 빛나는 호텔 건물을 잠깐 올려다보았다.

저기 누가 기다리고 있길래, 소지품까지 참견하는 걸까. 별장에서는 운이 좋아서 독특하고 이상한 남자를 만났는데, 저기 있는 남자도 과연 그럴까. 이번에도 내가 지켜질까…….

걱정과 두려움 같은 무거운 감정들이 한 잎 한 잎 날아들어

뱃속에 쌓인다. 속이 무거워 걸음이 느려지자, 언제 왔는지 모를 소속사 직원들이 뒤에서 몸을 떠밀었다.

입술을 물며 정신을 차려보니 자신이 선 곳은 호텔 로비가 아니라, 호텔 아래 자리 잡은 클럽 입구였다. 수아를 알아본 사람들이 웅성웅성하며 휴대폰을 치켜들거나 감탄을 내뱉었다. 알아보고 쳐다보는 눈이 그렇게 많으니 감히 끌려가는 티를 낼 수가 없었다. 말갛게 웃는 얼굴로 클럽에 들어섰다.

"배수아. 왜 이렇게 늦었어. 이리와 앉아."

클럽 깊숙이 걸어 들어가야 나타나는 룸. 안에는 취한 듯 얼굴이 상기된 기 대표가 있었다. 그리고 그 옆엔, 신인 배우 채나율의 아빠라길래 인터넷에 검색해 봤던 경찰청장의 낯짝이 역시 술기운으로 발갛게 녹아내리고 있었다. 그럼 나머지 인간들은 다 경찰들인가?

"앉으라니까."

경계심 맺힌 눈으로 남자들을 탐색하는 수아를, 기 대표가 거칠게 끌어다가 의자에 앉혔다. 경찰청장의 옆자리였다.

"내가 살다 살다 배수아 실물을 다 보는구만. 아니, 이게 정말 사람인가? 이렇게 예쁜데? 만져 보면 플라스틱인 거 아니야?"

채 앉지도 않았는데, 경찰청장이 술 냄새가 더럽게도 나는 목소리를 줄줄 흘리며 허벅지를 터치해 왔다. 두꺼운 스커트를 입고 있어 그 손짓이 몹시 희박하게 느껴졌는데도, 불쾌감은 맹렬하다.

수아가 저를 불살라 먹는 듯한 감정에 사로잡혀 하얗게 질려 있는 사이. 늙고 추잡한 손은 점점 밑으로 내려와 스커트 끝자락을 짚었다. 그제야 수아의 손이 나갔다.

"가만히 있어야지."

그러나 처절하게 뻗은 손은, 경찰청장의 옆에 앉은 다른 경찰에게 곧장 붙들리고 말았다.

'위험해지면 배수아 씨 자신을 물어뜯는 버릇, 고쳐요.'

아까 전 남자가 해 줬던 말이 순간적으로 피어나, 귓가를 흔들었다. 들은 직후에는 아무 생각도 들지 않더니, 지금에 와서야 그에게 해 줄 대답이 머릿속에 아른거린다. 그럼 내가 뭘 어쩔까요. 이럴 때 내가 내 입술로 할 수 있는 건, 내가 죽어 버리길 바라는 일뿐이야.

작지만 단단한 이가 또 한 번 아랫입술을 찍는 순간.

멀찍이 앉아 있던 기 대표가, 맨살로 파고들려는 경찰청장의 손을 날렵히 막았다.

저 쓰레기가 어쩐 일로?

수아가 조금 젖은 눈을 동그랗게 떴다. 눈을 마주친 기 대표는 픽 비웃더니, 화가 난 얼굴인 경찰청장을 바라보았다.

"형님. 미안 미안. 오늘의 주인은 따로 있어."

"그게 누군데?"

"선화 아들이요. 여기로 온다고 했는데, 왜 이렇게 안 와."

기 대표는 수아를 지켜 준 게 아니었다. 이런 짓을 예약한 고객이 따로 있는 거였다.

"아니. 저 새끼 뭐야? 그럼 배수아는 왜 불러 놨어? 너 우리 약 올리냐?"

남경들은 여자란 건 자기들과 같은 사람이 아니라는 태도였다. 수아가 자기들을 빤히 쳐다보고 있는데도, 어떻게 쟤를 데려다 놓고 만지지도 못 하게 하냐고 항의하는 모습들이 그랬다.

생각해 보니 그다지 낯선 상황이 아니다. 기 대표에게 사로잡힌 이래, 수아를 한 사람으로 봐 주는 눈은 단 하나도 없었다. 사정을 모르는 사람들은 그녀를 멀고 만질 수 없는 환상과 같이 동경했고, 사정을 아는 사람들은 돈을 벌어다 줄 물건으로만 그녀를 대했다. 그러니 배수아 본인도 스스로를 사람이라고 여겨 본 적이 없다.

거기에 어떤 남자한테 한 번 제 나신을 던져 본 것도 예방주사가 된 것인지, 남자들이 지껄이는 소리들이 참지 못할 만치 역겹게 느껴지지도 않는다. 수아는 뜻밖에도 꽤 태연한 자세로 상황을 주시할 수 있었다.

"잠깐 잠깐. 임마들아, 쉿. 야 기 대표야. 그러면 내일의 주인이랑, 내일모레의 주인이 또 정해져 있나 보지? 우리 차례가 올 수도 있는 거네?"

경찰청장이 부하들의 아우성을 짓누른 채 빙글빙글 웃었다. 기 대표는 말없는 웃음으로 답했다. 서로 간에 고요한 합의가 끝나자 룸 안은 다시 화기애애해졌다.

"그나저나 배수아를 보니까 우리 나율이가 되게 딸리긴 하네. 기지배, 무슨 연예인을 하겠다고. 배수아가 떡하니 활동하고 있는데, 나율이 같은 애가 사람들 눈에 띄겠어?"

"에이, 아닙니다. 요즘은 나율이처럼 귀엽고 사랑스러운 마스크가 잘 떠요. 수아는 이제 나이도 찼고, 어차피 저 이번 사건만 잘 끝나면 은퇴시킬 거라. 그리고요. 형님. 제가 있잖아요. 수아재 저 정도로 키운 것도 저 기정균이 아닙니까. 제가 나율이, 둘도 없는 톱스타 만들어 드릴게요. 저만 딱 믿으세요."

"그래. 기 대표 너도, 뭔 짓이든 다─ 저질러. 이 채효수 딱 믿어!"

이런 거였구나. 경찰청장이 기 대표를 봐주면, 기 대표는 경찰청장의 딸을 수아 대신 키워 주는 약속을 자기들끼리 맺은 거였다.

「신인 배우 채나율, 제2의 배수아 되나」
「채나율 화보 촬영, '수아 언니, 이제 국민 신데렐라는 저예요'」
「신예 스타 채나율, 만년 1등 배수아 제치고 '드라마 작가가 가장 선호하는 배우'로 꼽혀」

언제부턴가 제 이름 옆을 졸졸 따라다니던 채나율의 이름이 떠올라, 수아는 조금 웃었다. 대중은 바보가 아니다. 채나율을 아무리 밀어 봐야 그게 저를 이기지는 못할 거라 믿었다.

하지만 돈도 권력도 가진 기 대표가 수아를 작정하고 눌러

내린다면, 말이 달라진다. 낭떠러지까지는 이제 반 뼘조차 남지 않았다.

"화장실 좀 다녀올게요."

"왜. 튀게?"

"대표님이 제일 잘하는 게 나 잡는 거 아니에요? 나 무슨 짓을 해도 못 튈 거, 내가 제일 잘 알아요."

"그래 그렇겠지. 너는 똑똑하니까."

백을 꼭 쥔 손이 바들바들 떨렸다. 기어이 도망가 보려고 일어서긴 했지만, 몸은 도망이 쓸모없는 거란 걸, 끝끝내 자신은 붙잡힐 거란 걸 이렇게나 잘 알고 있다.

그렇다고 이따위로 죽을 순 없어. 어떻게 버텨 온 건데. 끝까지 발버둥 쳐 볼 거야, 나는. 그러면 기 대표 바지 밑단에 흙먼지는 묻힐 수 있겠지.

"이것만 마시고 가. 오늘 수고했다."

수아가 생긋 눈웃음치며, 기 대표가 내민 술잔을 입술에 갖다 댔다. 잔을 다 비우자, 기 대표는 사람 하나 붙이지 않고 수아를 내보내 주었다. 수아는 힐끔거리기만 하고 자신을 막아서진 않는 직원들의 눈을 피해, 백에 들어 있던 모자를 꺼내 썼다.

이게 많이 허접한 위장이어도 일단 순간적인 눈속임은 해 줄 것이다. 챙을 한 손으로 꾹 누른 다음, 복도 한 면에 붙은 거울을 힐끗 보았다. 조그만 얼굴은 모자에 거의 다 먹힌 상태이다.

얼굴 작은 게 이럴 땐 쓸모가 있네.

나름 흡족한 마음으로 심호흡을 머금고는 발을 내디뎠다. 클럽 안은 붐볐고, 술에 취해서인지, 아님 수아가 검사를 잘 맞고 왔다고 착각을 해선지, 수아에 대한 기 대표의 감시망은 느슨해져 있었다.

소속사의 익숙한 얼굴들을 피해 이리저리 몸을 트는 동안, 기 대표가 있는 클럽은 제법 멀어져 있다. 어떻게 도망치다 보니 밖으로 통하는 입구로 나오지 못하고 비상계단에 와 버렸지만, 어쨌든.

잘하면 며칠은 기 대표에게서 숨어 지낼 수 있을 것도 같아, 작은 발이 가벼워지려는 찰나이다. 눈앞이 핑 돌았다.

요즘 무리를 해서 이러나.

눈을 질끈 감았다 떴다. 숨을 깊이 쉬기도 해 보고, 주먹 쥔 손으로 자신의 머리를 세게 두들기기도 해 봤다. 그러나, 뭘 해도 심해지기만 하는 어지럼증.

"술……."

기 대표가 술에 뭘 탔다는 깨달음이 뒤늦게 치민다.

안 돼. 여기서 쓰러지면, 그건 정말 끝이야. 더 도망가야 돼. 나는 단 한 발짝만이라도 더 달아날 거야.

눈에 보이는 문을 밀치고 들어갔다. 클럽에서와는 달리 새하얀 조명이 머리 위로 쏟아졌다. 호텔 로비인 것 같았다. 그러면 우선 아무 방에든 숨어야지. 호텔 직원들이 서 있는 카운터로 달려가려는데, 사방에서 거리를 좁혀오는 덩치 큰 남자들. 분명 기 대표의 수하들이다.

비틀대는 몸을 겨우 멈춰 세운 채, 빠져나갈 틈을 살폈다. 그러나 아무리 봐도 그런 건 없다. 익숙하게 체념을 하는 순간.

수아를 포위해 오던 덩치들 가운데 한 놈이, 퍽 소리와 함께 바닥에 뒹굴었다. 그리고 그 거대한 체구가 쓰러지고 없는 허공을 채우는, 어떤 길고 날렵한 몸.

기 대표의 사람들 중에는 저런 실루엣을 가진 존재가 없다. 그러므로 그가 수아에게 틈이었다. 말 듣지 않는 몸을 간신히 가누어 그에게로 갔다.

"도, 도와주세요."

"이제야 그 입술, 제대로 쓰네요."

낯설지 않은 음색에 고개가 저절로 들렸다. 군데군데가 피로 젖은 얼굴이, 수아의 시야를 베어 물었다. 붉고 잔혹한 물에 잔뜩 물들고도 지워지지 않는 특별한 아름다움. 그것도 낯설지 않은 것이었다.

"……이청신 씨."

또 그 남자였다.

알 수 없는 안도감이 절망을 감싸 안는다. 그의 품에 마음대로 쓰러진 순간, 정신이 까무룩 흐려졌다.

3. 초침이 부러지고,
멎은 시계 밑에서

'도, 도와주세요.'

'이제야 그 입술, 제대로 쓰네요.'

'……이청신 씨.'

의식을 잡아먹으려고 달려든 어둠의 압박을 어떻게든 밀어냈다. 철근에 내리눌린 것처럼 말 듣지 않는 손목 발목을 미친 듯이 흔들었다. 그리고 겨우 눈 떴을 땐, 사방이 피였다.

튄 지 얼마 되지 않은 빨간 물이 줄줄 흐르는 흰 벽지는 지나치게 공포스러워 현실감이 없다.

여기 촬영장인가? 스태프들은 어디 있지.

아무도 보이지 않아, 얄밉고 싫은 매니저 오빠마저도 그립다.

"오빠. 오빠!"

경직된 눈동자를 조심스럽게 굴리며 매니저를 불렀다. 그러고 한 걸음을 내디딘 순간. 맨발 아래에서 찰랑이는 무언가.

미적지근하고 끈적거리는 감각이 발바닥 전체를 적시며 작은 발가락 사이사이로 감겨든다. 살 찐 애벌레들의 물컹한 몸을 제 발로 터뜨려 버린 느낌이었다. 너무 놀라고 불쾌한 나머지 소리도 못 지른 채 뒷걸음질을 쳤다. 그걸로도 안 되겠어서 뒤돌아 뛰려고 했다. 출구를 찾아 나가려고.

하지만 그럴 수 없었다. 끔찍하게 젖은 발끝에 어떤 단단하고 미지근한 게 채여 왔기 때문에.

이 희고 새빨간 방에 있는 것은 그게 뭐든지 전부 더럽고 잔인할 것 같다. 그게 썩 기분이 좋지는 않았다. 그렇지만 피해 가려면 이게 무엇인지 확인부터 해야 했다.

눈을 찬찬히 아래로 내려 그것을 보았다. 그건 한 남자였다. 얼굴 조금을 제외한 모든 부분이, 짙고 옅은 핏물에 붉게 가려진. 방 여기저기에 낭자된 빨간 물과, 제 발을 찐득하게 적신 액체는 다 이 남자가 흘린 피였다.

기 대표의 부하들에게 붙들리기 직전, 그가 수아 자신에게 다가왔던 게 뒤늦게 떠올랐다. 그는 나를 도와주기 위해 나섰다가 이렇게 된 걸까?

"이, 이청신 씨."

피를 잔뜩 쏟았지만 아직 숨은 붙어 있다. 쓰러진 채 불안정하게 헐떡이는 몸 앞에 무릎을 굽혔다. 그리고 그를 향해 상체를 기울이려고 하는데, 찰그랑, 쇳조각끼리 부딪치는 소리가 울리고 가녀린 목이 바짝 조여졌다. 뭔지 살펴보니 벽과 수아의 목을 견고하게 연결한 쇠 목줄이었다.

목이 끊어질 것처럼 아려 왔지만 남자가 죽어 가고 있었다. 수아는 자기 숨통이 졸리는 건 신경 쓰지 않고 그에게 손을 뻗으려 발버둥 쳤다. 하지만 아무리 그래도 남자를 돌보거나 일으키는 건 되지 않았다. 검지 끝만 간신히 닿을 뿐인걸.

이 남자, 결국 죽는 거구나. 내가 나의 희망이라고 여겨서. 나를 살려 줄 틈이라고 믿어 버려서. 내가 기 대표는 부술 수 없는 사람이라고만 못 박았어도—아니, 그가 이미 피에 젖어 내 앞에 나타났을 때, 도와 달라고 하지만 않았어도 그는 이런 꼴을 당하지 않았을 텐데.

순식간에 차오른 눈물이 얼굴을 온통 물들였다. 그러고도 모자라 아예 소리 내며 흐느낄 때이다. 어디선가 낮게 비웃는 소리가 들려왔다. 분명 기 대표였다. 그 인간이 어디에 있는 줄도 모르면서 두 손을 마구 비비고 애걸했다.

"대표님. 잘못했어요. 미안해요, 제가 이제 말 잘 들을게요. 이 사람한테 내가 부탁했어요. 도와달라고 내가 부탁해서, 내가 빌어서 어쩔 수 없이 온 거예요. 이 사람은 잘못 없어요. 살려 주세요. 제, 제발요."

기 대표는 대답이 없고, 남자의 숨은 조금씩 가라앉아간다.

이, 이청신 씨.

죽지 말아요. 얼른 일어나요. 나 구해 주려고 왔잖아. 그랬으면 구하고 그냥 가 버려요, 나 때문에 죽지 말고.

이청신 씨. 이청신 씨!

그의 이름을 비명처럼 부르며, 온몸의 세포들이 떨릴 정도로 발악했다. 당겨질 대로 당겨진 목줄이 기도를 조이는 것도 아랑곳하지 않고 그랬다.

몇 초 지나지 않아 눈앞이 새카맣게 변해 왔다. 산소를 제대로 먹지 못한 팔다리는 죽은 솜 인형같이 늘어져 간다. 또 정신이 흐려지고 있는 것이다. 이러면 안 돼. 저 남자, 죽게 두면 안 돼.

"아, 아, 안 돼⋯⋯!"

수아가 거의 다 감겼던 눈꺼풀을 있는 힘껏 들어 올렸다. 가쁜 숨을 몰아쉬며 크게 뜬 눈 속으로 밀려드는 건 피와 남자가 아니라, 눈부시도록 깨끗한 어떤 방의 광경. 목을 더듬어 보자 차가운 쇠 같은 건 없다.

어떻게 된 거지. 저절로 갸웃거려지는 고개를 살그머니 들어 보니, 자신은 주인 모를 침대 위에 누워 있었다. 요와 이불, 베개. 제 몸을 폭 감싸고 있는 모든 게 포근하고 향긋했다. 피부를 파먹은 것조차도 아프라고 있는 게 아닌 링거 줄이다.

무리하게 활동을 하다 쓰러졌을 때에도, 이불 하나 제대로 덮어 준 이가 없는 인생이었다. 겨우 눈을 뜨면 정신력이 왜 그 모양이냐는 대표의 힐난이 채찍같이 날아왔고, 빠른 회복을 위해 살에 찔러 넣는 주삿바늘은 쑤시는 거라 해도 과언이 아니었다.

그러니까, 이럴 리가 없는데.

이렇게 따뜻하고 아늑하면 안 되는 건데.

저를 향한 친절들이 하도 이상해, 잠시 넋이 나간다. 말없이 눈만 깜빡거리다가 정신이 든 건 제가 누운 침대며 공기에 밴 향이 익숙하다고 느껴졌을 때이다.

달아서 사람을 행복하게 만드는 향기. 그러면서도 촉촉함과 묵직함이 전체적으로 깔려 있어, 마시면 마치 그에게 뼛속까지 안긴 기분이 들게 하는 그의 체취.

여기가 그 남자의 방이라는 깨달음이 들자, 당장 그를 보지 않음 죽을 것 같아졌다. 팔목에 매달린 링거 줄을 뜯어내고 문을 향해 뛰었다.

발칵 열어젖힌 문 너머에는, 자신의 희망이고 기적적인 균열, 틈이라고 멋대로 생각해 버렸던 남자가 있다. 피 칠갑이던 꿈에서와 달리 견고하고 단정한 모습으로.

소파에 걸터앉아 문서들을 훑고 넘기는 데 여념이 없는 그를 멍하니 보는데, 눈물이 고여 올랐다. 누군가 눈앞에서 숨을 쉬고 있다는 게 이토록 벅찰 일인가? 왜 이러니 나.

수아는 도로 문 속으로 들어와 침실 벽 뒤에 몸을 숨겼다. 그리고 쪼그려 앉아 조금 울었다.

"근데, 다친 건 꿈이 아니었던 것 같은데. 얼굴에 피 났었어 그 사람. 괜찮나……."

코끝이 연붉게 달아오를 때까지 흐르고도 끊어질 기미가 없던 눈물은, 남자 걱정이 들자마자 뚝 그친다. 그가 다쳤다면 그건 분명 배수아 제 탓이었다.

깨어났음 바로 가서 사과부터 해야지, 이게 웬 궁상이야. 속으로 자신을 핀잔주며 몸을 휙 일으키는데, 현기증이 치밀었다. 수아가 이마를 짚으며 흔들렸다.

그 순간이다. 침실에 은은히 번져 있던 어떤 향기가 갑자기 강해졌다. 몸이 어지러워지니까 후각 신경도 엉망진창이 된 건가. 그래도 나쁘진 않네. 좋다…….

저도 모르게 숨을 깊이 머금으며 미소 짓는데, 바닥에 닿아 있어야 할 발이 공중에 가벼이 떴다. 뭔가가 제 몸을 감싸 올리고 있었다. 눈 뜨지 않아도 알 수 있다. 남자가 온 거였다.

수아를 안은 남자는 몇 걸음을 걸어 침대 앞에 멈춰 섰다. 폭신한 이불 위에 몸을 내려주는 그의 동작에는 신중함이 묻어 있다. 수아가 감았던 눈을 찬찬히 떠, 저를 내려놓기 위해 상반신을 숙이고 있는 남자를 바라보았다. 그리고 이제 멀어지려는 그를 한 손으로 붙잡았다. 새카만 눈이 수아를 향해 깊어졌다.

"또 카메라 있어요?"

"아뇨."

"아쉽다. 나 이청신 씨한테 키스하고 싶은데."

어젯밤, 기 대표를 속이기 위해 어쩔 수 없이 그랬던 것처럼.

"해요. 하고 싶은 대로."

남자가 조용히 대답했다. 사무를 보듯 무미건조하지만 어쩐지 냉락하진 않은 목소리였다. 사귀지는 않지만, 왠지 사귀고 있다는 생각이 드는 우리 둘의 묘한 관계 같은.

"왜요?"

"마음대로 해 본 게 없는 사람 같아서."

"그래서요? 이청신 씨를 내 마음대로 해 보라구요?"

풋 웃으며 묻자, 날렵하고도 단단한 고개가 위아래로 흔들렸다. 이 남자는 공부를 잘해선지, 정답만 말하는구나. 수아가 쉽게 스스로를 건네주는 그 얼굴을 눈빛으로 어루만지다가, 그의 손목을 쥐고 있는 손에 살며시 무게를 실었다.

작고 하얀 얼굴이 그에게로 다가가고, 입술과 입술이 가까워졌다. 새끼손톱 끝자락만큼만 찔끔찔끔 움직였는데도, 어느새 살이 닿기 직전이다. 서로의 피부를 따사롭게 간질이는 각자의 숨결. 그리고, 이제 종이에 따라 그릴 수도 있을 것 같은 그의 눈동자 무늬.

심장이 부드러이 쿵쾅거린다. 수아에게 호흡이란 언제나 싫고, 어쩔 수 없이 하는 것이었다. 갑자기 이렇게 달아지고 맛있어지는 건 곤란하다. 그것도 겨우 남자 하나 때문이라니. 귀 끝이 부끄러움으로 물들었다.

수아가 동그랗게 놀란 눈을 빠르게 깜빡이며, 그만 물러났다.

묵묵히 입맞춤을 기다리던 남자도 수아의 뜻을 읽고 물러나니, 금방 멀어지는 그와의 간격.

괜히 딴 데를 향해 있던 눈이 쪼르르 그를 따라가, 높아져 버린 그의 입술을 아쉽게 쳐다봤다. 무슨 어린애가 젤리를 보는 것처럼. 제 시선이 그렇게 굶주려 있었다는 건, 그제야 조금 민망한지 손으로 자기 입술을 만지작거리는 남자를 보고 나서 알았다. 수아가 조그맣게 기침하며 시선을 뗐다.

"나 왜 구하러 왔어요?"

"약속했으니까요."

"아. 이청신 씨하고 자는 척하면, 다른 남자들이랑 안 자게 해 주겠다는 그거?"

너무 급한 속도로 부풀어 오르는 호감을 감춰 보려, 일부러 좀 퉁명스럽게 뱉어 보는 목소리.

"내가 말 안 했어요? 나한테는 그런 거 아무것도 아니라고요. 뭐어, 고맙긴 한데요, 다음부턴 안 그래도 돼요. 괜히 나 도와준다고 막 위험하게 그러다가, 귀신 돼서 나 따라다닐까 봐 겁나네."

그 목소리엔 금방 남자에 대한 염려가 매달린다. 주인 모르게 말랑해져 버린 제 태도를 모른 채, 벽을 향해 있는 두 눈을 깜빡거렸다. 남자는 쌀쌀맞지만 작고 부드러운 토끼처럼 앉은 그녀를 말없이 바라보다가, 거의 다 비워진 링거를 정리했다.

"혈관이 주인 닮았구나."

나지막이 중얼거리며.

"네?"

"자꾸 자길 안 보여 주려고 하는 거 말입니다. 혈관도 숨고 도망가더라고. 결국은 다 잡히게 되어 있는데. 멍들게 한 건 미안합니다."

남자의 얘길 듣고 보니 팔목 한쪽에 옅은 보랏빛 점이 피어 있다. 근데 왜 사과를 하지? 이런 게 미안해할 일이라는 걸 잘 몰라서, 수아가 의아함이 묻은 눈망울로 그를 바라보았다.

"아…… 괜찮아요. 내 팔은 좀 아플 때마다 이렇게 돼요. 원래는 더 심한데. 되게 잘 해 줬네. 이청신 씨가 했어요?"

"어느 병원을 다니는데요?"

"난 주로 주치의를 불러서 집에서 치료해요. 아무래도 내 직업이 그렇다 보니까."

"의사 이름은."

"몰라요. 그냥, 우리 대표랑 되게 친하다는 것만 아네요. 어…… 알아야 되는 건가? 내가 너무 내 건강에 무심한가?"

멋쩍어서 싱긋 웃자, 누가 열심히 그려 둔 것같이 잘 새겨진 남자의 눈썹이 이지러졌다.

"배수아 씨. 영양실조인 건 알고 있었습니까?"

"네, 뭐…… 내가 일하는 바닥에서는 이런 거 흔한데."

기다랗고 숱 많은 속눈썹이 아래로 흘러내리더니, 남자의 눈빛이 밤처럼 캄캄해진다. 남자는 목 끝까지 차오른 한숨을 삼키는 것 같기도 했다.

그가 나를 걱정해서 저러는 것처럼 보이는 건, 내 착각일까?

"식사부터 해요."

몇 초 뒤. 무심하게 깨끗해진 얼굴로 남자가 말했다.

"이거 되게 맛있다. 어디서 샀어요?"

남자가 차려 준 식탁에는 치아 없는 아기들이 먹는 이유식 한 그릇 같은 게 전부였다. 속이 어떨지 몰라 일단 미음만 준비했다고 말하는 남자의 얼굴에는 연한 미안함이 서려 있었는데, 수아는 그를 이해할 수 없었다. 그녀 기준으로 이건 천국의 식단이기 때문이다. 수아 주변의 사람들은 다 그렇다고 인정할 것이다.

남자는 간도 하나 안 한 희멀건 미음을 맛있게 떠먹는 수아를 물끄러미 지켜보았다. 무표정에서 크게 다를 바 없지만, 뭔가 신기하다는 시선이었다.

사람 먹는 거 처음 보나? 아, 하긴. 나 배수아지. 남들이 다 어쩜 저렇게 생겨서는 숨도 쉬고 말도 하고 밥도 먹냐고 감탄하는 연예인. 이 남자랑 있다 보면 자꾸 그걸 까먹는다.

"……내가 만든 겁니다."

남자의 늦은 대답 뒤. 수아가 싹싹 긁어먹고도 모자라 그릇째 들고 남은 미음을 마시고는, 더 먹을 게 없어 아쉬운 입술을 오물거렸다.

"정말요? 못하는 게 없네. 엄청 맛있는데. 레스토랑 해도 되겠다."

"배수아 씨. 평소에 주로 뭘 먹습니까?"

"나요? 이슬이요."

실은 다 알고 있다. 보통 사람들은 이런 아무 맛도 안 나는 죽 같은 걸 좋아하지 않는단 거. 하지만 수아 제게는 진심으로 이 미음이 별식이었다.

적당히 따사롭고 고소한 게 혀에 스미는 순간, 이건 제가 아무 데서나 먹을 수 없는 거라고 느꼈다. 왜냐면, 할머니가 돌아가시고는 따뜻한 쌀 내음 나는 음식은 거의 먹어 보지 못했으니까.

단백질 셰이크와 대충 삶은 고구마 몇 조각, 차가운 닭가슴살이 기 대표가 수아에게 허락한 음식들이다. 딱히 악의가 있어서는 아니었다. 기 대표는 원래 수아를 강아지 정도로 생각했고, 강아지는 적당량의 사료만 먹어야 한다.

촬영을 위해 어쩔 수 없이 다른 음식을 입에 넣어야 할 땐, 씹는 척만 몇 번 하고 다 뱉어 내라는 게 기 대표가 세운 규칙이었다. 볼에 조금 살이 오르면 금식령이 떨어졌다. 수아의 몸무게는 45㎏을 넘겨 본 적이 없다.

"이청신 씨."

"말해요."

"저기. 나……."

더 먹고 싶은데. 남자는 기 대표도, 기 대표의 사람도 아니건만, 어쩐지 눈치를 보게 된다. 차마 더 달란 말을 꺼내지 못한 채 입술을 힘없이 다물었다. 남자가 그런 수아를 말없이 기다리다가,

부엌으로 갔다. 잠시 뒤 돌아온 그의 손에는 큰 냄비가 들려 있었다. 수아가 두 눈을 휘었다.

냄비째 미음을 비우고 나서는 달콤하고 상큼한 잼을 곁들인 요거트를 먹었다. 조그만 숟가락을 정성을 다해 입으로 가져가다 보니 배가 볼록해지는 느낌이 들었다. 행복해. 사실 아직도 오목하게 들어가 있는 아랫배를 손바닥으로 톡톡 치며 배시시 웃었다. 맞은편에 앉아 수아가 먹는 걸 구경하던 남자가, 조금 따라 웃었다.

"이러고 있으니까 그쪽이랑 나랑 진짜 사귀는 사이 같다. 그죠."

"아. 그러고 보니 입을 아직 안 맞췄군요, 우리."

아까 내가 키스하려다가 만 걸 말하는 건가? 뭐야, 진짜. 실은 내가 자기한테 입 맞춰 주길 바라는 거 아냐? 나한테 요만큼도 관심 없는 줄 알았는데, 그게 다 연기였나?

"왜 그래요, 이청신 씨. 이미 맞췄⋯⋯."

우리는 어젯밤에 혀까지 얽힌 사이다. 나는 그쪽이랑 한 번 해 봤으니까, 또 할 것까지는 없다는 양 허세를 부렸다. 그러다가 문득 깨달았다. 저 남자가 말하는 입맞춤이 그 입맞춤이 아니구나. 아, 정말 못 살아.

"이 아니라. 맞아요. 맞춰야죠, 얼른."

수아가 얼른 쿨한 표정을 지었다.

"사귀기 시작한 건 지난가을쯤이라고 하죠."

"나 한창 드라마 찍을 땐데. 그럼 드라마에 집중 안 했다고 욕 먹는 거 아니야? 안 돼요. 여름."

"여름도 나쁘지 않네요. 스캔들은 다음 주쯤 내가 내겠습니다."

"그럼, 기 대표 목이 다음 주에 쓱-?"

손끝으로 제 목을 가리키며 날쌔게 긋는 시늉을 했다.

"예."

남자가 담담하게 답했다.

"아니, 어떻게 그래요?"

"음. 배수아 씨도 봐서 알겠지만, 나는 어젯밤 배수아 씨를 만나고 기정균을 풀어 줬습니다. 원하는 대로 내가 가진 물증 몇 개도 파기했고. 그래서 지금 기정균은 자기가 내 목을 쥐고 있다고 생각합니다. 기정균이 그렇게 착각을 하고 있는 동안, 나는 검찰 내에 있는 기정균의 끄나풀부터 잘라 낼 겁니다. 내부에 방해꾼이 있는 건 내가 가장 거슬려 하는 거라. 아무튼, 그다음엔 기정균, 그리고 기정균과 유착된 경찰들을 차례로."

"쓱쓱?"

목을 두 번 빠르게 긋고 긋자, 남자가 두 번 고개를 끄덕거렸다.

"헐. 그게 돼요?"

"검찰에 있다는 끄나풀은 중앙지검의 서헌승 1차장입니다. 원래는 검찰이라는 큰 칼을 다루기에 결함이 없던 사람인데, 기정균이 운영하는 술집에서 뭔가 저지른 모양입니다. 기정균한테 내가 별장에 갈 거라는 것도, 내 별장의 위치를 알려 준 것도 차장이에요."

"아아."

"어제 차장이 나한테 서울지방경찰청의 감사 자료를 맡겼습니다. 경찰청과 기정균 회사 사이의 유착 관계가 의심되는 정황을 누군가 발견하고, 검찰에 수사를 의뢰한 겁니다. 이렇게 감사 요청이 들어온 이상 반드시 수사에 착수해야 하는데, 차장은 기정균을 도와야 하는 입장이죠. 하지만 감사 자료를 자기가 쥐고 있다가 만에 하나라도 외부에 들키면, 차장이 알고도 봐줬다는 오명을 뒤집어쓰게 될 게 걸리고."

"오……."

"그래서 내가 함정에 빠지면 기정균과 얽힌 그쪽 비리를 캐어 내지 못할 걸 미리 계산하고, 나한테 떠넘기려는 수작을."

분명 최선을 다해 들었다. 근데 머릿속에 떠도는 거라곤 주차장이랑 차가 어쩌구저쩌구이다. 남자가 주차에 대해 얘기한 것 같진 않은데. 복잡해진 수아가 작은 머리를 살랑살랑 가로저었다.

"저기 잠깐만요. 뭐라는지 모르겠어. 그냥 알아서 잘 해 봐요. 나는 연애 놀이만 해 줄 테니까."

"그럼, 헤어지는 건 한 달 뒤쯤으로."

"아니! 안 돼요. 그건 너무 짧아요."

한 달이란 말이 나오자마자 바로 뜯어말렸다. 마치 이 남자랑 오래오래 연애 놀이를 하고 싶은 사람처럼. 솔직히 그런 거면서, 필사적으로 머릿속을 뒤져 그럴듯한 핑계를 찾아본다.

"이상한 생각 하지 말아요. 이청신 씨랑 이런 관계를 오래 유지하고 싶어서가 아니라, 나 같은 여자 연예인들은 스캔들 한 번 나면 욕이랑 성희롱을 사발로 먹거든요. 물론 요즘 분위기가 예전이랑 많이 다르긴 하지만, 그래도……."

"남자친구가 검산데."

"네?"

"배수아 씨 남자친구가 나인 이상 그럴 일은 없지만. 혹시라도 배수아 씨에게 안 좋은 얘길 하는 사람이 있으면, 내가 다 잡습니다."

자기가 지켜 주겠다니. 우리가 한 달만 사귀는 척하면 안 되는 이유는 말끔히 녹아내려서, 입술을 움직일 수 없다. 결국 꼴랑 한 달이란 기간에 수긍해야 하는 거라서 아쉬워야 하는데도, 마음이 고장 난 듯 설레기만 했다. 수아가 입술 위에서 꼬물꼬물 하는 웃음을 애써 누르며 화제를 돌렸다.

"이제 우리 할 얘기는 다 끝났네요. 운전 잘하죠? 나 집에 좀 데려다주세요."

"집?"

"그럼 계속 여기 있어요?"

"내가 배수아 씨를 며칠 데리고 있겠다고 했습니다. 적어도 일주일은 나랑 있어야 해요."

"안 있으면요?"

"……새벽 같은 일이 또 생기겠죠."

남자는 혹시라도 수아를 상처 입힐까, 최대한 완곡히 돌려서 표현하려는 듯했다. 그럼에도 수아를 저 내키는 대로 여기저기

나눠 줄 생각을 하고 있는 것 같던 기 대표의 얼굴과 목소리는 선명하며 날카롭다. 수아가 어디를 할퀴인 사람처럼 무섭게 놀랐다가, 심호흡을 했다. 그리고 아무렇지도 않은 척 남자를 쳐다봤다.

"나 집에 중요한 게 있어서 그래요."

"뭔데요?"

"그걸 뭐라고 해야 하나. 반려동물 같은 그런⋯⋯."

"동물 돌보는 건 배수아 씨 매니저한테 시키죠."

그 귀엽고 소중한 애를 매니저한테 맡긴다니. 그건 죽어도 있어선 안 될 일이었다. 그렇지만 당당히 그 아이를 챙기러 가야 한다고 말하기도 좀 그랬다.

"내 마음대로 하라더니."

"그건, 내 몸을."

눈꼬리를 세운 채 입술을 삐죽거리자, 제 앞에 툭 떨어진 대답이 그랬다. 수아는 순식간에 야릇해진 기류에 굳어 버리고 말았는데, 남자는 태평하게 식탁을 치우기 시작했다.

미음을 끓이고 하느라 어질러진 부엌을 정리하는 남자의 뒷모습은 능숙했다. 잘생겼어, 공부 잘해, 요리도 청소도 나쁘지 않다니. 딱 봐도 노리는 여자들이 한둘이 아닐 텐데, 어쩌자고 저렇게 몸을 쉽게 내주는 걸까? 수아가 어린 앵두를 닮은 제 입술에 딱인 조그만 스푼을 바짝 세워, 요거트볼의 바닥을 야물딱지게 갉작였다.

"저기요. 아까부터 궁금한 건데요. 내가 뭘 어떻게 할 줄 알고 자기 몸을 맘대로 하래요? 다 큰 남자가 정말, 내가 막 탈의를 하라거나 그러면 어쩌려고."

열심히 모은 요거트를 먹으며 잔소리하는데, 이리저리 움직이던 남자가 제자리에 멈춰 선 채 부스럭거렸다. 그리고 몇 초 뒤, 깨끗한 하얀색이면서도 조각처럼 견고한 느낌이 도는 살빛이 시야에 번졌다. 뭐야? 하고 보니 남자가 티셔츠를 벗고 있었다. 탈의를 하라고 하면 바로 하겠다는 뜻을 저런 식으로 던져 놓는 것이다.

"……무슨 말을 못 하겠네."

수아의 얼굴이 자그맣고 새빨간 꽃사과가 된다. 여름 해를 저 혼자 다 쬔 것처럼 체온이 오른 수아가, 이미 말끔해진 요거트 스푼을 괜히 쪽 빨았다. 남자는 부끄럽지도 않은지 상반신을 다 드러내고도 떳떳하게 수아 앞으로 걸어왔다. 한 손에는 새로 푼 요거트를 든 채였다.

내가 더 먹고 싶은 걸 어떻게 알고? 수아가 입 안에 고여 오는 귀여운 식욕을 꼴깍 삼키고, 녹아가는 솜사탕같이 달콤하게 헤실 거렸다. 그러다가 점점 가까워지는 남자를 발견하고 휙 고개 돌렸다.

그, 분홍색인 거, 그리고 가슴팍에 두 개 딱딱 찍혀 있는 그것 중 하나가, 요거트 바로 위로 보였기 때문이다. 투명한 유리 볼 너머에 피어 있는 그건 딸기맛 마시멜로 같은 연한 분홍색이어서,

얼핏 보고는 요거트에 뿌린 토핑인 줄 알았다. 맛있겠다고 생각해 버린 건 무덤 속에서도 꼭 끌어안고 있을 비밀이다.

"더 안 먹습니까?"

어느새 코앞까지 다가온 남자가 물었다. 먹고 싶은데, 코트까지 갖춰 입어도 심도 깊은 생각을 하게 만드는 몸이 벗고 있으니 도저히 그쪽을 쳐다볼 수가 없다. 수아는 두 손바닥만 남자가 있는 방향으로 쭉 내밀었다. 남자가 새 요거트볼을 쥐여 주었다.

"하고 싶은 말 다 해도 됩니다. 다른 건 못 들어줘도, 나한테 하는 말은 내가 다 들어줄 수 있다니까요."

그토록 원하던 먹을 게 손아귀에 떨어졌는데도, 거기엔 하나도 신경이 가지 않았다. 귀로 고여 드는 목소리가 요거트 같은 건 잊게 만드는 것이다.

귀에 하루 종일 물고 있어도 질리지 않을 달콤함에 놀라서, 어쩔 수 없이 남자를 응시하게 된다. 동그랗게 열린 눈동자에 남자 얼굴이 맺혔다. 그 수려한 얼굴은 방금 전에 들은 말이 환각이었나 싶게 무표정하다. 자기 혼자 착각해 버렸다는 생각에, 수아의 눈이 얄밉게 구겨졌다.

"아니, 진짜 왜 그러는 건데요?"

"배수아 씨한테 잘 보이고 싶어서요."

와, 또 저러네? 나 안 좋아하잖아. 그럼 그러지 좀 말라구. 사람 헷갈리게 왜 저런대? 남의 마음 갖고 노는 못된 짓이 취미야? 남자가 내면도 가꿀 줄 알아야지. 얼굴 잘난 거 하나만 믿고, 자기 성격은 뭐 오징어가 되든 쭈꾸미가 되든 그냥 냅두는 거야?

양 볼 가득 남자에게 발사할 욕을 모으고 모았다. 그러나 먹물처럼 까맣고 나쁜 말들 중 단 한 덩이도 내뱉지 못했다. 남자의 깊다란 눈동자가 저를 지그시 응시하는데, 거기다 대고 차마 오징어니 쭈꾸미니 하는 말을 던질 수가 없는 것이다. 성격이 좀 구리면 어때. 눈이 저렇게 생기고, 코가 저렇게 생기고, 입이 저렇게 생겼는데.

"왜? 나 좋아해요?"

결국 입술 밖으로 튀어나간 목소리는 여리고 연하다. 수아가 두 눈을 느리게 깜빡깜빡하며, 제 눈 속에 머금어진 남자 얼굴을 음미했다.

남자의 눈 코 입 모두 뭘 첨가하지 않은 순수한 다크초콜릿 같다. 그래서 이렇게 마음에 넣고 있음 쌉싸래한 맛만 물씬 나는데, 가끔씩 설탕 알갱이가 하나씩 씹히는 듯한 아찔하고 다디단 느낌에 뱉을 수가 없나. 이 설탕은 뭘까? 이 남자는 원래 누구에게나 설탕 가루 조금은 내주나? 타고난 성격이 그런 거야? 아니면, 나에 대한 호감?

짤막했지만 운명처럼 강렬했던 남자와의 시간이 수아의 머릿속을 달려 나간다.

처음 마주친 순간. 기 대표에게 잡혀 있던 몸을 구해 준 것부터, 가뜩이나 불행한 제 인생이 빠져나올 수 없는 지옥의 입에 꼼짝없이 잡혀 먹을 뻔한 새벽녘, 피를 달고 온 그가 저를 안아 준 것까지.

수아가 말없이 손을 뻗어 남자의 이마를 덮은 앞머리를 쓸어 올렸다. 수아 네가 겪은 그 모든 일은 하나도 거짓이 아니라는 듯, 희고 단단한 이마 위쪽에는 거즈가 붙어 있다. 처음에는 눈처럼 하얀색이었을 거즈는 안에서 말라붙은 피 때문에 연한 갈색이다. 눈을 내려 상반신을 살펴보니, 거기는 크고 작은 멍이 몇 개였다.

"이청신 씨. 대답해 봐요. 나 좋아하냐구요."

남자의 눈동자를 똑바로 쳐다보며 재차 물었다. 한참을 고요하게 있던 남자가 입을 조금 달싹거렸다. 수아의 가슴속에는 어느새 기대의 꽃봉오리가 뽀얗게 맺혀 있다. 거기서 더는 피지 말라고 그 순진한 맘을 살그머니 억누르며, 남자가 말하길 기다리는 수아의 눈이 반짝거렸다. 남자의 붉은 입술은 몇 번을 열릴 듯 말 듯 했다. 그러다가 아예 굳게 다물렸다.

이 남자가 의외로 수줍음을 타는가 보다. 아마 그래서 진심을 표현하는 데 서투른가 봐. 그럼 그렇지. 여자들도 좋아하는 나를, 남자인 자기가 어떻게 안 좋아하겠어. 나 배수아잖아. 가슴의 꽃봉오리가 살랑살랑 한들거리며 꽃잎을 벌리려 할 때. 남자가 갑자기 고개를 저었다. 칼 같은 고갯짓이었다.

"그럼 왜 이러는데, 나한테. 뭐 때문에 이렇게까지 해요."

"검사니까요. 그것도 배수아 씨가 필요한 검사."

아. 그랬지. 저 남자, 나 없음 성 상납 받은 검사 된다는 걸 깜빡

잊고 있었다. 그럼 날 별로 좋아하지 않으면서도 노예를 자처할 만하네. 기왕 이렇게 된 거, 확 굴려 버릴 거야.

"티만 옷이야? 바지는 왜 안 벗어요?"

유통기한 지난 과자를 손에 든 것 같은 기분에, 수아의 작은 입술이 못마땅하게 부풀었다. 괜히 눈을 흘기며 종알거리자, 남자가 작게 혼잣말하며 자기 바지를 만지작거렸다.

"취향이…… 이런 걸 좋아하는구나."

"아니 되게 웃기네? 벗으란다고 벗는 게 진짜 취향 이상한 거지! 입어요, 입어!"

수아가 터질 것처럼 익은 얼굴로 파닥거렸다.

일산 별장에서 남자에게 안긴 뒤로 세수 한 번 하지 못했다. 온몸이 찜찜해서 죽을 것 같단 얼굴로 남자의 욕실을 빌렸다. 그리고 남자가 쓰는 샴푸, 남자가 쓰는 비누로 씻었다. 그 남자가 흘리고 다니는 향기 비슷한 게 제 살에서도 난다는 게 맘에 들었다.

"나도 저 바디 워시 사야겠다. 내가 이청신이 맘에 든 게 아니라, 이 냄새가 맘에 든 것 같아."

수아가 조그만 코를 물기 묻은 팔에 묻은 채 킁킁거리며 샤워 부스에서 나왔다.

"아, 맞다. 나 입을 속옷이 없지."

입고 있던 속옷은 아까 손빨래를 해 버렸다. 물에 폭 젖은 걸 가져다가 두 손이 새하얗게 질리도록 힘껏 물기를 짜내고, 헤어

드라이기로 연신 말려 보지만 축축함은 가시지 않는다.

그냥 속옷은 입은 척만 해야겠다고 생각하며 체념하고, 벗어 놓은 롱스커트와 니트 티를 쳐다봤다. 그러자 저 옷가지가 품고 있을 경찰청장의 손길이며, 기 대표의 더러운 숨소리 같은 게 떠올랐다.

눈이 저절로 찡그려지고, 저것들이 곁에 있는 데서는 공기 한 입 먹고 싶지가 않다. 수아가 왼손으로 코를 막고, 오른손 끝으로는 제 유일한 옷들을 무슨 썩은 바나나 껍질 집듯 집어다가 쓰레기통에 던져 넣었다.

"이 남자는 무슨 옷이 죄다 셔츠뿐이네⋯⋯."

머리카락만 대강 말린 뒤, 남자의 샤워 가운을 질질 끌며 드레스 룸을 돌아다녔다. 드레스 룸이 제법 넓어서 여기에 나 하나 입을 옷은 있겠다 싶었는데, 막상 훑어보니 이 남자 옷은 화이트 셔츠와 까만 바지, 코트가 전부이다. 유치한 드라마나 소설 보면 여주인공이 남자친구 집에 갔을 때 꼭 이런 거 입고 있더구만, 그게 그럴 수밖에 없는 거였구나.

선택지가 달리 없으니 셔츠를 하나 골라 입었다. 그리고 그나마 좀 짧고 폭이 좁아 보이는 바지를 두 다리에 둘러 보았다. 이 다리가 나름 길기로 유명한 다리인데, 모든 게 다 크고 긴 남자에 비하면 거의 참새 수준이다.

그래도 그냥 입어야지 뭐 어째. 입을 게 없다고 아예 안 입으면 그 남자한테 또 취향이 어쩌고 하는 소릴 들을지도 모른다.

"나를 순 변태로 아는 거 아니야?"

꿍알거리며 버클을 채웠다.

그리고 가슴 바로 아래까지 치켜올린 바지에서 손을 떼는 그 순간.

"아, 들어와도 돼요!"

"배수아 씨. 거기 있……."

몇 번의 노크 뒤 문이 열리고, 그 틈으로 남자가 나타났다. 남자는 왜인지 말문이 막혔고, 수아는 토끼처럼 뜬 두 눈을 빠르게 깜빡거렸다. 바지로 뒤덮여 있어야 할 다리가 이상하게 시원했다.

나 미치겠네…….

"옷…… 입어요."

남자는 엷은 한숨을 쉬며 뒤로 물러섰다. 너무 크고 또렷해서 자세히 안 볼 수가 없는 두 눈에는 당혹감을 매단 채였다. 그가 다시 나가고, 문 닫힌 방 안. 수아는 인상 쓰며 두 발을 동동 굴렀다.

"씨, 입은 건데. 얘가 자기 멋대로 내려간 건데!"

깔끔하게 흘러내려가 발끝에 걸려 있던 바지를 열 번쯤 뻥뻥 차 준 뒤, 그 웬수 같은 걸 다시 주워 입었다. 원피스처럼 올려 입고 벨트로 꽁꽁 묶어 놓자 손을 놓고 요리조리 걸어 다녀도 까딱없었다. 진작에 이렇게 입을걸. 바지가 그렇게 홀라당 벗겨질 줄 누가 알았겠냐고.

드레스 룸 문을 빼꼼 열고 내다보니 남자는 거실을 치우는 중이었다. 수아를 침실에 재우느라 그 자신은 거실에서 잤던지, 가로로 길게 놓인 소파 위로 이불이 펼쳐져 있었다.

차라리 나를 여기 재우지, 왜 집주인인 자기가 소파에서 잤담. 키도 커서 불편했을 텐데. 조금 미안해진 수아가 이불이라도 개어 줄 마음에 거실로 갔다.

소파에 올라서서 이불 끝을 높이 들어 올리자, 못해도 천 장은 돼 보이는 서류들로 빼곡한 테이블 위를 정리하던 남자가 이쪽을 쳐다보는 게 느껴졌다.

"내려와요. 내가 할 테니까."

맨발처럼 무방비한 마음에 갑자기 감겨드는 남자의 목소리는 모래 같다. 하나도 부드럽지가 않은데 알알이 따뜻한 햇빛을 머금고 있어, 그게 귀에 닿는 순간 예쁜 백사장을 신발 없이 거니는 듯한 기분이 된다.

까끌까끌함마저도 간질간질하게 다가와, 수아는 제 키보다 한참 큰 이불 뒤에서 몸을 배배 꼬며 숨죽여 웃었다. 그랬다가 봄볕을 함빡 먹은 개나리같이 헤벌쭉 피어난 제 입술을 오므리고 앞니로 꾹꾹 깨물었다.

건조하긴 해도 뭔가 걱정하는 듯한 저 목소리에 속으면 안 된다. 이불 너머 남자의 표정은 분명 얼음장일 것이다. 수아가 두 주먹을 꼭 쥔 채, 저를 좋아하지 않는다며 고개를 젓던 남자의 얼굴을 되새기고 되새겼다. 그렇게 어디 놀러간 애처럼 들썩거리는 맘을 조금 진정시킨 다음, 살짝 늘어져 있던 팔에 다시 힘을 실었다.

"배수아 씨. 나한테 줘요."

"신세 지는 게 미안해서 그래요. 내가 빚지는 느낌을 정말 싫어해서 그러니까, 그냥 둬요. 이불 한 장 개어 주는 걸로 이 찜찜한 느낌 다 땡쳐 버리게."

만류하는 남자를 따끔히 무시해 버리고는 양팔을 기지개 켜듯 뻗었다. 그러고 까치발까지 잔뜩 치켜들었는데, 남자의 이불은 수아보다 키가 크다. 수아가 쓰는 이불이랑은 비교가 안 되게 폭이 넓고 긴 것이다.

무겁고 커다란 겨울이불이 집에서처럼 쭉 들었다가 힘 있게 털려던 수아의 계획을 픽 비웃고, 소파 밑으로 쏟아졌다. 발끝으로 서 있던 수아의 가느다란 몸이 이불에 딸려가 크게 휘청했다.

소파에서 떨어져, 우스꽝스럽게 나자빠졌다고만 생각했다. 사람이 신으라고 만든 게 아닌 힐을 신고서 비에 젖고 눈에 맞은 무대를 뛰어도 이렇게 넘어진 적이 없었는데. 왜 하필 이청신 이 남자 앞에서.

지금 제 꼴이 얼마나 웃길지를 떠올리니, 쪽팔려서 죽을 것 같았다. 할 수만 있다면 소파 밑 틈 속으로 머리만이라도 집어넣고 싶다. 그래도 어떡해. 이미 벌어진 일인걸.

수아가 두 손을 꼼지락거리며, 구기듯이 감고 있던 눈을 천천히 떴다. 한 올 한 올 까맣고 긴 속눈썹이 위로 솟구치고, 예쁜 곡선으로 뻗어진 눈꼬리에 쌍꺼풀이 또렷이 새겨졌다. 깨끗한 빛

아래, 동그랗게 열린 눈동자. 거기 비쳐드는 건 딱딱한 바닥이나 형편없이 구겨진 이불이 아니라, 한 남자의 얼굴이다.

그제야 등을 감싼 강한 팔과, 귓불의 솜털들을 스치는 숨결이 느껴졌다. 이청신이 소파에서 떨어지기 직전 그녀를 껴안아 준 것이다. 수아가 청신의 어깨를 짚고 있던 두 손바닥으로 살포시 그를 밀었다. 그는 수아에게서 얼마쯤 떨어져 주었지만, 수아를 안고 있는 팔을 풀지는 않았다.

수아를 직시하는 두 동공에는 중력 닮은 게 서려 있어, 다른 데로 흘러갈 수도 있는 모든 신경을 송두리째 빼앗는다. 지금 수아의 세상에는 이청신 한 사람만 있다.

"배수아 씨는 왜 그럽니까, 나한테."

"내가 연기하면 되게 몰입하는 스타일이라서."

"지금 카메라는 꺼졌습니다."

"우리 드라마는 아직 종영 전이고요."

"같이 드라마 촬영한 남자 배우들, 다 좋아했나 봐요 배수아 씨는."

"그런 편이죠. 상대가 솔로라면요. 솔로예요, 이청신 씨는?"

"솔로가 아닌데 연애 계약 하자는 제안을 했을까요, 내가."

그럼 좋아하겠네요, 내가.

살며시 벌린 입술로 그렇게 말하는 대신, 그의 입술에 다가갔다. 비슷하게 붉고 말랑한 것들이 서로에게 비벼지려는 그 순간.

"아……."

수아가 눈을 찡그렸다. 하반신에 어떤 말 못 할 느낌이 물씬 흘러서. 수아의 상태를 기민하게 감지한 청신이, 옅게 웃으며 몸을 뒤로 물렸다. 닿을 뻔한 입술들이 순식간에 거리를 벌렸다.

"배수아 씨 옷도 있는데, 왜. 내 옷이 입고 싶은 겁니까?"

"네. 내 옷은 지금은 좀……."

중요한 찰나 제멋대로 풀린 벨트와, 반쯤 흘러내려 가 버린 바지를 어정쩡하게 붙잡은 수아가 빨간 귀를 하고 오물거렸다.

청신은 수아가 혼자 뒤졌던 그의 드레스 룸을 신중히 돌아다녔다. 그러나 방 안 이곳저곳을 아무리 꼼꼼히 살펴보아도, 배수아 너에게 입힐 건 영 없다는 표정이 그 아름다운 얼굴에서 가시지 않는다.

"무슨 사람이 집에 반바지 같은 것도 없어요?"

"미안합니다. 시간 나면 반바지부터 살게요."

"아니 뭐, 미안할 건 없는데…… 어? 이거 어때요?"

너무 사적인 곳까지 말없이 훔쳐보는 게 좀 그래서, 아까는 손도 대지 않았던 수납장 앞에 쪼그리고 있던 수아가 손에 까만 뭔가를 쥐어 들고는 흔들어 보였다. 저 뒤쪽에서 거기서 거기인 바지들을 뒤척거리던 청신이 뒤돌아보았다.

그의 뺨에 누군가 분홍빛 수채 물감이 묻은 붓을 동글게 둥글게 문질러 둔 것 같다고, 수아는 생각한다. 녹지 않는 눈으로 빚은 듯한 얼굴은 영원히 새하얗기만 할 줄 알았는데, 저 뜬금없는 분홍색은 뭐람? 지금 내가 착각을 하나?

아니. 어쩌면 혼자만의 착각이 아닐 수도 있다. 수아 제가 들고 있는 게, 남성용 드로어즈니까.

남의 속옷까지 뒤지는 건 너무 민폐였나? 그치만, 부엌에서 그는 홀딱홀딱 잘만 벗었다. 게다가 우리는 갈 때까지 가진 않았어도, 갈 때까지 갈 뻔한 사이가 아닌가? 저 남자가 겨우 속옷 한 장 때문에 저렇게 되지는 않을 것이다. 아. 속옷 때문에 부끄러운 게 아니라, 드레스 룸을 뒤지다 보니 더워져서 그런 거구나.

여러 실들이 엉킨 것 같았던 머릿속을 제 나름대로 정리한 수아가, 생긋 눈웃음치며 드로어즈를 제 다리에 가져다 댔다. 수아 제가 입는 속옷은 다 한 뼘만 한데, 이건 참 컸다.

"이청신 씨 거 되게 크구나. 이게 내 몸에도 잘 맞으⋯⋯려나⋯⋯"

속에 돌아다니는 생각을 무심코 입술 밖으로 꺼내 놓다 보니, 뭔가 이상하다.

"저기⋯⋯ 이게⋯⋯ 크다구요."

수아가 검지 끝으로 드로어즈를 가리키고는 떠듬떠듬 강조했다. 그랬다가 제 손가락 끝에, 드로어즈의 툭 불거진 부분이 닿은 걸 알고 화들짝 놀랐다.

"⋯⋯압니다."

먼 바닥을 바라보며 대답한 청신이 뒤돌아섰다. 뺨을 문지르던 붓이 그새 자리를 옮겼는지, 짧은 흑발 밑으로 보이는 귀 끝이 연붉은색이었다.

드로어즈는 역시 큼직했지만, 헐렁한 반바지처럼은 걸쳐졌다. 제멋대로 벗겨질 일은 없을 것 같았다. 수아는 두 번이나 저를 엿 먹인 기나긴 바지를 한 번 더 발로 차 주려다가, 그냥 예쁘게 쓰다듬어 옷걸이에 걸어놓았다. 이청신이 저걸 입을 거라고 생각하니 그냥 화가 사르르 녹아내렸다. 바지 저도 이청신 다리에 걸려 있다가, 이 다리에 걸려 있으려니 참 고되고 난감했겠지 싶은 생각이 들기도 한다.

수아가 군살 없이 매끈하고 새뽀얗게 생긴 제 다리를 내려다보다가, 헤실헤실 웃었다. 남자 모델들 뺨치게 기다란 누군가의 다리가 떠올라서. 그랬다가 저려 오는 광대와 입술을 느끼고는 정색했다.

"왜 이러니, 배수아. 뭘 생각하는 거야 지금."

드레스 룸 밖으로 나가보자 청신은 어딜 가고 없다. 강아지처럼 동그랗게 뜬 눈으로 두리번거리다가, 찾으려던 이청신은 못 찾고 한동안 못 볼 줄 알았던 휴대폰을 발견했다. 별장에 흘리고 나온 걸 청신이 가져다 놓은 모양이었다.

수아가 잃어버렸던 자매를 찾은 양 잽싸게 달려가서 휴대폰을 얼싸안았다. 그리고 뒤돌아서려는데, 발치에서 뭔가 툭 쓰러지는 소리가 났다.

이게 뭐지? 아래로 기우는 턱 끝을 따라 흘러내리는 머리카락을 귀 뒤에 꽂으며 허리를 숙여 보자, 까만 쇼핑백 하나가 입을 벌린 채 넘어져 있다. 살짝 열린 입술 틈으로 보이는 건, 낯익은 빛깔의 옷. 이거 설마…… 조심조심 내용물을 꺼내 확인한 수아가, 바닥에 주저앉아 눈썹을 구겼다.

"이청신 씨. 이청신 씨!"

온몸이 조그매서 목소리도 새끼손톱만 한 유리알 하나가 또르르 굴러다니는 양 작을 것 같지만, 가끔 수아 팬들은 수아의 간식이 기차 화통이라는 농담을 한다. 성량이 무시무시한 것이다. 돔의 커다란 무대를 혼자서 채우고도 넘치는 그 능력으로 청신을 불러대자, 어디 들어가서 코빼기도 보이지 않던 그가 나타났다.

"이거 뭐예요?"

"여자 옷입니다."

"아는데요. 집에 이런 게 있었어요? 심지어 이거 하나가 아닌가 본데? 이거 봐 이거 봐. 엄청 많아."

수아가 뒷골목의 작은 양아치처럼 쭈그려 앉아, 바닥에 도열해 있는 쇼핑백들을 손가락질했다. 청신은 웬 어린 길고양이가 그를 보고 위협한다는 듯 무심한 얼굴이다.

"내 집엔 배수아 씨가 입을 옷이 마땅히 없을 것 같아서, 아는 백화점 직원한테 부탁했어요. 옷 몇 벌 보내달라고."

"언제요?"

"아까 아침에요."

"왜 내가 입을 만한 옷 있다고 말을 안 해 줬는데요?"

"했습니다. 배수아 씨 옷 있다고. 입으라고 갖다도 주고."

"아, 그럼 아까 그게……."

그러고 보니 수아가 혼자 옷을 찾을 때, 드레스 룸 문을 열고 나타났던 그의 손에 뭔가 들려 있었던 것 같기도 하다. 저 검은 쇼핑백도 욕실과 드레스 룸 문가에서 살짝 스쳐봤었고. 수아가 난데없이 입 속에 꿀이 부어진 사람처럼 멍했다가, 두 눈을 크게 깜빡였다.

"아니, 나한테 똑바로 얘길 해 줘야 내가 알죠. 말을 그렇게 잘 하면서, 옷 사 놨으니까 입으란 말은 왜 못 해요? 나만 괜히 쑈했어."

큰 남자 바지 입었다가 민망한 꼬라지나 보이고. 뽀뽀하려던 사심도 못 채우고.

까맣고 섬세한 눈썹이 구겨지고, 새하얀 미간에 불만이 고여 들었다. 그렇게 툴툴거리면서도 쇼핑백에 든 물건들을 하나씩 꺼내 보는 모습은 조금도 밉지가 않다. 예쁘고 빛나는 걸 사랑스러워하는 그 눈에 티셔츠며 한 뼘짜리 운동화 같은 게 맺힐 적마다, 입술이 살짝살짝 웃는 것이다. 어느새 마지막 쇼핑백을 확인하는 수아의 얼굴은 뽀얗게 개어 있다.

"근데 이청신 씨, 이거 다 얼마예요? 꽤 비쌀 것 같은데. 검사 월급으론 좀 무리 아닌가?"

청신이 입으라고 사다 놓은 건 하나같이 명품들이었다. 그것도 몸값이 기업 수준이라는 수아가 모델로 활동하는 브랜드의.

"팔백만 원밖에 안 합니다."

"아…… 팔백…… 뭐, 생각보다 싸네. 영수증 나한테 줘요. 돈은 내가 낼 테니까."

청신의 입술에 팔백이라는 숫자가 걸리는 순간. 수아는 종이로 만든 얄팍한 인형 놀이에 빠져 제가 틀림없는 공주인 줄 알았다가, 그 종이인형에 손가락을 베인 아이의 심정이 된다. 현실의 날카로움이 꿈에 젖은 제 살을 가르니, 피와 진물이 흐르는 살과 꼬질꼬질한 옷을 직시할 수밖에 없다.

맞아. 나는 행복하고 아름다운 공주가 아니지. 내 손으로 벌어들인 천 원 한 장 마음대로 쓸 수 없어. 발에는 아프고 무거운 사슬을 걸고, 더러운 밑바닥에 함부로 던져진 노예였어. 저를 평범한 여자처럼 대해 주는 이청신과 있다 보니, 저 자신을 까먹고 말았다.

수아는 저도 모르게 여린 헛숨을 뱉었다가, 빠르게 멍 져 오는 마음을 숨겼다.

"음. 근데 나 이청신 씨 옷도 편하고 괜찮아서, 이거 안 입어도 될 것 같기도 하고…… 그냥 환불할까……."

수아가 기 대표의 소유이니 수아 이름 아래 달린 모든 것도 기 대표의 소유다. 기 대표는 갖은 명목으로 수아의 돈을 착취했다. 세상은 지금 배수아의 개런티가 최고점을 찍어 화제라는데, 지금 제 통장에는 팔백 원조차 없을지도 모른다. 검사라는 청신이 어디까지 아는지는 모르겠지만, 그 앞에서 초라한 민낯을 들기는 싫다.

"저기 이청신 씨. 챙겨 준 건 고마운데, 나 그냥 이 옷들 다

환불할래요. 이래 봬도 내가 검소해서요. 일주일만 있다 갈 건데, 뭐 하러 사요. 나 집에 옷 진짜 많거든요. 옷 방이 2층이나 된다니까."

청량하게 내뱉는 목소리와 달리 웅크려진 몸으로, 옷가지들을 조심스럽게 쇼핑백 안에 넣었다. 연한 산홋빛 운동화를 다시 상자에 담을 땐 진주 같은 눈물 몇 알이 바닥에 툭 떨어졌다.

제 집 신발장에는 신고서 그냥 서 있기만 해도 발목이 꺾일 만치 높은 힐들뿐이었다. 어려서부터 잘 먹이지도 않았으면서, 기 대표는 수아의 키가 덜 큰 게 마음에 들지 않는다며 단화 같은 걸 허락하지 않았다. 굽이 낮은 신발은 협찬도 받지 못하게 했다.

수아는 늘 발이 아팠다. 언젠가는 눈치 보지 않고 이런 운동화를 신어 보고 싶었다. 하지만 아직은…….

"……!"

깊은 생각에 빠져 익사할 기세이던 수아가 갑자기 고개를 쳐든 건, 청신 때문이었다. 저만치 서 있던 그가 어느 틈에 수아 앞에 무릎을 굽히고 앉아 있다. 그는 수아가 막 닫은 운동화 상자를 도로 열고는 수아의 발 옆에 운동화를 내려놓았다. 그리고 제 무릎을 안고 있던 수아의 손을 부드럽게 쥐었다.

수아가 눈물의 흔적이 투명하게 반짝거리는 눈매를 들어 그를 물끄러미 쳐다보았다. 어디서도 살 수 없을 그림처럼 생긴 남자의 낯이 점점 다가오고, 쪽, 입술들이 맞닿았다. 어린 새의 깃털이 맥없이 앉았다 간 것처럼 연하고 희미한 입맞춤이었다.

"갑자기 왜……."

길고 새카만 악몽에서 깨어난 듯한 눈으로, 수아가 물었다.

"배수아 씨가, 내 입술 앞에서만 솔직해지는 것 같길래."

자기한테 키스하고 싶다는 소리는 잘만 하면서, 왜 다른 건 속이려 드느냐는 말일까? 이 남자는 다 알고 있었던 것이다. 톱스타라는 눈앞의 여자가, 실은 얼마나 꾀죄죄한 존재인지.

어떻게든 웃어 보이려던 수아가 내면의 표정을 고스란히 얼굴에 드러낸 채, 힘없이 고개를 떨궜다. 청신은 다 시들어서 떨어져 버린 꽃잎처럼 흘러내려 간 수아의 작은 턱 끝을 손끝으로 들더니, 다시 한 번 가볍게 입 맞춰 주었다.

"부담스러워. 나 사실…… 일을 그렇게 하고도, 내 휴대폰 요금 하나도 내가 못 내요. 웃기죠. 남들은 다 내 인생이 부럽다는데. 알고 보면 나처럼 가난하고 비굴한 애가 없어."

입술에 서린 입맞춤의 온도는 수아가 보아온 어떤 햇살보다 따뜻하고 눈부시다. 늘 칠흑 같은 어둠 속에 숨어 있던 진심들 중 몇 덩이가, 그 온도 아래 첫걸음마를 뗐다.

"……이청신 씨가 사 준 운동화, 나 되게 갖고 싶어. 내 발은요. 상처투성이예요. 가끔은, 차라리, 차라리 그냥 맨발로 다니는 게 낫지 않았을까…… 그런 생각도 해요."

어리고 우울한 목소리 한 조각 한 조각이 입술 틈바귀로 서툴게 걸어 나가는 동안, 가슴이 터질 것 같았다. 모든 사람이 배수아의 화려하고 찬란한 껍데기를 사랑했다. 그 껍데기가 거짓의 실로 짜

만든 드레스인 걸 알면, 그 사람들의 표정이 어떻게 변할까. 드레스가 철저히 가리고 있던 얼룩진 살결이 드러난다면, 나는 어떻게 되는 거지?

혼자 하는 물음 뒤에 매달려 오는 생각들은 전부 다 끔찍한 것들이다. 아무에게도 진실을 보일 수 없었다. 답답하고 싫다고 생각하면서도 어찌할 줄 몰라 하며 드레스를 껴안아 왔다. 좀 더 나를 옥죄어 줘. 아무도 내 실체를 모르게, 좀 더 꼼꼼하고 강하게 나를 숨겨 줘. 악착같이 빌고 기도하며.

그리고 이청신은, 수아가 그 아프고 혹독한 드레스 밑에 감춰 둔 살을 조금 열어 보여 준 첫 번째 사람이다.

"하나 알았네요. 배수아 씨가 숨고 거짓말하면, 키스를 하면 되는구나."

그는 수아의 맨살갗을 비웃거나 욕하지 않는다.

"신어요. 배수아 씨 한 사람 입히고 먹이는 돈, 나한테 아무것도 아니니까."

힐에 짓이겨져 물집이 부풀어 있는 발에다 운동화를 신겨 주며 내뱉는 목소리는 사무적이다. 헷갈렸다. 하는 짓은 죄다 부드럽고 따사로운데, 왜 그의 몸 자체는 저렇게 선득하니 차갑게 느껴지는 걸까?

"왜 아무것도 아닌데요? 선화그룹 아들이라, 돈 같은 건 넘쳐나서?"

그를 올려다보며 조심스럽게 물었다. 그는 정말 이런 일들을 아무런 의미도 없이 저지를 수 있는 건지. 흑색의 얼음 같은 그의 눈이 조금 떨렸다가, 다시 차갑게 얼었다.

"그렇다고 해 두죠."

일어나서 돌아서는 얼굴은 가깝지만 다가갈 수 없게 멀다. 마치 그가 두꺼운 유리벽 너머에 갇혀 있는 것처럼.

청신은 서재로 보이는 방에 들어갔다. 거실에 혼자 남겨진 수아는 두 발을 편안하게 감싸주는 운동화를 오래 바라보다가, 트레이닝복으로 갈아입었다. 몸에 꼭 맞는 옷을 입으니 뭉게구름에게 안긴 느낌이라, 기분이 하늘까지 솟구친다. 날개 달린 것처럼 뛰어 소파에 누웠다.

"이청신 검사, 선화그룹."

아까 청신에게 선화그룹의 아들이라서 그런 거냐고 물은 건, 순전히 충동이었다. 한 번에 천만 원 가까운 돈을 쓰고 백화점 직원에게 개인적으로 쇼핑을 부탁한다는 게 재벌을 떠올리게 했고, 지난 새벽, 클럽 룸에서 기 대표가 선화 아들이 오기로 했다고 떠들던 목소리가 마침 기억이 났다.

기 대표는 그 사람을 오매불망 기다리는 눈치였고, 청신은 수많은 방해물을 다 파헤치고 온 얼굴이었지만—어쨌든지 간에 그 새벽에 달려와서 수아를 데려간 건 청신이었다. 그래서 혹시나 그가 선화그룹 아들인가 해서, 대놓고 물었던 것이다. 그리고 그의 대답은 '그렇다고 해 두죠.' 이건 맞긴 맞다는 뜻 아닌가?

"뭐야. 하나도 안 나오네."

이청신은 공인이나 마찬가지인 남자이다. 인터넷에 검색하면 누구 한 사람은 그의 출신에 대해 이야기하고 있지 않을까 했는데, 그의 이름과 선화를 동시에 검색해 보자 나온 결과는 0이다.

"에이, 몰라."

두 손에 든 휴대폰에 뭐라고 더 검색을 해 보려던 손이, 뒤로 가기 버튼을 콕 눌렀다. 청신에 대해 궁금한 건 많지만 왠지 그걸 이렇게 뒷조사하는 식으로 알고 싶진 않다. 그냥 휴대폰을 꺼 버리려고 했다. 실시간 검색어 1위를 달리는 이름이 '채나율'만 아니었더라면.

"아, 얘 이 드라마에 주연으로 들어갔구나. 얘는 처음부터 홍 작가님 작품이야. 난 몇 년을 하고 싶어 했는데도 시간이 안 맞아서 작가님이랑 미팅 한 번 못 해 봤는데. 너무 부럽다."

호기심에 이끌려 채나율 석 자를 검색해 보니, 인터넷은 나율이 출연한다는 드라마 얘기로 들썩거리고 있었다.

"딱 봐도 견적 나온다. 이 기사들, 다 회사에서 돈 주고 쓰라고 시킨 거네."

수아가 토끼 눈을 한 채 기사들을 훑어봤다.

「'유리 구두를 신으면' 채나율, 배수아가 내 연기 선생님……
"수아 선배가 캐릭터 조언까지 해 줘"」

"뭐야? 내가 언제 연기를 가르쳐 줬어? 뭐? 자기가 맡은 캐릭터에 대한 조언을 내가 해 줘?"

「*새로운 신데렐라 채나율, 배수아가 선물한 커피차 옆에서 새콤달콤 윙크 발사!*」

"와. 이 커피차 뭐야. 내가 이걸 보냈다고?"

「*"수아 언니, 응원 고마워요"······채나율X배수아, SNS에서 화제*」

"이 기사는 또 뭔데. 채나율이 자신의 SNS를 통해 배수아와의 친분을 과시해 화제다······ 어? 야, 아니 내가 얘한테 문자를 보냈어? 나율이 네가 나보다 어리고 예뻐서 부럽다고? 나는 얘 번호도 모르는데! 아 얄미워. 열 받아!"

기사 하나를 읽을 때마다 조금씩 몸을 일으킨 수아가, 아예 일어서서 손부채질을 했다. 연예인으로서의 끼가 없는 애를 띄우려면 기획사에서 별의별 추태를 다 벌이겠다고 예상은 했었다. 수아 저를 채나율의 발판으로, 계단으로 삼을 것도 다 알고 있었다.

그런데 이렇게 노골적으로 밟아 댈 줄은 몰랐다. 거기다가 실상을 모르는 수아 제 팬들이, 수아가 나율을 아끼니 자기들도 응원하겠다며 달아 놓은 댓글들이 성냥처럼 가슴을 긁어 댄다.

피어오르는 불꽃을 끄려는 양 제 가슴 위에 손바닥을 얹고는, 부엌으로 가서 얼음을 넣은 냉수를 들이켰다. 하지만 그러고도 속을 태워 먹는 불은 꺼지지 않는다.

너무 열불 나서 울 것 같았다. 이걸 어떻게 해야 할까? 잠깐 고민한 수아가, 뭔가 떠오른 얼굴로 쫄랑쫄랑 걸음을 옮겼다.

"뭐 필요합니까?"

서재 문을 밀고 들어가자 이청신은 눈짓 한 번 주지 않고 저런다. 책상 앞에 앉아 문서를 들여다보는 모습으로부터 얼음 알갱이들을 문 바람이 불어오는 듯했다.

그는 차디차기만 한데, 수아는 문틀에 기대어 서서 행복해했다. 얼음이고 냉수고 다 듣지 않던 열불이 그의 차갑고 잘생긴 얼굴을 보자마자 없었던 것처럼 사그라드는 것이다.

"배수아 씨."

청신이 고개를 조금 들더니, 혼자 말없이 실실거리는 수아를 불렀다. 짙은 눈동자가 올라와 수아 저를 비추는 순간, 잘 만든 케이크를 문 양 온몸이 달콤하게 저릿해진다. 너무 좋아서 웃음이 입술 위에 커다란 함박꽃을 피우려고 했지만 어떻게든 입 안으로 꾹 눌러서 삼켜 버렸다.

"네? 왜요?"

"필요한 게 있어요?"

솔직히 그렇다. 수아는 저 얼굴이 필요해서 온 것이다. 하지만 어떻게 사실대로 말할까.

"어, 네. 필요해요. 근데 내가 뭐가 필요하더라…… 아아, 종이랑 펜이 좀. 내가 할 일이 많고 성실한 사람이거든요. 이런 와중에도 할 건 한다니까."

수아가 떠듬떠듬 핑계를 대는 사이, 의자에서 일어선 청신이 성큼성큼 다가와 볼펜 한 자루와 노트를 건네주었다.

"일하려면 잘 앉아서 해요. 다치지 않게."

뭐야? 저런 걱정을 왜 하지? 수아가 고개를 갸웃했다. 배수아 자신이 일하다가 다칠 것 같은 캐릭터는 아니었다. 오히려 사람들은 수아가 등장하는 드라마는 다 믿고 봤으며, 수아와 일하는 스태프들은 다른 스태프들의 부러움을 샀다. 뭘 촬영하든 실수가 없다시피 하고 완벽하니 매사에 일정이 금방 끝나기 때문이다. 어쩌다 있는 안티들도 그녀를 욕하면서도 그녀의 실력만큼은 꼬박꼬박 인정했다.

"저기요 이청신 씨. '오만하고 달콤하게' 몰라요? 그걸 한 번이라도 봤으면 그런 걱정을 감히 못 할 텐데?"

"그게 뭔데요?"

하도 의아해서 물어보니, 숨도 안 쉬고 되묻는 저 목소리의 순수함에 벙 찌고 만다. 며칠 전 막 촬영을 마친 그 드라마는 아시아는 물론이고 서양 각국에도 팬이 넘쳤다. 그런데 그 드라마의 제목조차 모르는 남자가 있다니. 그것도 우리나라에. 나는 내가 더 이상 성장할 수 없을 만큼 뜬 줄 알았더니, 아니었잖아?

"아니 뭐, 모를 수도 있지. 사람이 일만 하면 그럴 수도 있는 거지. 빨리 저리 가요. 나 더 뜰 거야. 그러려면 일해야 돼."

"뭔데 그래요. 배수아 씨가 찍은 영화? 영화관 가면 볼 수 있습니까?"

씨, 영화 같은 소리 하네. 설마 나 자체를 몰랐던 건 아니겠지?

"가."

가녀린 팔이 청신의 몸을 막 밀었다. 청신은 엷게 웃으면서 그 미약한 힘에 밀려나 주었다.

다시 책상머리에 앉은 청신은 곧바로 수아를 잊는 듯했다. 망설임도 없이 일에 파묻히는 것이다. 저 아닌 다른 무엇에 쉽게 젖어드는 그 모습에 순간적으로 아쉬움이 몰려왔다. 그러나 시무룩해 있던 수아의 입꼬리는 금세 예쁘게 올라간다. 저 남자가 일하는 걸 쳐다보는 것만으로도 좋아서.

수아가 서재의 모서리, 청신이 마주 보이는 자리에 웅크려 앉았다. 좀 있음 몇 년만에 새 앨범을 발표하기로 한 날이었다. 원래는 드라마 작업을 하나 더 할 뻔한 걸, 기 대표에게 애원하여 겨우 기회를 얻었다. 그러나 준비된 게 거의 없다.

되는 대로 가사부터 써 볼 생각에, 무릎 위에 노트를 대고 볼펜 끝을 굴렸다. 얇고 뾰족한 펜촉이 종이를 약하게 긁으며 까만 잉크를 새겨 넣는 소리가 꽤 길게 났다. 한참을 몰입하여 작업하다 보니 눈이 시리다. 수아가 손등으로 눈꺼풀을 꾹꾹 누른 뒤 제 노트를 바라보았다.

"엄마야, 이게 뭐야."

심금을 울리는 문장들이 섬세하고도 영리하게 배열돼 있어야 할 노트 위에는, 고개를 아름답게 수그린 한 남자의 그림이 그려 져 있다. 수아가 저도 모르게 저 앞에서 일하고 있는 이청신을 그려 버린 거였다.

내가 넋을 놓고 저 남자한테 빠져 있었다니. 너무 놀란 나머지 노트를 확 덮었다. 그리고 그 찰나, 청신이 길게 몸을 일으켰다. 눈썹 사이에 옅은 금이 간 채였다.

"방해됐죠. 미안해요. 내가 가사를 너무 잘 써 가지고, 내가 감 탄해 버려서. 이제 조용히 있을게요."

일이 산더미인데 수아 제가 자꾸 앞에서 알짱대고 어수선하게 구니, 성가셔서 저러는 거라고 생각했다. 수아가 미안함을 가득 담아 사과를 내밀었지만, 청신은 찬바람을 흘리며 수아를 스쳐 서재 밖으로 나갔다.

화가 많이 난 걸까? 심장이 조그맣게 움츠러든다. 저렇게 차갑 게 하고 나간 남자가 다시 돌아오지 않음 어떡하지? 그가 이대로 나를 버리면, 나는…….

기 대표의 새장 속이 떠올랐다. 두려움에 몸서리가 쳐졌다. 어 깨를 작게 떤 수아가 비틀비틀 벽을 잡고 일어섰다. 앉아 있을 때가 아니었다. 얼른 가서 그의 마음에 들어야 했다.

쭈뼛쭈뼛 거실에 나가 보니 청신은 웬 하얀 상자를 든 채 서재로 오는 중이다. 저게 뭘까? 궁금했지만 지금은 그의 화를 풀어놓는 게 우선이다. 화에 사로잡힌 남자를 어떻게 대해야 하는지는 잘 알고 있다. 수아가 두 눈을 순하게 내리깔고는 입술을 뗐다.

"저, 잘못했어요. 안 그럴게요."

고개를 꺾고 연약하게 말하는 모양은 영락없이 날개 다친 조그만 새다. 저는 눈앞의 사람에게 유기되면 곧바로 죽어 버릴 존재인 것처럼 간절하며 가엾다. 있는 그대로 무서워하며 제 약한 마음을 고스란히 바치면, 기 대표는 길길이 날뛰다가도 조금쯤 잠잠해졌다. 물론 벌을 주었지만.

물 한 모금 먹지 말고 굶으라는 것도 좋고, 며칠을 입 닥치고 갇혀 지내라는 것도 좋아. 무슨 말이든 달게 받아 먹을 테니 나를 버리지는 말았으면. 수아의 겁먹은 눈이, 바들거리며 올라가 청신을 바라보았다.

그는 뭔가 잘못됐다고 말하는 듯한 표정이었다. 눈가를 조금 찌푸리고 수아를 쳐다보는 게, 수아의 말을 잘 이해하지 못한 것 같기도 했다. 기 대표와 그는 다르다. 그래서 그에게는 이런 식의 사과가 통하지 않는 걸까?

"왜 나한테 사과를……."

말끄러미 쳐다보며 처분을 기다리던 수아의 머리 위로 떨어진 그의 말에, 수아가 두 눈을 동그랗게 떴다.

"아, 미안합니다. 배수아 씨한테 화가 난 게 아니에요. 오히려 나한테 난 건데, 그게 티가 났나 보네요. 미안합니다 배수아 씨."

"아……."

"이거 들어줄 수 있어요?"

수아의 눈 아래로 낮게 내려앉은 청신이, 그가 들고 있던 상자를 내밀었다. 수아가 고개를 살랑살랑 끄덕거리며 그의 상자를 품에 안았다.

"지금부터 놀라지 말아요. 내가 뭘 하든."

청신은 연하게 웃었다. 무표정에 익숙한 그 자신의 얼굴을 최대한 부드럽게 풀기 위해 애쓴다는 게 느껴지는 웃음이었다.

웃는 그를 이렇게 가까이 들여다보는 건 또 처음이다. 웃으니까 잘생김이 두 배네. 짙어지는 그의 미모에, 가슴속에 숨겨져 있는 수아의 조그만 심장이 깜짝 놀라서 파닥거렸다.

그가 놀라지 말라고 했는데. 시끄러운 심장 박동 소리가 그의 귀에 닿을까 봐, 상자를 꼭 끌어안으며 어깨를 웅크리는 순간. 그가 수아의 몸을 안아 들며 일어섰다. 그의 몸에 붙어 버렸지만, 자신이 그의 말을 어기고 놀랐다는 걸 들키지는 않을 것 같았다. 그에게 안기는 동시에 심장이 멈추고 말았으니까.

청신은 서재의 책상에 수아를 앉혔다. 그리고 수아에게 맡겼던 상자를 열어 붕대와 테이프 같은 것들을 꺼냈다. 왜 그러는 건가 했는데, 발목 때문이었다. 옷을 강제로 갈아입히려는 기 대표에게 저항하다가 꺾이고, 드라마 촬영과 갑작스럽게 오른 무대에서 혹사당하고, 별장에서 도망치려다 접질린 그 발목.

청신은 아까 운동화를 신겨 주다가, 발목의 상태를 알아본 모양이었다. 그래서 다치지 않게 일을 잘하라고 했는데, 수아 제가 쪼그리고 앉은 걸 보고 그냥 둬서는 안 된다고 판단한 걸까.

그치만, 이건 부상 축에도 끼지 않는걸.

"안 아픕니까?"

"걸을 때 좀 아리긴 한데, 이 정도는 아무것도……."

"물어뜯고, 밥도 잘 안 먹고, 아픈 것도 무시하고. 자기를 학대하는 게 배수아 씨 특기구나."

바닥에 꿇어앉은 그는 빨갛게 부은 수아의 발목을 붕대로 감았다. 능숙하고도 신중하게 움직이는 그의 손끝이 따뜻해, 얼어 있던 심장이 빠른 속도로 녹아내린다. 여리게 풀린 것이 시끄럽게 콩닥거리는 소리가 수아의 온몸을 울리기 시작했다.

"내가 풀어주기 전까진, 배수아 씨 혼자 걸어 다니는 거 금지합니다."

입을 열면 그에게도 이 소리가 들릴 거야.

수아가 대답 없이 입술을 꼭 물면서 그의 눈을 피하는데, 이 속내를 알 수 없을 청신은 수아를 다시 안았다. 몸 이곳저곳에 그가 닿고, 이청신만의 깊은 향기가 폐부를 물들여 온다. 몸 안팎으로 열꽃이 피어나, 어지러워서 정신을 잃을 것 같았다.

호흡을 참은 채 두 눈을 감은 지 몇 초가 지났을까. 심장의 떨림이 잦아들어 긴 숨을 내뱉으며 눈꺼풀을 들자, 청신은 어디 가고 없고 자신은 청신의 의자에 앉혀진 상태이다. 발밑에는 법전 같은 두꺼운 책들이 놓여 있었다. 그의 몸에 알맞은 의자가 수아에게 너무 높으니, 발판으로 쓰라고 이렇게 해 준 모양이다.

수아는 바닥에 반듯하게 쌓인 책들과, 붕대에 곱게 감겨진 자신의 발목을 가만히 들여다보았다. 애초에 미소가 그려진 얼굴로 태어난 사람처럼 멍하니 웃으며. 한참을 그렇게 있다가 목이 아파 와서 간신히 정신을 차렸다.

"아, 일해야지 일."

머리를 도리도리 흔든 수아가, 청신이 책상 위에 갖다 둔 노트를 펼쳤다. 그리고 오른손에 단단히 쥔 볼펜을 열심히 휘둘렀다. 신들린 양 삽시간에 써 내려간 결과는 정말 정말 흡족했다.

제목, 이청신. 첫 소절, 이청신, 이청신. 후렴구, 이청신, 이청신, 이청신······.

수아가 이청신 세 글자로 도배된 노트를 방긋방긋 웃으면서 쳐다보다가, 갑자기 울상 지었다.

나 왜 이러는 거야 정말. 전형적인 짝사랑 중인 거지, 지금? 양방향 사랑도 아니고, 짝사랑? 나 배수아가?

제가 온갖 미남 연예인들과 일을 해 봤지만 한 번도 이러지는 않았다. 말도 안 돼. 아무래도 제 머리가 잠깐잠깐 어떻게 되는 모양이었다. 이제 제정신이니까, 나가서 다시 한 번 그 얼굴을 봐야겠다. 곡을 만드는 게 너무 급하긴 한데, 반드시 지금, 제정신일 때 봐야겠어. 그 얼굴이 내가 짝사랑해도 될 만한 얼굴인지 아닌지 확실히 판단해야겠다.

"혼자 걸어 다니지 말라고 했는데."

살금살금 걸었다고 생각했는데, 청신은 작은 글씨들이 빼곡한 종잇장에 시선을 박고 있으면서도 수아가 온 걸 안다.

"그럼 어떻게 해요. 기어 다닐까요?"

"이렇게 하기로 하죠."

"네?"

거실 소파에 묻혀 있던 비율 좋은 몸이 일어서고, 검은 눈이 수아를 휘어잡았다. 그가 성큼성큼 다가오는 사이. 심장이 또 다시 콩콩콩콩, 정신 사납게도 뛰었다. 그리고 그의 팔이 제 몸을 들었을 땐 크게 부풀어서 터져 버릴 뻔했다.

그에게 안겨서 소파에 앉혀지는 동안, 제정신이었던 상태는 바람의 키스를 받은 벚꽃나무처럼 분홍빛 조각조각으로 흩어진다. 수아는 제 옆에 앉아 다시 일에 빠진 남자의 옆모습을 달콤하게 쳐다보았다.

천천히 오르락내리락 하는 속눈썹을 열 번 보고, 글자에 집중한 깊은 눈동자를 열 번 보았다. 가끔씩 한숨을 내뱉는 유려하고 붉은 입술은 스무 번, 깎은 것처럼 생긴 콧날은 서른 번 봤다. 아무리 보고 보아도 질리지 않아, 앉은 자리에서 천 번 만 번 볼 수 있을 것 같았다.

그러지 않고 이쯤에서 눈을 뗀 것은, 청신이 문득 고개를 틀어 수아를 바라봤기 때문이다. 아마 수아의 눈이 그에게 찐득하게 붙어 있던 걸 느낀 모양이었다.

안 그런 척 딴청을 피우려고 먼 천장을 쳐다보고 나서야, 수아는 자신이 또 청신을 짝사랑하고 말았다는 걸 깨달았다. 작은 얼굴이 심각해졌다.

"이청신 씨. 나 좀 봐 봐요."

곧장 수아 저를 쳐다보는 그 얼굴에 두 손을 뻗어, 희고 깨끗한 볼을 지점토같이 짓눌렀다.

이렇게 해도 멋있어 보인다니. 그럼, 이러면?

이번에는 시원하게 뻗은 눈꼬리에 손가락을 갖다 대고 쭉 늘렸다. 이래도 이 남자가 세상에서 제일 잘생겨 보인다. 수아가 청신의 얼굴을 만지작거리던 손을 내리고, 한숨을 푹 내쉬었다. 자신은 그를 짝사랑하는 게 확실했다. 아니, 어쩌다가······.

수아가 혼자서 저를 진단하고 처져 있을 때, 좀 당황한 기색이던 청신은 금방 제 낯빛을 되찾았다.

"아. 근데 왜 나온 겁니까."

"어, 뭐, 그냥, 뭐가 필요해서요."

"뭐가 필요한데요."

"그······ 뭐더라."

"필요한 게 혹시 납니까? 아니. 내 몸이라고 해야 하나."

"아, 아, 아니거든요? 이번에 내가 출연한 드라마 마지막 회 재방송할 시간이라!"

뒤늦게 그럴싸한 이유를 만든 수아가 허둥지둥 리모컨을 쥐어 들었다.

'속보입니다. 서울고등검찰청 감찰부 장용호 부장검사가 처조카의 살인 혐의를 덮어 줬다는 의혹이 제기돼, 파문이 일고 있습니다. 장용호 부장검사의 부인은 신애국당 김종우 당대표의 여동생으로, 장 부장검사의 처조카는 김종우 당대표의 아들입니다. 자세한 소식, 김지환 기자가 보도합니다.'

'오늘 오전 열 시경 서울중앙지검 서헌승 차장검사가 검찰청 청사 기자실에서, 긴급 기자회견을 열었습니다. 서 차장검사는⋯⋯.'

갑작스럽게 켜 버린 TV에서 흘러나온 건 검사의 비리 이야기였다. 어떤 높은 검사가 형사부에 수사 압력을 행사했다고 했다. 압수 수색을 하지 못하게 막아 놓고, 증거를 인멸하거나 인위적으로 만드는 등 사건을 조작하기도 했다고.

'이에 대해 서울고등검찰청은 검사장의 승인 없이 이런 공표를 하는 것은 검사윤리강령을 위반하는 것이라며, 서 차장검사의 징계를 대검찰청에 요청할 예정이라고 전했습니다.'

방송기자가 무겁게 던져 놓는 목소리에, 수아는 청신을 보았다. 그가 검사이니 저 속보와 무관하지 않았고, 그것보다도 아까 그가 뭐라고 뭐라고 설명하며 뱉었던 이름들과 뉴스 속의 이름들이 똑같았기 때문이다.

이 일이 그와 밀접할 거라는 직감이 솟구쳤다. 그리고 역시나 그의 얼굴은 전에 없이 서늘해져 있었다. 내내 고요하던 그의 휴대폰으로는 전화와 메시지가 끊이지 않았다.

"배수아 씨. 집에 혼자 있을 수 있습니까?"

수아가 고개를 끄덕거렸다.

그 고갯짓은 순 거짓말이었다. 청신이 현관문을 닫고 나간 즉후부터 수아는 몸을 사시나무처럼 떨었다.

"왜 이렇게 떨리지. 나 추운가."

괜히 침대에 올라가 웅크렸다. 청신의 향이 청량하고 짙게 배어 있는 이불 속에 안겨 있자 조금 괜찮아지는 것도 같았다. 그렇게 몇십 분이 지나, 흐트러지고 자주 끊겼던 숨소리가 고르게 퍼지던 찰나이다. 현관문이 부서지는 소리가 났다.

내가 잘못 들은 게 아닐까? 이불을 끌어 내리고 일어나 앉았다. 그러고도 문을 두들기고 때리는 저 폭음이 믿기지 않아, 문가에 섰다가 침실 밖으로 살며시 발을 내디뎌 보기도 했다. 확인해 볼수록 폭음은 더 선명해질 뿐이었다. 정말 밖에 누군가 온 것이다. 하필이면 이청신이 자리를 비운 직후에.

일주일은 어디 가지 말고 그의 곁에 있으라던 청신의 말이 심장에 스며들었다. 그는 수아가 그의 집에서 나가면, 새벽녘의 지옥이 다시 수아 발치에 까맣게 펼쳐질 거라고 알려 주었지.

그럼 혼자 남겨진 지금. 바깥에서 수아가 숨은 방을 깨부술 듯이 구는 건, 수아를 지옥에 담아 가야만 하는 기 대표가 아닐까. 기 대표는 종종 저런 식으로 집에 숨어 있는 수아를 끌고 갔다. 주로 수아에게 안 좋은 일을 시켜야 할 때.

십 년 넘게 신고 있던 유리 구두다. 그 긴 세월 동안 구두에 갇힌 마음이 온통 짓무르고 까졌지만, 그래도 아무렇지 않은 얼굴을 연기할 순 있었던 것 같은데. 겨우 몇 시간 벗었다가 다시 신으려니 온몸에 소름이 돋는다.

신기도 전에 살이 벗겨지고 뼈가 강제로 일그러지는 듯한 환각이 전신을 조여와, 눈이 이지러졌다. 발작하듯 뛰는 심장 때문에 가슴 전체가 아프게 저려서 숨도 잘 쉴 수 없었다. 수아는 떨리는 손으로 휴대폰을 집어 들었다. 청신에게 무슨 급한 일이 생긴 듯했지만, 지금은 그 사람이 너무 간절하다.

그가 외출하기 전에 휴대폰에 새겨 주었던 번호로 전화를 걸자, 그리운 목소리가 금방 대답을 했다.

─이청신입니다.

"나예요."

─아, 배수아 씨.

강하고 단조로운 발음 한 알 한 알이 바로 옆에 있는 것처럼 귀를 울렸다. 그 남자의 손이 너무 잡고 싶어서, 수아는 저도 모르게 손을 움켜쥐었다. 허공이 우그러지고 손톱 끝이 빈 손바닥을 찍어 눌렀다. 얇은 살갗 위로 피어나는 통증이 너는 지금 혼자라고 따끔하게 지적하는 듯했다. 기정균 그 인간이 널 잡으려고 눈이 뒤집혔는데, 너는 또 아무런 방패 없이 던져져 있다고.

기 대표에게 억지로 잡혀 나가도 낯빛이 하얗게 죽을 뿐, 수아는 매번 무표정했다. 큰 감흥이 없다고 할까. 그런데 오늘은, 손톱이 좀 길었나. 그래서 손톱에 찔린 손바닥이 아픈가. 목 끝에 맺혀 있던 울음이 입술 틈새로 흘러나갔다.

—배수아 씨. 왜 그래요. 무슨 일 있습니까?

청신의 음성이 일그러졌다.

—집이 왜 이렇게 시끄러워. 수아 씨. 내 말 듣고 있어요?

"누가…… 왔는데요. 문이, 부서질 것 같아."

떨 듯이 달싹대며 도움을 구하는 입술은 어려운 문제를 푸는 아이 같다. 자신이 하는 말이 다 틀린 걸까 봐 겁먹은 아이.

지금 청신에겐 무슨 급박한 일이 생긴 게 분명했다. 그런데 밖에 나가 있는 그에게 이 상황을 알린다는 건 너무 큰 민폐 아닐까? 수아는 차마 돌아와 달라는 말을 하지 못하고, 제 아랫 입술을 물어뜯는다. 그리고 청신은…….

—내가 바로 가요.

수화기 너머에서, 뭔가 찢어졌다. 그게 차바퀴가 노면에 거칠게 쓸리는 마찰음이란 건 몇 초가 지난 뒤에 깨달아졌다. 수아가 젖은 눈을 동그랗게 떴다.

—겁먹지 말고 기다려요. 그 문이 그렇게 쉽게 열리지는 않을 겁니다. 그리고 혹시 열리더라도, 내가 갑니다. 배수아 씨한테.

차분하게 흐르는 청신의 목소리 속에서 지난 새벽녘이 떠올랐다. 기 대표의 손아귀에 붙들려 간 수아 저를, 그가 구하러 왔던 시간. 그의 이마를 물들인 핏물이 생각나서 조금 미안해졌지만, 안정적으로 저를 받쳐 주었던 그의 품을 거절하고 싶지는 않다. 얼른 와 줘요. 수아가 속으로 중얼거리는 찰나.

―잠깐. 이 목소리…… 배수아 씨. 좀 괜찮습니까?

"네."

청신이 조심스럽게 물었다. 그가 오고 있다는 생각이 머릿속에 퍼지자, 마치 진통제를 먹은 것같이 두려움이 가라앉은 상태였다. 그에게 대답하는 수아의 숨결은 고르고 부드러웠다.

―지금 배수아 씨 어디에 있어요.

"나 거실이에요."

―인터폰 만질 수 있겠어요? TV 옆 벽에 붙어 있는 인터폰.

"인터폰은 왜요?"

―밖에 와 있는 게 기정균이 아닐 수도 있을 것 같아서요.

그러고 보니 밖에서 난리가 난 목소리는 여자의 것이다. 기 대표는 여자를 자기 수족으로 쓰는 일이 없었다. 수아가 슬리퍼를 끌고 걸어가 인터폰을 들여다보았다. 현관문 바깥을 비추는 카메라 화면을 켜자 처음 보는 여자의 얼굴이 동그랗게 떠올랐다.

"어…… 밖에 여자가……."

―통화 버튼 누를 수 있겠어요?

"눌렀어요."

―누구냐고 물어봐요.

수아가 말없이 고개를 끄덕거리고는 입술을 빠끔 열었다.

"……누구세요?"

"이청신 너 집에 있는 거 다 알아! 야! 이청신 나와! 나오라고!"

여자가 카메라를 노려보며 쩌렁쩌렁 소리 질렀다. 성량이 얼마나 좋은지 건물이 흔들리는 느낌이 다 들었다. 수아가 얼굴 찡그리며 귀 한쪽을 막았다.

　—신현수잖아. 내 후배 검사입니다. 배수아 씨를 다치게 하진 않을 거예요. 시끄러우면 문 열어줘도 됩니다.

　주인이 세상의 전부인 새끼 강아지처럼 쫄랑쫄랑 달려가 문을 열었다. 수아가 살그머니 밀어 열어 준 철문을, 신현수라는 검사가 밖에서 사납게 잡아당겼다. 확 벌어진 문틈으로 작은 고슴도치를 닮은 얼굴이 으르렁거렸다. 화가 잔뜩 난 게, 청신이 나타나면 바로 그를 잡아먹을 기세였다.

　"저기, 이청신 씨."

　조금 조금 티 나지 않게 뒷걸음질을 친 수아가, 휴대폰을 한 손으로 가리며 속닥거렸다.

　—듣고 있습니다.

　"그쪽 여기로 올 게 아니라, 도망가야 할 것 같은데. 전화 그만 끊고 어디 멀리로 가요."

　이번에는 내가 이청신을 지켜 줄 거야.

　전화를 끊은 수아가 휴대폰 든 손을 등 뒤로 숨기면서, 턱을 좀 치켜들어 주었다. 언젠가 사나운 재벌 역할을 맡았을 때처럼. 자기가 대충 말려 부스스한 머리에 트레이닝복 차림이라는 걸 깜빡한 상태였다.

　그녀의 모양새는 스태프들이 합심하여 무섭고 도도하게 꾸며 줬을 때랑은 달리 어딘지 많이 어설펐지만, 그래도 신현수를 올려다보는 두 눈만큼은 야물딱졌다. 수아보다 키가 한 뼘쯤 큰 신현수는 한동안 말도 못 하고 눈만 깜빡거렸다. 청신을 찾으며 두 눈에 붉게 켰던 그녀의 쌍심지는 꺼진 채였다.

역시 나야. 내가 좀 포스가 있다니까?

수아가 이겼단 생각에 샐쭉 웃으니, 신현수는 거의 죽으려고 했다.

"허!"

"……."

"어어!"

"왜, 왜요."

"수, 수아! 엄마 나 어떡해. 수아가 왜 여기 있지? 아니 수아 씨. 저 진짜 완전 팬이에요. 저, 저, 크리스탈 1기!"

너무 좋아서 죽으려고 했다.

"아, 안녕하세요."

"여기 수아 씨 집이에요?"

수아가 고개를 도리도리 흔들었다.

"그쵸. 여기 이청신 그 새…… 아니. 씨. 씨 집이죠? 이청신 씨……의 집."

신현수의 입이 새 뭐, 씨 뭐 하는 욕설을 뱉을 듯 뱉지 않으면서 비틀렸다. 그랬다가 수아가 네, 하고 조그맣게 대답하자 뭐 저렇게 예쁘고 사랑스러운 게 다 있냐는 양 녹아내렸다.

"엄마, 내가 진짜 수아랑 말하고 있어…… 아 저는 설마 이청신이 그새 이사 갔나 했어요. 제가 타고난 길치여도 한 번 와 본 곳은 잘 안 까먹거든요."

"아……."

"그럼 수아 씨. 잠시만, 귀 좀 이렇게."

신현수가 상냥하게 말하며 몸소 시범을 보여 줬다. 수아가 그녀의 몸짓을 따라서 두 검지 끝으로 귀를 막자, 앞에 아기 고양이가 잠들어 있는 듯 사근사근 움직이던 신현수의 몸이 바로 가시를 세웠다.

"야 이청신! 나와! 너 어딨어!"

귀를 꾹 막았는데도 쾅쾅거리는 소리가 귓속을 흔들었다.

집 안 여기저기를 맘대로 들쑤시며 청신을 찾아 대는 걸 겨우 말렸다. 신현수는 혹시 이 집에 자주 와 본 걸까? 청신이 집에 없다고 말해 주자 신현수는 익숙하게 얼음물을 찾아 마셨다.

목청껏 소리 지르느라고 새빨갛게 타올랐던 신현수의 낯빛이 조금 누그러드는 걸 옆에서 말끄러미 쳐다보며, 수아는 온몸을 축 늘어뜨렸다. 늘 그린 것처럼 예쁘게 올라가 있는 입꼬리가 아래로 떨어지고, 작은 어깨는 맥이 없다. 꼭 누군가에게 차인 사람같이.

이청신한테 좋아한다는 말을 듣기는커녕 그렇지 않단 소리만 들었는데, 그래도 이청신이랑 가장 가까운 여자는 바로 저일 거라며 저 좋을 대로 낙관하고 있었나 보다.

청신의 집을 제 것처럼 막 밟고 다니는 여자를 보고 나니, 저는 아마 이청신과 두 번째로 가까운 여자라는 생각에 손끝 발끝은 물론 가슴 깊은 곳, 심장까지도 시무룩해진다. 아니. 어쩌면 세 번째로 가까운 여자일 수도 있지. 설마 네 번째는 아니겠지?

수아가 혼자 심각해져 갈 때, 전화벨이 울렸다.

―그 여자, 어떻게 하고 있습니까.

전화를 받자마자 이청신은 신현수부터 묻는다. 이럴 거면 그냥 신현수한테 직접 전화하지, 왜 나한테 한 거야? 둘이 되게 잘 아는 사이 같은데.

"문 열어 드렸어요."

―전화 바꿔 줘요.

"아, 네, 그러죠 뭐."

확 끊어 버리고 싶었지만 차마 그럴 수 없었다. 눈앞에 크리스탈 1기가 있었으니까. 수아는 자기 팬을 산소처럼 알았다. 제 크리스탈들이 없어지면 저는 꼼짝없이 숨을 못 쉬게 된다고 믿는데, 어떻게 그 앞에서 제멋대로 굴까.

잠깐 삐쭉거렸던 수아의 입술이 신현수를 의식하고는 세상에서 가장 순둥순둥하게 변한다. 두 눈망울은 지저분한 세상에 대해서는 아무것도 모르는 요정이 따로 없다.

"저어, 이청신 씨예요."

"아, 감사합니다."

신현수가 요정에게 방울꽃을 선물 받듯 휴대폰을 받았다. 그러고는 수아에게 자기 얼굴이 보이지 않도록 뒤돌아섰다.

―신현수.

어쩌다가 스피커폰 기능이 눌렸는지, 청신의 목소리가 마이크를 댄 것처럼 크게 퍼졌다.

"저기요 검사님. 너 지금 어디야? 너 진짜 나한테 죽을래?"

―신현수. 살해 협박하려면 너랑 나랑 단둘이 있을 때 해.

단둘이란 말을 저렇게 쉽게 할 수 있는 거야? 단둘이 엄청 자주 있나 보네. 지금이야말로 귀를 틀어막고 싶어진다. 수아 마음이 버림받은 강아지의 귀처럼 처지는 순간. 청신의 목소리가 불쑥 튀어나와 귓속으로 스며들었다.

―내 여자친구 겁먹었잖아.

마음이 쫑긋 섰다.

첫 번째로 가까워 보이는 여자한테, 나를 여자친구라고 했어. 연애 계약 때문인 걸 잘 알지만 어쨌든 그랬다니까?

집 없는 유기견같이 초라한 마음 위로 쏟아진 이청신의 목소리는 소나기였다. 예고도 안 하고 떨어진 달콤한 음절 한 방울 한 방울에 온몸이 흠뻑 젖어서, 정신을 차릴 수 없었다.

수아는 감기 걸린 얼굴로 식탁에 앉아 조각 케이크를 깨작거렸다. 좀 이따가 이청신을 상대하려면 뭐라도 먹어 둬야 한다며, 신현수가 냉장고를 뒤져 내놓은 케이크는 언젠가 수아가 꼭 먹어 보고 싶어 하던 브랜드의 것이다.

하지만 생크림이 스며드는 혀끝에서는 맹맛만 돌았다. 그럴 수밖에 없는 일이다. 수아의 몸은 지금 이청신이 뿌린 당도 높은 말에 함빡 젖어 있으니까. 세상에 그 말보다 달콤한 것은 존재하지 않을 것이다.

"아시겠죠, 수아 씨? 저 진짜 이상한 사람 아니에요."

수아가 소나기를 맞은 후유증으로 연분홍빛 미열에 시달리는 동안, 신현수는 제 몫의 케이크를 빠르게 작살내며 스스로를 변호했다.

지금 뉴스에 나서 난리가 난 그 살인사건이 자기가 맡은 거며 서울고검의 장용호 부장으로부터 수사 압박을 받은 것도 자신인데, 본인 모르게 그 사실이 세상에 알려지니 미칠 노릇이라고 했다. 법조계는 물론이고 정계에서도 권력자라는 장 부장검사가 그녀를 콱 찍었기 때문이다.

그리고 그건 정말 허언이 아닌 모양으로, 신현수가 장 부장검사가 직접 보냈다며 보여 준 문자들에는 칼날들이 잔뜩 서 있었다. 한마디로 축약하자면 넌 검사로서의 생명은 다 끝난 줄 알라는 문장들의 한 획 한 획이, 금방이라도 튀어나와 맨살을 벨 기세로 날카로운 것이다. 얼마나 섬뜩했는지 달콤함을 끙끙 앓는 중인 수아도 잠깐 화들짝 놀랄 만큼이었다.

"진짜 무섭겠다……."

"그쵸, 그쵸. 이게 다 이청신 선배 때문이라니까요. 제가 비밀스럽게 상담한 내용을 자기 멋대로 차장한테 보고했다구요. 저한테 한마디 말도 없이. 하여튼 괜히 청에 그런 소문이 나는 게 아니야."

"무슨 소문이요?"

"이청신이 개라는 거요. 개자식. 아니 물론 청신 선배가 한 게 맞아요. 외압이 들어왔고 진범이 더러운 권력 뒤에 숨었으면, 그거 다 뒤집고 때리는 게 정의롭고 옳은 거죠. 저도 썩은 검사 아니라고요. 그런데 장용호가 너무 무섭잖아요. 장용호는 목에 칼 차고 검찰에서 쫓겨나도 정치인으로 복귀할 거란 말이에요. 내가 그 인간 뒤통수 진짜 신중하게 치려고 차근차근 준비 중이었는데, 다 망했어."

신현수가 울상 지으며 케이크의 마지막 조각을 씹어 삼켰다. 그러고는 빈 접시를 포크로 심난하게 두들겨 대다가, 뭔가 생각난 듯 수아를 바라보았다.

"아, 미안해요. 수아 씨 앞에서 수아 씨 남자친구를 욕해 버렸네요."

"괜찮아요. 저는 제가 욕 먹어도 아무렇지도 않아서요."

수아는 처음으로 케이크를 크게 베었다. 입가에 생크림이 묻을 정도로 커다란 조각을 꼴깍 삼키자, 웃음이 막 났다. 드디어 케이크의 맛이 미각을 감싸 안아 주는 것처럼.

수아에게 새로운 단맛을 준 것은 신현수가 이청신을 너무너무 욕하고 싶은 나머지, 수아의 존재를 까먹었다는 사실이다. 신현수는 미안하다고 사과했지만 그럴 일이 아니었다.

수아는 오히려 신현수가 그를 욕할수록 행복해졌다. 세상에 그 남자에게 호감을 갖는 사람은 저 혼자였음 해서. 그러면 *그가*

저를 좀 더 의미 있게 봐 주지 않을까 싶었다.

"그래도 미안해요. 아니 근데, 저는 믿기지가 않는 거예요. 너무 신기하다. 개검사님, 이 아니라 이 검사님이 연애를 하다니. 두 분이 사귄 지는 얼마나 되셨어요?"

"어, 한 반년 됐나……. 근데 왜 신기해요? 이청신 씨는 연애하면 안 돼요?"

"아뇨, 그게 아니라요. 우리 검찰에 독신인 직원들은 다 한번씩 이 검사님 좋아했을걸요. 직원만 그런 게 아니에요. 하루는 자기는 몹쓸 짓 한 적 없다고 없다고 혐의 부인하던 어떤 피의자가 갑자기 심경에 위중한 변화가 생겼다는 거예요. 빨리 고백할 게 있다고 해서 검사님 방에 불러 놨더니, 사랑 고백을 했다니까요. 제가 직접 본 거라 확실해요."

독신은 다 이청신을 좋아해? 지구에 독신이 몇 명이더라? 삼십억쯤 되나? 씨. 나 좋아해 주는 팬들도 그 정도는 아닌데……. 케이크를 부수는 수아의 손이 다시 느려져 간다.

"근데 선배는 다 차더라고요. 저도 차이고. 아니 저도 별 고민 없이 그 낯짝에 홀딱 반하기는 했지만, 얼마나 고민 없이 빵 차는지. 저는 제가 축구공인 줄 알았다고요."

"아……."

"처음에는 혹시 무성애자라 그런가 했는데, 이제 알겠네. 눈이 우주에 달린 거였어. 그래도 선배한텐 수아 씨 너무 아까운데. 고백은 당연히 선배가 했죠, 수아 씨?"

저도 축구공인데요……. 내뱉을 수 없는 말이 목에 가시같이 걸렸다. 무슨 맛인지 모를 케이크를 조금 잘라서 꼴깍, 가시와 함께 삼켜 버렸다. 그리고 한숨을 톡 꺼내는데, 현관문 열리는 소리가 났다. 마침 접시에 묻은 생크림까지 싹싹 긁어먹은 신현수가 몸집이 아까보다 배는 커진 듯한 느낌을 하고 일어섰고, 수아도 얼떨결에 그녀를 따라 몸을 일으켰다.

몇 초 뒤 부엌으로 걸어 들어오는 청신은 나가기 전에 비해 조금 흐트러져 있다. 그가 피에 젖으면서까지 수아 저를 찾아 왔던 새벽을 얼핏 떠오르게 하는 모습이었다.

내가 기 대표에게 끌려갔더라면, 저 남자는 어떻게든 날 구해 내러 왔겠구나.

기 대표에게 잡히는 상상을 했는데도 떨리지 않아, 수아는 풋 웃었다. 초승달처럼 휘어진 그녀의 눈 속에서 청신은 신현수를 쳐다보고 있었다.

"신현수. 너 피의자 신분으로 나 만나고 싶어?"

"선배야말로 피해자 신분으로 출근하고 싶어요?"

잘생긴 눈매가 미약하게 이지러지고, 핏기가 보기 좋게 도는 입술은 비스듬하게 다물렸다. 안 그래도 깎은 것처럼 날렵한 인상이 그렇게 구겨지자, 청신을 향해 서 있는 신현수의 어깨가 조금 작아지는 게 눈에 띄었다.

왜 그럴까? 신현수도 저 남자가 저러니까 더 잘생겨 보이는 거겠지? 심장이 막 콩닥거리고 귀 끝이 달아오르는 게 느껴졌다.

수아가 괜히 식탁에 놓인 물 컵을 들어, 목을 축였다. 그러다가 제대로 사레 들렸다.

"왜 그래요, 수아 씨. 많이 놀랐어요? 괜찮아요, 이제. 내가 왔으니까."

왜 그러긴. 자기가 왔으니까 괜찮긴. 자기가 갑자기 날 보면서 다가와서, 이렇게 콜록거리는 건데.

수아가 아린 목을 매만지면서 한 발짝 뒤로 물러섰다. 그가 가까이에 있으니 더 떨렸다.

"혼자 걷지 말라고 했는데."

청신이 제법 다정하게 속삭였다.

"당신이 그러면 내가,"

다가오며.

"이렇게 한다고."

그리고 그를 피해 물러난 몸을, 안아 들며.

두 발이 갑자기 땅에서 떠올랐다. 놀라서 두 팔로 그의 목을 껴안을 수밖에 없었다.

두 뺨이 땡볕에 몇 시간은 놓여 있던 것처럼 뜨거워졌다. 저에게 느껴질 정도이니 아마 남에게 보이는 제 얼굴이 곧 터질 듯한 홍시색일 거였다. 민망해서 죽을 것 같았다. 청신이 저를 거실의 소파에 내려주자마자, 속삭이는 목소리로 그를 탓했다.

"왜 이래요? 나 좋아하지도 않으면서?"

"계약 이행 중입니다."

"아니 나도 그건 아는데, 왜 이렇게까지 하냐구요."

"어차피 해야 하는 거 확실히 하고 싶어서요. 그리고 무엇보다 신현수가 의심이 많은 애라."

"아. 그래요? 그럼 좋아요. 나도 확실하게……."

확실하게 막 만져 버리려고 했다. 그렇잖아도 어떻게 해 버리고 싶은 거 겨우 참고 있는데, 그놈의 연애 계약을 핑계 삼아서 여기저기 건드리려고.

"……!"

이청신의 입술이 더 빨랐다. 수아가 제 입가를 훔치고 떨어져 나가는 붉은 살을 멍하니 바라보았다. 그는 그에게 홀리고 만 이 눈이 뭘 궁금해하는 걸로 오해했을까? 그가 줄 것처럼 하다가 휙 빼앗아 간 입술을 달싹거렸다. 그리고 그 틈바귀로 흘러나온 건.

"마침 입에 생크림이 묻어 있어서."

그의 짧은 입맞춤이 그저 수단이라는 걸 가르쳐 주는 말. 그는 사랑이나 호감이 아니라, 위장 연애를 더 그럴싸하게 만들어 버릴 목적으로 수아에게 입 맞췄던 것이다.

"아 케이크……."

수아는 그를 만지려던 손가락으로, 그의 온도가 연하게 남은 제 입가만 겨우 만지작거렸다. 그리고 제 속도를 잃어 빠르게 깜짝거리는 두 눈을 내리떴다.

"이청신 씨는 여자 엄청 많이 만났나 봐요, 이런 소품도 활용할 줄 알고."

"배수아 씨 드라마에서 이러던데."

"뭐야. 아까는 내 드라마 모르는 척하더니?"

짝사랑한다는 걸 티 내는 건 생각보다 부끄럽고 쪽팔리는 일이었다. 최대한 새침하고 도도하게 굴고 싶었는데, 그의 입에서 드라마 얘기가 나오니 두 눈이 토끼같이 똥그래진다. 그의 말은 거짓으로 지어낸 게 아니었다. 얼마 전 드라마에서 수아가 찍은 크림 키스 신은, 너무 예쁘고 낭만적이라며 세상을 뒤집어 놓았다.

"몰랐는데, 아까 하이라이트 영상 몇 개 봤습니다."

"아까? 아까 언제. 일할 때? 아니 설마 아까, 서재에서요?"

청신이 얼마 전 합을 맞췄던 상대 배우보다 잘 빠진 턱을 끄덕거렸다.

"안 됩니까?"

"아뇨, 안 되는 건 아닌데."

수아는 헤벌쭉 피어나려는 입을 꾹꾹 오므렸다. 너무 좋았다. 그 드라마를 본 사람들은 모두들 수아에게 폭 빠졌다고 들었다. 실제로 드라마가 끝난 뒤 수아의 유료 팬클럽에 가입하고 싶단 문의가 폭주했고, 작은 나라의 어떤 왕자가 수아에게 공개 프러포즈를 해서 SNS가 떠들썩하기도 했다. 드라마 속 제 매력은 그만큼이었다. 그러니 아무리 이청신이어도 수아 저를 다시 보게 되지 않을까 싶은 것이다.

또 그보다는, 자신이 종잇장에 그의 얼굴을 그리느라 여념이 없었던 서재에서, 그 역시 수아 저를 보느라 여념이 없었다는 사실. 그거야말로 이 입술을 간질간질 꽃피우려는 봄볕이다.

저 잘난 얼굴이 뭘 그렇게 열심히 들여다보나 했는데. 날 보는 거였구나. 이청신도 나한테 집중하고 있었구나. 그래도 간신히 아무렇지도 않은 척을 하는데, 청신이 다시 한 번 고개를 기울여 왔다.

"조금만 참아요. 신현수가 계속 이쪽을 쳐다보고 있어서."

쪽. 부드러운 소리와 따듯한 감촉이, 수아의 작은 이마 위에 내려앉았다. 이것도 잘 만들어진 드라마처럼 철저히 계산되고 연출된 입맞춤일까?

"이청신 씨, 연기를 엄청 잘하네요."

아닐 수도 있지 않을까.

"그런 말은 처음 듣는군요."

나지막이 말하는 그의 얼굴빛은 변함이 없다. 늘 일정한 백색. 그렇지만 어쩌면. 정말 어쩌면, 저 건조한 표정 밑에서는 나에 대한 호감이 새싹을 올리고 있을 수도 있는 거잖아. 원래 겨울과 봄은 칼같이 구분되지 않는 법이다.

몇 번을 입 맞춰 주고도 여전히 차가운 온도로 돌아선 남자의 뒷모습을, 수아는 오래 바라보았다.

"신현수, 나 좀 봐."

"안 그래도 보러 왔거든요?"

서재에 들어간 둘은 긴 시간 동안 이야기했다. 살짝 닫힌 문 안쪽에서 아렴풋이 들려오는 청신의 목소리는 수아에게 말하는 톤 그대로 고저가 없었다. 그런데 수아가 들었던 그의 목소리 중에 가장 매끄럽고 편안했다.

이청신이 싫어서 못 살겠다는 얼굴로 나타났던 신현수는, 현관 문을 열고 나갈 때는 맘에 드는 꽃줄기를 입에 문 병아리처럼 다정했다. 서로 무슨 얘길 했길래? 수아는 왠지 모르게 무거워진 발걸음으로, 조금 열린 서재 문 밖에 섰다.

"제가 벌인 일입니다. 신현수가 아니라요."

누군가와 통화 중인 청신의 한 음 한 음이, 문틈으로 새어 나왔다.

"칼을 겨누시려면 제 목에 대고 그러셔야 합니다, 부장님."

그는 신현수를 노리는 칼 끝 앞에 서 있었다. 신현수는 자신의 등 뒤로 꼭 숨겨 주면서.

수아는 한 손으로 벽을 짚고 서서, 장용호 부장검사가 얼마나 무서운 사람인지 이야기하던 신현수의 목소리를 떠올려 본다. 그리고 남의 숨을 잡풀같이 꺾어 대는 기 대표의 뜻을 가로막은 채 수아 저를 구해 주던 이청신의 모습도.

겉으로는 그게 아닐 거라고 도리도리 부정하고 의연한 체했지만, 사실 이 마음은 그 남자가 저를 좋아할지도 모른다고 제멋대로 기대했다. 그래서 목숨 걸면서까지 저를 지켜주려는 거라고.

그런데 한 톨의 망설임도 없이 신현수를 보호하는 걸 보니, 그는 원래 그러는 사람인가보다. 누군가를 지키고 웃게 하는 게 그저 습관이고 삶인 사람이었다.

"배수아 씨. 또 혼자 서 있네요."

이런 것도 그는 아무런 의미 없이, 그냥 하는 게 분명하다. 이게 사람을 얼마나 기대하고 소망하게 만드는지도 모르면서.

"됐어요."

통화를 마치고 나와 저를 부축하려는 청신의 손을 툭 밀어냈다. 무정한 얼굴로 다가왔던 그는, 뒤도는 수아의 뒷모습을 굳이 잡지 않는다.

침실 문까지 혼자 쩔뚝쩔뚝 걸어가는데, 그가 매만져 주기 전에는 아픈 줄도 몰랐던 발목이 참 아렸다. 그냥 그에게 폭 안겨지고 싶다는 생각이 불쑥 피어올랐다. 하지만 바로 쥐어뜯어 버렸다.

그의 품은 자신을 위해 있는 게 아니었다. 언젠가 저보다 약하고 불쌍한 게 나타나면 가 버리고 말 거야. 그러니 그렇게 따듯하고 단단한 온기에 익숙해지면 안 되는 것이다. 좋아하지 말아야 했다.

수아가 벌려 둔 거리는 그대로이다. 청신은 그에게서 멀어지는 수아를 따라오거나 붙잡으려 하지 않았다.

오는 여자 마다 않고 가는 여자 안 잡는다, 뭐 그런 주의인가? 다가오지 말라는 신호를 준 건 수아 본인이면서도 섭섭하고 얄미워서 꼴 보기가 싫었다.

내가 또 좋아하나 봐라. 관심이라고는 좁쌀만큼도 안 줄 거야. 정말 이청신이라면 새끼손톱 하나도 눈에 담지 않을 생각이었다. 그랬다가 나중에는 손톱 하나, 아니 열 손가락 정도는 봐야겠다고 마음을 고쳐먹었다. 문 틈새로 흘러드는 냄새가 너무 유혹적이기 때문이었다.

참나. 어이없어. 저 남자는 사람 홀리는 방법도 가지가지네. 그래도 내가 넘어가나 봐라. 수아는 작은 입술을 비대칭으로 비틀며 웃다가, 점심 식사하자는 그의 목소리에 이끌려 쪼르르 달려 나갔다.

청신이 구운 스테이크는 맛있었다. 태울락 말락 갈빛으로 익힌 겉면을 이 끝으로 살며시 눌러 부수면, 바삭, 하고 육즙을 가두고 있던 얇은 벽이 부서졌다. 입 안에 흘러내리는 고소한 물과, 혀를 스치는 부드럽고 촉촉한 식감은 이걸 이따위로까지 잘 구워 놓은 사람을 쳐다볼 수밖에 없게 만드는 놀라운 것이었다.

수아는 하마터면 청신의 얼굴을 쳐다볼 뻔했다. 하지만 시선이 그의 손까지 올라가는 찰나, 정신을 차리고 스테이크나 오물오물 먹었다.

"더 줄까요?"

맞은편에서 건네 오는 물음에, 눈을 새침하게 내리뜬 채 고개를 끄덕거렸다. 새 접시를 내미는 그의 손끝이 단정하게 잘생겼다는 생각이 들어 또 반해 버릴 것 같았다.

안 되겠다. 이따가는 정말 밥도 먹지 말아야지, 다짐하며 가니

쉬로 곁들여진 아스파라거스를 앞니로 씹었다. 이것도 너무 맛있어서 또 청신을 쳐다볼 뻔했다.

그의 침대를 차지하고 누워 뒹굴거리다가 문 밖에서 무슨 냄새가 나고 청신이 부르면 도도하게 걸어 나갔다. 그렇게 저녁에 간식까지 먹어서, 이젠 정말 이청신을 보지 않을 거란 맹세를 제 심장에 새기고 새겼다.

심장 말고, 침실 방문 안쪽에 커다랗게 써 둘 걸 그랬다.

"간식 먹은 지 세 시간이나 지났는데. 왜 안 부르지?"

심장 안에 투명한 빛깔, 펜촉 없는 볼펜으로 적어 둔 글씨들은 보이질 않으니 영 효과가 없다. 수아는 또 문짝에 붙어 서서 코 끝을 킁킁거리고 귀를 문에 댔다.

냄새는 안 나는 것 같은데 물 흐르는 소리가 연하게 들려왔다. 그런데 저 남자가 또 뭘 준비하네 싶어서 기뻐서 해맑게 웃으려는 순간, 뚝 끊겼다. 혹시 내가 잘못 들었던 건가?

온몸의 무게를 담아 귀를 더 바짝 붙였고, 그걸로도 안 되겠어서 살그머니 문을 열어 보았다. 그리고 작은 머리만 내밀어 부엌 쪽을 바라본 찰나. 까맣고 하얀 것과 쨍 하고 부딪치는 양 마주쳤다. 이청신이었다.

씻고 나오는 길인지 그는 잿빛 머리칼이 젖은 채였다. 수아는 그의 어깨 아래로 아슬아슬하게 걸쳐진 가운을 힐끔 보았다가, 가운 밑으로 드러난 깨끗한 발목을 곁눈질하고는 짙은 허기를 느꼈다. 물론 그건 야식에 대한 허기였는데, 어쩐지 이상한 느낌이 들어 얼른 얼굴을 집어넣고 문을 닫아 버렸다.

"벌써 한 시네. 그냥 자 버려야지."

침대에 누워 몸을 조그맣게 웅크렸다. 끼니를 거르는 일은 익숙하게 해 오던 것이다. 극심한 공복에 배 부분이 뻥 뚫려서 아예 사라진 기분이 들어도, 스케줄을 소화하고 잠 속에 빠져들었다. 오늘도 그럴 수 있을 거라고 생각했다.

그런데 왜일까. 납작하게 마른 배가 신경 쓰여서 가만히 있을 수가 없었다. 뒤척이면서 억지로 눈을 감으면, 음식을 내밀던 남자의 길쭉하고 굵은 손가락이 눈꺼풀 앞에 새하얗게 그려졌다. 그리고 허기는 깊어졌다.

도대체 왜 이러는 거냐 말이야. 소리 없이 신경질을 내며 상체를 일으켜 앉는 순간이다. 밖에서 청신이 부르는 소리가 났다. 잠들려다 깨 버린 척 눈을 비비며 부엌에 나가 보니, 알록달록하고 선명한 빛깔의 샐러드가 식탁 위에 싱그럽게 앉아 있었다.

"나 배부른데요?"

"아. 그럼."

청신은 두말없이 샐러드 접시를 치우려고 했다. 수아가 반사적으로 팔을 뻗어, 청신의 손을 두 손으로 꼭 잡았다.

"아니, 어쩔 수 없네. 야채, 닭고기, 이런 건 바로 바로 먹어야 하잖아요. 그냥 내가 먹어 줄게요. 아, 나 정말 배부른데."

아래를 보며 깜빡거리는 두 눈은 쌀쌀맞았고, 얕게 벌어졌다 닫히기를 반복하는 입술은 꽁꽁 얼린 체리 같았다. 내가 연기를 잘하긴 하네. 할 말을 다 뱉은 입을 사뿐 닫아 주며 속으로 뿌듯해할 때이다. 배 안쪽에서 우렁찬 소리가 났다. 꼬르륵!

"오해하지 말아요. 얘가 내 말이 맞다고 맞장구를 치는 거야. 맞다고. 자기 진짜 배부르다고."

그래도 끝까지 열심히 연기했다. 청신은 아무런 표정 없이 맞은편 의자에 앉아, 자기 몫의 그릇을 비우기 시작할 뿐이었다. 역시 수아 저는 능력 있는 연기자였다. 괜히 연기대상에서 온갖 상을 싹쓸이하는 게 아니라니까.

다음은 배불러 죽겠지만, 음식을 절대 낭비하지 않으며 이 식재료들에 담긴 사람들의 정성을 생각할 줄 아는 고상한 여자를 연기할 차례이다. 수아의 포크가 의기양양, 뽀얗고 싱싱한 치즈가 올려진 샐러드로 향했다.

"배수아 씨."

벌써 반쯤 비워진 접시에서 어린잎 몇 장 골라다가 아삭아삭 씹는데, 청신의 손이 뭔가를 내밀어 왔다. 티슈였다.

"왜. 내 얼굴에 뭐 묻었어요?"

심드렁히 물어보며 접시에 꽂혀 있던 시선을 들었다. 청신을 쳐다보려고 그런 건데, 유리구슬처럼 구른 말간 눈망울은 건너편의 샐러드 접시에 툭 걸린 듯이 멈춘다. 청신은 샐러드를 반도 안 먹은 채였다. 그런데 수아 몫의 샐러드는 거의 바닥 난 상태이다. 저도 모르게 허겁지겁 먹어 버린 거였다.

티슈로 입술을 누른 수아가 고개를 푹 숙이며 눈썹을 찡그렸다.

그렇게 조금 쪽팔려 한 다음, 다시 고고한 여자로 돌아가 남은 샐러드를 먹으려 할 때이다. 순식간에 다가온 청신이 수아의 턱 끝을 살며시 쥐어 왔다.

"입술에 묻은 게 아니라."

낮게 중얼거리며.

방울토마토를 앞니로 문 채, 수아는 그를 올려다보았다. 이렇게 가까이에서 보는 게 몇 시간만의 일이다.

수아는 마치 그라는 남자를 처음 본 사람처럼, 느린 속도로 닫혔다 열리며 깊어지는 그의 눈맵시와, 샤워를 갓 마친 흔적을 투명하게 머금은 피부, 붉고 도톰한 입술을 여러 번 들여다보았다. 그를 눈으로 훑는 시간이 길어질수록, 허기와 갈증이 아랫배를 감돌고 지배한다.

수아가 물고 있던 방울토마토를 입 안으로 넣었다. 그리고 혀에 매끄럽게 감겨오는 빨갛고 연한 껍질을 이 끝으로 터뜨렸다. 흘러내리는 시원한 과즙을 마시고, 작게 쪼개진 조각을 목 아래로 넘겼다. 그런데도 채워지거나 달래지지 않는 이 허전한 느낌은 뭘까.

말없이 눈을 한 번 깜빡이고 나자, 청신의 몸이 조금 더 수아에게로 기울어져 있다. 수아가 뭔가를 먹고 싶은 사람같이 마른침을 삼키는 순간. 그가 손가락으로 뺨을 닦아 주었다. 그의 살에 밴 아름다운 체취가 코끝으로 밀려들고, 그의 온도가 온몸을 달궜다.

그와 닿는 찰나, 견딜 수 없이 깊었던 허기가 잠깐 가라앉는 게 느껴졌다. 하루 내내 저를 시달리게 했던 허기의 원인을 이제야 알 것 같았다. 뭘 먹어야 이 질리는 허기가 사라질지도.

포크를 놓친 수아의 빈손이 꼬물거렸다. 그를 제게로 잡아당기고 싶었다. 하지만 하얗고 가녀린 손가락이 그를 향해 올라가려는 찰나, 그는 도로 멀어진다. 빠르게 깊어지는 허기를 느끼며, 수아는 옅게 한숨 쉬었다. 나 이 짝사랑, 관둘 수 있는 건가…….

뜬눈으로 긴 새벽을 지새웠다. 그 남자를 끙끙 앓느라. 손끝 발끝부터 적셔와 심장까지 물들이는 핑크빛 열이 감기 몸살보다 아리고 힘들었다. 너무 지쳐 까만 꿈속으로 잠겨 들고 싶어도 그러지 못했다. 눈 감으면 온통 어둑해야 할 눈꺼풀 속에도 그 남자가 선명히 있었기 때문이다.

그 남자로부터 좀 달아나 있고 싶은데, 모든 것이 그였다. 살짝 열린 커튼 사이에도, 달이 비친 작은 거울 안쪽에도, 몸을 덮은 이불 위에도 그 남자가 스며 있었다. 이불을 발로 밀어내고 커튼을 닫아 보아도, 거울을 확 뒤집어 버려도 아무런 소용이 없다. 뭐라 말할 수도 없이 아름다운 그의 얼굴은 텅 빈 허공에도 있는걸.

잠들 만하면 심장이 쿵, 실체도 없이 눈앞에 떠 있는 그에게 반해 전신을 흔들었다. 아, 대체 나한테 무슨 짓을 한 거야, 이청신.

"배수아 씨. 식사해요."

머리카락을 쥐어뜯으며 몸부림을 칠 때, 문 너머로 그의 목소리가 들렸다. 그제야 수많은 그의 환상에 가려져 보이지 않았던 아침 햇살이 두 눈을 찔렀다.

퀭하고 몽롱한 얼굴로 아침밥을 깨작거렸다. 윤기 어린 밥풀을 젓가락 끝으로 집어 한 알씩 느릿느릿 입가로 가져가고 있자니, 앞에 앉은 청신이 입술을 열었다.

"맛이 별로입니까?"

"아니에요, 맛있어요."

"다른 반찬 해 올까요?"

"이청신 씨. 내가 미안한데요. 지금은 나한테 말 시키지 말아 주라."

제발. 나는 그쪽이 눈앞에 없어도 그 얼굴에 자꾸자꾸 반하고 있단 말야. 그런데 또 그렇게 무책임하게 다정하면 나 진짜 어떡하라구.

제 성질대로 따박따박 따지고 싶은 걸 눌러 참았다. 지금은 몸속이 온통 그에 대한 마음으로만 그득했다. 배를 새끼손으로 살짝만 눌러도 그쪽이 좋아 죽겠다는 소리가 튀어 나갈 것 같아, 입을 다물어야 한다. 거절당할 걸 빤히 아는데, 실수로 고백을 저질러 버리면 그랑 같이 지내야 하는 일주일이 얼마나 민망하고 어색하겠냐고.

고개 숙인 채 할 말 많은 제 입에 밥알이나 물리는데, 문득 의자가 바닥을 긁는 소리가 났다. 청신이 자리에서 일어선 모양이었다. 굳이 눈길 주지 않았다. 봐서 뭐 해, 잘생겨서 반하기나 하겠지.

수아가 속으로 투덜대며 초록빛 샐러리를 앞니로 씹을 때이다.

무언가 작은 이마를 짚어 온다. 전투적으로 아삭거리던 소리가 뚝 끊기고, 두 눈망울이 당혹감으로 물들었다.

"열이 나는 것 같아서."

눈이 마주친 *그*가 이마를 살며시 만져 보던 손을 내리며 말했다.

"그런데, 걱정할 정도는 아니네요."

1초만 더 늦게 그 손을 뗐으면 병원에 가야겠다는 말이 나왔을 것이다. 나름 제 속도를 찾아가던 심장이, 그의 손을 인지한 순간 폭주했기 때문에. 이건 병이 맞았다. 좀만 있음 온몸이 열에 젖어 빨개질 것이다. 두 뺨은 벌써부터 팔팔 끓어오르고 있었다. 그가 이 말 못 할 병을 알아채기 전에 숨어야지. 수아가 씹다 만 샐러리를 얼른 아작 낸 뒤 일어섰다.

"잘 먹었어요. 그리고 나 하나도, 진짜 하나도 안 아파요."

안 아플 거야. 꼭 안 좋아할 거야.

이 지독한 바이러스를 죽여 버릴 거라고 다짐하며, 침실 속에 틀어박혔다. 그러고 구구단에 집중했다. 아니. 하고 싶었다.

"오일은 오, 오이 십, 오삼…… 오, 오삼……"

잘 외고 있는데, 발소리가 귀를 건드는 것 같더니 현관 쪽에서 무슨 소리가 난다. 집에 있는 사람은 그와 수아 저뿐이니, 그가 내는 소리일 것이다.

"오삼은……"

온 신경이 그쪽으로 쏠린다.

"이."

이청신 지금 어디 나가나?

조용히 숫자들을 종알거리던 입술이 멈추고, 달각, 하얀 손가락이 방문을 열어젖혔다. 다 병에 걸린 몸이 제멋대로 벌인 행동들이었다. 현관문을 여는 중이던 그가 뒤돌아봤고, 눈이 마주쳤다.

"잠깐 마트에 좀."

"화장실 좀 가려고."

누가 먼저랄 것 없이 동시에 말했다. 잠깐 침묵이 이어졌다.

"이십 분이면 옵니다."

먼저 입술을 움직인 건 그였다.

"아…… 괜찮아요. 두 시간 걸려도 되는데."

"뭐 먹고 싶은 거 있습니까?"

"아뇨, 딱히."

"평소에…… 좋아하는 음식은?"

붉고 매끈한 두 장의 살 틈새로 흘러나오는 목소리에, 수아는 헤실헤실 좋아하려는 입을 단단히 오므려야 했다. 나한테 꼭 뭘 해 먹이고 싶은가 보네. 내가 밥 한 끼 좀 대충 먹은 게 그렇게나 신경 쓰이나? 뭐야. 혹시 저 남자, 자기도 모르게 나 좋아하고 있는 거 아니야?

"마카롱을 좋아하긴 하는데. 딸기맛이랑 녹차맛."

기대가 가슴속에 환한 봄볕을 켠다. 뱃속이 이상하게 간지러워, 재빨리 대답하고는 뒤돌아섰다. 등 뒤로 청신이 나가는 소리를 들은 다음에는 팔짝팔짝 뛰어서 부엌으로 갔다. 찬물이라도 마셔서

이 간질간질한 감정을 씻어 내리고 싶었다. 하지만 싱크대 앞에 선 순간, 물 같은 건 다 잊어먹고 말았다.

"다 버렸네, 맛있게 잘 만들어 놓고. 자기라도 좀 먹지."

싱크대 안에는 그가 새로 했을 반찬들과 밥 한 무더기가 흉하게 엎어져 있었다. 그는 무슨 생각으로 이것들을 버렸을까? 그의 속내를 짚어 보자, 아침을 깨만큼 먹었는데도 배가 불렀다. 향기롭고 예쁜 꽃밭을 통째로 삼킨 듯이.

청신은 정말로 이십 분 안에 커다란 박스를 들고 돌아왔다. 수아는 그가 내려놓은 박스 앞에 쪼그려 앉아, 그가 장 봐 온 물건들을 하나씩 꺼냈다.

"뭘 이렇게 많이 샀어요? 어? 머랭 쿠키다. 딸기맛이네."

처음에는 신나서 날아다니던 손은 박스가 비어갈수록 맥없어진다. 이청신은 온갖 걸 다 사 왔으면서, 수아가 좋아한다고 말한 마카롱만은 쏙 빼 놨다. 이럴 거면 뭐 하러 물어본 거야?

"이청신 씨."

"왜요."

"마카롱은요?"

"아."

미량의 난감함이 흰 얼굴을 비껴 지나갈 뿐, 그의 눈동자는 차갑게 검기만 하다. 무심하다 못해 몸을 시리게 하는 태도였다. 누군가를 좋아한다면 보일 리가 없는.

수아는 딸기맛 머랭쿠키만 물고 방 안으로 돌아왔다. 다디단 과자가 혀에 사르르 녹아드는데도 입 안이 괴로웠다. 쓴 알약들이 물 한 모금도 없이 굴러다니는 것처럼.

이청신이 먹여 준 약은 소태처럼 쓴 만큼 효과가 좋았다. 열때문에 못 잔 잠을 실컷 잤다. 이튿날, 아침 햇볕이 창틈으로 파고들었을 땐 정신이 아주 말갛고 개운했다. 병처럼 찾아왔던 짝사랑이 그의 태도에 확 꺾여 버린 것이다. 이젠 그를 봐도 아무렇지 않을 듯했다. 진작에 이럴 것이지.

왜인지 목이 타는 것 같아서 방 밖으로 나가 보자, 청신은 외출한 뒤였다. 주인 없이 놓인 모든 사물이 숨죽인 채 고요한데, 그가 남긴 메모지만 문에 붙어 팔랑거리고 있었다.

나 늦습니다. 식사는 차려놨으니 잘 챙겨 먹어요.

수아는 그가 남겨 놓은 까만 흔적들을 어루만졌다.

"이청신은 글씨도 잘생겼네. 아니 아니. 뭐, 잘 쓰네."

저도 모르게 생긋 웃는 입술로 중얼거리다, 고개를 절레절레 저으며.

청신의 음식들은 역시 하나같이 특별하고 탐스러웠다. 혀끝에 닿자마자 으으음─ 하고 감탄하는 소리가 제멋대로 피어났다.

하지만 딱히 당기지는 않았다. 대충 먹고는 식탁에서 일어났다. 그리고 서재로 털레털레 걸어가다가, 이유도 모르고 현관문 쪽으로 시선을 던졌다.

"늦게가 언제야?"

시계는 아직도 오후 두 시를 가리키고 있었다.

일에는 통 집중이 안 됐다. 종잇장을 한 3분쯤 쳐다보면 좀이 쑤셔서 가만히 있을 수가 없었다. 괜히 일어나서 현관문 근처를 어슬렁거리다가 다시 돌아오길 한 백 번은 했을 것이다. 책상에 엎드려서 펜을 낙서하듯 굴리던 수아가, 한숨을 뱉으며 일어났다. 그리고 또 멍하니 걸어 나가 현관문을 바라보았다. 어둠이 새까맣게 내려앉은 저녁인데도 문은 도통 열릴 기미가 없다.

"늦는다는 게 대체 무슨 소리냐고. 지금도 엄청 늦었고만."

괜히 투덜거리며 부엌으로 갔다. 저녁 먹을 시간이 지났지만 뭘 씹을 기운이 나질 않았다. 그래서 배를 채우기도 싫고. TV 틀면 다 채나율 얼굴이라 치가 떨리고, 일에 집중은 안 되고. 따분해서 죽을 것 같은데, 어떡하지.

입술을 내민 채 죽상을 짓고 있던 수아의 눈이 문득 부드럽게 열렸다. 이내 두 손에 들린 게, 커다란 술병이었다.

영원히 닫혀 있을 것 같던 현관문이 젖혀진 건 그 술병이 반 넘게 비워진 다음의 일이다.

"와, 이청신이다. 안녀엉."

현관문이 바로 보이는 방바닥에 주저앉아 술을 꼴깍거리던 수아가, 벌어진 문틈으로 들어선 청신에게 인사했다. 손을 팔랑팔랑 흔드는 그녀의 얼굴은 체리 알을 여러 번 문질러 놓은 듯 붉은색이다.

"대박. 술 마시니까 이청신이 둘이야. 완전 좋은데? 또 마셔야 돼. 이청신 셋 되게."

반달 모양으로 접힌 채 청신을 들여다보던 두 눈이 달콤하게 휘어지고, 작은 손이 술병의 몸통을 거침없이 들어올렸다. 그러나 아무리해도 입술로 끌어 올릴 수가 없었다. 눈 깜짝할 사이에 코앞까지 온 청신이 병의 목을 붙잡고 막았기 때문이다.

이거 마시니까 그나마 기분이 좋아졌는데, 왜 못 마시게 하는 거야아……. 수아가 크고 동그란 눈을 글썽거리며, 두 손으로 술병을 꼭 쥐었다.

"나 평생 먹고 싶은 거 못 먹고 살다가, 이제 좀 먹으려는데. 나한테 이럴 거예요?"

술병을 막고 있는 청신의 손이 약해졌다.

"잠깐 기다려요."

"네에."

해맑게 대답한 수아의 낯이 팍 구겨졌다. 청신이 제 시야 밖으로 가 버렸기 때문에. 하지만 곧 현관 바닥에 정갈하게 놓인 남자 구두를 보고는 배시시 웃었다. 이청신은 이제 집에 왔다. 집 안 여기저기를 기웃거려 보면 그를 찾아낼 수 있다는 얘기다.

두 발로 일어나려니 어지러웠다. 수아는 걷는 게 서투른 어린 강아지처럼 기어서 그의 뒤를 쫓았다.

청신은 코트만 벗고는 냉장고 문을 열었다. 부드러워 보이면서도 마디마디가 강하게 생긴 손이, 블루베리, 딸기, 사과 같은 것들을 꺼냈다. 그리고 문을 닫는 순간. 그의 품에 안겨 있던 딸기 한 알이 바닥에 굴렀다.

근처에 쪼그려 앉아 있던 수아가 딸기를 주워 먹었다. 그제야 수아를 발견한 청신이 과일들을 내려놓고, 수아를 안으려 했다.

"의자에 앉아요."

"싫어요. 나는 술은 바닥에 너부러져서 먹는 게 너무너무 좋거든요. 이청신처럼 좋아."

청신이 가볍게 준비한 과일 안주는 결국 방바닥에 세팅됐다. 예쁘고 정갈하게 깎인 과일들은 저마다 하얀 생크림이나 초콜릿을 입은 상태였다. 당도 높은 걸 사랑하는 수아는 마시겠다고 고집부리던 술도 잊고, 과일들만 입에 집어넣었다.

"또 묻히고 먹네요."

앞에 앉아 수아가 먹는 것만 가만히 지켜보던 청신이, 손을 뻗었다. 그의 손끝은 콧잔등만 살며시 쓸어내리고는 곧바로 멀어졌다. 블루베리 한 줌을 어금니로 우적우적 씹어 먹은 수아가 병나발을 불었다.

"저번에는 입술로 닦아 주더니. 왜 계속 손으로 닦아 줘요? 치사해."

"그땐, 신현수가 보고 있어서."

"현수 씨 또 오면 좋겠다. 지금 오라고 하면 안 돼요? 아아, 아니다, 아니다. 카메라. 내가 카메라를 켜면 되네."

침울해져 가던 수아의 얼굴 위로 웃음이 새하얗게 흐드러졌다.

"내가 휴대폰을 어디에 뒀더라."

아마 서재나 현관 앞에 놨겠지. 오늘은 왜인지 하루 종일 거기만 왔다 갔다 했으니까. 얼른 가져와야겠다. 망설임 없이 바닥을 기어가려 했다.

"취했습니다, 배수아 씨."

옆으로 자리를 옮겨온 청신이, 한쪽 무릎을 꿇고 앉아 수아와 눈높이를 맞췄다.

"안 취했어요. 어, 근데 이청신 씨 세 명 됐네. 아이 좋아. 네 명 만들래."

"이제 안 되겠어요."

"뭐가 안 된다는 거예요?"

물어보고 나니 수아가 손에 쥐려던 술병은 사라져 있다. 그가 뒤에 숨겨 둔 모양이었다. 수아가 그의 등 뒤로 손을 뻗으려고 하자, 그가 손목을 잡았다. 그의 체온에 뽀얀 살갗이 달궈지더니 온몸이 저릿하게 떨려왔다. 다시 묘한 허기의 시작이었다.

"이청신 씨. 어떡하지. 나도 이제 안 되겠어요."

속삭이듯 달싹인 입술이, 그를 삼켰다.

입술을 향해 덤벼든 말캉하고 작은 살결은 능란했다. 분홍빛 혀에서 배어 나온 물기가 입 안을 달콤하게 어루만지고, 달궈진 체온과 호흡이 약한 살 위로 아름다운 열기를 지폈다.

술에 흠뻑 젖어 있는 여자를 본 그 찰나부터 전신 마디마디에 맺혀 있던 당혹감이 눈 녹듯 사라져 간다. 굳었던 살이 풀려 그녀의 움직임에 이끌렸다. 입술과 입술 사이에서 촉촉한 소리가 퍼졌다. 숨결은 거칠었고 서로의 체온은 이미 입맞춤의 온도를 넘어 있었다.

위태로운 떨림으로 잠시 흔들리던 그녀의 입술이, 한계까지 붉어진 아랫입술을 살며시 물었다가 놓았다. 그러는 틈에 그녀의 손은 셔츠를 파헤치기 시작했다. 단추들이 하나둘 열리고, 부드러운 손가락이 드러난 살갗을 짚었다.

그 희고 가녀린 것에 심장이 통째로 쥐인 것처럼 숨이 쉬어지지 않는다. 활짝 벌어진 그녀의 두 다리 사이를 받치고 있는 허벅지 쪽이 뻑적지근하게 저려 왔다. 청신이 미간을 일그러뜨렸다.

제 밑의 남자가 단단해졌음을 그녀도 알 것이다. 얇은 피륙 너머, 연하고 좁은 그녀의 살이 긴장감으로 바짝 조여들었다. 그곳을 여러 번 문질러 주고 싶다는 충동이 뇌리를 헤집는다. 청신이 소리 없이 이를 악물 때. 목에 입술을 묻고 있던 수아가 한숨을 뱉더니 바닥에 쓰러지듯 누웠다.

"미안해요. 내가 이러면 안 되는 거죠. 꾹 참을게요. 이청신 씨는 나 안 좋아하니까."

"……."

"근데, 나 정말 먹고 싶은데……. 다 꼬여 버렸어. 내 사랑은 범죄고, 내 인생은 개판이야."

복숭아색으로 여문 조그만 얼굴이 울상 지었다. 청신은 울기 직전인 그녀의 눈을 들여다봤다. 맞닥뜨릴 때마다 자신을 바닥 모를 심연에 밀어 넣는 두 보석은, 눈물로 얼룩지고도 여전히 눈부시다. 청신이 한숨을 옅게 흘리며 입술을 달싹였다.

"마음대로 하라니까."

내가 날 당신한테 준 지가 언젠데.

"안 좋아하는 사람이 나처럼 이러면, 싫잖아."

싫지 않았다. 자신의 생은 어머니의 죽은 몸이 작은 그릇에 담길 때, 같이 어둡고 외로운 곳에 안치되었다. 알고 보면 차갑게 식은 먼지 더미가 바로 이청신 자신이다. 그는 뭘 사랑해서는 안 되는 사람이었다. 그런데 배수아라는 여자를 보면, 자꾸 심장 깊숙한 데가 일렁인다.

이청신의 뒤에는 아직 그룹 회장이신 할머니가 건재하다. 결백한 이름에 성추문을 묻히려는 기정균의 치졸한 술수 같은 거야 그에게 먹힐 수준이 아니었다. 그런데도 그가 그녀에게 위험한 제안을 던진 건, 스스로가 더는 할머니의 무릎 위에서 노는 어린애여서는 안 된다는 판단 때문이었다.

그렇게 믿었다.

하지만 이제는 인정해야 할 때다. 그런 어른스럽고 냉정한 판단은 핑계였다. 자신이 배수아를 껴안고 기꺼이 기정균의 수렁에 빠진 이유는 오직 그녀다.

"거봐. 싫으면서."

청신이 침묵하는 동안, 수아의 울먹임은 점점 깊어진다. 눈망울 위에 고이는 작은 호수는 욕심 많은 소녀의 것 같기도 하고, 무르익어 액을 뚝뚝 떨구는 복숭아의 것 같기도 하다. 귀엽고 아름다워 더 참을 힘이 없다.

"그러게요. 싫어야 하는데."

청신은 투명한 이슬이 매달린 눈시울을 바라보며, 손목에 찬 시곗줄을 끌렀다. 바닥에 던져진 시계는 풀어헤쳐진 쇠사슬 같은 소리를 냈다.

자유로워진 손이 폐쇄적으로 웅크린 여자의 손 하나를 다정하게 잡아 키스한 뒤, 머리 위로 끌어 올렸다. 봉긋하게 오른 가슴이 크게 들썩이는 게 잘 보였다. 둥근 이마에 입 맞춰 주고 마주보자, 아직 젖어 있는 눈이 동그랗게 커졌다.

"나도 연기에 몰입하는 편인 것 같습니다, 배수아 씨처럼."

이청신의 몰입은 그녀를 본 첫 순간부터 시작됐고, 그는 단 한 번도 연기를 한 적이 없다. 아니. 절제한 것도 연기라면 하긴 한 건가.

"그게 무슨 뜻이에요. 내가 좋아진 것 같단 소린가?"

"맞아요."

"근데 왜 나한테 다가오질 않았는데요?"

"당신이 그새 나한테 질린 줄 알고."

"뭐야. 정말 좋아하면 내가 질려 해도 막 어떻게든 잘 보이려고 애써야 되는 거 아니야?"

"당신과 내 관계는 특수하니까요. 내가 당신 뜻을 무시하고 꺾으면, 당신이 무서워할 것 같았습니다. 여자가 잘 모르는 남자 집에서, 그 남자와 단둘이 지내야 한다는 건 그 자체로 두려운 폭력이지 않습니까."

"뭐 이유가 어떻든, 이청신 씨도 내가 좋다는 거네요."

그녀가 초승달처럼 웃었다. 청신이 그녀의 티셔츠 밑자락을 들추고, 안에 숨은 도톰한 언덕을 움켜쥐었다. 딸기 냄새가 향긋하게 스며들어 있는 그녀의 숨이 순식간에 달아올랐다. 미약한 흥분으로 이지러진 눈매가 예뻤다.

조금 더 달궈 볼까. 연하지만 꼿꼿이 선 채, 자신의 욕망을 주장하는 돌기 하나를 엄지로 둥글게 쓰다듬은 순간이다. 밑에 깔려 가만히 헐떡이기만 하던 그녀가, 허벅지를 더듬어 왔다. 그리고 그녀를 위해 크게 곧추선 지 오래인 수컷을 살며시 주물렀다. 슈트 바지 앞섶이 터질 듯이 팽팽해졌다.

"몇 센티예요?"

"글쎄요. 재 본 적은 없어서."

"내가 재어 줄게요."

"당신이 어떻게."

그녀 안에 들어서기도 전에 기둥의 선단이 젖어든다. 청신이 이를 씹었다. 프리컴을 뚝뚝 흘리면서도 여유로운 가면을 뒤집어 쓰는 것은, 아직 그녀의 은밀한 문에 제대로 된 허락을 구하지 않았기 때문이다. 청신은 그녀 말에 나지막이 대답해 주며, 아래로 손을 뻗었다. 편한 재질의 바지와 속옷을 단박에 파고들어 연약하고 말랑한 살을 세로로 쓰다듬자, 희미한 신음이 번지기 시작했다.

"으, 응, 내 몸으로."

"날 끝까지 삼킬 자신이 있나보네."

"응. 나 잘하거든."

"제정신으로 먹기 어려울 텐데요."

"그건 해 봐야 아는 거지."

"해 보죠, 그럼."

꽃망울 전체를 골고루 만져 주던 손을 위쪽으로 굴렸다. 손끝에 닿아 오는 여자만의 조그만 단추는 이미 잔뜩 보풀어 있었다.

"언제부터 이렇게 됐어요, 배수아 씨."

"이청신을 보고 있음 늘 이래, 나는."

"볼 때마다 만져 달란 소린가."

수아의 입술에서는 대답 대신 붉은빛 신음이 터졌다. 잘못 만지면 부러질 듯 잘록하고 가냘픈 허리가 유려한 선을 그리며 휘고, 작은 고개가 이리저리 흔들거렸다. 청신이 찌푸린 그녀의 미간에 여린 입맞춤을 찍고는 그녀의 하의를 벗겨 내렸다.

희디흰 다리를 접어 그녀의 가장 개인적이고 여성스러운 공간을 열어보자, 그녀는 생크림을 입힌 딸기보다 달콤하고 사랑스러운 상태이다. 혀로 맛보고 싶지만 그런 걸 이 여자가 좋아해 줄까.

허락을 구해 볼 생각에 그녀의 얼굴을 바라봤다. 그녀는 반쯤 눈감은 채 숨을 몰아쉬고 있었다. 기다리기 벅차 보였다. 그리고 그녀가 아까부터 기다리는 건 혀가 아니다. 지금은 그녀가 원하는 것만 해 주고 싶었다.

청신이 조금 웃으며, 새빨간 루비처럼 도드라진 그녀의 살을 검지 끝으로 부드럽게 긁었다. 아무나 볼 수 없는 귀여운 구멍이 약하게 움찔거리며, 하얗고 말간 물기를 흘렸다. 그건 당장 침입해도 된다는 신호였다. 그러나 청신은 말없이 바라볼 뿐 진전을 몰랐다. 진입만을 기다리던 수아가 눈을 가름하게 떴다.

"이청신 씨. 난, 아, 준비 다 된 것 같은데."

"힘 빼 봐요."

"나 힘 준 적 없어요."

그렇다는 건, 원래 이렇게까지 조그맣다는 건가.

청신이 큰 손바닥으로 그녀의 음부를 덮었다. 작고 비좁은 그곳은 충분히 촉촉하게 풀려 있지만, 조금 더 그렇게 만들어야 했다. 그녀가 남자와 하는 게 낯설지 않은 모양이어도, 자신과 하는 건 오늘이 첫날이라.

"아직 멀었어요. 더 녹여야 됩니다."

젖어 있는 고랑의 틈새에 손가락을 끼우며, 익숙하게 신음하는 입술에 오래 키스했다. 그녀의 또 다른 입술이 빠끔거릴 때까지.

그러나 감히 그 간절하고 공허한 입에 무엇 하나도 먹여 줄 수 없었다.

"배수아 씨. 잠깐 이대로 있어야겠는데."

"왜?"

"콘돔이 없는 걸 깜빡했습니다. 이렇게 몇 분만 기다려요. 내가 다녀올 때까지."

활짝 벌어진 양 발목을 그녀 스스로 잡게 하고, 일어서려 했다.

"아냐, 괜찮아요."

그녀가 손목 하나를 붙들었다. 뭐가 괜찮냐는 질문을 눈짓으로 하자, 반들거리는 입술이 달싹였다.

"나 피임 시술 했어요."

"그걸 배수아 씨가 왜."

"얼마 전에, 대표가 하라고 해서. 내가 월경 양이 많은 편이거든. 그래서 활동에 지장이 생기니까 시키더라구. 처음엔 내가 진짜 네 발로 기어 다니는 가축이 된 기분이었는데, 뭐, 나쁘지만은 않더라구요. 월경도 안 하고, 이럴 때도 좋고."

그녀의 두 눈이 구부러졌다. 그녀에게 아무런 문제가 없는 것처럼, 화사하게.

기정균의 두 팔목에 직접 수갑을 채우러 간 날, 처음 각막에 새겨진 그녀의 모습은 여전히 지워지지 않고 뚜렷하다. 기정균과 기정균의 사람들에게 둘러싸여 손과 발끝만 겨우 보이던 몸은, 잡아먹혀 가는 백조의 깃털처럼 바들거리고 있었다. 저항을 전혀 못 하니 그건 이미 반 이상 죽은 사람의 바들거림이었다.

저대로 몇 분만 두면 숨이 끊어질 거라고 생각했다. 청신은 몰아 치는 듯이 걸어가 기정균의 팔을 뒤로 꺾었다. 그리고 수갑에 감겨 발악하는 거구를 형사들에게 넘기자마자, 바닥에 쓰러져 있는 작은 몸부터 훑어보았다.

죽어 가는 게 분명해 보였던 그녀의 살갗은 뜻밖에도 핏물이나 멍 자국 없이 깨끗했다. 청신은 한참을 제자리에 서서 그녀만을 봤다. 다이아 같은 것을 빻아 문질러 놓은 것처럼 반짝거리는 새하얀 피부와, 까만색이면서도 유리와 흡사한 빛이 감도는 눈을 특히 오래 봤던 것 같다.

그녀는 아무도 손대지 못하는 성역같이 생겼다. 막 떨어져 내린 눈꽃도 그녀보다 투명하고 눈 시리지 않을 것이다. 그런 데도 그 온몸이 피와 눈물에 물들어 있는 듯한 인상을 떨칠 수 없는 건 왜일까.

그녀를 자세히 들여다보고 싶어졌다. 저 눈부심 뒤에 길고 깊이 드리워져 있을 그림자와, 그녀가 숨기고 있는 모든 사적인 부분들까지도.

청신은 형사들이 복도를 다 치우고 나가길 기다렸다가, 그녀와 단둘이 남게 된 순간, 지체 없이 그녀에게 다가갔다.

그 자리에서는 아랫입술 안쪽에 파인 작은 상처 하나만을 발견 할 수 있었다. 그녀가 제 이로 스스로를 물어뜯은 거였지만, 어떤 아픈 일이 그녀에게 있었다는 명징한 증거였다.

그때부터 이미 직감했다. 그녀는 괴롭게 묶여 있는 상태이고, 거의 매 순간 혹독한 채찍질에 보이지 않는 속살이 찢어지고 있다는 것을 그때 다 알았다.

'얼마 전에, 대표가 하라고 해서. 내가 월경 양이 많은 편이거든. 그래서 활동에 지장이 생기니까 시키더라구. 처음엔 내가 진짜 네 발로 기어 다니는 가축이 된 기분이었는데, 뭐, 나쁘지만은 않더라구요. 월경도 안 하고, 이럴 때도 좋고.'

그래서 그녀를 할퀴는 기정균의 채찍이 눈을 파고드는 것 같은 이 찰나, 청신은 고온의 열기에 사로잡힐 수밖에 없었다. 자신은 그녀라는 신데렐라를 휩싸고 있는 마법이 저주라는 걸 알고 있었다. 그 저주의 주인이 기정균이니, 그녀를 위해서 가장 먼저 할 일이 기정균을 처벌하는 거라는 사실도 머릿속에 선명했다.

지금은 기정균을 잡아 가두는 게 무엇보다 시급했다. 그런데 그녀가 곁에 있으니, 모든 걸 잊고 그녀에게 반하게 된다. 자신이 단 몇 초만이라도 그녀의 문제에 소홀했다는 게 미친 듯이 싫었다.

청신은 흑빛으로 타는 눈동자를 내려 그녀를 쳐다보다가, 그녀가 의아해하자 허벅지 안쪽에 부드럽게 입술을 바쳤다. 생각 같아서는 이쯤에서 그녀를 안는 이 행위를 관두고 싶었다. 자신은 먼지같이 시시한 인간이고, 그녀를 위해 해낸 일이 단 한 조각도 없었다. 여러 모로 자신에게는 그녀를 사랑하며 그녀의 안을 누빌 자격이 없는 것이다.

"빨리 들어와요. 나 식을 것 같아."

그러나 그녀가 원한다면.

"그럼 하기 전에 한 가지만 부탁하죠, 배수아 씨."

"무슨 부탁인데요?"

"내가 당분간 배수아 씨를 잘 못 볼 수도 있습니다."

"왜?"

"일 때문에요."

"일이 더 많아져요? 지금도 엄청 많아 보이던데."

"배수아 씨를 위해서입니다. 그러니까, 외로워하지 말라고. 날 오해하지도 말고."

"아. 나 집에 버려두고 가는 게, 내가 싫어서가 아니라는 거지?"

"그래요."

난 사실 내 모든 일을 젖히고, 당신을 보고 싶어 하는 사람이다. 어느 순간 그렇게 됐다.

청신이 바지 버클을 풀고 그녀의 가운데에 자리 잡았다. 그리고 천천히 그녀를 찔렀다. 그녀 속에 비밀스럽게 뚫려 있는, 작고도 깊은 어두움을 다정하게 채워 주자 그녀는 달콤하게 울었다.

가녀리지만 솔직한 몸부림에 부딪힌 과일 조각들이 바닥에 굴렀다. 긴 머리칼이 어지러이 흔들리고 물소리가 연신 찰박거렸다. 이지러진 이목구비가 사랑스러워, 이제 청신은 그녀를 좋아하지 않을 수가 없게 됐다.

하지만, 당신의 마음은 빨리 식어 가기를.

진정 부탁하고 싶은 것은 목 뒤로 삼키며, 그녀 깊숙이에 자신의 흔적을 뿌렸다. 어차피 그녀는 그를 쉽게 잊을 것이다. 껍데기에 이끌려 쉽게 다가왔던 모든 여자가 그랬듯이.

청신은 엷게 웃으며, 여운에 젖어 떠는 그녀를 안아 주었다. 그녀를 씻기고 재운 뒤에는 지체할 것 없이 차가워졌다. 청신은 날카롭게 깎인 듯한 낯으로 집을 나섰다.

♩

아이고, 늦었다. 이놈의 지하철은 왜 맨날 나만 놓고 가 버리는 거야? 황인희 계장이 불평을 궁시렁궁시렁 입에 단 채 헉헉대며 뛰었다. 이제 검찰청이 코앞이었다. 이 속도만 유지한다면 지각은 면할 수 있을 것이다.

"헉, 헉, 그러면, 걸어야지."

어차피 이 속도를 유지할 수 없을 테니까. 그냥 지각해 버려야 겠다.

황 계장이 한숨을 푹 내쉬며 걸음을 늦추다가, 아예 멈춰서는 그때. 폐인 행색을 하고도 두 눈빛은 새 형광등 저리 가라인 한 여자가 황 계장 앞에 고개를 들이밀었다. 한때 사회부 기자로 이름을 날리던 추효영 기자였다.

"황 계장님! 오랜만입니다!"

"추 기자님? 여긴 웬일이세요."

"웬일은요. 섭섭하게시리."

"아, 알아요 알아요. 추 기자님이야 어김없이 피의자로 오셨겠지. 이번엔 또 무슨 사고 쳤어요? 연예부로 쫓겨나서도 계속 그러면 어떡해요 진짜."

"저 이제 사고 안 쳐요. 얼마나 얌전한데. 이번에 특종 하나 따서, 보너스도 받았다니까요. 그래서 지금 서초동 왔잖아. 비싼 커피 한 잔 사서 비싼 길 거닐면서, 부자 된 기분 좀 느끼려고. 그러다가 우연히 우리 황 계장님 만난 거예요."

그렇게 말하는 추 기자의 손에는 다 찌그러진 생수통 하나가 쥐여져 있다. 우연히 어쩌고저쩌고하는 소리가 다 뻥이란 얘기다. 잘못 걸렸다.

"하……."

황 계장이 뛰기 시작했다. 그러나 힘 좋은 추 기자의 손에 팔뚝이 덥석 잡혀, 바로 걸어야 했다.

"황 계장님. 이청신 검사랑 일하신다면서요?"

"우리 검사님이 준연예인이란 사람들 말이 틀리지는 않네. 연예부 기자님이 그걸 다 알고 계시고."

"검찰에 무슨 일 있죠?"

"일이야 늘 많지요. 다 추 기자님 같은 분들 덕분입니다."

"또 이렇게 추켜세워 주시네. 하여튼 황 계장님, 성격 참 좋으셔. 그러니까 말해 주라. 뭐 있죠? 이 검사님 새벽에 막 날아가시던데?"

또 나 모르게 어딜 날아가신 거야.

황 계장이 0.5초 동안 오만상을 썼다가 빙긋 웃어 보였다.

"예. 맞아요. 천사예요 그 양반. 등에 날개 달렸어. 그러니까 제발 연구 대상이라고 기사 좀 내 줘요."

"오늘따라 왜 이렇게 아무 말이에요? 황 계장님. 그러지 마시고, 오늘 새벽 한 시부터 이청신 검사가 기정균이 하는 술집이고 클럽이고 다 뒤지고 다닌 거, 뭐 있는 거잖아. 그거 뭐예요? 기정균 그 새끼 이번에 제대로 걸렸죠? 얼마 전에도 잡혀갔었다면서요. 몇 시간 만에 풀려났지만. 증거 불충분해서 어쩔 수 없이 놔줬다가, 검사님이 직접 찾으러 다니시는 거지? 뭔데요? 기정균 사람 죽였어요?"

"아니 검사님은 그런 것 좀 몰래 하시지. 왜 맨날 몰래가 안 되실까."

"몰래 하셨어요. 제가 몰래 따라다녀서 저만 아는 거지. 진짜 저만 알거든요? 그러니까 저한테만 빨리. 속닥속닥. 계장님 예전에 그런 거 엄청 잘했잖아."

"저기, 진짜 추 기자님만 아세요?"

"네. 진짜요."

"그럼 추 기자님이 잘못 보신 거다 그거. 우리 검사님은 몰래가 안 되는 분이에요. 너무 잘생겨서 어딜 가도 튄다니까."

추 기자에게 탈탈 털리다 보니 어느새 검찰청 안이었다. 검찰청에 스며 있는 공기가 이렇게 황홀하게 느껴진 적이 없다. 황 계장의 구두가 게이트로 잽싸게 달려갔다.

"황 계장님. 황 계장님! 전화할게요, 전화! 받아, 꼭!"

게이트에 가로막힌 추 기자가 손을 흔들었다. 나머지 한 손으론 벌써 전화를 걸면서.

황 계장은 고개를 도리도리 저으며, 추 기자 때문에 딸랑딸랑 울어대는 휴대폰 전원을 꺼 버렸다. 이러지 않으면 하루 종일 추 기자에게 시달릴 것이다.

그나저나 우리 검사님은 기정균 그놈, 잠깐 포기하신 게 아니었나? 하기야. 그럴 사람이 아니지. 그럴 사람이면 내 다크서클이 턱 끝까지 내려오지 않았겠지. 하. 나 지금 눈물 나오나? 황 계장이 괜히 눈밑을 손으로 훔치고는 사무실 문을 열었다.

"안녕하세요, 계장님."

일찍부터 와서 모니터를 쳐다보고 있던 남예은 실무관이 낭랑하게 인사했다.

"더럽게 좋은 아침이에요 실무관님."

"어? 가방 메고 오시네요? 저보다 먼저 오신 거 아니었어요?"

"내가 실무관님보다 먼저 오는 거 봤어요?"

"아뇨. 근데 어제는 분명 계장님 책상이 깨끗했는데, 오늘 와 보니까 웬 산더미가 있길래요. 웬일로 일찍 오셔서 일 시작하신 줄 알았어요."

"산더미? 또 무슨 산더미. 어? 이게 뭐야."

아닌 게 아니라 황 계장의 자리에는 백색의 서류 산맥이 웅장하게도 솟아 있었다. 황 계장이 참담한 얼굴로 서류 몇 개를 들춰 보았다.

"이야. 우리 검사님, 이제 진짜 검사 때려치우고 배우 하시는 건가?"

"왜요? 뭔데요?"

남 실무관이 불쑥 다가와 서류를 살피더니, 경악했다.

"헐, 이거 서헌승 검사님 자료……! 웬일이야. 계장님. 우리 검사님이 서 검사님 터시려나 봐요."

"남 실무관님. 저번에 그 연예기획사, 이름이 뭐지?"

"배수아 소속사요? 마렌?"

"아니, 아니. 얼마 전에 그 커다란 기획사 대표, 검사님이 구속 시켰잖아요. 법정에서 최후 변론하라니까는 갑자기 우리 이청신 검사님 캐스팅한 그 대표 회사."

"진짜요? 전 처음 듣는데요, 계장님. 강지람이 진짜 그랬어요?"

"아니 내가 우리 예은 씨한테 말을 안 했구나. 검사님 법원에서 캐스팅되셨어. 이청신 검사님 성질이 그러셔가지고 얼마 못 갈 것 같은데, 짤리면 자기 회사 오라는 거야. 딱 배우 상이라고."

"강지람 대표가 보는 눈은 있다니까요. 강지람 픽은 다 톱스타 되잖아요."

"근데 왜 나 황인희를 보고는 아무 말도 안 했지?"

잠깐 정적이 흘렀다. 갑자기 누가 본드라도 발라 버린 것처럼 굳었던 남 실무관의 입술이 느리게 떨어졌다.

"……GR."

"나 지랄한다구요?"

"아뇨. 그럴 리가요. GR이라구요, 강지람 회사 이름."

"아. 맞다! 지랄! 남 실무관님이랑 나랑 빨리 거기다가 전화하자. 우리 둘이, 이청신 배우님 매니저 시켜 달라고. 지금 장용호 검사가 완전 닭 쫓던 멍멍이 돼서, 서헌승 검사가 차기 검사장이잖아. 그런 사람을 우리 사무실에서 건드려 봐. 우리가 어떻게 되겠어요. 검사님 무사하지 못하는 건 당연한 거고, 우리 둘은 어미 잃은 새끼고양이 되는 거라니까. 미리미리 준비를 해야 돼요."

"왜 그렇게 부정적이세요? 저는 우리 검사님이 이길 것 같은데요?"

"둘 중 누가 이기고 말고가 중요한 게 아니지. 이제 서헌승 검사는 국민 영웅……."

이에요. 이 시기에 그런 사람을 어설프게 꺾어 봐. 우리 검사님은 순 악당 되는 거라고요. 검사님 저렇게 검찰 조직 무시하고도 검사로 살 수 있는 거, 다 국민들 호감 덕인데. 서헌승이 장용호 다 잡아가는 마당에 우리 검사님이 갑자기 나서서 초친다? 그럼 국민들이 검사님을 어떻게 보겠냔 말이에요!

그렇게 논리정연하게 준비한 모든 말을, 황 계장은 꿀떡 삼켜야 했다. 안쪽에 있는 검사실 방문이 갑자기 열리고, 청신이 나타났기 때문이다. 저 남자가 새벽에 기정균의 영역을 파헤치고 다녔다는 추 기자의 말이 사실이기는 한지, 청신은 핏기 없이 가라앉은 얼굴이었다. 밤을 새운 게 분명했다. 황 계장이 저도 모르게 안쓰러운 표정을 짓고는 청신을 쳐다봤다.

"우리 검사님, 안에 계셨구나."

청신이 눈짓으로 인사했다. 또 혼자 일을 얼마나 했는지, 커다란 눈이 평소보다도 연붉은빛을 띠고 있었다. 황 계장이 눈을 안타깝게 구겼다.

저 남다른 미남은 온 세상의 걱정과 피로를 다 가져다 뒤집어쓰고도 그저 잘나 보이겠지만, 아무래도 걱정이 되는 것이다. 이 바닥에서는 책상 위에 잠깐 엎드려 자다가 과로사하는 게 예사이기 때문이다.

그러니 어쩔까. 우리 사무실에서 초상 안 나게 하려면, 이 황인희가 능력을 십분 발휘해야지. 사실 지금 책상에 쌓인 이 정도는 황 계장에게 껌이었다. 껌 천 개 정도를 한입에 씹는 느낌이랄까. 아무튼 황 계장의 속내에 그렇게 다짐이 차고앉은 직후이다.

"사흘 내로 서헌승 차장 잡습니다."

황 계장의 책상 앞에 선 청신이, 또 다른 서류 더미를 쌓아 주며 말했다.

"사, 사흘 내……."

"조금 많습니까?"

"……."

"제가 한 번 검토하고 추린 건데."

"……."

"어려우시면, 저 혼자 해 보죠."

황 계장이 껌 뭉치에 기도가 막힌 사람처럼 죽상을 하고 있자,

청신은 내려놨던 서류를 다시 들려고 했다.

"아뇨! 할 수 있어요. 그쵸, 계장님!"

남 실무관이 몸을 날려 막았다. 그리고 한 손으로는 황 계장의 뒷머리를 밀었다 당겼다 했다. 황 계장의 고개가 강제로 끄덕거려졌다.

"그럼 부탁합니다."

청신이 좋은 향기를 남긴 채 나간 뒤.

"예은 씨. 일이 그렇게 좋아요?"

"검사님이 그렇게 좋은 거죠. 제 아이스 아메리카노라니까요. 잘생기셨잖아요."

"남예은 씨는 아주 이 방에서 살지 그래요. 옷만 몇 벌 가져다 놔. 이불은 내가 새 거로다가 사 줄게."

"싫어요. 새벽엔 검사님도 퇴근하시잖아요."

"하여튼 검사님 진짜, 잘리기만 해 봐. 지랄 매니저 되면, 저 사람한테 풀 한 잎도 안 먹일 거야 나는. 맨날 다이어트하라고 구박할 거야."

"그럼 내가 고기만 먹여 드려야지. 근데 서 검사님이요, 털 게 있긴 할까요? 먼지 한 톨 없으실 것 같은데."

"내가 봤을 땐 말야. 먼지 세 톨 정도는 있어. 우리 검사님이 뭐 엉뚱한 거 캐시는 거 봤어요? 캐 봅시다, 먼지 세 톨."

문제는 그 세 톨 찾자고, 지구 전체를 샅샅이 뒤져야 한다는 거지만.

기정균이 서헌승의 목에 건 개줄은 성범죄였다. 서헌승은 서빙 아르바이트를 하는 어린 대학생을 성매매 여성으로 오해하여 가게 내에서 당당히 성폭행을 시도했다. 청신은 최근에 기정균 소유의 업소에서 잘려 나간 여자들을 모두 추적해, 피해 여성의 증언을 얻고 증거물이 될 영상까지 손에 넣었다.

피해 여성의 팔을 끌고 가는 모습과 옷을 무력으로 벗기는 서헌승의 얼굴이 선명히 찍혔으므로, 혐의는 짙디짙었다. 서헌승에게는 결백성이 단 한 점도 없다. 그를 당장 결박해 철창 속에 집어 던져도 법은 고요하리라. 그러니 서헌승도 기정균의 발 아래 엎드려 자신의 목을 맡겨 버린 것이다.

지난 며칠 미친 듯이 파헤쳤던 서헌승의 약점을 드디어 이렇게 틀어쥐었다. 그러나 청신의 얼굴에는 금이 가 있었다.

피해자가 생각보다도 어리고 약하다. 그에 비해 서헌승은 지금 장용호 검사와 그 주변의 거물급 의원들을 사지로 몰아붙이고 있는 칼이었다. 장용호를 비롯한 정적들을 제거하기 위해 혈안인 민주당 사람들은 서헌승이라는 칼이 부러지게 두지 않을 것이다.

청신이 피해자를 내세워 서헌승을 꺾으려 든다면, 서헌승의 지지자들이 그녀를 찢어발기려 들 게 자명하다. 가뜩이나 여자의 목소리는 잘 들어주지 않는 사회다. 피해자는 마녀의 화형대에 묶여, 꽃뱀이나 신애국당의 사주를 받은 위선자라는 이름으로 불

태워진다. 그게 뻔히 눈에 보이는데도 피해자를 무기 삼아 서헌승의 목줄기를 겨눌 수는 없었다.

피해자의 존재를 밝히기 이전에, 서헌승의 명예에 얼마간의 흠집을 긁어 놔야겠다고 생각했다. 동틀 무렵 검찰청에 들어선 청신은 수만 장의 자료 속에 파묻혔다. 요즘 서헌승의 이름은 부정과 혼탁의 반대말처럼 쓰인다. 하지만 청신은 전부터 서헌승의 발자국 안에서 남들은 보지 못하는 오물의 찌꺼기를 보았다.

어딘가에는 서헌승 그가 발 담갔던 더러운 늪이 있을 것이다. 서헌승이 맡았던 모든 사건 기록들과 자료 일체를 헤집는 청신의 손은 치밀하고 집요했다.

─네 곽준태입니다.

"서울중앙지검 이청신입니다. 확인하고 싶은 게 있어 전화 드립니다. 23년 전, 아드님을 잃으셨죠."

23년 전. 서헌승이 맡았던 사망 사건에서 미비점이 발견됐다. 타살의 흔적이 짙어는데도 서헌승은 사건을 자살로 종결시켰다. 그리고 당시 용의자로 지목된 사람은, 몇 년 전 급속도로 성장한 언론사 민중일보의 대표이다.

"……그럼 부탁합니다."

청신은 서헌승의 자료들을 깔끔히 정리해 황 계장에게 건넨 뒤, 검찰청을 벗어났다. 서헌승과 민중일보가 결탁한 정황이 있었다. 자세히 확인해 보고 싶었다. 청신이 차에 올라 핸들을 쥐었다. 우아한 선으로 뻗은 차체가 매끄럽게 내달리기 시작했다.

아들을 남의 손에 잃었다는 걸 알고도 항의 한 번 제대로 할 수 없었다던 유족은, 당시 사건을 맡았던 변호사와 함께 만나고 싶다고 제안해 왔다. 약속 장소는 청담동이었다.

"배수아 씨 집도 청담동이라고 했는데."

신호를 기다리던 청신이 문득 눈동자를 내려 휴대폰을 보았다. 어떤 여자 하나를 쳐다보는 것처럼, 참아 보려 했지만 그럴 수 없었다고 말하는 듯한 시선으로.

일을 다 해결하기 전까지는 그 여자를 떠올리지 않으려 했다. 하지만 그건 역시 불가능한 일이었다. 게다가 지금은 그녀를 보지 않으면 안 될 것 같은 핑계까지 떠올랐다. 약속 시간까지는 한 시간이나 남아 있다. 청신이 수아에게 전화를 걸며, 핸들을 크게 꺾었다.

"아, 내 머리가 왜 이래. 깨졌나?"

눈을 뜨자마자, 제가 무슨 큰 사고가 나서 죽어 가는 줄 알고 울 뻔했다. 구역질이 올라오고 머릿속은 온통 시퍼런 멍투성이인 것처럼 아팠다. 몸은 또 얼마나 욱신거리는지, 지금도 두들겨 맞고 있는 것 같았다.

침대 밑으로 꼬물꼬물 기어 내려간 수아가 거울을 쳐다보았다.

"아니 안 깨졌는데. 예쁘기만 한데…… 어제 내가 뭘 했더라?"

눈을 반쯤 접으며 떠올려 보자, 혼자 밥 대신 술로 배를 채워 보자며 의지를 다지던 기억은 난다. 하지만 쓰고 뜨거운 술이 혀를 적신 이후로는 그저 새카맣다.

나 또 필름 끊겼구나.

원인을 익숙하게 생각해 낸 수아가 앓는 소리를 내며 바닥에 뒹굴거렸다. 수아는 알코올에 취약했다. 주사가 도도하며 우아하고 술을 마시면 얼굴빛이 질리는 편이라 티가 잘 안 날 뿐, 맥주 한 캔이 수아의 주량이었다.

그런데 어제는 그 독한 걸 시작부터 쭉쭉 들이켰으니, 머리에 피가 나는 느낌이 들 만도 했다. 죽지 않은 저 자신이 신기하고 기특할 지경이었다. 그런데 그 와중에도 깨끗하게 씻고 침대에 누워서 예쁘게 잠들었다니.

"역시 나야. 난 술 마시면 네 발로 걷는 사람이 제일 이해 안 간다니까."

수아가 자신의 머리를 사랑스럽게 쓰다듬고는 문 밖으로 기어갔다. 목이 너무 말랐다.

부엌으로 가는 내내 수아의 눈망울은 자꾸만 옆을 힐끔거렸다. 이청신 그 남자가 어제 집에 오긴 했는지 궁금했기 때문이다. 집 안은 조용했고 공기가 차가웠다. 그건 그가 지금 여기 없다는 증거였다. 부엌도 텅 비어 있었다. 어제 아침엔 늦게 올 거란 메모도 남겨 주고, 식사도 준비해 놓고 갔으면서.

바빠서 그런 거지. 안 바빠도 뭐, 저한테 그렇게 잘해 줄 이유도 없다. 그 남자는 가사도우미도, 진짜 남자친구도 아니니까.

　두 눈을 깜빡거리는 수아의 얼굴은 평온하다. 감정도 그런 것 같았다. 그런데 어쩐지 추운 느낌이 몸의 구석구석으로 파고들어서, 물을 마시려던 것도 잊고 침실로 돌아갔다. 문이 계속 이청신을 향해 열리려는 제 마음인 것처럼 꼭 닫아 버리고 침대에 누워 웅크리는 순간이다. 전화벨이 울렸다.

　"왜요?"

　일부러 퉁명스러운 목소리를 들려주었다. 그렇게 하지 않음 청신의 전화 한 번에 팔짝팔짝 날뛰는 심장을 들킬 거라서. 이청신은 저를 잘만 두고 다니는데, 수아 저는 집에 갇힌 강아지처럼 그 한 사람만 바라본다는 건 아무리 긴 시간이 흘러도 적응이 안 될 일이다. 적응 안 되게 쪽팔린다.

　─배수아 씨. 잘 잤어요?

　"그런데요."

　─내가 청담동에 들를 일이 생겨서, 지금 배수아 씨 집입니다.

　"네? 내 집이라구요?"

　─저번에 말한 중요한 거라는 게 뭡니까?

　"중요한 게 뭐지?"

　─반려동물 비슷한 거라고 말했던 것 같습니다. 송진우 씨한테 물어보니까 수아 씨는 그런 거 안 키운다고 하더라고요. 그래서 내가 배수아 씨 집에 들러 본 건데, 반려동물 같은 게 안 보이네요.

　"아!"

그놈의 이청신 때문에 우리 부추를 새하얗게 잊고 있었다.

一그 말, 집에 가려고 핑계 댄 거였습니까?

"아니에요. 진짜 있어요. 부엌 안쪽으로 가면 창고 하나 보일 거거든요? 거기에 우리 부추 혼자 있어요. 빨리 가 봐요."

그는 잠깐 집에 들러 부추를 데려다주고 가겠다고 했다. 전화를 끊은 수아는 무시무시한 숙취도 잊어버리고 욕실로 달려갔다.

안 그래도 갓 씻고 나온 듯한 얼굴을 꼼꼼히 닦고, 산발이던 머리카락도 이렇게 저렇게 매만졌다. 열심히 꾸민 느낌이 없이 내추럴하지만, 사실은 귓가에서 흐트러진 옆머리 한 올과 잔머리의 각도도 정교하게 계산한, 꾸민 스타일로.

딱히 이청신이 와서는 아니었다. 그냥, 나는 원래 깨끗하니까. 그리고 오랜만에 부추를 보니까. 내내 맥이 없던 수아의 입술은 어느샌가 수줍게 휘어 있다.

청신이 도착한 건, 수아가 안티도 팬으로 만든다는 오른쪽 옆 얼굴을 현관을 향해 놓고 손에 펜을 쥔 직후였다.

"배수아 씨."

"아, 왔어요? 우리 오랜……."

"잠시만."

오랜만이라고 인사하려고 했는데, 수아의 옆까지 다가온 청신은 부추만 딸랑 건네주고는 바로 수아를 등졌다. 또 까였다.

"만이지 부추야. 잘 있었어? 우리 부추. 언니가 까먹어서 미안해. 많이 춥고 목말랐지."

수아가 그의 등 뒤에서 작은 이를 뽀득뽀득 갈았다.

청신은 잠깐 전화를 받더니 그대로 가 버렸다. 누가 사고가 나서 죽었다는 이야길 나누는 걸로 보아 심각한 일이 생긴 듯했다. 머리 위에 조명을 백 개 천 개 켜 놔도, 저렇게 바빠서 일만 바라보는 남자 눈에는 들 수 없을 것이다.

수아는 공들여 묶은 머리를 헝클어뜨리며, 소파에 드러누웠다. 이청신 때문에 잊고 있던 숙취의 존재가 짙게 솟구쳐, 머리를 찡하니 울려온다. 끄응 하며 두 눈을 구겨 감는 찰나.

'내가 당분간 배수아 씨를 잘 못 볼 수도 있습니다.'

'왜?'

'일 때문에요.'

'일이 더 많아져요? 지금도 엄청 많아 보이던데.'

'배수아 씨를 위해서입니다. 그러니까, 외로워하지 말라고. 날 오해하지도 말고.'

귓가를 아련히 어루만져 오는, 알지 못할 대화 소리.

뭐야 이 낯선 대화는? 이청신이랑 내 목소린데?

깨끗한 구슬 같은 눈동자가 다시 열려 끔뻑끔뻑하다가 순간적으로 이지러졌다. 어쩐지 온몸의 솜털들을 간지럽게 만드는 이청신의 그 목소리를 멍하니 곱씹다 보니, 웬 낯 뜨거운 장면이 눈 위로 얼씬거렸기 때문이다. 너무 당황스러워서 얼굴이 새빨개졌다.

"와, 지금 내 상상력 왜 이래. 나 뭐야 진짜. 요즘 내가 드라마를 너무 많이 찍었지. 그러니까 아주 이런 말도 안 되는 일을 구체적으로 상상하는 거야. 이제 노래만 할래. 아니 근데 드라마를 써도 무슨 그런…… 일하자, 배수아. 워커홀릭 돼서, 이청신이고 뭐고 싹 다 잊어 먹어 버려."

수아가 진절머리를 내며 소파에서 일어났다. 그러다가 뭔가 중요한 게 떠오른 듯 테이블을 쳐다봤다. 이청신을 알기 전에는 세상에서 유일한 애정이고 단짝이던 부추가, 푸르고 청순한 얼굴로 수아를 바라보고 있었다.

"아 맞다, 부추야!"

부추는 수아의 반려채소다. 주인을 앞에 두고도 잎 한 장 흔들 줄 모르는 애지만, 수아에겐 작은 꼬리로 인사하는 강아지보다 부추가 더 귀여웠다.

물론 둘의 관계가 처음부터 그랬던 건 아니다. 부추가 첫 발아 후 흙 위로 잎사귀를 쫑긋 내밀었을 때, 수아는 그 조그맣고 소중한 걸 말도 못하는 풀떼기 취급이나 하며 구박했다. 당연한 것이다. 애초에 잡아먹으려고 키운 거였으니까.

부추와 처음 만난 그 시절엔 눈뜨고 있는 매초가 배고프고 예민했다. 스물다섯 살에 가까워지자, 여자는 크리스마스 케이크라는 기 대표의 거지 같은 좌우명에 따라 온몸 구석구석을 코르셋으로 묶어야 했기 때문이다. 그렇잖아도 살인적인 스케줄을 소화하는 와중에 종일 물만 마시면서 강도 높은 운동까지 견뎌야 했다.

뼈가 하얗게 보일 듯이 메마르자 연예 기자들은 배수아가 리즈를 갱신했다고 감탄하는 기사들을 쏟아냈다. 어떤 여자들은 카메라 안에서 빛나는 수아의 모습을 보고, 굶는 거나 마찬가지인 수아의 식단을 맹목적으로 따라 하기도 했다. 그러나 막상 수아가 거울을 들여다보면, 그 속에 서 있는 건 눈부시게 반짝이는 별이 아니라 병들어 죽어 가는 사람이었다.

원래 늘 밝게 웃고 다니던 여자애가 매사에 신경이 곤두서 있고 짜증스럽게 구니, 아무래도 동료들이 무슨 낌새를 느꼈을 것이다. 하루는 드라마에서 수아의 엄마 역을 맡은 선배가 작은 주먹밥과 방울토마토가 든 도시락을 안겨 주었다.

'딸, 기정균 그게 딸 굶기지? 하여튼 못돼 처먹은 새끼.'

그렇게 욕하며.

선배가 자기가 망을 볼 테니 찬찬히 먹고 나오라는 당부를 두고 나간 뒤, 홀로 남겨진 방 안. 수아는 숨죽여 울며 동그란 밥을 허겁지겁 오물거렸다. 손끝에 달라붙어 있는 마지막 밥풀을 보면서는 오래 울먹였던 것 같다. 이걸 땅에 심었는데 벼가 백 가마니 자라면 좋겠다고 생각하면서.

훌쩍일 힘도 없을 때가 되어서야 밥풀 한 조각을 앞니로 꼭꼭 씹어 삼키고, 빨간 방울토마토를 쳐다봤다. 그리고 한 알을 손으로 집는 순간.

'선생님. 수아 보셨어요? 지금 촬영 들어가야 하는데…….'

문 밖에서 매니저의 목소리가 들렸다. 수아는 입에 넣으려던 방울토마토를 주머니에 숨겼다. 그리고 그걸 쪼개어 몰래 얻은 씨앗을, 제 집 뒤쪽의 화단에 심었다.

방울토마토는 잘 자랐다. 새끼손톱만 한 열매가 맺혀서, 딱 며칠만 지나면 먹을 수도 있을 것 같았다. 그런데 초록빛이던 열매가 발간 홍조를 띤 채 부풀기 직전에 매니저에게 들켰다. 방울토마토는 나무째 짓밟혀서 터지고 꺾였다. 수아는 가만히 쪼그려 앉아 자신의 어린 나무와 열매들이 죽어 가는 것을 지켜보았다. 왠지 별로 슬프지는 않았다.

부추 씨앗을 만난 건 방울토마토가 떠난 지 딱 일주일이 되던 날이다. 촬영 때문에 산골짜기 마을에서 밤을 새다가 혼자 산책을 하는데, 한 할머니가 텃밭을 공들여 매만지는 게 보였다. 뒷모습이 어릴 적에 돌아가신 제 할머니랑 똑같았다. 괜히 아는 체를 하며 치대고 싶어졌다.

'할머니. 웬 잡초를 이렇게 예쁘게 가꾸세요?'

할머니한테 얼마나 혼쭐이 났는지 모른다. 귀한 먹거리를 잡초라고 말했다고. 할머니가 소중히 품어 기르던 그 막 자란 풀 같은 게 바로 부추였던 것이다.

수아를 실컷 혼낸 할머니는 쪼만한 돌멩이 같은 것들을 부추 씨라면서 수아 손에 쥐어 주었다. 부추라면 매니저 오빠도, 기 대표도 잘 못 알아볼 것 같았다. 그래도 걸릴지 모르니 이번에는 작은 화분에 키워야지 싶었다. 아무도 들여다보지 않는 창고에 숨겨 놓으려고.

방울토마토를 묻어 준 자리 옆에서 흙을 조금씩 떠다가 화분에 뿌리고, 부추 씨를 심었다. 그러고 몇 주를 얼른 잡아먹게 재깍재깍

자라라며 물도 열심히 뿌려 주고, 틈날 적마다 일광욕도 시켰다.

애써 키운 부추가 처음으로 연둣빛 새싹을 내민 건 초여름 날의 일이다. 수아는 그때부터 가위를 들고 아기 부추의 주변을 서성였다. 빨리 잡아먹고 싶어서. 얼마나 그랬으면, 아침에 일어나서 봤는데 부추 키가 전날이랑 똑같다 싶음 너 기 대표 닮았다고 욕까지 했다.

그렇게 끔찍하기만 했던 둘의 사이가 달라진 건, 수아가 해외 일정을 마치고 돌아온 새벽의 일이다. 그때는 몸이고 마음이고 할 거 없이 전부 다 만신창이였다. 해외 뮤직 어워드에서 전례 없이 큰 상을 받으러 나가다가, 수많은 눈동자가 저만 쳐다보는 그 자리에서 쓰러졌던 탓이다.

링거를 맞아 가며 밤샘 촬영에 해외 투어까지 소화했으니 그렇게 될 수밖에 없는 거였는데도, 기 대표는 병실에서 막 정신을 차린 수아에게 손찌검을 했다. 수아의 죄명은 일부러, 기 대표를 엿 먹이려고 탈진한 척했다는 거였다. 왜 그렇게 독이 바짝 올랐나 했더니, 기 대표가 아티스트를 돈으로 보고 함부로 대한다며 온갖 언어로 욕을 얻어먹은 모양이었다.

아무렇지도 않았다. 수아는 붉게 부은 볼을 하고도 방긋방긋 웃으며 귀국했다. 집 뒤쪽 정원으로 난 문을 열기 직전까지만 해도, 맞은 자리가 하나도 아프지 않았다. 배가 너무 고프다는 게 아주 조금 신경질 날 뿐이었다.

'부추 다 죽었겠네. 흙이라도 퍼먹어야 되나.'

그런데 정원에 나온 순간. 통각이 하나도 없는 인형같이 무신경했던 그 조그만 얼굴이, 슬프게 찡그러졌다. 부추가 시들어 있을 줄 알았던 자리에는 하얀 꽃 한 무리가 피어 있었다. 부추꽃이었다.

'왜 안 죽었어. 왜 안 썩고 꽃을 피워. 물 한 모금 못 먹고 햇빛은 너를 안아 주지도 않는데, 나는 가위나 들고 너 잡아먹을 생각만 했는데, 어떻게 이렇게 예쁜 꽃을 피우냐고.'

아기별들이 오손도손 모여 노는 것처럼 생긴 예쁜 꽃 옆에 주저앉아, 펑펑 울었다.

'네가 그러니까 나도 살고 싶어지잖아. 나도 잘 견뎌서 예쁘게 꽃피울 수도 있지 않을까, 그런 욕심이 생기잖아. 나는 내가 살아 있는 사람이 아니라고 믿어야 해. 그냥 이렇게 살다가 쓰레기통에 버려지고 다 끝나 버리는 플라스틱 인형이라고 생각해야 돼. 그래야 좀 버텨진단 말이야. 나는 그래야 햇볕이 나만 안 비춰도, 세상에 나 마실 물은 단 한 방울도 없어도, 기 대표가 날 산 채로 뜯어먹어도, 아무리 그래도 안 아프단 말이야. 근데 너 때문에 나도 사람이라고, 살아 있다고 믿어 보고 싶어지잖아……'

동이 틀 때까지 부추에게 넋두리를 했다. 뒤늦게 따끔거리는 볼을 어루만지면서 숨을 들이켜면 바닐라처럼 달콤하고 포근한 향이 맡아졌는데, 그게 꼭 부추의 위로 같았다.

그 푸른 새벽녘 이래로 부추는 수아의 꿈이고 하나뿐인 친구였다. 부추를 그렇게 여기고 나서는, 인생이 꼭 얼른 죽으라는 것처럼 힘들어도 자신의 존재를 제가 먼저 버리는 짓을 하지는 않게 됐다.

언젠가는 꽃이 피겠지. 되도록 그렇게 낙관적인 생각을 하며 한숨을 크게 내쉬는 법도, 부추의 조그만 삶을 보고 배웠다.

"부추야. 언니 말이야, 짝사랑한다? 되게 웃기지. 배수아가 짝사랑을 한다니."

오랜만에 물을 뿌려 주며 부추에게 속마음을 털어놓자, 청신에게 받은 서운함이 조금은 가시는 기분이 든다. 역시 배수아 인생에는 부추밖에 없다.

"짝사랑도 사랑은 맞나 봐. 나 혼자 바라보고 기다리고 하는데도 기분이 되게 좋거든. 근데 힘들기도 해. 너도 봐서 알겠지만, 그 남자가 너무 잘생겼어. 적당히 잘생기면 무시할 수도 있을 텐데, 세상에 하나뿐인 잘생김이라 그런지 볼 때마다 욕심이 나. 부추야. 아무리 힘든 짝사랑도 언젠가는 꽃이 피겠지? 부추 너처럼. 응? 안 그럴까?"

수아가 생긋 웃으며 자신의 사랑스러운 반려채소를 바라봤다.

👠

며칠은 청신을 볼 수 없었다. 거실 소파에서 잠들었던 제 몸이 아침에는 침대 위에 누워 있거나, 어설프게 치워 둔 부엌이 새것처럼 깔끔해져 있지 않았더라면, 그가 죽었는지 살았는지도 알지 못했을 것이다. 그래도 예쁜 부추가 곁에 있으니 조금도 울적하지 않았다.

"자기가 아무리 바빠도 날 좋아하면, 하루에 문자 한 통은 줬을 텐데. 그치 부추야. 언니 짝사랑 망하려나 봐. 나는 평생 부추랑만 살아야겠어."

수아는 참 불쌍한 소릴 하면서도 보조개가 피도록 활짝 웃는 표정이었다.

부추를 볕이 제일 잘 드는 자리에 내려놓고, 실눈 떠 가며 계산해서 끓인 라면을 그 옆에 세팅했다. 라면 물을 맞추는 건 너무 어렵다. 어제는 소금탕이길래 물을 한 숟가락만 더 넣어 봤더니, 오늘은 국물이 허연빛을 띠었다. 살짝 떠먹어 보니 한강 물에 고추기름을 몇 방울 떨어트린 맛이다.

웩, 이걸 어떻게 먹냐. 울상을 하면서도 배가 너무 꼬르륵거려서 젓가락질을 시작하는데, 난데없이 휴대폰이 운다.

"어?"

반사적으로 통화 버튼을 눌러놓고 뒤늦게 깜짝 놀랐다. 전화를 걸어온 사람이, 이청신이어서.

—배수아 씨. 또 라면 먹어요?

"뭐야. 내가 지금 라면 먹는 거 어떻게 알아?"

집에 와 있는 거 아냐? 잔뜩 흐트러졌을 머리카락을 손가락으로 잽싸게 정리하며 두리번거렸다. 하지만 청신은 없었다.

—부엌이 어질러져 있는 걸 보면 매일 뭘 해 먹는 것 같긴

한데, 없어지는 건 라면뿐이라서요.

아. 그래서 안 거구나.

수아가 입술을 뽀로통하게 내밀고 있다가, 볼을 붉혔다. 청신이 제가 이 나이 먹고 라면만 끓여 먹을 줄 안다고 생각할까 봐 부끄러웠다. 만들어 먹을 줄 아는 음식이 라면뿐이란 게 사실이기는 한데, 이게 남들이 손가락질 할 일이란 건 수아 저도 알았다.

"다, 다른 요리도 잘 하는데, 라면을 제일 좋아해서 그래요."

―그래서 냉장고에 넣어 둔 밥이랑 반찬들이 매일 그대로구나.

흘리듯이 중얼거리는 청신의 낮은 목소리가 알게 모르게 다정하다. 수아가 몸속이 정신없이 달아지려는 걸 꾹 참다가, 뭔가 이상하다는 표정을 지었다. 그리고 몇 초 후에 두 눈을 동그랗게 떴다.

"어? 이게 무슨 소리야? 밥 해 놨었어요? 그럼 말을 해 주지! 아, 억울해. 나 맨날 맛없는 라면 꾸역꾸역 먹었는데."

―왜 냉장고 문은 한 번도 안 열어 봤어요.

"그게, 내 집이 아니니까, 이거저거 뒤져 보기가 좀 그래서……."

―미안합니다. 배수아 씨 혼자 집에 놔둬서. 지금 TV 켜 볼래요?

TV는 갑자기 왜? 묻는 대신 바로 리모컨을 눌렀다. 청신이 자주 보는 것 같았던 뉴스 채널이 켜지고, 앵커의 목소리가 방을 채웠다.

'서울중앙지검 서헌승 차장검사가 23년 전, 현 민중일보 대표 우승민의 살인을 눈감아 줬다는 의혹이 제기됐습니다. 일각에서는 며칠 전 갑자기 사망한 변호사 손 씨가 타살된 게 아니냐는 의문을 표하고 있습니다. 손 씨가 바로 23년 전 사망한 피해자의 억울함을 주장한 변호사이기 때문입니다. 자세한 내용, 김지환 기자가 전해 드립니다.'

수아가 고개를 살짝 기울였다.

"이청신 씨. 지금 뉴스 나오는데, 이게 왜요?"

─앵커가 방금 전한 내용을 내 식으로 다시 말하면, 오늘 내가 일찍 귀가한다는 거라서요.

"아⋯⋯."

그가 차장검사란 사람이 기정균의 뒤를 봐준다고 설명해 줬던 기억이 한발 늦게 떠오른다. 차장검사가 무너지기 시작했단 건, 그가 기정균의 머리를 단두대에 올릴 준비를 잘 마쳤다는 소리였다. 작은 가슴이 두근거렸다.

─수아 씨. 먹고 싶은 거 있어요? 나 조금 있다가 퇴근하려고 하는데.

고만고만한 옷들을 놓고 고민하고, 머리카락을 이렇게 저렇게 만져야만 하는 시간이 드디어 왔다. 통화가 끊어짐과 동시에, 수아의 조그만 발이 욕실을 향해 달려갔다.

"부추야. 머리를 묶을까 말까? 나 맨날 라면만 먹었더니 턱이 좀 부은 것 같지? 머리카락으로 좀 가릴까? 아, 아냐. 이럴수록 오히려 드러내야 얼굴이 작아 보여."

재빨리 샤워까지 마친 수아가 청신의 샴푸 향기가 스며든 머리카락을 쉴 새 없이 쥐었다 놓았다 할 때이다. 현관문 쪽에서 노크 소리가 들렸다.

"어? 왜 비밀번호를 안 누르지? 아. 내가 너무 많은 걸 먹고 싶다고 했나 봐. 재료 다 들고 오느라 문을 못 여나 보다."

참새같이 종알거리며 현관문으로 달려갔다. 그리고 고민도 없이 문을 활짝 열었다.

"수아야. 잘 지냈어?"

4. 금 가는 유리구두

문 밖에 선 매니저의 꼴이 가관이었다. 눈두덩이 하나는 보라색 언덕처럼 부어올라서 동공이 겨우 보였고, 눈밑과 입가는 찢어져 있었다. 수아는 매니저 뒤를 지키고 서 있는 깡패들을 보고, 매니저의 상황을 얼추 짐작했다.

아마 수아를 데려오라는 기 대표의 지시에 불복하다가 처참하게 얻어맞았을 것이다. 매니저는 가끔 저랬다. 기 대표의 둘도 없는 개자식같이 굴다가도 아주 가끔 저항을 한다. 어쭙잖게도, 수아를 위한답시고.

다시 지옥 안으로 끌려 들어가는 차 안. 운전대를 쥔 매니저가 룸미러로 수아를 흘끔거렸다.

"오늘은 눈이 하나도 안 부었네. 잠 잘 못 잤구나."

매니저는 수아가 자고 나면 많이 붓는 체질인 줄 알고, 저렇게 걱정한다. 수아는 그 걱정이 진심인 것 같다고 느꼈다. 하지만 수아의 눈이 매일 아침마다 퉁퉁 부어 있는 이유는 매일 새벽마다 울면서 잠들기 때문이다. 오늘 붓지 않은 건 잠을 안 자서가 아니라, 울 일이 없어서이다.

매니저의 마음은 늘 이런 식이다. 다 멍든 사과를 정말 선의로 선물하는 사람인 양 딱 반쪽만 착해서, 수아 저를 싸가지 없는 애로 만든다.

"어. 밤새 일했어."

"……."

퉁명스럽게 뱉어내자 매니저가 작게 흐득거렸다.

"왜 오빠 네가 울어. 나도 안 우는데."

"미안해, 수아야."

매니저의 울음소리가 깊어졌다. 왜 저래. 진짜 꼴 보기 싫어. 수아가 아랫입술을 꾹 깨물며 창밖으로 시선을 돌렸다.

"미안하면 기 대표한테 대들지 마. 나한테는 너도 기 대표랑 비슷하게 나쁜 놈인데, 나쁜 놈이 불쌍해 보이면 욕도 못 해. 욕도 내 맘대로 못 하면 나 진짜 짜증 나서 죽을 것 같으니까, 오빠는 그냥 계속 나빠. 그게 오빠가 날 위해서 할 수 있는 유일한 일이야."

"……응. 지금 드라마 촬영하러 갈 거야. 채나율 지금 드라마 찍는 거 알지? 어제 첫 회 방영했는데, 반응이 엄청 안 좋은가 봐."

"내가 시청률 미끼구나. 무슨 역할인데."

"악역 아내래. 많이 힘들 것 같아."

매니저의 예고는 사실이었다. 도착한 드라마 촬영지에는 기 대표가 와 있었다. 수아가 눈꼬리를 쌀쌀하게 세운 채 차에서 내리자, 기 대표의 손아귀가 가녀린 팔목을 부러뜨릴 듯이 옥죄어 왔다. 그리고 함부로 끌고 갔다.

청신과 있다 보니 이런 시시한 아픔에도 놀라게 된다. 수아는 저도 모르게 얼굴을 찡그리며 울 뻔했다가, 그 나약한 두려움을 억지로 삼켰다.

"배수아. 너 살이 좀 붙었다? 일하라고 보내 놨더니, 놀았어?"

수아를 대기실에 밀어 넣은 기 대표가 문을 잠그며 물었다.

"그러게요. 몸무게가 좀 늘었네. 그 남자가 밤마다 자꾸 뭘 먹여서 그런가."

"진짜 받아먹고 온 거 맞냐? 요즘 이청신, 새벽에도 검사실에 처박혀 있다는 소문이 돌던데."

"딱히 요즘만 그러는 게 아니라 원래 그럴걸. 그 남자 워커홀 릭이에요. 하루에 한 시간만 집에 있다 나가더라구. 알잖아요. 남자가 여자한테 뭐 먹이는 거야 이삼 분이면 돼."

뾰족한 손톱을 세워 긁듯 앙칼진 말대답에 비위가 비틀렸나 보다. 기정균이 긁어서 냄새가 날 것 같은 표정으로 한 발짝 다 가왔다. 배수아 너 연기 잘한다, 야유를 툭 뱉으며.

"별장 카메라에 이청신 몸만 찍혔을 때부터 뭔가 수상하긴 했어. 야, 수아야. 배수아. 그리고 이청신. 니네 둘이 뭐 있지."

못 본 사이 기 대표의 그림자는 더 비대해져 있다. 그와의 거리가 좁혀질수록 잔인한 밤에 잡아먹히는 기분이 들었다. 수아는 숨을 떨며 뒷걸음질 치면서도, 치켜뜬 눈을 내리지 않는다.

"있으라고 나 그 남자한테 보낸 거 아닌가?"

"내가 하라는 거 말고, 다른 짓 했냐고 묻는 거야. 이청신이 내 모가지 비틀려고 수 쓰는 거, 배수아 너 다 알고 있었잖아. 왜 나한테 말 안 했어. 내가 네 목줄 쥐고 있는 거 몰라? 아니면, 네가 시켰냐?"

기 대표가 손을 들어 올렸다. 바로 피하려고 했지만 어느샌가 수아의 몸은 방의 모서리에 몰려 있다. 도망갈 틈이 없었다. 백합의 고개처럼 새하얀 목이 기 대표 손에 붙들렸다. 기 대표는 그 목을 꺾어 버리고 싶은 듯 두툼한 손마디에 힘을 싣다가, 피식 웃었다.

"아니다. 너한테 화풀이 할 필요도 없다. 이청신이 무슨 수작을 부리는진 몰라도, 무조건 내가 이기게 되어 있거든. 너랑 이청신 둘이 일산 별장에서 붙어먹는 영상, 오늘 세상에 풀 거야."

"그거 풀면 내 연예인 생명도 바닥나는 거 알죠? 그럼 대표님 화수분도 와장창 산산조각 나는 거야. 회사도 끝장이고. 소속 연예인 몸으로 로비를 했는데, 대표님이라고 무사할 거 같아요?"

"수아야. 넌 내 목표가 이깟 연예 사업인 줄 알지? 다른 건 다 아작 나도 나랑 너는 아니야."

"언제는 나 죽어도 된다더니. 왜 나까지 구하려고 해? 맘이 달라졌어요? 혹시 대표님이 목표로 하는 그 사업에 내가 필요해요?"

"어. 너같이 생긴 기지배가 어디 흔해? 크리스마스가 지나도 꼭 구해서 퍼먹고 싶은 케이크가 있나 봐. 유통기한 존나 지나도 배수아는 배수아더라고. 여기저기서 너 사고 싶다고 지랄들인 거 있지. 그럼 내가 또 배수아 너, 잘 써먹어야지. 걱정하지 마. 지금까지 해 온 일보단 훨씬 쉬울 거니까. 이청신이랑 해 봐서 잘 알잖아. 앞으로는 얌전히 누워 있기만 하면 돼."

기 대표가 뱉어내는 것은 토사물이 신선하고 향기롭게 느껴질 만치 역겨운 소리였다. 그러나 수아는 생긋 눈웃음쳤다.

"기정균. 내가 얌전한 거 봤어? 다 망칠 거야. 나는 너 꼭 좆되게 할래."

"이게!"

기 대표의 얼굴이 싱싱한 핏빛으로 달아오르고, 목을 거머쥐고 있는 손아귀가 억세진다. 하지만 이 추잡한 손이 결코 자신을 죽이지 못할 걸 알고 있다. 수아가 미간을 일그리면서도 웃자, 기 대표가 목을 놓고 자기 휴대폰을 들어 올렸다. 전화를 거는 것 같았다.

"어 강 기자님, 나 기정균이야. 배수아 기자회견 잡아 놔. 수아 오늘 특별 출연 하나만 마치고 연예계 은퇴해."

기 대표는 오늘 모든 걸 터뜨릴 마음인가 보다. 수아가 주머니

속을 더듬어 휴대폰을 꺼냈다. 기 대표의 신경이 다른 데로 쏠린 틈에 청신에게 메시지라도 남길 생각이었다. 우유같이 부드러운 손가락이 액정을 간절하게 두들기는 그때. 기 대표가 수아의 휴대폰을 거칠게 내팽개쳤다. 청신의 이름이 떠 있는 화면이 바닥에 엎어졌다.

"그리고 좀 이따 우리 직원이 강 기자님한테 영상 하나 전송해 드릴 거야. 지금 편집 중이라니까, 잠깐만 기다리고 있어."

어금니를 짓이기며 중얼거린 기 대표가 큰 손바닥을 번쩍 쳐들어, 수아의 뺨을 겨눴다.

청신이 조사한 모든 자료를 장용호 검사 손에 넘기자, 서헌승이 뒤집어쓰고 있던 푸른 가면은 곧장 벗겨졌다.

서헌승은 더는 대중이 아름답게 여기는 칼날이 아니었다. 진보라는 미명 속에 숨어 썩어 가던 민중일보 대표의 죄를 은폐해 준, 또 다른 부패의 상징. 그리고 그 대가로 이미지 메이킹의 수혜를 받은 위선자였다.

서헌승이 덮어준 23년 전 살인사건은 재수사에 돌입했고, 민중일보 대표는 얼마 전 의뭉스럽게 숨을 거둔 변호사 손 씨의 살해 피의자로 검거되었다.

대검찰청은 즉시 서헌승의 징계를 검토했고, 서헌승을 중심으로 뭉치던 검찰 내의 세력은 와해되었다. 이제 검찰 안에 기정균을 감싸 안을 손이 없다.

이 모든 걸 7일도 안 되어 해냈다. 이제 남은 일은 기정균의 죄목을 정리하여, 기정균을 잡아들이는 것뿐이었다.

황 계장은 그런 것쯤은 자신에게 맡기라고 제안했다. 며칠을 폐인처럼 지냈으니 조금 쉬라는 뜻이었다. 황 계장은 유능한 수사관이다. 그가 웬만한 검사들의 수사력을 능가한다는 평가에 고개를 젓는 직원이 없었다.

그럼 부탁드린다고 황 계장에게 말하며, 청신은 연하게 웃었다. 자신이 타인을 믿는 편이었나? 그렇지 않았다. 피를 나눈 가족도 신뢰하지 못하는 사람이 이청신 그다. 한 여자를 되도록 빨리 보고 싶다는 욕심이, 그의 모든 본질을 이겨 먹고 있었다.

낯선 무엇이 그의 척수를 제멋대로 지배하고 지휘한다. 다 알면서도 거부할 수는 없다. 일찍 퇴근한다는 말에 말랑해지는 수아의 목소리를 듣고 나니, 그야말로 속수무책이었다. 청신은 그답지 않게도 일을 대충 마무리한 뒤, 피로한 눈을 문지르며 책상에서 일어섰다. 그리고 우아하게 뻗은 몸에 코트를 걸친 직후이다. 집무실 문이 열리고, 황 계장이 들어왔다.

"검사님. 기정균 이 새끼 이거, 요즘 자기 클럽에 연습생들 데리고 다니는 모양인데요? 연습생 어머니 한 분이 경찰에 신고했는데 묵살됐다고 그러네요? 연습생 대부분이 미성년자에 여자애들이래요. 술자리에 안 나오면 데뷔도 안 시켜 주고 연예계 활동

막는다고 겁박까지 했답니다. 말 바꿔서 죄송한데 검사님, 이거 저 혼자서는 안 될 것 같은데요."

황 계장이 난색을 표했다.

"강남 클럽 일대 CCTV부터 확보하시고……."

청신이 지시하며, 정갈하게 묶은 넥타이를 풀어헤치는 순간. 전화가 울렸다.

"이청신입니다."

—검사님. 저 송진우인데요. 그러니까 저, 수아 매니저…….

"압니다. 말씀하세요."

—저기, 저, 수아 지금, 검사님 집에서 나와서, 저희 대표님이랑 있어요. 그냥, 검사님께 말씀 드리고 싶어서…….

청신의 눈가가 일그러졌다. 기정균은 청신이 자신의 덫에 잡힌 것으로 믿고, 7일 동안은 수아의 몸을 허락하겠다고 말했다. 그런데 그 말을 돌연히 부쉈다는 건, 자신의 뒷배인 서헌승을 친 게 장용호가 아니라 청신임을 눈치챘다는 뜻이다.

"거기가 어딥니까."

청신의 음성이 차갑게 얼어붙었다. 주소를 부르는 송진우의 음성은 죽어 가는 나비의 날갯짓처럼 위태롭다.

수사 차원에서 훑어본 송진우의 삶은 척박했다. 부모와 형이 모두 불치병을 앓아, 고등학교에 입학할 때부터 가정을 그 어깨에 짊어졌다.

어린 나이에도 비교적 잘 버텨내던 송진우가 기정균의 밑에 들어가게 된 건 제대 직후다. 송진우가 부재한 사이, 기정균이 지적장애가 있는 형을 꾀어 사채를 쓰게 한 게 원인이었다. 송진우가 마렌에서 받은 모든 돈은 고스란히 대표 기정균의 손아귀로 되돌아갔다. 이자라는 명목으로였다.

─소, 솔직히, 저 잘 모르겠거든요. 전 검사님도 나쁜 놈일 것 같아요. 근데, 오랜만에 본 수아 얼굴이 좋아 보여서, 저보단 아, 안 나쁘신 것 같아서. 빨리 오셔야 돼요. 오늘 수아 정말 큰일⋯⋯!

멀리서 기정균의 욕지거리가 울리고, 통화가 급히 끊겼다. 이모든 게 주인인 기 대표를 위해 벌이는 연기는 아닐 것이다. 송진우는 기 대표가 씌운 멍에에 억지로 붙들려 있는 인물이므로.

어떤 여자의 유리 같은 피부에 핏물이 맺히는 환각이, 청신의 눈동자 앞에 어른댔다. 뇌리의 모든 불이 새까맣게 꺼진다. 그녀가 위험하다는 경보등만이 세상의 유일무이한 빛이었다. 서둘러야 했다. 이를 짓이기며 달려 나간 청신이 검사실 문을 열어젖혔다. 그러나 문 너머는 또 다른 걸림돌이다.

얼음처럼 식은 청신의 눈이 아래로 흘러내려, 문을 가로막고 선 여자를 지그시 찔렀다.

"아니, 추 기자님, 여기 어떻게 들어왔어요? 연예부 기자가?"

영문도 모르고 겉옷을 챙겨 나오던 황 계장이 여자를 보고 물었다.

"황 계장님 하이! 뭘 또 물어요, 새삼스럽게. 제가 늘 피의자잖아요. 검찰이 나를 얼마나 좋아하는데. 내가 들어오겠다고 하면 문다 열어 주지. 근데, 지금 어디 가세요? 무슨 일 있나 보다. 그쵸."

여자는 연예부 기자였다. 수아가 일산 별장에 왔던 새벽 이후로, 청신의 그림자 아래 숨어든.

"비켜요."

서릿발처럼 내려앉는 청신의 냉기에도 여자의 몸은 떨거나 물러서지 않는다.

추효영 기자. 한때는 사회에 번식한 암세포들을 골라 쏴 죽이는 킬러 세포 노릇을 했다고 알고 있다. 그러나 연예부로 밀려난 뒤로는 그대로 삼류 기자로 전락해, 선정적인 가십거리만 양산했다. 주로 배수아에 대한 것들이었다.

청신이 처음 마주 보는 추효영을 적대시한 건 그래서였다. 추효영이 제가 사랑하는 여자의 살갗을 뜯어, 그 피로 쓴 기사로 연명한다고 판단했다.

"캐시는 게 뭡니까. 며칠 전부터 내 뒤만 밟으시던데."

"이 검사님 듣던 대로 되게 샤프하시네. 얼굴도, 하시는 말씀도."

추효영의 눈이 미묘하게 날을 세운다. 옐로 저널리즘의 누런빛으로 녹슬었다기엔 그 서슬이 제법 서늘하다. 청신이 날카로운 눈매를 느리게 깜빡이고는 설핏 웃었다.

추효영은 과거에 사회부에서 하던 버릇을 아직도 버리지 못했다. 앞에서는 배수아의 쌍꺼풀 깊이나 손톱 색깔 따위를 기사화하지만, 뒤로는 다른 걸 찾아 헤맬 것이다. 그 다른 건, 수아와 가까이에 있는 무엇.

"뭘 원하시냐고 물었습니다."

아마도 기정균이겠지.

"와, 진짜 돌려 말하는 법이 없어. 그럼 저도 샤프하게 해 볼게요 검사님. 저는 특종을 원합니다. 기정균 테마로, 기정균이고 마렌이고 다 한방에 조져 버릴 다이너마이트 같은 특종."

"그런 거라면, 얼마든지 드리죠."

"주신다고요? 성격 되게 개 같으시다는 얘기가 돌던데, 유언비어였네요. 검사님, 성격도 얼굴 같으시다."

추효영이 활짝 웃으며 손을 내밀었다.

"뭐 하세요. 줘요 빨리."

그러나 청신은 말없이 시선을 내리깔고 있을 뿐이다. 사실은 그 짧은 순간에, 기정균의 목을 내리칠 단두대를 설계한 것이다.

"아니, 이제 보니 그게 유언비어가 아니구나. 달라고 조르게 만드시네……. 저한테 뭐 바라시는 거 있죠?"

설계도는 완성됐다. 눈앞의 기자를 이용하는 것을 기점으로, 단두대의 거대한 날이 움직이기 시작할 것이다.

❦

촬영에 돌입하기 전, 매니저가 겹겹이 입혀 주었던 옷가지들부터 벗겨졌다. 기 대표가 명령한 수아의 복장은 한여름에나 입을 법한 화이트 원피스였다.

수아가 얄따란 옷 한 장만 걸친 채 나타나자, 스태프들 몇이 당황하거나 사납게 항의했다. 기 대표에 의해 급조된 대본 속, 수아가 찍어야 하는 장면들은 전부 야외를 배경으로 했다. 그리고 바깥에는 눈발이 흩날리고 있었다.

기 대표가 투자하고 직접 제작에 가담한 드라마라고 했다. 그러니 촬영장 내에서 기 대표의 뜻이 가장 절대적이었다. 이건 연기가 아니라 고문이고 학대라는 스태프들의 목소리는 깡그리 뭉개졌고, 수아를 조금이라도 감싸려는 사람은 예외 없이 촬영장 밖으로 밀려났다. 자신이 만들지도 않은 캐릭터를 등장시켜, 가학적인 장면들을 찍으려 한다는 소식에 현장으로 몸소 달려온 작가마저도 내동댕이쳐졌을 정도이다.

어느덧 수아의 주위에 떠다니는 눈동자 안에는, 수아를 향한 호기심만 시커멓게 빛나고 있다. 그들은 세상이 아름답다고 떠받드는 여자가 바들거리며 우는 모습이 궁금한 얼굴들이었다.

미친놈들.

수아는 입속에 욕을 머금은 채 주변을 훑어보았다. 배우를 향한 폭력이나 진배없는 이 상황을 방관하거나 조장하는 것들은 대부분이 남자였다. 그리고 그들의 한가운데, 기 대표가 거만하게 앉아 있었다.

"이제 시작 좀 해 봐."

기 대표가 감독에게 지껄이는 그때.

"아까부터 시작한 거 아니에요? 수아 언니는 벌써 연기하고 있는 것 같은데? 보세요, 저렇게 불쌍하게 떨잖아요. 언니 연기 진짜 진짜 잘하신다."

"나율이 왔어?"

채나율이 기 대표 바로 옆에 자리를 잡았다.

"네, 언니 하는 거 구경하는 것도 연기 연습이 되지 않을까 해서요. 사람들이 저한테 배수아 연기 보고 좀 배우라고 댓글 다는 거 못 보셨어요? 짜증 나서 진짜."

"야, 연기는 시간 지나면 알아서 다 늘게 돼 있어. 추우니까 그냥 들어가 있어."

"그래서 패딩에 핫 팩에 난로까지 들고 나왔잖아요. 난 지금 너무너무 더워요, 대표님. 땀이 다 나네. 야, 나 얼음물."

채나율이 자신에게 붙은 새로운 매니저를 발끝으로 툭 차며 명령했다. 뒤에 서 있던 매니저가 얼른 물을 내밀었다. 원하는 대로 빨대를 문 채나율의 입이 삐딱한 웃음으로 휘자, 감독이 수아를 카메라 앞에 세웠다.

수아에게 던져진 역할은 사이코패스의 아내였다. 대저택에 가두어져 남편의 가학을 받다가, 도저히 견디지 못해 도망을 시도하는 가녀린 여자. 하지만 결국 남편의 손에 잡혀 처참한 폭력을 당하게 된다. 불행하고 포르노적인 신으로 점철된 그녀의 결말은 자결이다.

기 대표가 데뷔가 간절한 배우 지망생들도 꺼려 할 캐릭터를 수아에게 입히는 목적이야 뻔하다. 채나율이 망친 드라마의 화제성을 극단적으로 끌어 올리는 것. 그리고, 감히 기 대표 자신에게 대든 벌.

기 대표는 연예인으로서의 배수아를 살해하려 하고 있었다. 수아가 이러든 저러든 기 대표의 손은 수아의 스타성을 절벽 아래로 떠밀 것이었다. 그러니까 이제는 그 끔찍하고 비열한 발목에 매달릴 이유가 없는 건데도, 수아는 가만히 겁먹은 여자의 표정을 지었다. 자신의 연기에 집중하는 것이다.

수아가 팔짱을 풀자 감독이 액션을 외쳤다. 급조된 대본에 적힌 대로 수아의 눈썹이 애틋하게 구겨지고, 수아가 뛰어 나가려는 찰나이다.

"어? 잠깐만요 감독님."

채나율이 입을 열었다.

"저 너무너무 죄송한데요. 이해가 안 되는 부분이 있어서요. 급하게 도망치는데, 신발 신을 시간이 있어요? 맨발이 맞지 않나?"

수아의 발을 감싸고 있는 건 겨우 슬리퍼였다. 채나율은 그마저도 빼앗고 싶은 모양이었다.

"뭐해. 신발 벗겨."

곧바로 기 대표의 지시가 떨어졌다.

"그, 그건 너무……."

유일하게 남아 있던 여자 스태프 한 명이 우물쭈물 막으려 했다. 그러나 수아가 그녀를 쳐다보며 고개를 살며시 젓자, 입술을 세게 깨물면서 물러났다.

"맞는 말이네요. 여기요."

수아가 스스로 신발을 벗어, 근처에 있던 스태프에게 내밀었다. 추위에 바들거리면서도 싱긋 웃는 얼굴로.

새하얗게 질린 발로 언 땅을 쉴 없이 디뎠다. 겨울의 차디찬 호수에 빠지고, 함빡 젖은 옷을 입은 채로 몇십 분을 또 뛰고 넘어지길 반복했다. 보다 못한 매니저가 카메라가 돌지 않는 짧은 틈에 핫 팩이나 패딩을 건네려고 하면, 그게 수아의 손끝에 닿기 직전에 촬영이 재개됐다.

한파에 쏟아지는 소나기눈은 송이 하나하나가 송곳이다. 전신의 살갗이 파헤쳐지는 듯했다. 울고 떨면서도 꾸역꾸역 버텨 내던 수아가 결국 약하게 웅크려 앉은 뒤에야, 기 대표는 수아에게 외투 하나를 허락했다.

"수아야. 네가 보여야 될 모습은 그거야. 악을 쓰고 버팅기는 게 아니라, 그렇게 얌전히 무너져 있는 거. 잘 외워 두고 앞으로도 그렇게 해. 알았어?"

힘없이 수그러져 있는 수아의 턱 끝을 잡아 올려 놓고, 그렇게 이기죽거리며.

그 재수 없는 낯짝을 쏘아보고 싶었지만 온몸이 다 얼어서 고장 나 버린 느낌이었다. 호흡조차도 뜻대로 쉬어지지 않았다. 수아가 별수 없이 바들바들 떨고만 있자, 기 대표는 이제야 만족스럽다는 듯이 활짝 웃었다. 그 순간이다. 사방이 소란스러워졌다.

"뭐야. 누가 이 방송 켰어? 어떤 새끼야?"

"휴대폰들 다 내놔, 빨리!"

주변에서 심각하게 외치는 소리들이 기 대표의 웃음을 꺼뜨린다. 수아가 비틀대며 일어나, 썩어 문드러져 가는 기 대표의 얼굴을 비스듬히 올려다봤다.

"배수아 너⋯⋯."

"말했잖아. 나, 얌전히 안 있는다고."

연한 비웃음을 섞어 흘리는 목소리에 기 대표의 이목구비가 흉악하게 일그러졌다. 공포감이 여린 심장을 푹 찔러 왔다. 그래도 수아는 입술을 앙다문 채 기 대표의 눈을 피하지 않았다.

기죽은 줄 알았던 게 고개를 빳빳이 들고 버티니 부아가 치미는지, 기 대표가 꽉 문 턱을 부들거리며 두 눈을 텅 비웠다.

기 대표의 저런 표정을 수아가 안다. 이제 몇 초 후면 그는 자신이 시도할 수 있는 모든 폭행을 수아 제 몸에 부어 올 것이다. 상상만으로도 너무 무서워서 뻗댈 자신이 없었다. 수아가 두 눈을 꼭 감았다.

그런데, 몸이 추위로 마비되어 버린 걸까? 의외로 아프지 않았다. 알 수 없는 일이었다. 분명 사람이 사람을 치는 소리는 계속 나는데. 여기에서 누구에게 폭력을 가할 만한 사람은 기 대표뿐이고, 그 손에 짓이겨질 사람은 수아 저 하나뿐인데.

지나치게 무감각한 제 몸이 이상해, 두려움에 질식되어 참고 있던 숨을 쉬었다. 코끝으로 어떤 황홀한 향기가 감겨들어 왔다. 청신의 것이었다.

그림처럼 화려한 속눈썹이 조금 가냘프게 떨리고, 두 눈이 천천히 열렸다. 촬영 내내 저를 겨눈 시커먼 악의들에 시달렸던 수아의 연약한 눈동자에, 청신이 스며든다. 그는 분노에 파묻혀 제정신이 아닌 것 같았다. 기 대표의 커다란 몸뚱이가 계속 그의 손에 패대기쳐졌다.

종잇장같이 나뒹굴며 피를 흘리는 게 정말 기 대표임을 몇 번이고 확인한 다음에야, 숨이 쉬어진다. 수아는 차갑게 얼어붙어 있던 스스로를 껴안으며 안도했다. 이제 더는 조금도 떨고 싶지 않았는데, 수아가 입은 원피스는 젖다 못해 얼어 있었다. 눈은 여전히 살갗을 저미듯이 따갑게 내렸다. 온몸이 제멋대로 바들거렸다.

청신은 기 대표를 부수는 데 여념이 없으면서도, 그런 수아를 그의 온기로 감싸 안아 준다. 그 대신에 수아를 보호할 사람들을 세워 둔 것이다.

"수아 씨. 저 황인희라고 합니다. 이청신 검사님하고 일하는 수사관입니다. 현장에 도착하면 수아 씨부터 검사님 차로 모시라는 검사님 지시가 있었어요."

강렬하게 분노하는 청신의 뒷모습을 넋 놓고 지켜보던 한 중년 남자가 수아에게 말했다. 믿을 수 있는 말이었다. 그 옆에는 얼마 전 청신의 집에서 봤던 신현수 검사도 있었기 때문이다. 수아가 눈짓으로 인사하자, 신현수가 다가와 두꺼운 담요로 몸을 감싸 주었다.

"어떡하지. 몸이 다 얼었어요, 수아 씨. 일단 빨리 안으로 들어

가서야 할 것 같아요. 걸으실 수는 있겠어요?"

수아의 오랜 팬이라는 신현수는 오열하기 직전인 표정이다. 두 눈에 물기가 그렁그렁했다. 내가 뭐라고 날 위해 이렇게 울어 줄까. 내가 어떤 앤 줄 알고. 수아는 그녀의 눈에 고인 애정을 보며 흐리게 웃다가, 아주 잠깐 잊고 있던 걸 떠올린다.

"야. 라이브 방송 켠 거 너지? 너 저번에 배수아 편든 조연출 이잖아. 휴대폰 어딨어. 어디에 숨겼냐고!"

마침 저쪽에서 채나율이 발악하기 시작했다.

"잠시만요. 저 따라오지 마시고, 여기서 기다려 주세요. 꼭 부탁할게요."

수아가 신현수와 황 계장을 향해 신신당부를 한 뒤, 가녀린 다리를 비틀비틀 내디뎠다. 그리고 윤정을 거칠게 밀쳐대는 채나율 앞에 섰다.

"나율아."

"배수아 넌 비켜. 네가 뭔데 날 막아. 너 이제 아무것도 아니 잖아!"

온갖 순수한 것들을 골라 뭉쳐둔 양 동그랗고 뽀얀 얼굴이 몰라보게 구겨졌다. 제가 악을 쓰며 명령하는데도 수아의 작은 몸이 윤정을 가리고 서 있자, 나율이 손을 올렸다. 찢어지는 듯한 통증이 수아의 뺨을 그었다. 놀라서 애틋하게 깜빡이는 수아의 눈망울에 굵은 이슬이 어렸다가, 툭툭 떨어져 내렸다.

"비키라고 했어, 배수아. 너 한 번만 더 말하게 해."

나율이 맥없이 우는 얼굴을 할퀴는 것처럼 노려보며 협박했다. 수아는 아프고 무서운 듯 어깨를 작게 움츠리면서도, 제 여린 등 뒤로 자신의 팬인 윤정을 숨겼다. 나율의 손이 또 수아의 뺨을 치려고 했다.

그 순간, 수아가 고개를 살짝 틀어 맞은편에 서 있는 남자 한 명을 쳐다봤다. 이쪽을 주시하고 있던 남자가 수아의 시선을 얼른 알아채고 휴대폰을 주머니에 넣었다.

"어땠니, 내 연기."

수아가 싸늘하게 쏘아붙였다. 한 손으로는 자신을 때리기 직전인 나율의 손목을 꽉 붙든 채.

두 눈망울 위로 아련하고 연약하게 빛나던 물빛은 깨끗하게 증발해 있었다. 채나율은 순식간에 뒤바뀐 수아의 분위기에 압도되어, 고양이에게 몰린 생쥐 같은 얼굴을 했다.

"연……기라고?"

"너, 내가 연기하는 줄도 몰랐지. 네가 찾는 휴대폰은 처음부터 윤정이한테 없었어. 이쪽을 찍고 있는 라이브 방송은 방금 전까지 켜져 있었고. 어떡해, 너. 큰일 났네. 네가 내 뺨 때리는 거 사람들이 다 봤겠다."

"그, 그게 무슨……."

촬영 직전, 기 대표에게 모든 물품을 압수당하고 대기실에 갇혔을 때. 수아는 갈아입을 옷과 대본을 들고 들어선 윤정에게 절대 기 대표 앞에서 내 편을 들지 말아 달라고 요청했다.

기 대표가 어떤 인간인지는 수아가 잘 알았다. 당연히 촬영장에서 기 대표가 할 짓도 훤히 예상하고 있었다. 다 아는데도 얌전히 당할 생각 같은 건 추호도 없었다.

매니저가 촬영이 힘들 거라고 예고한 순간부터, 수아는 머리를 굴렸다. 그렇게 열심히 떠올려 낸 계획을 실행하려면 윤정이 꼭 촬영장 안에 있어 주어야 했다.

'윤정아. 이거 내 SNS 아이디랑 비밀번호야. 채나율 매니저한테 휴대폰으로 내 SNS에 로그인해서, 라이브 방송 좀 켜 달라고 몰래 전해 줄 수 있을까? 내 부탁이라고.'

수아는 저를 사랑해 주는 팬의 얼굴들을 잘 잊지 못했다. 아까 스치듯이 보았던 채나율의 새로운 매니저는 수아의 골수팬이다. 언젠가 팬 사인회에서 만난 그가 제대를 하고 나면 마렌에 입사할 거라며, 누나랑 동료가 되는 게 소원이라고 말했던 기억도 선명히 있다.

윤정은 수아를 사랑하면서도 수아를 향한 폭력을 조용히 방관했다. 그러다가 틈을 보아, 무사히 채나율의 매니저에게 접근했을 것이다. 채나율의 매니저는 촬영 내내 기 대표와 채나율의 바로 옆에서 라이브 방송을 틀었다. 촬영장에서 기 대표와 채나율이 벌인 횡포가 전 세계에 편집 없이 방영되었다는 뜻이다.

그 방송 속에서 수아가 맡은 역은 시련에도 제 책임을 다하기 위해 꿋꿋이 애쓰는, 착하고 가련한 여배우였다. 이런 역할이 욕을 먹는 일은 드물다. 방송을 본 사람들은 모두 수아를 사랑하고,

채나율과 기 대표를 힐난하게 되어 있다.

"채나율 넌 꼭 너 연기한다고 티 내면서 연기하더라. 시기하지 않는 척 여유로운 척 잘난 척 애쓰는 게 귀여워 보이긴 하는데, 열등감투성이인 네 속이 다 보이잖아. 그러니까 배우라는 이름으로 카메라 앞에 서도 연기자 소리를 못 듣는 거야. 앞으로는 내가 한 것처럼 하려고 해 봐. 남을 감쪽같이 속여. 너 자신조차도 네 연기에 속으려고 노력해야 돼."

카메라는 꺼졌다. 가엾게 울던 여자는 이제 고고한 얼굴로 나율을 직시하고 있다. 나율은 아무 말도 못하고 사색만 띠었다. 그럴 만도 했다. 연예인으로서의 생명이 방금 전 바닥났으니까.

"아니지. 더 노력할 필요 없겠구나. 네 연기자 인생, 이제 끝이니까."

수아가 생긋 웃으며 확인 사살을 했다. 나율은 끔찍하게 일그러져, 알 수 없는 소리로 악을 질렀다. 그러고도 분이 풀리지 않는지 수아를 향해 표독스러운 눈을 번쩍였다. 가만히 뒀다가는 죽이기라도 할 기세였다. 실제로 손을 치켜들기도 했다. 그러거나 말거나 수아는 조금도 신경 쓰지 않았다.

"폭행 현행범으로 체포하세요."

청신이 다가왔기 때문에.

강인하고 아름다운 남자의 손이 채나율의 손목을 가벼이 붙들어, 수갑을 든 검찰 직원에게 넘겼다. 그러면서도 겨울의 심야처럼 짙은 시선으론 오로지 수아만을 살폈다.

그가 곁에서 바라봐 주는 것만으로도 온몸이 포근해지는 기분이었다. 이젠 따듯한 곳에서 푹 쉴 수 있는 시간이라는 생각이 들어, 수아가 보드랍게 미소 지었다. 그러나 마음과는 달리 작고 약한 몸은 한기에 창백하게 질려 오들거린다. 청신의 두 눈이 이지러졌다.

"미안합니다. 나는 늘 한발 늦네요."

한 발 다가온 그가 코트를 벗어, 수아의 어깨에 걸쳐 주며 말했다. 그를 머금고 있던 옷에서는 수아가 아끼는 그의 체취가 잔뜩 묻어 있다. 하지만 이 정도로 만족하기는 싫었다. 바로 눈앞에 그가 있는걸.

"늘 한 걸음 뒤에 있어 주는 거죠. 나야말로 미안해. 이청신 씨는 매번 기다리라고 하는데, 나는 자꾸 어딜 가게 돼요."

수아가 그의 품속으로 파고들었다.

"그럼 못 가게 해야겠네요."

안기는 걸 싫어할까 봐 걱정이 됐는데, 그는 조금도 밀어내지 않는다. 오히려 빈틈이 있어서는 절대 안 된다는 것처럼, 그의 단단한 힘으로 꽉 끌어안아 주었다.

그에게서 번져 온 체온이 수아를 햇살같이 적셨다. 꽁꽁 얼어서 심장까지도 푸른 보라색일 것 같았던 몸이 사르르 녹아내린다. 맥이 탁 풀려 주저앉을 뻔한 걸, 그가 간단히 지탱했다.

"청신 씨. 나 힘들어요. 먹고 싶은 거 다 해 준단 말, 아직 유효해요?"

"당연히. 나랑 집에 가요. 다 해 줄 테니까."

"꼭 가야 되나? 지금 당장 해 주지."

청신은 잠깐 말이 없다. 자기가 무슨 말을 들은 건지 고민하는 듯했다. 수아는 그의 온기가 물들어 분홍빛인 뺨을 하고, 그를 올려다보았다.

"나 너무 춥고 외로웠거든요. 그래서 그게 먹고 싶어서 죽을 것 같아."

오늘따라 유난히 더 붉은 그의 꽃잎을 지그시 쳐다보자, 그가 기꺼이 고개를 숙여 왔다. 그의 혀와 입술은 상하기 쉬운 새순을 다루는 것처럼 신중하고 연했다. 이런 일을 처음 해 보는 소년의 것처럼.

이게 오늘 하루 고생한 수아 자신을 향한 그의 배려라는 걸 알았다. 그렇긴 해도 이건 너무 장난 같잖아. 깃털 닮은 웃음이 수아의 입술에 내려앉고, 수아가 그에게 가만히 맡기고 있던 작은 혀끝을 조금씩 살랑였다.

그가 이렇게 심심하게 나온다면 자신이 그를 리드할 생각이었다. 하지만 조금 움직이고는 말았다. 그냥 저를 따사롭게 보듬어 주는 그를 느끼기로 한 것이다. 차갑고 따끔거리는 것들만 잔뜩이던 제 삶을 이런 부드러움이 달래 준다는 게 좋아서.

그런데, 어째서인지 모르겠다. 그의 키스는 여전히 느리고 얕은데도 몸이 달아오르기 시작한다.

"아……."

숨소리가 나른해지며 다리가 꼬였다. 마치 그의 혀와 숨결이 어떤 깊은 곳을 건들고 있는 것처럼.

그 묘한 감각을 잘 견뎌 내지 못한 수아가 작은 주먹을 꾹 말아 쥔 채, 미간을 찡그리는 순간. 그가 입술을 떼고 물러났다. 그리고 수아의 몸을 안아 든 채 걷기 시작했다. 이청신 한 사람만 존재하던 시야가 삽시간에 바뀌고, 이쪽을 쳐다보는 사람들이 눈에 담겼다.

"잠깐만요 이청신 씨. 사람들이 다 보고 있었잖아. 우리 열애설, 지금 나도 괜찮아요?"

"이미 내고 오는 길입니다, 내가. 그러니까 연기에 집중하죠. 지금은 나한테 억지로 연행되는 여자 같아서."

"아. 그러면 뭐. 열심히 연기할게요."

그렇잖아도 아쉬웠는데 잘됐다.

수아의 하얀 얼굴 위로 말갛고 옅은 미소가 하늘거리고, 어설프게 떨어져 있던 두 팔이 남자의 단단한 목덜미를 끌어안았다. 그러며 그의 뺨과 턱 위로 연신 입술을 부딪쳤다.

그 자잘하고 일방적인 입맞춤이 그를 자극한 걸까.

안고 있던 몸을 차 안에 내려놓자마자, 그는 쏟아져 들어왔다. 여린 살을 침범하는 그의 움직임이 노골적이었다. 모든 걸 빨고 녹일 기세인 그의 아래에서 수아는 숨마저 빼앗겼다.

그는 수아의 호흡을 능숙하게 컨트롤하며 수아를 자기 뜻대로 흔들었다. 심장이 터질 듯이 벅차질 때쯤 숨을 먹여주고, 산소가 한 바퀴 돌아 나른하게 풀리는 몸을 은밀히 쓸어 올리는 식이었다.

그가 건드는 곳은 모두 수아가 예민하게 느끼는 부분들이었다. 키스의 끝자락에서 수아는 완전히 흐드러져 있었다.

"나는 입술만 춥고 외롭다고 한 적은 없는데……."

딸기우유색이 둥글게 엎질러진 두 뺨에, 보조개가 피었다. 그렇게 웃으면서 그의 허벅지를 쿡 찌르자 그는 못 참을 걸 참고 있는 남자가 된다. 남성스럽게 뻗은 턱을 악물며 눈썹을 살며시 구긴 그의 얼굴은, 물끄러미 쳐다만 보고 있어도 여자를 촉촉하게 만든다. 수아가 그쪽도 얼른 들어오라는 듯 차 안쪽으로 몸을 조금 물렸다. 그런데 그는 요지부동이다.

왜? 의아해서 그를 올려다보자, 그의 검은 동공은 차 바깥쪽으로 걸쳐져 있는 수아의 발에 내려가 있다. 지금 수아의 발은 엉망이었다. 푸르다 못해 가뭇해질 지경으로 서늘하게 얼고, 흙물이 묻거나 긁힌 자국투성이였다. 청신에게 안기는 찰나 모든 곳이 노곤노곤 풀렸지만, 두 발만은 아직도 깨어져 가는 유리 위를 딛고 있는 것처럼 쓰라렸다.

그래도 이 통증이 억울하거나 두렵지는 않았다. 두 발을 옥죄고 있는 유리 구두가 깨지면, 반드시 그 파편에 찔리고 베일 것을 알았기 때문에.

이 상처는 유리 구두가 청신의 손에 의해 금 가고 있다는 증거이다. 조금 아리긴 하지만, 수아는 두 눈을 달콤하게 휘었다. 그 앞에서 차마 어두운 눈을 할 수는 없었는지 청신도 엷게 마주 웃었다.

"당분간 아무것도 밟지 못하게 해야겠네요."

수아의 발 앞에 무릎을 굽혀 앉으며.

"네. 침대에만 누워 있을게요. 근데, 나 그럼 좀 심심할 것 같은데."

"내가 그럴 틈이 없게 해 주죠."

지저분하고 차디찬 발등 위에 그의 입술이 내려앉았다.

네 개의 타이어가 땅을 파헤치듯 거칠게 멈추고, 차창 너머로 보이는 곳은 낯선 주택이었다. 여기서 내려도 되는 건가? 수아가 차 문을 살그머니 연 채 쭈뼛쭈뼛하는데, 운전석 밖으로 나온 청신이 그런 수아를 안아 들었다.

"여기는 어디예요?"

"내 집입니다."

"도대체 집이 몇 채야……."

"글쎄요. 배수아 씨가 어디에 있든, 십 분 안에 내 침실로 데려갈 수 있을 만큼은 될 것 같은데."

그는 현관문을 열고 들어서자마자 수아의 등을 벽에 기대게 한 채, 서로를 마주 보게 안아 올렸다. 수아는 다리로 그의 허리를 휘감으며 목덜미에 매달렸다.

이제부터는 세상이 온통 그였다. 시간마저 숨죽인다. 그를 독점한 이 순간이 낮인지 밤인지도 구분할 수 없었다. 숨을 깊이 들이마시자, 무엇에도 흐려지지 않은 그의 고혹적인 체취가 제

농도 그대로 폐부를 점령한다.

힘을 잃고 나른해하는 도톰한 입술 속으로 그의 키스가 퍼부어졌다. 그 본능적이고 육감적인 마찰에 허벅지 사이가 제멋대로 조여들었다. 두 몸이 더 가까이 밀착되고, 그와 천천히 비벼진 자리에서 피어오른 온기가 전신을 달군다.

"씻을 겁니까?"

빠르게 만개해 가는 몸을 내려 주며 그가 물었다. 수아는 그의 혀가 헤집어 놓은 숨결을 몰아쉬면서, 물기 어린 눈을 들어 올렸다. 고개를 비스듬히 기울인 채 오로지 눈앞의 여자에게만 중독되어 있는 그의 얼굴은 황홀한 각성제다. 그를 두고 다른 짓을 한다는 건 절대로 가능한 일이 아니었다.

"씻으면 십 분 지나요."

그러니까 얼른 그쪽의 침실로 가 줘요.

뒷말은 그에 의해 삼켜졌다. 침실에 도착하기 전에 모든 준비를 마쳐 주겠다는 듯, 그의 손이 원피스 아래로 파고들었기 때문이다. 충분히 촉촉해져 있던 속살이 눌리자 과즙처럼 달콤한 신음이 터졌다. 이미 잔뜩 젖은 팬티 위를 두드리고 매만지는 손길에 기대어 여린 울음을 흘리다 보니, 어느덧 그의 침대 위였다.

"아직 제대로 만져 주지도 않았는데, 수아 씨 속옷이 못 쓰게 됐어요. 이건 내가 잘 버리겠습니다."

음부를 감추고 있던 얄따란 옷감이 그의 손가락에 의해 매끄럽게 말려 내려갔다.

"아, 이청신 씨……."

수아가 열기 어린 목소리로 그를 불렀다. 아직도 무릎 아래로 흘러내려 있는 원피스 자락을, 제 손으로 살며시 움켜쥐며. 그는 원피스 위로 허벅지 안쪽만 부드럽게 주무르면서 수아를 애태웠다. 수아가 그의 팔을 제 쪽으로 잡아당겼다. 그는 약한 힘에도 끌려와 주었다.

"신중히 생각해요 배수아 씨. 난 배수아 씨가 어디로도 못 가게, 이 원피스도 버릴 생각이니까. 이 침대에 며칠이고 갇혀 있을 생각 아니라면 여기서 관두는 게 좋을 겁니다."

수아의 몸 위로 낮게 엎드린 그가 귓가에 속삭였다.

"다 꼬셔 놓고."

"꼬셔졌다니 다행이네요. 그럼 옷부터 뺏을까요."

나른한 곡선으로 휘어지는 붉은빛 입술 틈새로, 거역할 수 없는 저음이 비어져 나왔다. 수아가 멍하니 고개를 끄덕거리자 그가 손을 들어 올렸다.

희고 길쭉해서 얼핏 청초한 느낌을 띠지만, 남자답게 굵고 큰 손이 뺨 위로 그림자를 드리우는 그 순간. 그와의 시간이 산산조각 나는 게 느껴졌다. 사방이 새카맣게 변했다.

"배수아 씨. 괜찮아요?"

저도 모르게 놀라서 눈을 감고 웅크렸나 보다. 정신을 차려 보니 청신은 조명등을 켜고 수아의 얼굴을 들여다보고 있었다.

"네. 미안해요. 얼른 하던 거 해요. 나 정말 한계거든."

"혹시, 맞았습니까."

대기실에서의 일이 주마등처럼 뇌리를 스쳤다. 뺨을 내리치려던 기 대표의 큰 손이 멈칫한 것과, 얼굴이 상하면 상품 가치가 떨어질 거라고 웃으며 지껄이던 입. 그리고 머리카락을 휘어잡아 바닥에 억지로 무릎 꿇리려던 손짓, 저항하자 바닥에 거세게 내던져지던 두려움까지.

굳이 청신에게 사실대로 말하고 싶지 않았다. 그런 일이 있거나 말거나 청신은 기 대표를 짓뭉갤 텐데, 말할 필요도 딱히 없다고 생각했다.

"그게…… 아까 채나율한테 일부러 한 번 맞아 준 게 다예요. 걔는 손도 작고 팔 힘도 없어서, 하나도 안 아팠어."

"이렇게 거짓말을 하니, 내가 직접 검사하는 수밖에. 놀라지 말아요. 엎드리게 할 겁니다."

그가 늘어진 수아의 몸을 가뿐히 들어, 자세를 취하게 했다. 양손과 두 무릎이 고양이나 강아지처럼 침대를 짚은 모습이었다. 거기에 익숙해지기도 전에 등 위로 서늘한 감각이 흘렀다. 그가 원피스의 지퍼를 내리고 있는 거였다.

중력이 그의 고요한 명령을 따라 원피스를 아래로 당겨 내리고, 하얀 피부가 빛 속에 드러났다. 가슴에 감겨 있는 브라렛의 후크마저 풀려, 아담한 봉우리가 조금 흔들거리며 벗겨진 찰나. 그가 손으로 그 끝을 어루만졌다.

작지만 분명한 전율이 살갗 위로 번져 나간다. 수아의 상반신이 찰랑여 오는 쾌감에 조금 무너질 때, 그의 손끝이 팔뚝 한 점을 문질렀다. 눈으로 보지 않아도 그 부분이 뭔가 잘못된 상태란 걸 알 수 있었다. 그쪽이 만져짐과 동시에 아릿한 통증이 퍼져 왔기 때문이다.

"촬영하면서 넘어져서 그래요."

"내가 촬영본을 압수해서 알아볼까요. 오늘 촬영으로, 배수아 씨의 이 자리에 멍이 들 수 있었는지."

이번에는 커다란 손바닥이 둔부의 위쪽을 살며시 쓸었다. 거기는 저만의 성감대여서 그저 좋아야만 하는데도, 알알한 느낌에 인상이 써졌다. 딱딱한 바닥에 부딪히면서 멍이 든 모양이었다.

"압수하지 않아도 알 수 있습니다. 원피스를 보면, 앞면에만 흙이 묻어 있더라고. 그런데 멍은 뒤쪽에만 져 있어요."

더 이상 내뱉을 말이 없었다. 옅은 신음밖에는.

"아……!"

"생각 같아서는 내가 낸 자국으로 뒤덮고 싶습니다."

그가 아까부터 들썽이는 여리고 깊은 살을 길게 쓰다듬었다. 그리고 한계까지 팽창해 있는 쾌락의 씨앗을 엄지 밑에서 굴리고 굴렸다. 서럽게 우는 애를 달래는 것처럼 다정한 손짓으로.

"하지만 오늘은 부드럽게 하죠. 나를 속이려고 한 배수아 씨보다, 배수아 씨가 이렇게 다치는데도 혼자 둔 내 잘못이 더 크니까."

수아를 다시 바로 눕힌 그가 그를 향해 부푼 가슴을 입술로 빨아들이며, 본격적으로 애무하기 시작했다. 마디 굵은 손가락이 아래를 부드럽게 헤집자 몸 전체가 그곳이 되어 버린 것처럼 녹아내렸다.

그렇게 몇십 분. 모든 생각은 물거품으로 변해 사라지고, 오직 그를 제 빈 곳으로 삼키고 싶다는 욕심 하나만이 새빨갛게 발씬거린다. 그러나 그는 여전히 먹혀 줄 마음이 없는 것 같았다. 수아의 다리를 벌려 놓은 채 계속 손장난이나 하는 것이다. 애액이 고이다 못해 흐르고 튀는 게 느껴졌다.

시트를 꽉 구겨 쥐고 있던 수아의 하얀 손이 그의 잿빛 머리칼을 살며시 붙들었다. 허벅지 안쪽으로 흘러내린 물기에 자기 입을 비비고 있던 그가, 그 손짓에 이끌려 고개를 쳐들었다. 붉게 젖은 입술은 나른한 곡선을 그리고 있다. 그게 미치도록 잘생기고 야해서 아랫배가 한계까지 조여들었다.

"그만, 들어와. 얼른요."

수아가 숨을 떨며 재촉했다. 강하고 섬세하게 생긴 남자의 상반신이 일어났다. 그리고 그의 본능을 철창처럼 가두고 있는 벨트를 치웠다. 이내 누가 빨간 틴트를 물들여 둔 것처럼 달아오른 아름다운 수컷이, 수아의 허벅지 위에서 꺼떡거렸다.

그게 저를 눈곱만큼도 건들지 않았는데도 벌써 안쪽이 저릿저릿해진다. 수아가 저걸 다 내 몸에 넣을 수 있을까 싶은 의문에 빠져 아무것도 하지 못하는 사이. 그가 욕망으로 꿈틀대는 자신을 손바닥으로 잡아, 그가 들어서야 할 곳을 짚었다.

그러나 또 들어서지는 않는다. 입구 주변을 느긋이 배회하는 것이다. 애가 탄 수아가 그를 잡아당기려 하자, 매끈하게 젖어 든 그의 선단이 클리토리스를 건드렸다. 뜨겁게 여문 그 열매가 은밀한 그의 것에 문질러지고 문질러진다. 머릿속이 새하얗게 터졌다.

"아, 으읏! 미칠 것 같아, 이청신."

발끝이 오므라들고 미간 위로 아찔한 현기증이 피어오른다. 수아가 극에 달한 쾌감에 몸부림치는 그때, 청신이 수아의 두 손목을 쥐어 머리 위에 고정시켰다. 그리고 빠끔거리는 조그만 문을 밀고 들어왔다. 빠듯하게 채워지는 느낌이 아래를 지배하자, 지금까지와는 또 다른 감각이 온몸에 지펴진다. 이제는 그가 움직여 줬으면 했다.

"배수아 씨. 이제 뺄까요?"

하지만 그는 영 딴소리다. 수아가 감고 있던 눈을 떠, 의아하다는 표정을 지었다.

"아직 중간도 안 들어갔는데, 끊어 먹을 것처럼 조이길래."

"흐읏······."

이미 끝까지 치고 들어온 줄 알았던 그가 한 발짝 더 내디뎌 왔다. 자신의 비좁은 통로가 그를 꼭 깨무는 게 느껴졌다. 그게 마치 첫 경험을 치르는 기분을 들게 했다.

"오늘은 여기까지만 넣을게요. 수아 씨가 벅차 하는 것 같아서요."

그가 음핵을 다정한 손끝으로 쓰다듬어 주며, 허리를 은은히 움직였다. 그것만으로도 수아는 절정에 던져졌다. 몇 번씩이나.

수아를 안고 꿰뚫는 그의 행위는 그가 예고한 대로 부드럽고 부드러웠다. 이 세상에 어떤 사람들은 배수아 자신을 가두고 마음대로 휘두르고 싶어 한다는 사실을 망각해 버릴 정도로, 그의 큰 손이 흐트러진 잔머리를 쓰다듬고 넘겨주느라 이마와 뺨을 여러 번 스치는데도, 수아는 조금도 겁먹거나 놀라지 않는다.

"이청신 씨. 우리 이제 어떻게 되는 거예요? 이런 짓까지 벌이고 말았는데, 계약 관계는 좀 아니지 않아요? 오늘부터 1일인가?"

"저번부터 사귀기로 한 거 아닌가. 난 그렇게 아는데."

"저번? 저번 언제? 뭐야. 딴 여자랑 나랑 헷갈리는 거 아니야?"

수아가 두 눈을 새초롬하게 뜨며 그를 밀어냈다. 그러면서 자신은 달싹 일어나 앉았다.

"배수아 씨야말로 날 다른 남자로 착각한 거 아닙니까?"

이게 무슨 뚱딴지같은 소리야?

수아는 그의 말이 터무니없다고 생각했다. 그러나 시선을 가느다랗게 접어서 꼼꼼히 들여다보아도, 침대에 눕혀진 잘생긴 남자는 거짓말하는 얼굴이 아니다. 수아가 미간을 작게 구겼다. 갑자기 떠오르는 게 있었다.

"아, 설마 나 술 마신 날……."

"아까도 얘랑 초면인 얼굴이더니, 그날 기억이 아예 없나 보네. 배수아 씨. 우리 한 번 잤습니다. 이미 이런 짓 벌였던 사이예요."

그가 느른하게 가라앉아 있어도 커다란 그의 물건을 손바닥으로 쓸어내렸다.

"잘 쉬어 놔요. 그날 밤 일, 세세히 떠오르게 해 줄 테니까."

붉은 입술이 당장 키스하고 싶은 모양으로 달싹거리고, 금방 다시 딱딱하게 선 것이 조각 같은 그의 복부를 툭 쳤다. 그가 뭘 어쩌겠다는 건지 다 알 것 같았다. 수아가 살며시 웃었다.

"어떻게 해 준다는 건진 몰라도 오래오래 걸릴 거예요. 나 술 때문에 까먹은 기억은 잘 못 떠올리거든요."

"잘 됐네요."

"아무튼 그럼 우리 이상한 계약 관계는 끝인 거죠? 진짜로 사귀는 거지?"

"사귀는 건 맞는데, 계약은 취소하지 말죠."

"응? 왜요?"

"배수아 씨가 한 달 안에 날 싫증 낼 수도 있으니까. 그럼 내가 계약을 빌미 삼아서라도 배수아 씨를 봐야겠어서요."

싫증? 내가 자길?

수아가 얼굴을 찌푸렸다가 다시 폈다. 잠깐 생각해 보니 그의 말을 꺾는 건 너무 바보 같은 짓이다. 수아는 비밀이 많은 사람이고, 모든 게 벗겨진 다음엔 더 이상 이청신이 아는 배수아가 아닐 거였다.

겨우 일주일 사이에 기 대표라는 무서운 성이 흔들리고 저는 이청신을 진심으로 사랑하게 되었는데, 한 달 안에 무슨 일이 생길 줄 알고 그 좋은 계약을 파기할까. 못해도 한 달은 그를 만나고 싶었다.

수아가 희미한 우울의 그림자에 잠겨 있다가, 아닌 척 그의 몸 위로 엎드려 누웠다.

"근데 이청신 씨, 아까는 왜 그랬어요?"

"뭐가요?"

"기 대표 무지막지하게 때렸잖아. 그 인간이 아무리 나쁘고 더러워도, 검사님이 그러면 안 되는 거 아니에요? 걱정돼요. 내 존재는 청신 씨 일에 누가 되는 것 같으니까."

"아, 그거. 일부러 그런 겁니다."

"일부러요?"

수아가 눈을 동그랗게 뜨며 그를 올려다보았다.

"내 계획이 잘 이루어지려면 기정균이 나를 고발해야 합니다. 기정균이 배수아 씨 앞에 서 있는 걸 보고 나니, 생각했던 것보다 더 하긴 했는데. 뭐, 문제 될 건 없어요. 배수아 씨야말로 오늘 같은 날씨에 어떻게 그랬습니까. 그냥 날 기다리지. 되도록 버텨 보지."

그의 손 하나가 뒷머리를 찬찬히 쓰다듬어 주었다. 머릿결 사이로 그의 애정이 간질간질 퍼져 와, 기분이 좋아진다.

"한파에 맨발로 뛰고 좀 맞고 그러는 거, 나한텐 별거 아니에요. 괜히 배수아가 출연한다고 하면 몇백 억 투자금이 반나절 만에 모이는 게 아니라니까."

"오한 증상이 있어요. 열도 나고."

그가 수아의 몸을 단단히 끌어안고는 진단을 내렸다. 부정할 수 없는 소리였다. 수아 제가 느끼기에도 저는 지금 몸살 직전이었다. 당장은 괜찮을지 몰라도, 아마 한 며칠 앓을 것이다. 이어진 침묵 속에서 이래도 별게 아니냐는 그의 목소리가 들리는 듯했다.

"음, 그것도 다 내 계획의 일부인데. 어떤 남자한테 되도록 많이 안겨 있으려고."

수아가 장난스럽게 속삭이면서 그의 품에 파고들었다. 귓가에 그의 심장 소리가 조그맣게 맺혔다. 수아가 추운 눈 속에 내몰린 걸 자기 책임으로 돌리는 그의 마음 또한 그 박동처럼, 수아의 안으로 스며들었다. 그의 흉곽 안쪽에다가 돌 같은 죄책감을 얹어 놓았다는 게 좀 죄스러워진다.

"미안해요. 내가 참지 않는 편이라 그래요. 어떻게든 기 대표랑 채나율 걔, 내 힘으로 골려 주고 싶었어요. 아니 근데요, 뭐 그래도 내 방송을 본 사람들은 내 편이 되어 줄 거란 말이지. 난 머릿속으로 그것까지도 계산하고 저지른 거거든요. 그런데, 이청신 검사님은? 아니잖아. 정말 문제없는 거야? 나 때문에 막 징계 받고 혼나는 거 아니에요?"

화제를 휙 돌려, 이번에는 자신의 죄책감을 들고서 그를 콕콕 찔러댔다. 그러자 어딘지 축 처져 있는 것 같았던 그가 대번에 태도를 바꾼다.

"정말 괜찮아요. 밖에서 싸우고 오면, 무조건 내 편 들어 줄 어른이 집에 계셔서."

"아 맞다. 이청신 씨 집안 엄청 좋지. 그럼 걱정 안 할게요."

"그래요. 걱정 말고, 나 이용할 생각만 해요."

"나 지금 너무너무 이용하고 싶은데, 해도 되나아?"

뽀얗고 보드라운 수아의 손가락이 그의 복부를 피아노처럼 두드렸다. 그의 숨소리가 짙어졌다.

활짝 벌어진 여자의 잎은 더 매혹적으로 붉어질 뿐, 시들거나 움츠러들 줄 몰랐다. 청신은 두 잎사귀 사이로 달콤하게 빠끔거리는 작은 세상을 충실히 치고 들어갔다. 그리고 빈틈없이 독점했다. 이청신 자신이 아닌 거라면, 달빛 한 오라기도 감히 그녀의 달콤함을 알지 못하도록.

수아는 만족하고 나면, 품속에 안겨 들며 목에 입술을 묻어온다. 그게 잠버릇인 것 같았다.

"좋았어요. 며칠은 푹 잘 수 있을 것 같아."

"살면서 들어 본 칭찬 중에 제일 기쁘네요."

"응. 잘했으니까, 한 일주일 정도는 나 신경 안 써도 용서해 줄게요."

"일주일씩이나? 사실상 부드럽게 차는 거 아닌가. 혹시 내가 못했습니까? 그럼 다시 할까."

심각하게 내뱉은 말에 그녀가 풋 웃었다.

"아니. 사실 내가 좀 오래 자 보고 싶거든요. 불면증이 있어서. 그러니까 내가 많이 자도 깨우지 말라는 뜻이에요."

여린 속삭임이 흩어지고, 가느다랗게 색색거리는 숨소리가 번져 왔다. 청신은 잠에 빠져서도 잔뜩 웅크리고 긴장해 있는 작은 몸이 조금 연해질 무렵, 정사의 비릿한 습기가 무늬처럼 박혀든 이불을 치웠다. 그리고 새 이불로 그녀를 감싸 주었다.

고열은 동이 트는 시간에 햇살과 함께 그녀를 덮쳤다. 끙끙거리는 소리에 눈떠 보니, 그녀의 온몸이 식은땀으로 젖어 있었다.

바로 일어난 청신이 손으로 이마며 뺨에 달라붙은 머리칼을 만져 주자, 달뜬 입술 너머로 아이 같은 울음소리가 비어져 나왔다. 해열제를 찾으러 가려고 그녀에게서 손끝을 뗐을 땐, 힘없는 손이 검지 끝에 매달려 왔다.

"나, 아, 아파."

가냘프게 흐느끼면서.

일단 품에 안을 수밖에 없었다. 잔인한 곳에 던져진 사람처럼 바들거리던 그녀는, 청신과 살이 닿아질수록 소매를 붙든 손에 힘을 실었다. 아픈 몸으로 혼자 남겨지는 게 몸서리 쳐지게 싫은 모양이었다.

열감기를 앓는 그녀의 몸은 안쪽이 불에 타는 듯 뜨끈했다.

그래도 특별한 처치가 필요한 정도는 아니다. 약을 먹이면 금방 안정될 것이었다.

"혼자 두지 마……."

"괜찮아요, 배수아 씨. 나 여기 있어요. 아무 데도 안 갈 겁니다."

청신이 젖은 이마에 입 맞춘 채 속삭였다.

"이청신 씨……? 저 너무 아파요. 무서워."

"약을 가져올게요. 먹으면 금방 가라앉을 겁니다."

"아니, 싫어."

청신이 일어서려 하자, 그녀는 고개를 조그맣게 저으며 매달렸다. 그녀로서는 안간힘을 쓰는 것 같았지만 작은 새의 깃털보다도 연약할 뿐이었다. 청신은 떨어지려 하지 않는 몸을 가뿐히 내려놓고, 침실을 나섰다.

적당한 약을 꺼내 돌아오는 덴 30초도 채 걸리지 않았을 것이다. 찰나처럼 짧아 그녀에게도 그렇게 나쁘지 않을 거라 생각했다. 그러나 침실 문턱을 넘는 순간, 그녀를 단 1초라도 떨어트리지 말아야 했다는 후회가 폐부를 찔렀다. 그새 따라오려고 애를 썼는지, 그녀는 침대 밑에 넘어진 채 오들오들 떨고 있었다.

"배수아 씨."

바로 안아 들고 쓰다듬었다. 그러면 그녀가 아까처럼 안심해 줄 거라 믿으며. 하지만 이제 와서는 청신의 모든 게 전부 다 쓰레기같이 쓸데없는 것이 됐다. 그녀는 더 이상 청신의 곁에 없었다. 청신이 알 수 없고 닿지 못할 곳에 갇힌 채였다.

"혼자 놔두지 마세요. 시키는 대로 할게요. 데뷔, 할게. 무대에 올라간다구. 정말 도망 안 갈 테니까, 나 좀 꺼내 주세요. 아, 아파. 무서워……."

떠는 것처럼 달싹이는 입술이 겁에 젖은 울먹임을 흘렸다. 무슨 일을 당하는지는 짐작도 되지 않았으나, 그녀가 있는 곳이 기정균이 축조한 감옥이란 건 파악할 수 있었다.

"어디에서 뭘 하고 있는 거야. 뭘 하길래 이렇게 힘들어 해."

꺾이지 않는 쇠창살을 손에 거머쥐고 있는 기분이었다. 그녀가 저 너머에서 무너져 우는 게 보이는데도, 뺨에 묻은 물기조차 닦아 줄 수 없다. 무력감과 염증이 심장을 일그러뜨린다. 뇌리에서는 기정균의 목을 깔끔하게 절단하는 건 모자라다는 생각이 날을 세웠다. 철두철미하게 난도질할 것이다.

청신이 날카롭게 뻗은 눈의 끝을 구기며, 약의 포장을 뜯어냈다. 그리고 핏기가 죽어 가는 여린 입술을 벌렸다. 쓰고 딱딱한 것이 혀 위를 굴러다닌다는 게 견딜 수 없이 싫은 듯, 그녀가 쏟아내는 울음이 굵어진다.

청신이 고개를 기울여, 두려움에 사로잡힌 그녀의 입 안을 부드럽게 휘저었다. 연약하게 도리질 치고 발을 차던 그녀의 움직임이 조금씩 잦아들었다.

수아가 다 낫는 데는 사흘이 걸렸다. 특유의 깨끗한 빛을 되찾은 그녀는 달을 닮아 있다. 혹독한 감옥에 감금되어 메마르고 파인 자신의 아픔은 등 뒤에 철저히 감추고, 그저 새하얀 것이다. 청신이 며칠 동안 자기 곁을 지킨 걸 알고는 잠시 어두움이 스쳤지만, 그건 짧은 미안함 정도였다.

그녀가 드러내고 보여 줘야 상처를 치료할 수 있다. 흉 진 자국과 핏줄기의 모양을 살피어 기정균의 죄를 가늠해 볼 수도 있을 것이다. 즉시 모든 걸 파헤치고 싶다는 집념이 모든 신경을 저릿하게 했다. 하지만 청신은 그녀의 등을 강제로 뒤집으려 하지 않았다. 다만 그녀 곁에 애초의 계획보다 더 오래 머물러야겠다는 생각만을 했다.

아침을 챙겨 먹이자마자 그녀는 외출 준비로 바빠졌다. 앨범을 제때 내려면 지금부터 쉬지 않고 작업해야 한다고 했다. 청신이 직접 데려다주겠다며 차 키를 들고 나서니, 그녀는 두 눈을 동그랗게 떴다. 원래라면 청신이 출근해야 할 시간이었기 때문이다.

그녀가 잠들어 있는 동안 많은 일이 있었다. 그녀의 라이브 방송 때문에 채나율은 사회적으로 매장당했고, 대중은 채나율의 모든 방송 활동에 대한 불매 운동을 전개했다.

살인 혐의로 구속된 기정균은 자신의 계획대로 청신이 성 상납을 요구했다고 폭로했다. 그 끈질긴 강요로 결국 이루어진 상납에 쓰인 몸이 수아라는 것도 함께 밝혔지만, 어느 누구도 그 말을 믿어 주지는 않았다. 청신이 한발 앞서 열애설을 냈기 때문이다. 촬영 현장에서 둘이 키스를 나누고 안는 모습이 다수에게 목격된 것도 열애설 쪽에 힘을 실었을 것이다.

자신의 주장이 조롱거리가 되자, 기정균이 다음으로 꺼내 든 게 검사인 청신에게 폭행을 당했다는 사실이다. 여론이 청신을 비난하기 시작했다. 어쩔 수 없다는 태도로 기자들 앞에 나선 청신은 자신의 잘못을 인정하는 자세를 취하면서, 기정균이 배수아를 묶어 놓은 노예 계약의 존재를 흘렸다. 기정균이 사랑하는 여자를 착취하니, 사적인 감정에 휘둘려 순간적으로 그런 짓을 저질렀다는 식이었다.

그걸 밝히는 순간 청신은 비위를 저지른 검사가 아니었다. 여자를 사랑한 나머지 검사라는 본분도 버린 드라마틱한 남자였다.

톱스타와 스타 검사의 열애설로 몰렸던 사람들의 시선이, 일제히 기정균을 노려보기 시작했다. 이때를 맞춰, 기정균이 저질러 온 수많은 범죄 혐의를 세상에 퍼뜨렸다. 기정균 측은 뒤늦게나마 거금을 들어 여론을 주물러 보려 했지만, 아무 효과가 없었다.

이제 대중에게 기정균은 사형도 아깝지 않은 인물이었다. 검찰총장은 청신을 징계위원회에 회부할 예정이라며 직무 집행 정지를 명령했으나, 대다수의 사람들은 청신의 징계를 바라지 않았다.

청신은 이 모든 걸 하나하나 말로 설명해 주는 대신, 수아를 차에 태운 뒤 인터넷 기사들을 보여 줬다.

"이청신 씨 팬카페 회원 엄청 늘었네. 이러려고 기 대표 때린 거였구나?"

입술을 꼭 문 채 휴대폰 화면에 집중하던 수아가, 장난치는 소녀처럼 재잘거렸다.

"근데요 이청신 씨. 이게 다 정말이에요? 나 꿈꾸는 것 같아.

아. 아니야 아니야. 나는 꿈도 늘 소란스럽고 나쁜데……. 그럼 이걸 뭐라고 해야 하지……. 모르겠다. 내 삶에는 없는 단어야. 그냥 이청신 사랑한다고 할래."

때마침 신호등이 빨간불을 켰다. 청신이 정면을 주시하던 눈을 옆으로 돌렸다. 청순한 홍조가 도는 그녀의 두 뺨 위로, 다디단 사탕 같은 웃음이 앉아 있다. 입 맞추고 싶다는 욕심이 전신을 그득히 채운다. 청신이 실체 없는 질식감에 셔츠의 단추를 뜯어 내듯 끌렀다.

"차 돌릴까요."

"안 돼 안 돼. 나 벌써 늦었어요. 자. 손은 잡게 해 줄게요."

그녀가 질겁하면서도 손을 내밀었다. 청신이 그녀의 손등을 감싸, 함께 기어를 쥐었다.

"배수아 씨는 악몽을 자주 꾸나 봐요."

"그런 편이에요. 거의 비슷한 내용이고. 근데…… 이번에는 별로 안 꾼 것 같아. 조금 꾸다가, 끊겼어. 그쪽이랑 엄청 해서 푹 잤나 봐."

"그럼 밤마다 해야겠네요."

그녀가 바들거리고 울먹이던 새벽녘의 그림자가 눈동자 표면에서 어른거린다. 가시 끝이 각막을 긁어내는 듯 쓰라렸으나, 청신은 그 눈에 아무것도 비치지 않았던 사람처럼 웃어 보였다.

"좋아요."

"낮잠은 안 잡니까?"

"원래 잘 안 자는데, 오늘부터 열심히 자 줘야겠…… 아니. 여기서 그만. 이러다간 내가 핸들 뺏고 차 돌리겠어요."

그녀는 악몽이 뭔지도 모르는 여자처럼 말갛게 웃어 주었다. 청신이 그녀의 작은 등에 새겨져 있을 상처에 대해 알고 있으므로, 그 웃음에 투명하고 물기 없이 밴 눈물이 청신의 가슴을 얼룩지게 한다. 목적지에 도착해 차를 세운 청신이 조심스럽게 입을 뗐다.

"수아 씨. 앨범 준비를 꼭 지금 해야 합니까?"

"드라마 끝나면 앨범 내기로 팬들이랑 약속을 해서요."

"우선 계약 해지부터 하는 게 낫지 않을까요. 난 수아 씨를 계속 마렌에 두는 게 마음에 걸립니다."

"아…… 그건 생각을 좀 해 봐야…… 내가 데뷔 때부터 마렌이랑만 일을 해서, 다른 회사 사정은 잘 모르기도 하고……."

그녀가 작게 뱉어내는 목소리 위로 희미한 떨림이 번졌다. 누군가 그녀의 뒷면을 아프게 찌르거나 베어 내고 있는 것처럼.

뭐야. 뭐가 당신을 그렇게 하는 건데.

청신의 짙은 눈동자가 그녀를 꿰뚫을 기세로 직시하자, 그녀는 도망치듯 차에서 내렸다. 잠시 실수를 범했다. 청신이 무거운 한숨을 툭 내뱉으면서 차 문을 열었다. 한 손에는 자신의 머플러를 쥔 채였다.

"수아 씨."

얼마 못 간 그녀가 멈춰 서서 청신을 바라보았다. 청신이 성큼

성큼 걸어가 그녀의 입술에 가볍게 키스했다. 그리고 그녀에게 묻은 자신의 키스를 가두듯, 그녀의 목부터 입술까지 머플러를 둘러 주었다.

"잘 다녀와요. 내 키스가 흐려지기 전에 반드시 퇴근하고요."

"나도 바쁜 사람인데요?"

"그럼 내가 다시 키스해 주러 오고."

장난기 한 점 없이 제안한 말에, 그녀가 예쁘게 웃었다.

청신은 건물 속으로 들어가는 그녀의 뒷모습을 오래 보았다. 아예 보이지 않게 될 때까지도 그녀를 바라보며, 한참을 서 있었다.

'혼자 놔두지 마세요. 시키는 대로 할게요. 데뷔, 할게. 무대에 올라간다구. 정말 도망 안 갈 테니까, 나 좀 꺼내 주세요.'

그녀의 울음소리가 귓속에 박혀 있다. 그녀가 데뷔 무대에 오른 게 열일곱 살의 일이니, 최소한 11년을 그렇게 울었을 것이다. 오랫동안 흘려 온 눈물로 짓무르고 부르텄을 몸을 하고, 기정균의 회사에 가만히 묶여 있으려는 이유가 뭘까. 그녀 스스로는 잘라내지 못할 족쇄가 있는 건가.

그녀를 이대로 등지기가 꺼려졌으나, 끝내 청신의 두 발은 차로 되돌아갔다. 그녀와 마렌의 불화설이 돌고 계약이 문제되자 마렌의 주가는 급락했다. 지휘자인 기정균까지 체포되고 상당수 재산이 가압류되었으므로, 마렌이 당장 내세울 건 그녀와의 관계뿐이었다. 당분간은 마렌의 누구도 그녀를 함부로 대하지 못한다. 괜찮을 것이다.

청신이 그늘진 얼굴로 시동을 거는 순간. 휴대폰이 울렸다. 기다리던 전화였다.

—아가. 내가 이번에 백팔 배 올리면서 아가 너 좀 보여 달라고 기도 드렸더니, 소원이 이루어졌구나? 응? 텔레비전만 틀면 우리 아가 얼굴이더라.

스피커로 퍼지는 목소리는 자상하다. 무엇이든 비추고 끌어안는 햇살 같다.

"할머니. 또 절에 계셨어요?"

청신이 엷게 웃으며 대답했다.

—그래. 가진 것들 하나하나 아범한테 물려주고 나니, 내가 할 일이 뭐가 있겠니. 일에 붙들려 사느라 못 해 놓은 불공을 올리는 것뿐이지. 봄까지는 하늘 무너져도 부처님 곁을 진득이 지키려고 했는데, 아가 네 징계위원회가 열릴 수도 있다며.

"예. 그렇게 됐습니다."

—아범이야 너 신경 쓸 겨를이 없고, 내가 학부모 노릇을 해야지. 오늘 너네 총장이랑 통화했단다, 아가야. 폭행은 긴급히 체포하는 와중에 생긴 과실로 처리하기로 했다. 네 징계 논의는 없던 걸로 될 게야. 너한테 언어맞은 고놈이 고소한다 해도 아무짝에도 소용없을 거니까, 걱정 덜거라.

"죄송합니다. 뭐라고 올릴 말씀이 없어요."

—아냐, 아냐. 너 열일곱 살에 혼자 나가 살고, 1년에 한 번도 제대로 얼굴 본 적이 없잖니. 요 몇 년 동안 아가 네가 내 손자가

맞나 했는데, 네 보호자 노릇 하고 나니 그래 맞다 싶어. 그러니까 종종 그렇게 사고 좀 쳐 줘. 집에 들어오면 더 좋고.

"……."

—아가, 청신아.

"예."

—아직도 모경이 걔, 받아들일 수 없겠니?

청신의 눈매가 일그러졌다. 볕에 눈이 찔린 듯이. 할머니라는 빛이 종종 이렇다. 청신 하나만이 아니라 이것저것 공평히 비추기 위해, 과하게 빛날 때가 있다.

—아니다. 아니야, 아가. 내가 또 실언을 했다. 이 할머니는 언제나 우리 아가 편이다. 알지?

청신은 대답 없이 휴대폰 전원을 껐다. 화상을 입은 것처럼 어지럽고 따가운 동공 위로 죽기 직전인 어머니의 얼굴과, 어머니의 뒷모습을 노려보며 차갑게 웃는 여자의 얼굴이 어룽거렸다.

👠

검찰청의 점심시간. 황인희 계장은 문서 더미를 베개 삼아 엎드렸다. 청신에게 출근 금지령이 떨어졌을 때 연신 훌쩍거렸던 코로는 달콤하기 짝이 없는 숨을 들이마시며.

코를 휴지로 감싸고 다니는 황 계장을 보며, 다른 검사실 직원들은 니네 검사가 쉬는 게 그렇게 슬프냐고 혀를 찼다. 그런데 그때 황 계장은 그냥 감기였다. 슬퍼할 이유가 없었다. 오히려 날 듯이 기뻤다. 청신의 직무 집행 정지는 황 계장에겐 선물처럼 안겨진 휴가였으니까.

남들은 청신이 이제 더는 검사복을 못 입게 될 거라고 입을 모았으나, 황 계장은 청신이 돌아올 걸 믿고 있었다. 빨리는 절대 안 되고. 한 한 달 후에.

"계장님 계장님! 들으셨어요? 우리 검사님 징계 안 받는대요. 기정균 폭행 사건, 그냥 묻기로 했나 봐요."

양치하러 나갔던 남예은 실무관이 칫솔을 물고 달려 들어왔다. 황 계장이 콧방귀를 뀌었다.

"에이 무슨 벌써…… 아 알겠어요 남 실무관님. 저 잠 다 깼어요. 딱 십 분만 이러고 있다가 소처럼 일할 테니까, 이제 그런 말도 안 되는 소리로 사람 놀라게 안 해도 돼. 왜, 아주 그냥 외계인이 침공해서 빨리 대피해야 된다고 하지."

"진짜거든요? 내일부터 업무 복귀하라는 지시도 내려왔어요."

"……정말이에요?"

황 계장이 벌떡 일어섰다.

"네! 진짜로요. 기정균 그 인간 전치 4주라면서요? 검사 신분으로 피의자를 그렇게 폭행한 게 큰일이긴 한데, 기정균이 조직폭력배 출신이라는 거 알려지고 검사님 처벌하지 말라는 국민 청원도 올라왔잖아요. 그게 참작이 되지 않았을까요?"

얼른 알아보니 남 실무관의 말이 사실이었다. 청신은 사건이 벌어진 지 일주일도 안 되어 징계를 면했다. 황 계장이 턱을 바닥에 떨굴 기세로 고개 숙였다. 그리고 문가로 터덜터덜 걸어 갔다.

"어디 가세요, 계장님?"

"화장실에 코 풀러 가요."

"감기 다 나으신 거 아니었어요?"

"이건 슬퍼서 콧물 나는 거거든요? 남예은 씨 눈에는 이 닭똥 같은 눈물이 안 보여요?"

황 계장이 뒤돌아보며 검지 끝으로 자기 눈가를 짚어 주자, 실무관이 환하게 웃었다.

"뭐예요, 계장님. 검사님 돌아오시는 거 좋으시면서."

사실은 남 실무관의 말이 맞다는 양 연한 미소를 지어 보인 채 복도로 나간 황 계장의 발이, 검찰청 안에서 가장 짙고 고요한 그늘 밑을 찾아갔다.

"저 황인희입니다. 급히 드릴 말씀이 있어서요."

조심스럽게 열린 입술 새로, 낮고 검은 음성이 새어 나갔다.

5. 뒷면

전화벨 소리가 어린애 칭얼대듯 귓바퀴에 매달려 온다. 보고서
의 글자들을 낱낱이 내려다보던 냉랭한 눈이 깨진 얼음처럼 이지
러졌다가, 휴대폰으로 향했다. 저 좀 봐 달라고 귀찮게 꼬리를 쳐
대는 것은 검찰청에다 풀어놓고 키우는 사냥개였다.

─저 황인희입니다. 급히 드릴 말씀이 있어서요.

정결하게 뻗은 손가락이 잇새에 물려 있던 담배를 재떨이에
걸쳤다. 채도 낮은 입술 틈으로 나른하게 흘러나온 숨이, 희고
알싸한 안개를 퍼뜨렸다.

"말씀해 보세요."

—이청신 징계 논의가 무산됐습니다. 회장님께서 손을 쓰셨던데, 알고 계셨습니까?

　"……황인희 씨."

　우아하게 손질된 손톱이 담뱃재의 목을 천천히 졸라 비틀었다. 불씨가 맥없이 죽어 나갔다.

　—예.

　"내가, 질문도 허락해 드렸던가요?"

　—…….

　"반드시 해야 할 일은 하나도 진척이 안 되시는 거죠. 그러니까 쓸데없는 거라도 해 놓고, 뭐라도 한 척이지."

　평생토록 작은 탈세 한 번 저지르지 않은 회장이, 청신을 위해서는 외압을 마다하지 않았다니. 그 소식이 심기를 긁는다. 그렇다고 회장이나 청신을 어떻게 할 수는 없으니, 모경은 웃는 입술로 황 계장의 목소리를 분질러 버렸다.

　타인의 뭘 부러뜨리고 꺾는 거, 가정부의 딸이던 어린 시절에는 상상도 할 수 없었던 일이다. 그러나 어느덧 모경의 위치는 변했다. 모경은 주인인 선화그룹 회장이 아껴주는 양딸 같은 존재였고, 동시에 회장이 사랑하는 외아들의 오랜 정부였다. 대외적으로는 큰 병원을 내키는 대로 휘두르는 최상류층이다.

　—죄송합니다 이사님. 요즘은 이청신이 다른 일에 매진하고 있어서, 지시하신 바는 도통 이행을 할 수가 없었습니다.

　황 계장은 아무 잘못 없이 면박을 당해 놓고도 반항을 모른다.

납작 엎드려 오는 그의 음성 위에서, 모경이 희미하게 웃었다.

"그래요? 아. 그 여자애 일인가."

—예. 원래도 업무에 몰입하는 편이긴 하지만, 이번 일에는 아예 매몰되다시피 하면서 그 여자를 지키려고 하는 것 같습니다.

말없이 통화 종료 버튼을 터치한 손이, 집무실 벽 한편에 전시되듯 걸린 한 여자의 사진을 쓰다듬었다.

박은하. 모경이 가지려고 공들여 놓은 남자를 먼저 베어 먹고 죽어 버린 여자. 사람들은 모경이 그녀를 친언니처럼 따른다고 생각한다. 그래서 영원히 떠난 그녀의 사진을 하루도 빠짐없이 바라보고, 바라보는 거라고.

누가 알까.

실은 모경의 메스가 그녀를 죽였다. 은하의 하나뿐인 아들만이 그 사실을 의심해 왔다. 그 애는 제 어머니의 죽음을 밝히겠다고 의대에 갔고, 어머니의 죽음을 만든 모경을 제 손으로 꺾겠다고 검사가 됐다. 그 애의 방식이 너무 순진하고 착해 두렵지는 않았지만, 아무래도 찝찝했는데.

"언니. 청신이 그 애, 크면 클수록 언니를 많이 닮았어. 선하고 곧더니, 이제는 사랑까지 하네. 그럼 사랑이 약점이 된다는 것도 모르지 않을까."

또 다른 메스를 움직일 때가 되었다. 모경이 비서를 불렀다.

청신은 예정대로 열두 시를 향해 흘러가던 시계 초침을 부러 트렸다. 빠르게 넘어가던, 기 대표가 짜 놓은 잔혹하고 화려한 동화의 페이지는 잠시 멈췄다. 수아의 두 발을 동화 속에 묶어 놓은 유리 족쇄는 조금씩 금 가고 있었다.

매끈하게 뻗어 있던 신데렐라의 계단 위로는 빨간 피가 흐른다. 몇 방울은 깨져가는 유리 구두를 밟고 선 수아의 것이지만, 대부분이 기 대표가 흘린 것이다. 기 대표는 정말로 처절하게 베여 나가고 있었다.

기 대표가 수많은 혐의로 구속되어 옴짝달싹도 못 하는 그 시간. 수아는 처음으로 유리 구두를 벗은 채, 누구의 눈치도 보지 않고 춤추며 노래 가사를 만들어 봤다.

수아가 강제로 데뷔했으면서도 스타로서 누가 함부로 넘보지 못할 자리를 꿰찰 수 있었던 건, 무대 위를 진심으로 사랑했기 때문이다. 지옥 속에서도 무대에 설 수 있어서, 일주일에 몇 분 정도는 행복했다.

손가락 마디 하나도 기 대표의 눈치를 살피며 움직이는 인형이 었던 시절에도 그랬는데, 이제 걸음마다 자유롭다. 자기가 직접 꿴 멜로디 위에서 발끝을 이리저리 옮기고, 제가 아끼는 펜으로 써 내려 간 마음을 노래하자 날아갈 수도 있을 것 같은 기분이었다. 요즘은 하루에 몇 분이 행복하다.

수아의 실력과 애정이 여과 없이 배어든 앨범 준비는 지상에 서 가장 깨끗한 햇살을 만난 티아라였다. 작곡가를 비롯한 모든 스태프들이 입을 모아 감탄했다. 요즘 수아는 완벽하게 빛났다. 그리고 그런 만큼, 완벽한 어둠이 아무도 모를 그 등 뒤로 까맣게 까맣게 고여 드는 중이었다.

아직 수아 몸에는 거짓의 드레스가 드리워 있다. 살인마의 딸이라는 속살을 가리고 있는, 황홀하고 악독한 거짓말.

기 대표가 휘두르던 폭력이 사라졌으니, 드디어 이 두려운 드레스를 벗을 때였다. 그런데 막상 벗으려고 생각하자 무대가 아쉬웠다.

높은 곳을 떠다니다가 수만 개 바늘에 찔려 추락하는 동료들의 모습을 숱하게 봤다. 사랑이 뒤집혀 분노가 되고, 동경이 삭아 혐오로 변질되는 건 순식간의 일이다. 모든 게 드러나면 아무도 저를 사랑하지 못하는 세상이 될 것이다. 저는 무대 밑으로 떨어지고 말 운명이다. 바닥으로, 그늘 끝으로 숨어들어야 하겠지.

그러니까 아주 조금만 더, 이 드레스를 입고 숨 쉬었으면 했다. 태양을 닮은 조명이 저 하나만을 내리비추고, 팬들의 사랑스러운 함성이 귀를 저릿하게 막아 주는 곳. 무엇이든지 수아 저를 안아 주고 위로하는 그 작은 행성을, 정말 마지막으로, 딱 한 번만 더 산책하고 싶었다.

굳이 마렌을 떠나지 않을 마음을 먹은 건 그래서였다. 곧 전부 다, 그만두기 위해서. 마음을 다잡은 후에 내 손으로 드레스를 찢어 버리려고.

"내가 이렇게 노래도 잘하고 춤도 잘 추고 진짜 다 잘하는데,

몽땅 다 관둬야 한다니. 우울해⋯⋯."

대기실에 누워 쪽잠이라도 자 보려던 수아가, 한숨을 쏟아내며 새 노래의 녹음본을 껐다. 마음속이 너무 깜깜하고 시끄러워서 아무것도 할 수가 없다.

고민할 것도 없이 휴대폰을 두드려 청신의 이름을 찾았다. 방이 캄캄하면 불을 켜고, 바깥이 소란하면 창을 찾아 닫는 것처럼. 그러나 막상 그에게 전화하려고 생각하니 손끝이 움직여지지 않는다.

수아가 새 활동 준비에 전념하는 며칠 동안, 그 역시도 업무에 파묻혀서 지냈다.

마지막으로 한 통화에서 서울 어디 경찰서를 통째로 조사해야 한다고 했으니까, 아마 장난 아니게 바쁘겠지. 그러니까 며칠째 메시지 한 통이 없는 거야. 내가 안 보고 싶어서가 아니라, 너무너무 바빠서. 그는 평상시에도 연락을 즐겨 하는 타입은 아닌 것 같았다.

그걸 이렇게 잘 알면서도 연락을 하는 건 좀 질척대는 거 아닌가? 질척댔다가 그 사람이 날 질려 하면 난 어떡해.

"뭘 어떡해. 큰일 나는 거지. 하루만 참아야겠다. 아, 난 이청신 완전 보고 싶은데⋯⋯."

아쉬운 대로 인터넷 창을 켜서 이청신을 검색했다. 그리고 그의 사진이 나온 기사들을 이리저리 뒤적거렸다. 연한 분홍빛 입술이 헤죽 휘어졌다.

"다 나랑 이 남자랑 연애한다는 기사들이네. 사람들이 뭐라고 하려나."

예전에 가볍게 만나던 아이돌과 스캔들이 난 적이 있다. 그때는 온갖 욕과 성희롱을 바가지로 먹었다. 여자는 남자를 만나야 매력이 생긴다는 개소리를 해 가며, 남자 문제에 있어서는 별 터치가 없던 기 대표가 휴대폰을 아예 압수했을 정도다.

마침 출연한 드라마에서 리즈를 경신한 덕분에 금방 이미지 회복을 하기는 했지만, 당시에 혼자서 삼키고 삭여야 했던 독기 어린 화살들은 여전히 수아의 기억에 박혀 있다.

청신은 자기가 검사라서 수아가 욕먹을 일이 없다고 했다. 정말 그럴까? 악플러들은 사람을 가리지 않는 것 같던데.

심호흡을 깊이 했다가, 숨을 꾹 참고 실눈을 떴다. 그러고 기사에 달린 댓글들을 보았다.

"어?"

놀랍게도 댓글 창에는 예쁜 말들만 가득 피어 있다. 잘 어울린다느니, 이 둘은 결혼까지 해야 한다느니, 이청신 검사가 배수아를 엄청 사랑하는 것 같다느니…….

"저도 진짜 동의해요. 너무 잘 어울리죠. 그래그래. 결혼까지 해야 한다니까. 무덤에도 꼭 끌어안고 들어가야 돼."

수아가 수줍게 종알종알대다가 휴대폰을 폭 끌어안았다. 사람들도 이렇게 별 말 없이 축복해 주니, 눈치 보지 않고 연애할 수 있다는 게 기뻐서 참을 수가 없었다.

아니 근데 잠깐만. 생판 모르는 남들 눈치는 안 봐도 되는데, 사귀는 남자의 눈치를 봐야 하나? 왜?

"이청신. 날 만날 수밖에 없게 해 주겠어."

비장함이 서린 수아의 눈이, 치켜든 휴대폰 화면을 쏘아봤다.

"수아야. 이제 촬영 들어가야 돼. 준비하자."

"어. 알겠어 오빠, 잠깐만."

새하얀 손가락이 열심히 꼼지락거렸다.

기정균은 구속되었고 실형을 면치 못할 것이다. 그러나 법률이라는 그물망은 때로 성겨지며 더러는 포획된 것의 가시에 맥없이 끊어져 버리기도 한다. 기정균이 풀려 나올 경우를 대비해, 기정균에게 도움이 될 만한 것들을 미리 제거할 필요가 있었다.

청신은 업무에 복귀한 직후 가장 먼저 기정균과 유착된 경찰들을 조사하기 시작했다. 그와 얽힌 경찰의 머릿수가 한둘이 아니거니와, 기정균이 이청신에게 제대로 물렸다고 판단한 경찰청장이 수많은 증거를 인멸한 상태였다.

큰 권력을 움켜쥔 채 조직적으로 움직이는 경찰들을 옥죄는 일은 녹록지 않았다. 청신은 이 문제에 집착적으로 매달렸다. 갖고 있던 다른 사건 절반가량을 햇병아리인 신현수에게 넘겼을 정도이다.

보기 드문 엘리트라 불리는 그가 그렇게 몰입하니, 치밀하고 복잡하게 직조된 사건도 서서히 올이 풀려갔다. 며칠만 더 헤집으면 비리 경찰들의 치부가 벗겨질 것이다.

"검사님, 검사님! 저 이것 좀 봐 주세요. 이 사건, 이 정도로 정리해도 될까요?"

청신이 진하게 내린 커피를 입에 머금고, 잠시 창밖을 내려다보고 서 있을 때. 집무실 문이 발칵 열리더니 신현수가 들어섰다. 청신이 단단한 목덜미를 주무르며 의자에 앉았다. 그리고 신현수가 내밀어 온 문서를 훑어보는데, 휴대폰이 연달아 진동했다.

이청신 특유의 무심하고 서늘한 눈빛이 휴대폰 화면을 쓸어내렸다. 얼음 같은 동공이 별거 아니라는 듯 휴대폰을 떠나 문서를 다시 쳐다보고, 몇 초 뒤. 짙으면서도 날카로운 감이 도는 눈썹이 살며시 구겨졌다.

"왜요 검사님? 제가 쓴 거에 뭐 문제 있어요?"

"좀 신경 쓰이는 게 있어서."

"뭔데요? 편하게 말씀해 주세요."

"신현수."

"네 검사님."

"이쪽으로 와서 이것 좀 봐."

청신은 엄격하고 냉혹한 선배다. 신현수가 잔뜩 긴장한 채 옆으로 다가와, 청신의 검지가 가리키는 무언가를 쳐다보았다. 깨끗한 손톱 끝머리에 놓인 것은 뜻밖에도 휴대폰 액정이었다.

"이건 갑자기 왜요? 검사님 스캔들 기사에 달린 댓글들이잖아요."

신현수의 눈이 동그랗게 뜨였다.

"여기 이 댓글, 바탕 색깔이 왜 이것만 연회색이지? 다른 댓글들은 흰 바탕인데."

"뭐야. 이거 자기가 쓴 댓글 자기가 캡처한 거네. 누가 보낸 건데요? 어, 설마……."

그러니까.

「배수아랑 이청신 진짜 사귀는 거 맞나? 기정균 체포된 날 말고는 목격담이 하나도 없던데? 엄청나게 의심스럽네? 뻥 아닐까?」

수아가 문제가 생겼다면서 찍어 보낸 이 코멘트를, 배수아 본인이 직접 작성한 거란 말이지.

"아는 척 금물이야, 신현수. 기밀사항이니까."

청신이 연하게 웃으며 자리에서 일어섰다.

"아니 선배 어디 가세요? 제 거 어때요? 이렇게 해도 괜찮아요?"

"다시 해 놔. 모의 법정 대회에 들고 나갈 거면 지금 그것도 나쁘지 않고."

"아, 선배! 전 이게 최선을 다한 거라고요!"

코트를 걸치며 나가는 그의 뒷모습이 다급했다.

꾸벅꾸벅 졸다가, 쾅 하는 문소리에 놀란 황 계장이 심장께를 부여잡았다.

"엄마야. 신 검사님. 이 검사님 지금 어디 가세요? 또 무슨 일 생겼대요?"

"연애하려요. 틀림없어."

"연애? 저 사람이? 이 시간에?"

"네. 여자친구한테 문자 왔거든요, 보고 싶다구. 수아 씨는 저 선배 어디가 그렇게 좋을까. 잘생기긴 했지만, 재수가 너무 없잖아."

신현수가 혹평받은 일감을 아기처럼 껴안은 채 쿵쾅쿵쾅 걸어 나가고, 구석에서 홍삼 젤리를 짜먹고 있던 남예은 실무관이 한숨을 푹 쉬었다.

"열애설이 진짜였어……. 검사님이 나 좋아하시는 줄 알았는데. 나 안 좋아하면서, 왜 맨날 날 쳐다보셨을까."

"우리 동료잖아요. 서로 쳐다봐야 같이 일을 하죠?"

"그래도요……."

"고소해요."

"무슨 죄로 고소를 해요."

"아니. 고소하다구요. 실무관님은 그렇게 내 편 안 들어주고 검사님 편만 들더니, 상사병만 얻었잖아. 아주 꼬소해요, 꼬소해."

"아, 계장님!"

"왜 부르세요오 실무관니임."

메롱 하고 혀끝을 내밀며 일어선 황 계장이, 양치 컵을 든 채 춤추는 것처럼 백스텝을 밟았다. 그가 그렇게 요란하게 나가고, 문이 닫힌 직후. 황 계장이 책상 위에 두고 간 휴대폰이 시끄럽게 울기 시작했다.

"진짜 놀리려고 작정하셨나. 맨날 따르릉 따르릉이던 벨소리가 왜 갑자기 배수아 노래야? 아, 이 와중에 또 노래는 엄청 좋네."

남 실무관이 투덜거리면서 황 계장의 휴대폰을 뒤집어 놓았다. 벨소리가 무음으로 바뀌는 그 순간이다. 휴대폰의 가죽 케이스에 끼워져 있던 듯한 사진 한 장이 바닥으로 떨어져 내렸다. 남 실무관이 얼른 주저앉아 사진을 주워 들었다.

"여자 사진이네. 옛날 애인인가? 아니, 아니지. 황 계장님 만년 솔로라고 하셨으니까."

근데, 이 여자, TV에서 봤던 것 같은데. 누구더라…….

남 실무관이 고개를 갸우뚱하면서 사진을 다시 휴대폰 케이스에 넣어 두려는 그때, 황 계장이 허둥지둥 안으로 들어왔다.

"아 계장님, 방금 전화 왔었어요."

"실무관님. 지금 내 휴대폰 보고 있던 거예요? 아니 남의 휴대폰을 왜 함부로 들여다봐요?"

"죄송해요. 벨소리가 너무 커서, 저도 모르게……. 열어 보지는 않았어요."

"아니, 아니에요. 됐어요. 나도 미안해요 실무관님."

잔뜩 구겨졌던 황 계장의 얼굴이 어설프게 펴졌다. 당황한 남 실무관이 뭐라고 더 사과를 하려고 했지만, 그는 급히 휴대폰을 챙겨 들고는 밖으로 나갔다.

다이아를 녹여 만든 듯 화사한 조명이 흰 뺨 위로 흘러내리고, 립글로스의 촉촉한 팁이 스친 입술이 투명하게 반짝였다. 이번 뮤직비디오의 컨셉은 인형의 몸에 갇힌 여자가 한 남자를 만나 깨어난다는 이야기다.

무기질적인 느낌을 살리기 위해 색조를 대부분 덜어낸 수아의 얼굴은, 특별한 색깔이 깃들어 있지 않은데도 청순하고 말간 유리알 같다. 어린 주먹만 한 얼굴을 이리저리 가다듬어 준 메이크업 실장이 말없이 감탄한 뒤 조명 밖으로 나가고, 남주인공 역을 맡은 서은호가 다가왔다.

서은호는 전부터 수아에게 치근덕거리는 남배우다. 하얗고 소년적인 외모가 곡의 분위기와 잘 어우러지기도 하고, 요즘 가장 인기가 많은 애라 하는 수 없이 골라 놨더니, 촬영을 하는 내내 사심을 채우려고 했다. 잘 찍어 놓고 끝에 가서 일부러 기침을 하는 식으로 촬영을 질질 끄는 것이다. 그러면서 자꾸만 주어진 대본 이상의 스킨십을 시도했다.

"이번 신은 좀 똑바로 하자, 서은호."

"저 원래 NG 없이 가기로 유명한데, 오늘은 유난히 잘 안 되네요 누나."

"다음엔 서은호랑 작품 하지 말아야겠네. 난 일 못 하는데 자기 객관화도 반성도 못 하는 애랑은 작업하기 참 싫더라."

날을 파랗게 세운 말에 서은호가 작게 웃었다.

"누나 알잖아요. 제가 누나한테 수작 부리고 있다는 거. 아무 느낌도 없었어요?"

"있었으면?"

"어땠어요?"

애가 좀 뜨더니. 예전보다 버릇이 없어졌네. 수아가 싱긋 눈웃음 지으며 서은호를 올려다봤다. 두 눈매는 달게 휘어졌지만, 그 안쪽의 눈동자는 성에같이 차가웠다.

"은호야. 너 내가 너랑 연기하면서, 한 번이라도 실수하는 거 봤어?"

서은호의 눈이 살짝 구겨졌다.

"나한테 넌 그래. 일할 때나 어쩔 수 없이 같이 있는 남자애. 너 보고 있음, 빨리 일 끝내고 집에 가야겠다는 생각만 들어. 그게 다야."

"그럼 나도 어쩔 수 없네요. 일할 때나 만날 수 있으니까, 일할 때나 최대한 만져야지."

당당히 성추행을 하겠다는 통보였다.

이 개자식이?

성질 같아서는 신고 있는 하이힐로 발가락을 찍어 주고 무릎 뒤를 차 버리고 싶었지만, 마렌은 지금 파산 직전이었다. 오늘 있는 촬영을 망쳐 버리면 또 어디서 제작비를 구할 수 있을지 모른다. 뮤비에 제일 적당한 마스크는 저 서은호의 낯짝이라는 것도 생각을 해야 했다.

수아가 화를 꾹 눌러 참느라 아무 말도 못 하고 있는 사이,

스태프들이 촬영 준비를 마쳤다.

"자, 슛 들어갈게요."

이번에 찍는 신은 여주와 남주가 입술을 맞추고 서로 눈동자를 마주치는, 뮤비에서 가장 중요한 장면이다. 서은호 같은 쪽정이 때문에 망칠 수는 없다. 수아는 시리게 얼었던 표정을 풀고 벨벳 침대 위에 누웠다.

몇 초 뒤 감독이 슛 하고 외치는 소리가 터져 나왔다. 서은호가 천천히 다가오는 게 느껴졌다. 수아는 불쾌감에 찡그러지려는 눈매를 애써 폈다. 지금 다가오고 있는 건 이청신이다. 정말로 이청신이다. 진짜 진짜 이청신이다. 이렇게 스스로를 세뇌하려고 애쓰면서.

그러나 그 노력은 금방 물거품이 되어 버린다. 입술이 닿기도 전에 알아 버렸다. 청신에게선 이런 느끼한 버터 냄새가 나지 않는다. 속이 너무 울렁거리길래 숨을 꾹 참고 있자, 서은호의 혀가 입술을 강제로 파고들려고 했다. 수아의 흰 미간이 와장창 깨졌고, 감겨 있던 눈꺼풀이 뾰족하게 열렸다.

"야."

"왜요 누나. 저 연기 잘하고 있었는데."

"이게 어디다 대고 혀를 낼름거려?"

"가볍게 키스한다고 써 있던데? 저도 스토리상 뽀뽀보단 그게 어울린다고 생각해서, 감정 몰입 엄청 잘되고 있었고. 근데 아니라고요? 감독님, 이거 어떻게 할까요? 키스가 맞지 않아요?"

서은호가 수많은 사람을 속여 먹은 순수한 표정을 뒤집어쓰고는, 감독을 바라봤다. 감독은 서은호를 많이 아끼는 사람이다.

"우리 은호가 오늘 의욕적이네. 선배 잘 되게 해 주고 싶은가 봐. 수아 씨. 생각이랑 달라서 놀란 건 알겠는데, 이 신은 은호한테 한 번 맡겨 봐요. 은호가 내는 의견 들어서 나쁠 거 없다니까? 쟤 드라마에서 대박 난 장면들은 다 은호 쟤가 의견 낸 거야. 방금 찍은 것도 콘티보다 더 좋더구만."

수아가 입술을 열어 반박하려는데, 서은호가 귓가에 입술을 댔다.

"한 번만 하자구요. 딱 한 번만. 이 신 리드하는 건 나잖아. 거절하면 나 계속 NG 내요."

쏘아보며 뺨을 올려붙이려다가 관두었다. 촬영 시간은 벌써 오버됐다. 여기서 더 일을 만들고 지체하는 건 안 된다.

수아가 그냥 말없이 침대 위에 누웠다. 스태프 한 명이 옆으로 와 흐트러진 머리칼을 정리해 주려는 걸, 서은호가 막더니 제 손끝으로 머리를 어루만진다. 얘 팬들이 얘 이러고 사는 걸 꼭 알아야 하는데. 어떻게 알릴 방법이 없나? 수아는 분을 삭이며 눈꺼풀을 닫았다. 다시 카메라가 돌기 시작했다. 서은호의 더러운 주둥이를 얌전히 기다려야만 하는 시간이었다.

이딴 시간은 빨리 끝나 버리면 좋겠는데, 뭘 망설이는지 서은호는 기척이 없다. 뭉게뭉게 피어오른 의아함이 머릿속을 온통 가려, 수아가 촬영이고 뭐고 두 눈을 뜰 뻔한 무렵.

이쪽으로 방향을 잡은 듯한 구둣발 소리가 귓바퀴를 톡, 톡, 건드려 오고, 코를 통째로 파묻고 싶은 향기가 사방의 공기를 물들였다. 가만히 숨을 쉬기만 해도 기분이 좋아진다. 호흡을 하면 할수록 서은호가 몸 곳곳에 묻혀 놓은 악취가 사라져 가는 느낌이었다.

그 남자가 온 거구나.

수아의 머릿속에 예쁜 확신이 돋아나는 그 찰나, 크고 섬세한 손이 뺨 한쪽을 감쌌다. 수아가 꽃봉오리를 입에 문 사람처럼 살며시 웃으며 눈망울을 열었다. 달콤하게 쏟아져 나간 눈빛이 청신의 깊은 눈동자에 안겼다.

"일을 방해하고 싶지는 않았는데. 좀 할게요."

중저음의 속삭임이 설탕 가루처럼 흩어지고, 두 입술이 겹쳐졌다. 수아가 눈을 접어 웃으며 그의 목에 매달렸다. 언제 머금어도 달달하고 부드러운 그의 혀가 익숙하게 수아를 열고, 연한 살갗을 간질였다. 숨소리가 깊어졌다.

"안 되겠네요. 촬영은 여기서 접어요."

"그건 안 돼요. 오늘 안에 다 찍어야 제작비도 아끼고, 난 서은호 재 또 보기 싫단 말야."

"나를 좀 써먹어 주면 안 되나. 여러 면으로."

"내가 요즘 이청신 씨 너무 아껴 먹긴 했지."

수아가 작은 코를 찡긋 구기며 웃고는, 사탕을 할짝거리듯 그의 입술과 혀끝을 녹였다. 그의 뺨에 붉은빛이 번졌다.

"제작비는 내가 댈게요. 아니. 뭐든지 대 주죠. 그러니까 나랑 나가요."

"그래도……."

수아가 입술을 부풀린 채 망설이고 있을 때이다. 저쪽에서 서은호가 뭐라고 악을 쓰는 소리가 들렸다.

"어? 쟤 왜 저래? 무슨 일 있나?"

수아의 물음에 청신이 휴대폰을 켜 내밀었다. 액정에는 한 기사가 떠 있었다. 유명한 남배우 S씨가 일반인 여러 명을 성추행하고, 도박을 했다는. 그리고 그 S씨는 대충 스쳐봐도 서은호였다.

"서은호 저 사람, 오늘 막 기소됐습니다. 알아보니까 문제가 많더라고."

"저기 검사님. 공권력을 이렇게 사적으로 휘둘러도 돼요?"

"내가 맡은 사건은 아니에요. 선배 검사가 서은호 회사한테 로비 받고 기소를 할지 말지 한참을 고민하길래, 지나가던 기자한테 힌트 좀 흘려준 게 답니다."

그가 자긴 검사로서의 본분을 다했을 뿐이라는 듯 사무적인 투로 대답했다.

연기하는 것 좀 봐. 질투해서 그런 거면서.

"오늘 나랑 일하는 사람이 서은호 같은 애가 아니었음 어쩔 뻔했어, 이 남자."

"밤새 배수아 씨를 놔주지 않았을 겁니다. 그리고 배수아 씨 온몸에 내 걸 묻히고 또 묻혔겠지. 닿고 넣을 수 있는 모든 곳에."

장난스럽게 내뱉은 속삭임 뒤로, 어둡고 쌉싸름한 목소리가 귓속에 훅 끼쳐 들었다. 다크 초콜릿이 갑자기 입 속에 물려진 듯 솜털이 바짝 섰다. 수아의 몸이 긴장한 걸 알아차렸는지, 그가 얕게 웃으며 다시 키스해 왔다.

문제될 게 뻔한 배우를 쓸 수는 없었다. 촬영은 두말할 것 없이 무산됐다. 촬영분도 전부 폐기될 것이다. 서은호는 말도 안 된다며 행패를 부렸지만, 수아 옆에 선 청신을 한 번 쳐다보고는 바로 깨갱거렸다. 이청신이란 남자는 그렇게 생겼다. 외형으로는 어디서도 지지 않는다는 배우조차도 단박에 기죽여 버린다.

그의 얼굴 덕분에 서은호 같은 건 상대할 필요도 없게 됐다. 수아는 누가 정교하게 깎아 놓은 듯한 청신의 옆모습을 말끄러미 쳐다보며 걷다가, 까치발을 치켜들어 그 볼에 입 맞췄다. 예고 없는 입맞춤에 청신은 조금 당황한 표정이었다. 그랬다가 말없이 수아의 손 하나를 잡고는 깍지를 껴 왔다. 손 틈새가 그로 인해 벌어지고 단단히 채워지는 감각은 낯설지 않은 것이다. 그는 섞여들기 전마다 이렇게 손깍지를 꼈다.

이 남자, 날 안고 싶어서 죽겠구나.

한적한 복도라서 보는 눈은 없지만, 언제 다른 사람이 튀어나올지 모른다. 수아가 차마 꺼내지 못할 말을 입 속에 물고는 슬며시 웃었다. 그 어떤 밤하늘보다도 깊고 아름다운 남자의 눈동자가 일렁이는 게 보였다.

안기고 싶어 미치겠는 건 이쪽도 마찬가지다. 수아가 우아하게 떨어지는 그의 슈트 선을 한 번 훑어보고는 허벅지 한쪽에 시선을 지그시 올려놓고 있는데, 그가 손끝으로 입술을 눌러 왔다.

저 아래 숨겨진, 특별하고 하나뿐인 진주를 압박할 때와 비슷한 압각, 비슷한 방향으로. 그가 그곳을 이렇게 만져 주는 걸 한 번 상상하는 것만으로도, 어떤 말 못 할 느낌이 전신을 적셔 온다. 수아가 여린 한숨을 토했다.

"좀 참을 수 있겠습니까? 오늘은 잠깐 들러야 할 때가 있어서."

"나 인내력 좋아요. 그러니까 이청신 같은 남자랑 사귀면서도 이렇게 이성을 꽉 붙들고 있지."

그와의 섹스는 언제나 하고 싶은 거지만, 그와 하고 싶은 게 그거 하나뿐인 건 아니다. 수아가 달게 웃으며 그와 팔짱을 끼자 그는 수아를 차로 이끌었다.

"여기서부턴 걸어요."

어떤 예고도 없이 차를 몬 그가 시동을 끈 곳은 인파가 물결치는 도심 속이었다. 걷자는 그의 말에, 수아는 토끼 눈을 동그랗게 뜨고 아무 대답도 못 했다. 기 대표에게 붙들린 이후로는 모든 순간이 잘 짜인 연기였고 스케줄이었다. 남몰래 연애를 할 때도 데이트 장소는 언제나 차 안이나 남자의 집이었지, 촬영도 아닌데 길거리를 거닐어 본 적은 없다.

"우리 연애에 목격자들을 만들자면서요."

"아니 그건 꼭 그런 뜻이 아니라, 그냥 내가 이청신 씨를 보고 싶다는 거였……."

당혹스러운 나머지 속내를 술술 털어놓으려고 했다.

"던 게 아니지. 맞아요. 꼭 그런 뜻이었어요. 사람들이 우리 진짜 사귀는 거 맞는지 의심을 하니까, 가끔씩 만나는 것도 좀 보여 줘야 돼. 그죠?"

까딱했으면 그 댓글 직접 써서 보냈단 거 걸릴 뻔했네. 수아가 빨개진 볼을 창가로 휙 돌리고는, 얼른 차 밖으로 내렸다. 귀 뒤로 그의 연한 웃음소리가 맺힌 듯한 착각이 들었다.

아무리 부끄러워도 그냥 다 조작이었다고 밝히고, 침대로 가자고 할걸. 발끝이 땅바닥에 닿자마자 곧바로 그런 후회부터 들었다. 길거리는 퇴근한 사람들로 그득했고, 수많은 눈동자가 모두 수아 쪽으로 향했다. 수군거리는 목소리와 알 수 없는 표정들이 사방에 떠다녔다.

스태프들에게 둘러싸여 다닐 때나, 팬들만 모인 장소에서는 한 번도 느끼지 못한 낯섦이 몸 마디마디를 실로 묶어 버린다. 고개를 푹 숙인 채 빨리 걷는 것밖에는 할 줄 아는 게 없는 작은 마리오네트가 된 기분이었다.

청신은 정신없이 종종거리는 수아를 경호하는 사람처럼 조용히 걷기만 했다. 그러다가 수아의 발끝이 신호등 불빛에 막힌 찰나, 수아의 어깨를 약하게 두드렸다. 수아가 차에 내린 이후로는 처음으로 그를 올려다봤다.

밤이 내려앉아 음영 진 그의 얼굴은 누군가 색이 짙은 연필을 들고, 그가 유난히 잘생긴 부분들을 열심히 덧칠해 둔 것 같이 생겼다. 별생각 없이 고개를 들었는데 하얀 달과 눈 마주쳤을 때보다 백배는 더 행복해진다. 수아의 눈이 반 접힌 꽃잎처럼 휘어졌다.

"나랑 같이 걸을래요? 사귀는 남자도 없어 보이는데."

그가 손을 내밀며 장난스레 말했다. 수아가 잽싸게 그 손에 제 손을 안겨 주었다.

"뭐야. 자기가 내 남자친구면서."

"안 까먹었네요. 난 수아 씨가 날 잊은 줄 알고, 다시 고백하려고 했어요."

"그럴 리가 있어요?"

"그럴 리 없으면, 남자친구 좀 헷갈리게 하지 말지. 배수아 씨 아까부터 계속 다른 사람들만 쳐다보고 신경 쓰는데."

그가 수아 쪽으로 기울어져 있던 고개를 정면으로 돌리며, 혼잣말처럼 중얼거렸다. 날카롭고 세련된 선으로 그려진 얼굴이 알 듯 말 듯 삐뚤어진 게, 아마 투덜대는 모양이었다.

"자기도 방금 딴 데 봤으면서? 봐, 지금도 나 안 보고 저 앞에만 보잖아."

생경한 상황에 한껏 긴장해 버린 바람에 그를 생각하지 못한 건 사실이다. 살짝 미안해진 수아가 일부러 똑같이 투덜거렸다.

"난 아까부터 배수아 씨만 보고 있습니다."

지금 내 쪽으론 턱 끝도 안 두고 있으면서, 무슨 소리야? 의아해하며 그가 보는 방향으로 눈을 던져 보자, 거기엔 정말로 제 얼굴이 반짝거리고 있다. 주변으로 보이는 광고판들 대부분이 수아저였다.

톱스타인 만큼 사진이 여기저기 걸려 있는 건 흔한 일이지만, 연예인이 세상에 배수아 하나뿐인 건 아니다. 눈길 닿는 곳 전부가 오직 자신이었던 적은 없다.

"데이트 시간에 다른 얼굴은 되도록 보고 싶지 않아서."

그의 나지막한 음성이 귓가에 달게 스며들었다. 그제야 그와 걷고 있는 이 거리의 별명이 선화로라는 게 떠올라, 심장이 떨렸다. 좌우로 선화 소유의 건물들이 빼곡한 이 눈부신 길목 위, 세상에 여자라곤 오직 배수아 한 명인 듯 수아로 통일된 저 광고판들에는 선화그룹의 자제인 그의 사감이 물씬 흐르고 있을 일이다.

"나 지금 막 이청신 씨 꼭 끌어안고 싶은데, 남들 다 다니는 길바닥에서 그럼 민폐겠죠? 난 정말 왜 이렇게 양심적이고 이성적인지 몰라."

수아의 입술이 뾰로통해지는 그 순간이다. 뭔가 촉촉하고 차가운 게 눈두덩으로 톡 떨어졌다.

"어? 비 내린다! 청신 씨, 우산 있어요?"

청신은 고개를 젓더니 코트를 벗었다. 그리고 한 발짝 다가오라는 눈짓을 했다. 수많은 사람이 보고 있는데도 딱 붙어 다닐 이유가 생겼다. 수아가 그에게 파고들 듯이 그의 허리를 껴안았고,

그가 벗은 코트를 머리 위로 올려들었다.

신호가 바뀌자마자 그의 품속에서 거리를 걸었다. 남들의 눈동자에 깃든 알 수 없는 생각들이 더는 두렵지 않았다. 저를 금방이라도 찌를 것처럼 가리키는 손끝들도, 가식 한 장 없이 세워진 몸을 향해 반들거리는 카메라 렌즈들도 거슬릴 게 없었다.

청신과 같이 있는 이 시간만큼은, 뭔가를 연기하고 속여야만 하는 신데렐라가 아니었다. 그의 사랑을 받고 그를 사랑하는 한 여자일 뿐이었다. 수아는 느껴지는 그대로 편하게 웃고 사랑하며 사람들 속에 섞였다.

겨울비를 흘려주는 하늘이 참 어여뻤고, 물먹은 야경의 불빛들은 무지개색 반딧불이들이 하늘하늘 날아다니는 것 같았다. 모든 게 사랑스러운 밤이었다.

그가 멈춰 선 곳은 지분의 반절 이상이 그의 몫이라는 선화백화점이었다. 휴점일이라 아무도 들어서지 못하는 문을 열고, 불 꺼진 매장들이 우리의 옷장인 양 드나들었다. 그에게 입히고 싶은 옷을 입히고, 신기고 싶은 신발을 신겼다. 누가 봐도 커플이란 걸 알라고 수아 저도 그와 비슷한 복장으로 골라 입었다.

서로의 손가락에 커플링을 나눠 끼고, 지나치다가 그가 어울릴 것 같다고 말한 립스틱도 발랐다. 그러고 같이 거울을 들여다보고 있는데 문득 그에게 입 맞추고 싶단 생각이 들었다. 입술을 나랑 똑같이 물들여야 한다면서, 립스틱이 발린 입술을 내밀어 그에게 뽀뽀했다.

원체 아름답게 붉은 그의 입술은 립스틱 자국이 묻은 게 거의 티 나지 않았는데, 골고루 발려야 예쁘다는 핑계로 그 도톰한 아랫입술을 쓰다듬어 보기도 했다.

"우리 데이트가 너무 드라마 같다."

호텔 근처의 식당. 그가 썰어 준 스테이크를 야금야금 먹어 치운 수아가 꽃받침 모양으로 턱을 괸 채 말했다. 와인을 한 모금 넘긴 그가 느른한 눈으로 수아를 바라봤다.

"별로였습니까?"

"아니? 너무너무 좋다는 뜻인데? 근데 있잖아. 잠깐만요."

이리 와 달라는 조그만 손짓에, 그의 몸이 망설임 없이 수아 옆으로 걸어와 앉았다. 취기가 조금 번진 탓인지 그가 풍기는 체향이 평상시보다 농후하다. 심장을 훅 적신 어떤 감각이, 손끝 발끝으로 빠르게 번져나간다. 수아가 아랫배에서부터 치미는 조급함을 꼴깍 삼키고는 그의 귓가에 입술을 가져다 댔다.

"이제 드라마 같은 거 그만하고, 남들한테 못 보여 주는 데로 좀 가고 싶어."

"그래요. 십 분 내로 가게 해 줄게요."

그가 수아의 허리를 한 팔로 안으며 중얼거렸다. 내리깐 속눈썹 밑으로는 새카만 정염을 뚝뚝 흘리며.

청신은 수아를 먼저 호텔로 들여보냈다. 아무리 공개적으로 연애하는 사이라 해도, 연예인이 이성과 나란히 호텔에 드나드는 모습을 보이면 좋을 게 없다는 판단에서였다.

그의 할머니가 직접 경영한다는 호텔은 레스토랑에서 겨우 몇 걸음 떨어져 있었다. 헤맬 것 없이 안으로 쏙 들어서자마자, 여자 직원 한 사람이 다가와 룸을 안내해 주려고 했다. 청신이 미리 부탁을 해 둔 모양이었다. 이런 에스코트는 늘 받아 온 건데도 왠지 모르게 서먹하고 어색하게 느껴진다.

"저기, 내려서는 저 혼자 갈게요."

"그러시겠습니까?"

"네."

엘리베이터가 호텔의 최상층에 도착하자, 직원이 카드 키를 내밀었다. 수아가 그걸 조심스럽게 받고는 층에 하나뿐인 룸의 문 앞에 섰다. 그리고 문을 여는 순간. 아무도 없어야 할 룸 안에서 누군가 거칠게 튀어 나왔다.

갑작스럽게 맞닥뜨린 괴한은 수아를 밀치고 도주했다. 수아가 곧장 일어나 뒤를 쫓아 봤지만, 밀려 넘어지면서 삐끗한 발목으로는 영 무리였다. 몇 발짝 뛰지 못하고 제자리에 무너져 앉을 수밖에 없었다.

한발 늦게 도착한 청신은 눈처럼 식은 얼굴로 수아부터 안아 들었다. 입술로는 저 사람부터 잡아야 한다는 말이 툭 비어져 나왔지만, 만에 하나 그가 저를 등지고 괴한을 따라갔다면 많이 떨리고 무서웠을 것이다.

수아가 자기도 모르게 청신의 옷을 꾹 붙든 채로 안겨 있는 사이, 그는 잠자코 룸 내부를 살펴보는 듯했다. 이윽고 그가 몇 걸음을 걷더니 테이블 밑에서 뭘 찾아냈다. 자그만 도청기였다.

"누가 그런 거지. 기 대표?"

여전히 그의 옷을 놓지 못한 수아가 멍한 얼굴로 중얼거렸다.

"아, 기자인지도 몰라요. 추효영 기자라고 예전부터 사생 팬처럼 내 기사만 쓰는 사람 있거든요. 요즘도 엄청 쫓아다니는 것 같던데, 그 기자일 수도……."

"미행을 당했다는 겁니까?"

"미행이라기엔…… 누가 나를 뒤쫓는 건 내 직업상 흔한 일이라서……. 근데 뭐, 그렇게 무서운 표현도 틀리지는 않죠."

"언제부터?"

"추 기자 그 사람이 연예 기자 된 뒤로는, 하루도 빠짐없이……."

"평상시랑 다른 건 없었어요? 따라붙는 차종이 바뀌었다거나."

"아니요. 똑같았는데. 맨날 부서져서 다니던 차가 좀 깨끗해지긴 했지만, 아마 드디어 수리한 걸 거예요."

얘기를 들은 청신은 잠시 말이 없었다. 알 수 없는 무엇을 응시하며 고요하게 파도치는 그의 눈동자 속을 들여다보는데, 그라는 세상이 으스러지고 비틀어지는 게 느껴졌다.

"미안합니다. 그런 와중에 배수아 씨 혼자 걷게 해서."

그가 단지 자책을 하는 거라 여기고 넘겼다. 그런 상황을 예견하지 못한 자신을 스스로 부수고 있는 것뿐이라고.

단지 그를 껴안았다.

알 수 없는 사람이 도청을 시도한 호텔에 머물 수는 없었다. 청신은 보안 시스템이 유달리 잘 되어 있다는 한남동 아파트로 수아를 데려갔다. 거기서 하룻밤만 재울 생각이 아닌지, 집에 잠깐 들러 혼자 있는 부추까지 챙겨 나와야 했다.

아파트에 도착해 이래저래 잠들 준비를 하고 나니 어느덧 자정이 넘은 시간이었다. 청신은 아닌 것 같아도 많이 놀랐을 거라며, 따듯하게 우려 낸 카모마일티를 건네고는 발을 주물러 줬다.

얼마 지나지 않아 노곤함이 손끝 발끝을 일렁일렁 물들여 왔다. 눈꺼풀이 아주 느리게 여닫힐 무렵, 청신이 흔들리는 몸을 신중히 안아 들어 침대에 내려놓았다.

"같이 자요."

잘 떨어지지 않는 입술로 그렇게 종알거렸던 것 같다.

놀랐을 거라던 청신의 말이 틀리지 않은 모양이었다. 수아는 푹 잠들지 못하고 작은 기척에도 눈을 반짝 떴다. 심장이 알 수 없이 쿵쾅거려서 숨을 죽이는데, 바스락대는 소리가 귀를 간질였다. 옆에 누워 있던 청신이 수아를 재워 두고 침대 밖으로 나가려 하고 있었다. 수아가 얼른 그의 소매를 움켜쥐었다.

"청신 씨. 나 두고 어디 가요."

"부엌에 잠깐."

"가려면 나도 데려가."

잠투정을 부리는 애처럼 우물거리자, 그가 무드 등을 켜고 수아 옆에 누웠다. 달빛을 훔쳐다 뿌린 듯한 조명이 그의 얼굴을 희게 쓸어내렸다. 빛을 먹은 커다란 눈동자에는 염려가 맺혀 있었다.

"혼자 있는 게 불안한가 보네요."

그러고 보니 호텔에서 그 일이 있고 난 후로는 청신의 곁에서 떨어지지 않으려고 연신 끙끙댔다.

웃기네. 그 사람이 칼 같은 흉기를 들고 있던 것도 아닌데, 왜 고작 그런 걸로 겁을 먹고……. 스스로가 오버하는 거라고 생각했고, 그를 걱정시키고 싶지도 않았다. 수아가 일부러 배시시 웃으며 그를 잡아당겼다.

"그런 거 아닌데. 누가 나 안 재워 줘서, 너무 허전해서 그런 건데. 오늘은 나 토닥토닥 안 해 줘요?"

그가 수아를 재워 주는 방법이란 유일하다. 그의 낯 위로 얇은 웃음이 찰랑이고, 단단하면서도 부드러운 손이 여린 살을 토닥토 닥 달래주기 시작했다.

강하게 들이닥치는 그를 꽉 문 채 정신없이 울었다. 온몸이 크림같이 녹아내릴 지경이 되어서야 그가 쏟아낸 물이 안쪽을 흠뻑 물들였다.

그가 엉망이 된 머릿결을 손끝으로 매만지고는, 그에게 안팎으로 취해서 맥을 못 추는 몸을 조심스럽게 안아 다독였다. 어디

한 점 춥거나 외롭지 않아, 포근한 꿈이 빠르게 번져 왔다.

까무룩 잠들었다가 눈떴을 땐 달과 닮은 조명빛은 어디 가고, 푸른색이 섞인 어둠이 자욱했다. 새벽녘인 모양이었다. 왜인지 시린 기분이 들어, 청신이 있어야 할 옆자리를 쓰다듬자 아무것도 없이 텅 비어 있었다. 수아가 비척비척 일어났다. 그리고 물이 아무런 고민 없이 아래를 찾아가 고이듯, 졸린 눈을 비비며 그에게로 흘러갔다.

그는 다이닝룸에 혼자 앉아 술병을 기울이고 있었다. 꽤나 마셨는지 그답지 않게 자세가 비스듬했다. 그건 처음 보는 모습이라 새로운 보석을 가진 것같이 기뻤다. 수아가 생긋 웃으며 한 발 한 발 다가갔다.

그리고 세공된 것처럼 결점이 존재하지 않는 얼굴을 조금 자세히 본 찰나, 날카로운 손톱 몇 개가 심장을 움켜쥐는 듯한 느낌에 눈을 찡그렸다. 그의 이목구비에 밴 수심의 색이 너무 짙었기 때문에. 그가 꼭 낭떠러지에 발뒤꿈치를 걸치고 서서 깊다란 물속을 쳐다보는 사람 같아, 조금도 건드릴 수가 없었다. 미동은커녕 몇 초는 작은 숨조차도 내쉬지 못했다.

그런데, 놀라서 쿵쾅거리는 심장 소리만은 어떻게 하지 못한 탓일까. 그가 순간 눈동자를 들어 수아를 보았다. 술 때문인지, 평소보다 더 하얀 백색으로 질린 그의 피부에 당혹이 엉겨 붙었다. 그러나 이내 언제 그랬냐는 듯 부드러운 웃음이 물결쳤다. 당혹도, 작고도 날카로운 얼굴선 여기저기에 묻어 있던 음울한 얼룩들도 그 물결에 흐려지고 씻겨 나갔다. 그리고 차가운 듯 다정한 그만의 표정이 떠올랐다.

수아는 낯익은 표정으로 돌아와 저를 직시하는 그의 동공을, 말끄러미 쳐다보았다. 그 까맣고 선명한 것은 깊이를 헤아리기 힘든 수중에 숨어 질식되어 가는 사람 같다. 불안정하게 미동하는 것이다.

그가 무엇인가를 애써 견디고 있다는 생각이 어렴풋이 뇌리에 피어났다. 동시에 굴지의 기업 가문 출신이면서도, 모든 게 베일에 가려진 채 검사 생활을 하고 있는 그의 삶이 궁금해졌다. 하지만 어떤 감정도 티 내지 않고, 수아 또한 그가 낯익어 할 웃음으로 그에게 다가갔다.

"아까 모자랐나 봐. 잠 설쳤어요."

"누워요. 또 넣어 줄 테니까."

"됐어요. 나 말고 다른 생각에 빠져 있는 남자랑은 별로 안 하고 싶어. 나도 술이나 마실래요."

수아가 옆에 앉아 술병으로 손을 뻗자, 그가 가볍게 저지했다.

"내가 따라 줄게요."

그의 섬세한 손길 끝에, 작은 잔 위로 투명한 이슬 한 방울이 톡 맺혔다.

"이게 따라 준 거예요?"

"일단 마셔 봐요."

그를 얄밉게 흘겨보며 조그만 이슬이라도 입속에 털어 넣었다. 쓰고 뜨거운 맛이 연한 살갗을 지지고 익히듯이 따끔따끔 퍼져 나갔다. 이건 사람이 마시라고 만든 것 같지가 않았다.

수아가 인상 쓰고 몸서리치자, 그가 눈매를 연한 웃음으로 접으며 뭘 내밀어 왔다. 그러거나 말거나 수아는 그의 목부터 끌어당겨 입맞춤을 졸랐다. 그게 가장 달고 맛있는 초콜릿인 것처럼. 그는 망설임 하나 없이 입술을 열어 주었다. 한없이 부드러운 입맞춤이 입속으로 흘러들었다.

"수아 씨. 나 왜 만납니까?"

그가 내민 물을 뒤늦게 마시는 수아에게, 청신이 뜬금없는 질문을 던졌다.

"갑자기 그건 왜요?"

"내가 배수아 씨한테 눈요깃감이었으면 해서."

의아함이 함박눈처럼 쌓였다. 잠깐 동안 머릿속이 그저 새하얀 색이었다.

"딱 그 정도 의미로만 다뤄요. 갖고 놀다 버려도 되니까."

"왜 그래야 되는데?"

"보기보다 별로거든요, 내가. 배수아 씨가 깃들어 지내기엔 난 너무 을씨년스러운 폐허라."

그가 맛없이 씁쓸하기만 한 물을 단숨에 삼키고는 그렇게 대답했다. 적당히 사귀다가 헤어져 달라는 것이니 이별 통보를 미리 던져 버린 거나 다름없는 말이었다. 사귀는 여자에 대한 배려라고는 눈곱만큼도 찾아보기 힘겨운.

바닥에 나뒹구는 그의 낮은 목소리 속에서, 수아는 가만히 웃었다. 갑자기 버려졌다는 비참한 기분 같은 건 들지 않았다. 오히려 저랑 그가 참 하나같다고 생각했다.

"잘됐다. 나도 마침 딱 그 정도 집이 적당한 사람인데."

그의 두 뺨을 양손으로 감싼 채로 나긋나긋 고백했다. 사실은 나도 당신처럼 비밀이 많다고.

"난 배수아 씨가, 날 그냥 스쳐 지나가길 바랍니다."

그런 말을 하려면 눈빛에 실린 그 다정한 미련이나 좀 치워 보지. 그의 눈은 영원히 사랑하고 싶다고 말한다.

"그래요. 난 스쳐 지나갈게요. 스쳐 지나가고 스쳐 지나갈게. 나한테 문이 열릴 때까지, 이청신 주변만 빙빙 맴돌면서 그렇게 살게요."

여리게 생긴 손가락이 그의 눈가를 쓸었다. 분명 제 손끝에 그의 피부가 있는데, 두껍고 차디찬 유리관을 매만지는 느낌이었다. 그는 여전히 잘 짚이지 않는다.

그래도 전처럼 그와 제가 저 멀리 유리되어 있는 듯한 거리감은 안 들었다. 그를 둘러싼 유리는 진작에 깨진 뒤라는 걸 알았다. 그가 자신의 운명을 깨뜨리고 바깥으로 한 걸음 한 걸음 걸어 나오지 않았더라면, 그래서 바로 곁까지 다가오지 않았더라면, 제 유리 구두가 깨질 수 없었을 것이므로. 그는 이미 많은 걸 수아에게 걸어 버린 남자다.

"근데요 이청신 씨. 아까 나 혼자 걷게 해서 미안하다며. 난 그 말, 두 번 다신 손 놓지 않겠다는 뜻으로 들었는데."

방금 전까지 유리관 너머로 몸을 가리고 있던 그는, 어느새 다시 수아의 곁이다. 견고하고 흔들림 없는 품이 수아를 단단히 끌어안았다. 그걸로 다 된 줄 알았다. 그의 비밀이 무엇이건 간에 이렇게 사랑하면 모든 고비는 가뿐히 넘길 거라 믿었다.

유리 구두가 깨지면, 그걸 깨뜨리는 그에게도 파편이 튄다. 어쩌면 당연한 일인데도 그 순간에는 미처 그걸 생각지 못했다. 그의 손을 꼭 잡고 있었으면서도, 흉기같이 날카로운 조각조각이 그의 살갗을 저미고 심장을 찌르기 직전이란 걸 그땐 까마득히 몰랐다.

태양의 발톱이 어두움을 할퀴고 찢을 때까지 아무도 눈을 감지 않았다. 수아는 그녀의 남자가 어딜 가지 않는지 쳐다보기 위하여. 청신은 제 여자의 상처 난 눈망울에 신뢰를 발라 주기 위하여.

끝내 먼저 잠들어 버린 쪽은 수아였다. 몇 시간이고 그녀 곁을 지켰는데도 불안함이 가시지 않은 걸까. 그녀는 손을 힘주어 붙든 채로 꿈속에 빠졌다.

청신은 갓 태어난 새끼 고양이처럼 새근거리는 그녀를 바라보며 조금 웃었다. 자신이 헤어져 달라는 말을 뱉었다고 해서, 그녀를 밀어낼 수 있는 게 아니다. 그럴 힘이 있었더라면 애초에 그녀를 만지지도 않았다. 그래서 당신이 먼저 날 좀 내팽개쳐 달라고 부탁했던 것이다.

그러나 결국은 이렇게 되었다.

사방이 햇살의 흰 빛으로 씻긴 가운데, 유일하게 캄캄한 눈동자가 자신의 손을 쳐다보았다. 그리고 그 부서진 잔해 같은 걸 소중하게 쥐고 있는 여자의 손가락에 키스처럼 시선을 내렸다. 자신과 그녀가 얽혀 있는 광경을 그렇게 잠자코 들여다보고 있으니, 부러진 칼날 조각을 삼킨 듯한 기분이 마음을 벤다.

"내가 뭔 줄 알고 이렇게 잡아요."

이제부터 당신 손이 쥐어야 하는 건 완전무결하고 깨끗한 것들뿐이어야 하는데.

"나는 폐허라니까."

비겁하게 중얼거리는 목소리가 침묵을 긁었다. 목소리가 지나간 자리에는, 그러면 자신이 흠 없이 완벽해져야겠다는 맹세가 새살처럼 돋아 있다. 결단코 그녀를 지킬 것이다.

최근 수아의 그림자를 짓밟고 다닌다는 존재는 추효영 기자가 아니다. 추 기자는 청신과 수아와의 스캔들을 내준 후로 퇴사했다. 그리고 청신이 드문드문 흘려주는 기정균의 정보를 가져다, 기정균의 실체를 폭로하는 다큐를 제작 중이었다. 무엇보다 추 기자가 십 년째 타고 다닌다는 베이지색 경차는 여전히 앞뒤가 다 부서져 있다.

그렇다면 혹시 다른 기자가 그녀 뒤에 붙은 걸까.

할머니의 호텔은 보안이 철저하기로 유명하다. 그런데 그 호텔 내에서 가장 특별히 관리되는 방에 침입자가 생겼다. 누가 외부에서 그곳까지 파고든 자국이 조금도 없으므로, 그는 기자가 아니라 내부 직원일 것이다.

직원들의 모든 동선은 성능 좋은 CCTV들이 지키고 있다. 하지만 일이 벌어진 시간에 CCTV는 전부 먹통이었다. 누군가 호텔의 보안 시스템에 검은 손을 댄 것이다.

수아를 따라다니던 연예 기자의 차종을 알아내고, 회장이 사랑하는 호텔에 깊이 관여할 수 있는 존재.

연모경.

청신을 물어뜯기 위해 십수 년을 소리 없이 도사리고 있던 살모사의 머리가, 청신이 사랑한다고 알려진 수아를 바라보고 있었다. 지금까지 연모경을 그대로 둔 건 조금이라도 더 신중하고 싶어서였다. 하지만 그 조용하고 날카로운 독니가 수아를 건드리려는 걸 안 이상, 지체는 안 된다. 무리를 해서라도 당장 제압해야 했다.

연모경은 주도면밀하다. 청신의 주변에 첩자 하나쯤은 심어 났을 것이다. 때로 집무실 데스크 위에 올려놓은 문서의 순서가 바뀌거나 물건들을 놓은 위치가 미세하게 달랐으니, 이건 기우가 아니라 합리적인 추론이다.

우선 자신에게 붙어 있을 연모경의 눈동자에 대해 확실히 파악할 필요가 있었다. 연모경에게 자신의 수를 훤히 보여 주면서 움직여서야 아무것도 안 될 것이다.

청신은 침대 협탁에 올려놓은 차 키를 들었다. 그리고 거기 매달아 둔 작고 부드러운 키 링을 빼어, 자신을 놓지 않으려는 수아의 손에 저 대신 쥐여 주었다.

👠

쾅 하는 폭음이 울렸다. 뭔가 단단한 것이 깨지거나 부서진 듯했다.

"아, 깜짝이야. 괜찮으세요?"

사무실의 건조한 공기 위를 미끄럽게 유영하던 남 실무관의 타이핑 소리가 툭 끊겼다. 아까부터 꾸벅꾸벅 졸던 황 계장이 기어이 책상에 머리를 박았나 보다.

"일어서려고 그런 거예요 일어서려고. 요즘 내가 허리가 너무 안 좋아서, 머리를 이렇게 확 숙였다가 아주 조심조심 일어나야 되거든요."

"그러시구나. 계장님, 삶은 달걀 드려요? 제가 간식으로 한 알 싸 왔거든요."

"괜찮아요. 저 아침 먹고 왔어요."

"아니, 이마가 터지신 것 같아서요. 지금 완전 새빨간데요?"

황 계장이 헛기침을 몇 번 한 뒤 달그락대며 차 키를 챙겼다.

"저 사건 현장 좀 보고 올게요. 책상에 코만 박고 있어서는 되는 게 없어. 수사는 발로 뛰어서 해야 돼."

출근한 지 한 시간이 지나면, 수사차 볼 일이 있다는 핑계로 외출해 근처 카페에 들르는 게 황인희 계장의 업무 루틴이다. 황 계장이 나갈 때를 기다리던 청신이 집무실 문을 열고, 황 계장을 응시했다.

"아몬드나 피넛이 들어간 음료도 있습니까?"

"아, 예. 있기는 한데, 왜요? 드시게요?"

"부탁 좀 드리겠습니다."

"그런데 저, 검사님은⋯⋯."

순간적으로 황 계장의 미간에 어둑한 걱정이 드리웠다. 황 계장이 저런 표정을 짓는 건 처음 본다.

혹시 뭘 알고 있어서 저럴까.

아는 게 맞다면, 저 사람이 연모경의 꼭두각시라는 건데.

청신이 말없이 눈맵시를 좁히는 찰나. 황 계장이 다물고 있던 입술을 떼었다.

"비싼 거 사드리기 싫은데. 땅콩 셰이크 그게 그 카페에서 제일 비싸단 말이에요. 맨날 일만 시키면서. 웬만하면 에스프레소 드시지 그러세요? 아니면 그 뭐더라, 공짜라고 그냥 가져가라고 두는 커피 가루 있던데?"

"설마 커피 찌꺼기요?"

"어, 맞아 맞아 그거요. 남 실무관님도 바로 아시네. 엄청 유명한 메뉴인가 보다. 검사님, 제가 그거 한 바가지 갖다드릴게요."

"아 계장님! 찌꺼기는 먹는 거 아니거든요? 그냥 사 오지 마세요. 제가 이따가 점심 먹고, 법원 뒤쪽에 있는 카페 다녀올게요. 거기 아몬드 밀크 들어간 커피 있는데 대박 맛있거든요."

남 실무관과 대화를 나누는 황 계장의 얼굴엔 멋모르는 소년 같은 장난기가 범람한다. 잘못 짚었던 건가. 청신이 낮게 한숨을 내뱉으며 카드 한 장을 내밀었다.

카드를 받아 가는 황 계장의 손짓에는 망설임이 없었다. 사 온 음료를 내미는 손짓도 마찬가지였다. 아까 눈썹 사이에 잠시 고였던 의문스러운 어둠 같은 건 흔적조차 보이지 않았다.

하지만, 잘 숨긴 건지도 모르지.

옅은 의심이 몸속을 돌아다니며 끈적거리고 찜찜한 발자국들을 남긴다. 청신은 황 계장의 뒷모습을 조용히 쳐다보다가 고개를 저었다. 불확실한 심증은 이성을 흐릴 뿐이다. 게다가 모든 걸 명확히 할 방법이 지금 자신의 손에 들려 있었다. 설익은 의심은 시간 낭비다.

청신은 황 계장이 건네 준 셰이크를 내려다봤다. 냄새를 조금 맡는 것만으로도 기침이 목을 긁고 터져 나갔다. 숨을 한 번 고른 뒤 차갑고 텁텁한 음료를 머금었다. 극도로 떫은 느낌이 입안을 마비시키고, 기도가 부어올랐다.

"검사님. 검사님!"

서류 뭉치를 안고 들어서는 실무관이 보였지만 아무것도 할 수 없었다.

"왜 그래요, 실무관님."

"계장님, 검사님이……."

오래된 피처럼 질고 짙은 암흑이 눈동자 위로 흩뿌려진다.

청신이 질척이는 핏물이 엉겨 붙은 듯 무거운 눈꺼풀을 느리게 깜빡였다.

온통 흐리고 어두운데, 오직 한 여자만은 선명한 빛깔로 각막을 향해 달려들었다.

눈을 질끈 감았다.

그러나 그 여자는 눈꺼풀 아래 깊숙이 아로새겨져 있어, 피하고 싶어도 피해지지 않는다.

"마셔. 우유야. 너 맨날 마시는 우유래도?"

아무리 발버둥치고 도리질해도 뿌리칠 수 없다.

어린 혀를 적셔오는 미색의 액체에는 알 수 없는 살기가 감돌았다. 왠지 삼키기 싫었다. 입술을 벌려 뱉어내고 크게 울자, 큰 손이 입가에 우유를 부으려 했다.

입을 문 채 고개를 돌렸다. 딱딱하고 단호한 손가락이 뺨을 쥐고, 입을 열게 만들었다. 바동거리다가 아예 엎어져 도망쳤다. 한 걸음에 쫓아온 여자가 작은 사지를 짓누르고, 다시 우유를 갖다 댔다. 모든 게 조그맣고 덜 여문 아이가 어른을 이기는 건 불가능했다. 기어코 입술 틈새가 벌어지고 우유가 쏟아져 들어왔다.

우유에서는 아기의 새끼손톱만 한 주삿바늘 수백 개를 녹여 넣은 것처럼 아프고 쓴맛이 났다. 뾰족하고 따가운 것들만이라도 걸러내 보려고 애를 먹었지만, 아무리 혀끝으로 밀어내도 그런 건 걸려들지 않았다. 우유는 한없이 부드럽고 연할 뿐이었다.

그 보얗고 무해해 보이는 방울방울들이 목 뒤로 떨어져 내렸다.

호흡이 가빠지기 시작했다. 조금 있음 죽을 거라는 생각을 했던 것 같다.

울고 보채도 시종일관 메마른 얼굴이던 여자는, 제 손아귀에 붙들린 어린애가 발작하며 죽어 가자 비로소 살며시 웃었다. 발진이 붉게 꽃핀 뺨을 귀엽다는 듯 어루만지는 손이 차디찼다.

"무서워하지 마, 청신아. 너는 내 세계에서 태어나지 말았어야 해. 원래 네가 있어야 할 곳으로 보내 주는 것뿐이야. 운명대로 하는 거라고."

목소리가 자장가처럼 다정하게 흘러내리고, 미량의 우유가 또다시 입 안을 적셨다. 저항할 기운도 없어서 흘러드는 대로 다 꼴깍이며 마셨다. 만져지지 않는 투명한 무엇이 한 줌의 목을 꽉 조르고 비틀어 버리는 것 같았다. 작아져 가던 숨이 아예 꺾여 버릴 기미이자 여자는 뒤돌아섰다. 그리고 한 걸음 한 걸음 멀어지려는 그때였다.

"뭐야, 왜 벌써?"

고요하기 그지없던 문 바깥이 소란해졌다. 여자가 하얗게 얼었다가 다시 다가왔다. 그리고 질식해 가는 조그만 몸을 이리저리 살피는 흉내를 낼 때, 현관문이 발칵 열렸다.

"모경아. 가는 길에 사고가 났지 뭐야. 그냥 일정 취소하고 돌아왔…… 세상에, 애가 자지러지게 우네."

계획대로라면 부산에 가 계셔야 할 할머니가 현관에 나타났다.

"아가 너 왜 그러니, 응? 우유도 다 토하고."

"애 목이 다 부었어요, 회장님. 알레르기 같아요. 제가, 제가 잘 돌본다고 돌봤는데. 뭐 잘못 먹인 것도 없는데……"

할머니가 달려 들어오자, 방금 전까지만 해도 서늘하던 얼굴이 가면을 뒤집어쓴 채 울먹거렸다.

"뭘 먹인 게 없는데 이런다고?"

"아, 설마 리환이 먹이려고 잠깐 꺼내 둔 우유를 애가……"

"우리 새아가는 어디 있어? 새아가가 애 약이랑 주사기를 다 지니고 있을 텐데."

"어, 그게, 은하 언니는 잠에서 통 못 깨어나서요. 제가 얼른 찾아볼게요."

연모경의 가면은 빈틈이 없다. 아무도 그녀가 그런 걸 걸치고 있음을 의심하지 못한다. 그녀의 맨얼굴을 본 청신조차도 그게 자신이 허구로 지어낸 상상이 아닐까 헷갈렸을 정도이다.

하지만 얼음 절벽 같은 연모경의 얼굴 위로, 봄꽃의 냄새를 머금은 표정이 스칠 때마다 드는 이질감은 무시할 수 없는 것이었다. 그녀가 짓는 웃음에는 죽어 버린 꽃의 사체 같은 면이 있었다. 청신은 어려서부터 그녀를 경계했다.

어른들은 유하고 귀염성 있는 아이가, 모경 같은 사람 앞에서 낯가림하는 걸 이해하지 못했다. 청신은 말을 조리 있게 잘하게 되고 나면, 모경 고모가 저한테 저지른 일부터 설명하겠다고 다짐했다.

하지만 조금 커서 보자 모경은 제 가족과 한 몸이다. 멀쩡해 보이는 팔을 절단하라는 소리를 반길 사람은 없다. 설령 절단할 수 있다 하더라도 출혈을 피하기는 어렵다.

모경은 오래전 가내 살림을 돕던 입주 도우미의 딸이다. 별채의 뒷문으로 출입하는 어린 여자애가 처음부터 눈에 띄지는 않았을 것이다. 없는 듯이 지내던 그녀가 회장의 양녀처럼 인정받을 수 있었던 건, 회장 부부가 출장으로 저택을 비운 날 벌어진 한 사고 때문이다.

부엌 쪽에서 불이 피어올랐다. 저택을 살펴야 할 사용인들이 본분을 잃은 채 술자리를 벌였으므로, 새빨간 화마가 저택을 삼키는 걸 아무도 몰랐다. 단 한 사람, 주인어른들이 부재한 틈을 타 본채 화원을 구경하던 어린 모경만이 그 불꽃과 눈을 마주쳤다.

곧장 도망치려던 모경은 회장의 외아들 이도영이 수면제를 먹고 잠들었다는 사실을 떠올렸다. 그리고 도영을 구해 냈다.

도영은 무사히 살아났지만 모경의 얼굴에는 짙은 화상이 남았다. 심지어 생살이 타들어 가는 고통보다 더 끔찍한 흉도 졌다. 하필 그 시간에 창고에서 일하던 그녀의 어머니가 유독가스에 질식해 죽은 것이다. 이 집안에 아무런 의무가 없는 소녀가 혼자 걸머지기에는 너무 잔인한 상처들이었다.

회장 부부는 모경을 본채로 들여, 친딸 이상으로 키워 주었다. 도영은 죄책감에 뿌리를 둔 애정으로 모경을 사랑했다. 도영이 은하를 만나게 된 것도, 모경에 대한 그 기이한 애정 때문이다.

도영은 모경이 인턴으로 일하는 병원에 들렀다가, 그곳의 간호사였던 은하에게 첫눈에 반했다. 은하도 마찬가지였다. 둘은 지체 없이 결혼부터 했다. 아마 모경이 끼어들 새가 없었을 것이다.

모경이 뭔가를 저지를 만한 시간적인 틈이 있었어도, 두 사람이 결혼을 하고 아이를 볼 수 있었을까?

훗날 어른이 된 청신은 생각했다. 그러지 못했을 거라고.

모경은 은하를 언니라고 부르며 따랐다. 적어도 겉으로는. 은하도 자신의 아들에게 그녀를 모경 고모라고 불러야 한다고 가르쳐 주었다.

동생이 생긴 건 청신이 다섯 살이 되던 해의 일이다. 어머니는 청신에게 이 남자아이도 너처럼 어머니 배에 있다가 나온 거라 말했다. 청신은 순하게 웃으며 저보다 작은 머리를 쓰다듬어 주었지만, 어머니의 말을 믿지는 않았다. 어느 날 갑자기 동생이라며 나타난 그 아이는 분명 모경이 낳은 애였다. 집안에 흐르는 묘한 분위기를 읽어 보면 그랬다.

"그런 일이 생겼으면 임신할 수도 있다는 걸 생각했어야지! 의사라는 것이 피임을 몰라? 갑자기 몸이 이상해서 보니 애를 뱄다고? 그래서, 너무 놀라서 또 어쩌지 못하다가 그걸 낳아 버렸어? 그게 말이 되냐!"

"여보, 당신 정말 왜 이러세요. 이건 모경이 애 잘못이 아니죠. 죄인은 당신 아들, 그리고 내 아들 도영이에요. 우리가 낳은 그것이 처신을 잘못한 게 죄라구요. 걔가 그런 참혹한 일을 벌였을 때, 이 불쌍한 애가 얼마나 놀랐겠어요. 모경이는 그 와중에도 우리가 잘못 가르친 애를 감싸려다가 제 몸은 돌보지 못한 것뿐이에요. 우린 애한테 속죄를 해야지요, 여보. 우리는 비난하고 내몰아야 마땅한 것을 아들이라 끌어안고 살잖아요. 그래도 모경이 애는 우리를 원망할 줄도 모르는 것 좀 보세요."

리환의 여섯 살 생일날. 잠에서 깬 청신이 목이 말라 1층으로 내려가는데, 시끄러운 소리들이 쨍 하고 부딪혔다. 술에 취해 노발대발하는 할아버지를 할머니가 막아선 것이었다.

계단 아래로 고개를 빼꼼 내밀고 보자 어른들의 모습이 보였다. 모경은 잠든 리환을 품에 안은 채 무릎 꿇었고, 어머니는 그 옆에서 숨죽여 울었다. 청신은 제 아버지가 모경에게 큰 잘못을 저질렀고, 그 잘못의 씨앗이 리환으로 자라났음을 그 새벽녘에 눈치챘다.

다음 날 모경이 리환을 데려갔다. 그리고 할아버지가 작고한 다음에야 돌아왔다. 할아버지의 자리를 이어 회장이 된 할머니는, 눈물 흘리며 화상 자국이 남은 모경의 뺨을 연신 어루만졌다. 아버지와 사이가 틀어진 지 오래인 어머니는 그녀를 연민하는 것 같았다. 아버지는 모경을 미워했다가도 동정했고, 때로는 고마워했다.

집안은 그렇게 넝쿨처럼 자라난 은혜와 애증, 사랑, 죄책감으로 엉망이었다. 무성하고 어지럽게 자라난 넝쿨들에 손발이 묶이고 눈이 가려지니, 그 질기고 복잡한 감정들을 발아시키고 자라게 만든 사람이 모경임을 어떤 어른도 알아차리지 못했다. 미숙한 소년이던 청신만이 모경의 알 수 없는 얼굴을 자주 곁눈질했다.

"모경 고모한테 수술 받지 마세요."

청신이 열일곱 살이던 겨울. 어머니가 수술대에 올라야 할 일이 생겼다. 신장에 생긴 혹이 문제였다. 어머니는 혹만 제거하면 별 문제 없을 거라며 대수롭지 않게 여겼다. 청신도 큰 걱정을 하지 않았다.

하지만 담당의에게 사정이 생겨, 모경이 메스를 잡을 거라는 얘기에는 심장이 깨지는 듯했다. 곧장 병원으로 달려가 어머니를 말렸다. 어머니는 의아한 눈을 했다가 부드럽게 웃었다.

"너는 이상하게 어릴 때부터 모경이를 무서워했어. 괜찮아 청신아. 모경 고모는 좋은 의사야."

"고모가 끼면 모든 게 잘못돼요. 불이 나서 사람이 죽고, 좋았던 관계가 부서지고, 할아버지가 돌아가시고."

"내 예쁜 사슴이 왜 그런 생각을 할까."

"고모는 절 죽이려고 했어요. 제가 다섯 살일 때, 아몬드가 들어간 우유를 억지로 먹여서."

어머니의 눈동자가 약하게 흔들리는 순간이었다.

"청신이 왔구나."

모경이 끼어들었다.

연모경을 정면으로 마주하면 몸속 깊이 깃들어 있는 그녀에 대한 항체가 발광하듯 요동친다. 남들은 다 아름답다고 말하는 그녀의 웃음 앞에서, 저 혼자서만 그렇게 극심한 알레르기를 앓는다. 불가항력적인 질식감이 기도를 틀어쥐고, 과민한 두려움이 흉곽 안쪽에서 발버둥질을 쳤다.

그건 연모경을 향한 대적이 아니다. 스스로의 불안감에 먼저 잡아먹히는 것이다. 모경이 눈앞에서 어머니를 데려가는데도 아무것도 할 수 없었다.

어머니는 그날 수술대 위에서 사망했다. 개복해 보니 신장에만 돋아 있어야 할 암이 폐까지 전이된 상태였다고 했다. 설상가상으로 수술 도중 혈전이 튀어 뇌경색까지 일어났다. 연모경은 어머니의 생명을 붙들고 사투했으나 실패했고, 며칠을 오열하다 쓰러졌다. 어머니 죽음에 대한 책임은 신장에 난 혹의 존재를 가벼이 진단한 주치의에게로 돌아갔다.

"저 여자를 어머니로 인정하라고요? 내가 고모라고 부르던 사람을?"

"이청신."

장례식을 치르고 한 계절이 지나자 아버지는 모경과 삶을 합치고 싶어 했다.

"차라리 전부 다 없었던 걸로 해요. 아버지가 어머니를 사랑한 일도 없었던 거고, 제가 당신 아들인 적도 없었던 걸로."

십 년이 넘도록 살갗 위를 아슬하게 스쳐 대던 실망감의 서슬이, 마침내 청신의 심장을 꿰뚫었다. 이러고도 피가 쏟아지지 않고 죽지 않는다는 게 신기했다. 그러나 아버지는 마치 당신이야말로 절대적인 피해자라는 듯 할 말이 많은 얼굴이었다.

분노로 떨리는 아버지의 손에 뺨을 맞았다. 살갗을 베어 내는 손짓은, 제법 성장한 상태이던 청신이 휘청이다 넘어질 정도로 매서웠다.

청신은 부르튼 뺨을 그대로 들고 집을 나왔다. 모경을 자신의 일부인 양 예뻐하던 할머니가 당장 결혼을 막았다. 청신이 네가 허락할 때까지는 할머니 당신이 온몸으로 둘의 결합을 반대하겠다고 했다. 그러니 부디 가족의 품으로 돌아와 달라고.

하지만 청신은 발걸음을 돌이키지 않았다. 집안은 수렁이었다. 그 안에 발을 디디면 얼기설기 뒤엉킨 감정들의 늪에 붙들리고 잡아먹힌다. 연모경을 제 손으로 꺾을 수 있을 때가 되어서야 돌아갈 것이다.

청신의 생은 어머니 유골과 함께 바스러졌다. 자신의 메마른 가루들을 모아, 오직 연모경을 겨누기 위해 만들어진 물건이 되려고 했다.

수많은 범죄자를 베고 베기 시작한 일에 유별난 정의감 같은 건 없었다. 정당하고 공적인 힘으로 연모경의 죄악을 겨누고 싶었을 뿐이다. 열일곱 살 이래로 청신의 모든 움직임은 연모경을 제대로 끊어내기 위한 예행연습이자 과정이었다.

심장이라곤 조각 한 점도 남지 않은 것처럼 살다 보니, 언제부턴가 사람들은 그보다 나은 검사가 없다고 말한다. 그러면 이제 연모경과 마주해도 되지 않을까.

그동안 연모경을 가르려는 시도는 수만 번도 더 했다. 단 한 번도 그 살갗에 생채기 한 줄 내지 못한 건, 그녀와 직면하려드는 순간 알레르기처럼 돋아나는 공포적인 불안증 때문이다. 결국은 두려움에 질려 두 눈을 감게 되는 것이다.

하지만, 더 이상 그래서는 안 되는 거겠지. 자신이 눈을 감고 회피하면 다치는 게 스스로가 아니다. 사랑하는 여자의 몸에 피가 묻게 될 것이다. 이제 두 눈을 떠야 했다. 숨이 틀어막혀져도. 심장이 찢어발겨져도.

누군가의 그림자같이 새카맣게 차려입은 인영이, 복도 위를 나뒹구는 조명빛을 짓밟았다. 대부분의 직원들이 퇴근하고 없는 새벽녘이었다.

남아 있는 소수의 눈동자들도 야근에 지쳐 느릿느릿 깜빡일 시간. 숨죽이거나 발걸음을 재우칠 필요가 없다. 비밀을 뒤집어 쓴 길쭉한 그림자는 유유히 복도를 가로질러, 문고리 하나를 쥐었다. 손아귀에 비틀려지듯 잡힌 문이 작은 비명을 토했다.

문 속으로 드러난 방 안은 온통 검었다. 저 빽빽한 어두움의 입자들은, 청신이 그 안에 없다는 뜻이다. 뭘 위하여 삼키지 말아야 할 것을 머금었는지는 모르겠지만, 그의 상태를 본 의사는 적어도 나흘 정도는 사경을 헤매야 할 거라고 했다. 지금이 그의 서랍을 깊숙이까지 들여다볼 수 있는 유일무이한 기회였다.

모자를 푹 눌러쓴 머리가 고개를 틀었다. 가뭄 날 강바닥처럼 웃음기가 말라붙은 눈매가 복도를 훑어봤다. 이쪽을 주시하는 동공은 여전히 한 알도 없었다. 흐릿한 빛줄기만이 그의 얼굴을 연신 손가락질했다.

연한 한숨 소리가 허공 속에 흩어지고, 운동화를 신은 발이 한 걸음 한 걸음 방 안으로 들어섰다. 온통 까만 몸은 흡사 재로 타들어가듯 어둠 사이에 스며들었다. 흠이 없는 잠입이었다. 하지만 만족하기엔 한참 일렀다. 들어서는 데 성공했을 뿐, 뭐 하나 손에 쥔 게 없지 않은가. 그래서 진정 흠이 없어야 하는 것은 지금부터 행해야 할 모든 일이다.

근래 모경은 부쩍 조급해했다. 청신을 제거하고 그 부친인 도영을 식물처럼 만들려는 오랜 계획이 흔들대는 모양이었다. 지금까지는 모경의 자비가 있었지만 앞으로는 없을 것이다. 그녀에게 버려지지 않기 위해서는, 오늘 반드시 그럴싸한 증거 하나는 챙길 필요가 있었다. 청신의 책상을 뒤적거리는 까만 손짓이 점점 과감해져 갈 무렵이다. 낮은 숨소리가 귓등을 베었다.

안에 누가 있었다.

책상을 비추고 있던 손전등을 이리저리 휘둘렀다. 둥글게 퍼져 나간 빛이 어둠을 파헤쳐, 그 속에 묻혀 있던 한 존재를 어렴풋이 적시려는 순간.

"그 USB보단, 방금 보셨던 문서를 챙기시는 게 좋을 겁니다. 그게 연모경이 제 어머니의 병을 조작했다는 물증들이니까."

차분한 저음이 공기를 울렸다.

"생각보다 무디시군요."

목소리의 주인을 채 비추지 못한 손전등이 바닥으로 추락하고, 죽어 있던 형광등에서 백색의 빛이 터져 나왔다.

"황인희 씨."

청신의 날카로운 시선이, 황 계장의 눈동자 속에 깃든 비밀을 꿰뚫었다.

🩰

"교수님. 저 이청신입니다."

—그래 청신아. 왜. 드디어 이쪽에서 일할 마음이 생겼냐?

"송구하지만 검사로서 전화 드렸습니다."

—너 너무한다 진짜. 우리 학장님 교도소로 모신 걸로 모자라, 나까지 집어넣으려고?

"죄송합니다. 그런 게 아니라."

—농담이야 농담. 무슨 일인데.

"황인희, 아니, 황준서 씨에 대해 여쭤볼 게 있습니다."

—황준서? 그 키 큰 남자 간호사? 난 그 사람 못 본 지 오래 됐지.

황준서. 어려서부터 난치병을 앓았다. 예후가 나빠 사망 직전까지 갔다가 연모경을 만났다. 그리고 기적처럼 살아났다. 구원자인 연모경을 신적으로 여기는 듯하다. 완치 판정이 떨어지자마자 간호대에 지원한 것도 연모경에 대한 흠모의 일환으로 보인다. 말수가 없고 울적한 성향이었다.

그럼에도 수많은 사람이 오가는 병원 속에서 그가 유독 눈에 띈 건, 그런 사람이 연모경이 눈앞에만 있으면 적극적으로 돌변했기 때문이다. 그와 같이 일했던 사람들은 모두 그가 연모경을 짝사랑한다는 걸 알았다. 연모경이 없으면 세상도 없는 것처럼 굴던 그가 돌연히 퇴직을 한 건, 14년 전. 청신의 어머니가 돌아가신 해다.

"개명까지 하고 수사관이 된 건, 연모경의 사람인 걸 쉽게 들키지 않기 위해서겠지. 아니면……."

의대 교수와의 통화를 끊은 뒤. 청신은 깍지 낀 손에 이마를 기댔다. 연모경이 심어 둔 게 누구인지 직접 목도했으니 개운해야 할 일인데, 원인 모를 미열이 머릿속을 휘돌았다. 통증이 아리게 번진다. 잠시 아무 생각도 할 수 없었다.

청신이 긴 속눈썹을 떨며 그대로 눈을 내리닫는 찰나, 휴대폰이 진동했다. 또 주치의인 대학 선배의 전화일 거라 생각했다. 청신이 막무가내로 퇴원했다는 소식을 들었는지, 선배는 틈이 나는 대로 전화를 걸어 왔다. 그런데 진동은 단 한 번 울린다.

선배가 아닌 건가.

청신이 연한 숨을 뱉으며 휴대폰 화면을 켰다.

저장되지 않은 번호로 문자가 와 있었다.

[우리 오랜만이네.]

청신의 두 눈이 약하게 이지러지는 순간, 휴대폰이 또다시 진동하기 시작했다.

[여자친구는 잘 있나?]

[아니. 둘이 여전히 사귀기는 하는 건가?]

[대답이 없네.]

[이 시간까지 일하나 보다.]

[그래, 급하겠지. 얼른 날 잡고 싶겠지.]

[나랑 결혼할 날. 그쵸.]

[……아닌가?]

[저기요 이청신 씨. 내 문자 좀 봐요. 우리 헤어진 거 아니죠? 나 아직 이청신 여자친구 맞는 거지?]

수아의 흰 손가락이 휴대폰 위에 딱따구리처럼 앉아, 액정을 따다닥 쪼아댔다. 그리고 작은 입술이 딱 10초를 셌다. 좀 빠르게 센 것 같길래 9초의 반의반의 반의반까지 세 주고 10을 외쳤는데, 휴대폰은 새침하게 입을 다문 채다. 답장이 하나도 없는 것이다.

"나 설마 차인 건가? 부담스럽게 해서? 씨, 어떡해."

수아가 새로 산 휴대폰을 침대에 내던졌다. 새끼 손가락만 한 아기 사슴 인형도 휴대폰 옆에 확 눕혀 주려다가, 소중하게 쓰다듬어 제 베개 옆에 내려놨다.

사슴 인형은 며칠 전 청신이 손에 쥐여 주고 간 키 링이다. 눈 떴는데 그 대신 이 작은 키 링이 보였을 땐, 그가 나랑 떨어지기 싫은데 출근을 해야 해서 그 닮은 인형이라도 남겨 둔 거라고 생각했다.

하루 종일 전화 한 통 없는 것도 뭐, 수아 자신이 개입할 수 없는 무슨 큰 문제가 생긴 것 같았으니까 쉽게 이해했다. 그런데 연락이 없어도 너무 없다. 그와 문자 한 번 나누지 않은 게 벌써 사흘째였다.

"설마 어디 다친 건 아니겠지?"

갑자기 걱정이 밀물진다. 수아가 커다란 파도를 피해 달아나는 양 잽싸게 몸을 던졌다. 아까 제 손으로 집어던진 휴대폰 옆으로. 그리고 휴대폰을 집어 드는 순간, 까맣게 잠들어 있던 화면이 반짝 눈을 떴다. 드디어 청신에게 전화가 온 것이다.

―번호 바꿨습니까?

어디 금 간 부분 없이 단단한 그의 음성이 일어 올라, 수아를 삼키려던 까맣고 두려운 파도를 막는다. 수아가 새하얗게 웃었다.

"네. 어떤 검사님 덕분에 처음으로 정산금 받아 보기도 했고, 요즘 좀 위험한 것 같아서요. 도청이나 위치 추적 같은 게 자꾸 걱정되길래 휴대폰을 아예 새로 샀어요."

―위험? 무슨 일 있었어요?

"아뇨. 일은 이청신 씨한테 있죠. 이청신 씨 요즘 많이 위험하잖아. 그래서 나도 좀 위험하고."

청신은 잠시 침묵 뒤편에 숨었다. 그는 그 무엇도 말해 준 적이 없는데 이렇게 아는 체를 하니 당황한 눈치였다.

"뭘 알고 이러는 건 아니고요. 원래 내가 눈치가 좀 빨라요."

거짓말이 아니다. 사랑하는 남자의 등 뒤를 캐며 그에게 상처를 남기는 짓은 생각도 해 보지 않았다. 그냥 틈날 때마다 머리를 떼굴떼굴 굴려서 저 혼자 추측을 했다.

처음엔 도청을 시도하고 따라다니는 게 제 살점을 뜯어먹고 사는 기자이거나 기 대표일 거라고 생각했다. 하지만 기 씨들을 다룰 때 청신은 언제나 확신에 차 있었다. 그가 며칠 전 새벽, 아득한 그늘에 젖어 위태로이 흔들린 건 그날 우리를 노린 게 기 대표도 기자도 아니라는 의미다.

조만간 헤어지자던 그의 부탁은, 그가 해결하기 힘든 문제가 생겼다는 고백과 동의어. 그 문제는 아마 재벌가의 아들이면서도 검사가 된 그의 삶과 깊은 연관이 있을 것이다. 하고많은 직업 중에 하필 검사인 건, 문제의 종류가 범죄와 관련되어서일까?

―걱정됩니까?

"네."

―괜찮아요. 배수아 씨는 내가 어떻게든 지킬 거니까.

"나는 나 말고, 이청신 씨가 걱정되는 건데."

몇 초 동안 옅은 숨소리도 들리지 않았다. 보이지 않는 곳에서 그가 다치거나 닳고 있는 걸까 봐 심장이 달캉였다. 수아가 입술을 깨물며 긴장하는 찰나.

─내가 지킬 겁니다.

짜릿할 정도로 따듯한 물방울 같은 게, 톡, 톡 떨어져 몸 안쪽 어딘가에 고였다.

─배수아 씨의 연애도.

어쩐지 아픈 기분이 들었다. 어떤 남자를 몸속 깊이 끌어안지 않으면 금방 죽어 버릴 것 같았다.

"이청신 씨. 지금 어디예요?"

─아직 회사예요.

"나 지금 거기로 가고 싶어."

─안 돼요, 그건.

"잠이 안 온단 말이에요."

이렇게 젖은 걸 어떻게 해 달라는 투정을 뱉었다.

─재워 줄게요.

그가 남의 속을 다 들여다보고 있는 존재처럼 대답했다.

"어떻게요. 당장 퇴근할 거 아니잖아. 그러게 왜 옆에 있지도 않으면서 함부로 멋있어요?"

진심으로 내뱉은 투덜거림 뒤로 그의 웃음이 낮게 흩어졌다.

─지금 누워 있어요?

"응, 이청신 없는 침대에."

─옆으로 웅크린 상태겠네요. 다리를 오므리고. 바로 누워서, 벌려 볼래요?

"혼자 하는 건 싫은데."

—나 믿고 벌려요, 수아 씨. 옆에 있는 것처럼 해 줄 테니까.

나직한 음성이 귓등을 쓸고 내려와, 허벅지와 무릎을 휘감는다. 마치 누군가에 의해 만져지는 듯한 저릿한 감각이 발가락 끝까지 번졌다. 수아가 입술 새로 더운 숨을 흘렸다. 무릎 사이가 제멋대로 멀어지고, 잠옷 원피스가 경사진 허벅지를 타고 흐르듯이 떨어졌다.

—벌렸나 보네요.

그는 모든 걸 안다. 침실에 들어찬 어둠 어딘가에 그가 숨어 있는 것만 같았다. 어설프게 벌려진 다리 사이에 시선을 박아 넣고 있는 듯도 했다. 그가 정말 근처에 있는 건지도 모른다는 아렴풋한 착각만으로도 여자의 우물이 깊어진다. 그곳을 어떤 각별한 물로 채우고 싶단 욕심이 수아의 목 끝에 매달렸다.

—그럼 이제 손을 써 볼까요.

귓가에 속삭여진 그의 목소리가, 이번에는 손등을 거머쥐었다. 수아가 손끝을 옴츠렸다가 살며시 아래로 뻗었다. 휴대폰 스피커에서 속삭여지는 다정한 지시가, 작은 언덕 위에서 서성이는 손가락을 잡아 속옷을 문지르게 했다.

"아, 청신 씨."

옅은 신음이 아랫입술을 긁었다.

—좀 더 힘을 줘서 쓰다듬어요. 거긴 그래야 좋아하니까.

그의 말에 이끌려 검지가 저리도록 누르자, 하얗고 날씬한 다리가 오므라들었다. 그러나 속옷 밑에서 민감하게 부푼 살을 매만지는 손이 거둬지지는 않았다. 그가 손을 떼란 말을 하지 않았기 때문이다. 얇은 섬유 조각의 중앙이 투명하게 젖어들었다. 수아가, 아니 그가 축축하게 젖은 것을 옆으로 밀쳤다.

안으로 파고들어 간 손끝이 붉은 봉오리 주변을 탐색하듯 배회했다. 손 닿는 곳마다 피어난 간지러운 느낌들이, 봉긋하게 솟은 알맹이 위에 햇살처럼 자글자글 모여들었다. 부풀 대로 부푼 걸 건드리고 싶은 욕심이 손가락 끝을 잡아당겼다. 수아가 욕심의 힘에 딸려 가려는 찰나, 그가 손을 치워야 한다고 말했다.

가슴이 부드럽게 주물러지고, 허벅지 안쪽의 연한 피부가 무더운 온도로 녹았다. 아랫배가 오목하게 패며 허리가 휘었다. 그러기를 수십 번 반복하자 가장 가녀리고 깊은 부위로 피톨들이 몰렸다. 수아가 흐느끼며 떨자, 몸 곳곳을 어루만지던 그의 음절이 드디어 안쪽에 닿았다. 물기가 터졌다.

─좋아하니 다행이네요.

"좋은데, 으응, 모자라는 것 같아."

그의 음성이 물든 공기는 특별한 환각제였지만, 여리고 작은 손가락으로는 한계가 있었다. 그가 주는 황홀감을 느끼려면 좀 더 강하고 굵은 무엇이 필요했다. 하지만 그만한 게 이 침대 위에 없으니, 수아가 그만 체념하고 손을 떨구는 순간.

"이제 넣어 주죠."

그가 촉촉하게 젖은 수아의 손가락을 뺄며, 맥없이 늘어져 버린 하반신을 지탱했다.

"언제 왔…… 아!"

혼자서 생크림처럼 녹여 놓은 살 틈새로 그가 물려졌다. 어디 비워진 데가 없이 그에게 안겼다. 모든 틈이 그의 체온으로 채워지고, 어느 깊은 데가 그의 흰 물빛으로 물들도록.

"졸리다. 이청신이 내 불면증 치료약이야."

수아가 눈을 느리게 깜빡이며, 조그만 입술을 빠끔거렸다.

"밤마다 물려 주러 와야겠네요."

"당분간은 안 먹고 참아 볼래요. 일부터 끝내고 와요."

"나한테는 배수아 씨의 키스가 주식이라."

젖은 체리처럼 붉게 익은 그의 입술이 먹음직스러운 농담을 뱉었다.

"그럼 오늘 일주일 치 허락해 줄게."

"졸리다면서요."

"알잖아요. 나 배수아예요."

입술과 입술이 비벼지며, 또다시 서로에게로 섞여들었다.

청신은 하얗게 젖은 몸을 꼼꼼히 씻기고 새로 꺼낸 침구에 눕혀 주었다. 맨살에 포근하고 보송하게 감겨드는 이불의 느낌도 좋았지만, 그것보다는 청신의 몸에 안겨 자고 싶었다. 그러나 그는 침실을 나가더니 좀처럼 돌아오지 않았다.

설마 말도 없이 나갔나?

의아해진 수아가 이불을 망토처럼 둘러 입고 침대에서 내려가,

밖으로 나갔다. 그를 찾는 것은 어렵지 않았다. 며칠 동안 열리지 않았던 그의 드레스 룸 밖으로 빛이 새어 나오고 있었다. 쫄래쫄래 걸어가 문 틈새로 고개를 들이밀어 보니, 그는 외출할 준비를 거의 마친 뒤이다.

"청신 씨. 지금 새벽 2신데 나가려구요?"

수아의 큰 눈망울에 아쉬움이 그렁그렁 고였다.

"빨리 끝내는 게 나아요. 끝을 내야 수아 씨를 마음 놓고 안을 수 있으니까."

"아 맞다, 그렇지. 얼른 나가요, 얼른. 안녕."

잽싸게 그를 등진 채 제발 서두르라는 듯 손까지 팔랑거렸다. 어깨 위로 아름다운 바람이 스쳤다. 그가 수아의 등 뒤로 다가온 것이다. 수아가 슬쩍 소리 내어 웃자, 그가 그를 기다리는 여린 몸을 안아 들었다. 그의 목을 안은 채 뺨을 몇 번 쓰다듬고 나니 벌써 침실이었다.

"다녀올게요."

그가 수아를 침대에 내려 주고는 동그란 이마에 연한 키스를 눌러 찍었다. 그는 타고난 연기자가 아니다. 입 맞추고 멀어지는 그의 눈동자는 깊다란 바닷속 같아진다. 아무렇지도 않은 척 잔잔한 눈빛을 해도, 그의 비밀이 얼마나 까마득하고 험한 것인지가 다 들여다보인다.

"청신 씨."

수아는 무슨 사정이 있는 거냐고 물으려다가, 그냥 입술을 물고 싱긋 웃었다. 입 밖으로 쉽게 꺼낼 수 있는 이야기라면 그가 진작 했을 것이다. 그리고 수아 저는 그의 삶이 얼마나 깊고 어둡건 간에, 심해에서도 팔팔하게 헤엄치며 노는 인어가 될 자신이 있었다. 그가 어떻게 생긴 바다인지는 크게 중요하지 않았다. 그 삶에 제가 깃들어 살 수 있다는 게 기쁠 뿐. 지금 수아가 할 일은, 그가 상하지 않기를 바라는 것이다.

"사랑한다구요."

뒤늦게 말하자, 그가 입꼬리 끝에 입술을 살며시 댔다.

"같은 마음입니다. 갈게요. 잘 자요."

"아 맞다, 이 사슴 가져가요."

수아가 튕기듯이 벌떡 일어나, 그가 없는 동안 열심히 애지중지했던 사슴 인형을 그에게 내밀었다.

"나 없는 동안 그 사슴 보라고 둔 건데."

"저게 뭔데요?"

"내 어머니 유품이에요. 어머니가 저게 날 닮았다고 많이 아끼셨거든요."

그가 어머니를 잃었구나. 인형의 눈동자가 꽤나 바랜 걸 보면, 아마도 오래전에.

수심이 깊어지면 수압은 높아진다. 그라는 남자를 한 층 더 깊이 알자 심장이 죄이는 느낌이 들었다. 하지만 숨 막히게 아파지거나 버겁지는 않았다. 그저 어떻게 해야 이 남자의 세상이 좀 더 아름다워질지를 생각했다.

"이청신 씨는 이렇게 소중한 걸 왜 나한테 맡길까."

"더 소중하게 여겨야 할 존재가 생겼으니까."

"그럼 더더욱 청신 씨가 가져가요. 이런 거 쥐여 주고 나 혼자 됐다는 부담 덜어내지 말고, 그냥 청신 씨가 급하게, 빨리 와요. 이 인형은 그때 받아 줄게."

모든 것의 해답은 사랑이다. 온통 상처였던 자신도 그에게 안길 땐 온몸이 새살 같아졌다.

"그러죠."

수아가 그의 코트 주머니에 인형을 넣으며 허리를 껴안자, 어둑했던 그의 눈가 위로 엷은 웃음이 빛났다.

"근데 이런 말 하니까 꼭 헤어지는 것 같다. 우리 언제 또 볼 수 있을까?"

"같이 있는 것보단 따로 지내는 게 좋을 것 같습니다. 수아 씨의 안전을 위해서요. 내일 아침엔 우리 결별 기사도 낼 겁니다."

"일 끝내려면 얼마나 걸려요? 일주일? 이주일?"

"시간이 나면, 내가 사인을 줄게요."

6. 파고드는 유리 파편

그를 집어삼키려는 불길은 그의 곁에 있는 사람도 노리려 한다. 수아에게는 그 불을 어떻게 할 방도가 없으니, 그를 위해서는 잠시 비켜 주는 게 맞았다. 이번에는 그와 헤어진 척 연기할 차례였다. 수아는 그가 낸 결별설을 부인하지 않았고, 혹시 이 결별이 거짓말인 걸 들킬까 봐 휴대폰에서 그의 번호까지 지웠다.

이런 척 저런 척 연기를 하다 보면 스스로도 그 거짓에 잡아먹혀 헷갈리는 순간들이 생긴다. 때로는 정말 혼자 남겨진 것 같아 외로울 것이고 또 때로는 상대방의 눈동자가 정말 아득할 것이다.

그러지 말라고, 헤어지기 전에 서로가 잘 쓰는 머플러를 주고받았다. 그가 수아의 목에 둘러 준 진회색 머플러에는 그의 숨결이 투명하게 수놓아져 있다. 그가 곁에 있는 게 아닐까 착각할 만치 짙은 향기가 오래 풍겼다.

  수아가 그의 목에 매어 준 체크 머플러도 그럴 것이다. 연회색과 연푸른색이 교차하는 마디마다 수아의 숨이 묻어 있어, 그는 오직 그밖에 없는 여자에 대해 자주 생각할 것이다.

  "수아 씨. 수아 씨 콘서트 암표, 삼백만 원에 거래된대. 알아요?"

  "그거 놀랄 일 아닌데. 요즘 가격 떨어진 거예요. 티켓팅에 성공하면 아무도 안 팔려고 하거든요, 수아 콘서트면 다들 가고 싶어 하니까. 구하는 쪽에서 그렇게 불러만 보는 거라니까요."

  곧 있을 콘서트 때문에 연습실에 갇혀 지내다시피 하던 어느 날. 수아에게 먹일 얼음물을 가져오는 송진우의 얼굴이 눈에 띄게 밝았다.

  기 대표가 구속되어 옴짝달싹도 못 하게 된 이후로 쭉, 송진우는 자기가 무슨 남의 수호천사인 줄 알고 사는 사람처럼 굴었다. 아무리 그래도 저런 표정은 좀 심각하다. 저 오빠가 갑자기 웬 오버일까? 수아가 눈살을 찡그리며 물을 받았다.

  "다음에는 모과차로 주면 안 되나? 그, 오빠 어머님이 직접 담그신 청인가 뭔가 그걸로 만든 거. 그거 마시니까 목이 싹 가라앉더라고."

  물론, 송진우의 날개 달린 놀이가 싫은 건 아니다. 그가 기 대표가 채운 족쇄에서 벗어나, 자기 좋을 대로 착하게 구는 모습을 지켜보는 건 요새 수아의 작은 낙이다. 바라보고 있으면 그냥 웃음이 풋 하고 났다.

"진짜? 우리 집에 모과청 이따만큼 큰 병으로 서른 몇 개 있거든? 우리 엄마가 내다 파는 거긴 한데, 내가 내일부터 그거 한 병씩 훔쳐 올게."

"아, 판매하시는 거야? 그럼 됐어. 나 괜찮아. 물 마실게."

"하긴. 좀 그렇지? 그럼 두 병씩 들고 올까?"

"됐다니까. 진짜 왜 저래."

가벼운 농담에 수아가 해맑게 웃자, 송진우의 눈도 달갑게 휘었다.

"근데 수아야. 잠깐 우리 둘만 나가서 얘기 좀 할까?"

"왜? 그냥 여기서 하지."

"그럴까?"

송진우는 수아의 뜻에 따르는 척하면서, 함께 안무 연습을 하던 댄서들을 힐긋거린다. 눈치를 보는 것에 가까운 그 어리숙한 눈초리에, 안에 있던 사람들이 얼른 자리를 피해 주었다.

"뭔데 이렇게까지……."

"있잖아 수아야. 우리 새 광고 들어왔다?"

"무슨 광고?"

"선화가전. 수아 너만 괜찮으면 계약 진행해 볼까 하는데, 어때?"

"……나 당분간 새 계약은 안 하고 싶어."

마지막 콘서트를 앞둔 마당에 새로운 광고라니, 안 될 말이었다. 드레스가 흩어지고 누구도 동경하지 않을 살인자의 딸로 돌아가면, 그동안 자신을 모델로 내세운 업체들이 소장부터 던져 올 일이다. 요즘 수아를 바쁘게 하는 일들 중 하나가 기존의 계약들을 정리하는 거였다.

"수아야."

연한 그늘에 빠진 수아를 조용히 내려다보던 송진우가 수아를 불렀다. 그러는 그의 입술이 헤실헤실 벌어지려는 웃음을 꾹 물고 있었다. 수아가 의문스러운 표정을 짓자, 그가 입을 떼었다.

"그쪽에서 내건 계약 조건이 미팅이다? 광고주가 오늘 저녁에 너랑 식사 한 번 하자고 한대. 만나 보고 결정해 보면 어때?"

"그 광고주가 누군데?"

어떤 남자가 신호를 보낸 것 같다. 수아도 활짝 꽃피려는 웃음을 꼭 문 채, 송진우에게 물었다. 송진우는 선화그룹 아들이라고 답했다.

당연히 청신일 거라고 생각했다. 아마 아무 사람을 붙잡고 선화가의 아들이 누구냐고 물으면 다들 그 사람의 이름을 댈 것이다. 검찰청의 눈엣가시인 청신이 작지 않은 폭력 사건을 일으키고도 무사한 게 선화가의 입김 덕분인 건, 세상에 알음알음 알려진 지 오래였다. 이제 인터넷에 그의 이름을 검색하면 선화그룹 아들이라는 수식어가 같이 걸려든다.

송진우가 광고주가 만나고 싶어 한다는 얘기를 그렇게 좋아하면서 전한 것도, 잘 어울리던 연인이 다시 만나지 않을까 하는 새콤달콤한 기대 때문이었을 거다.

청신의 비밀이 깜깜할 지경으로 깊단 건 깜빡 잊고 말았다. 수아는 누구나 다 아는 그의 표면을 그대로 믿고 발을 내디뎠다.

약속 장소는 마치 존재하지 말아야 할 것처럼 후미진 곳에 숨겨진 레스토랑이었다. 내비게이션에도 위치가 등록되지 않은 데다 깊은 수풀 안쪽에 있어, 길을 오래 헤맸다. 차바퀴가 점점 어둡고 알 수 없는 데로 굴러가자 송진우는 핸들을 꺾으려고 했다. 뭔가 잘못됐다고 느낀 모양이었다.

수아도 송진우와 비슷한 마음이었다. 뱀 같은 게 사르르 기어다니는 듯한 느낌이 심장 언저리를 자꾸만 스쳤다. 섬찟했지만 그냥 눈감아 버린 채 무시하고, 한 번 가 보자며 송진우를 설득했다. 청신을 에워싸고 있다는 위험은 서로의 휴대폰 번호를 삭제해야 할 만큼이다. 남들의 시선을 절대적으로 피해 밀회를 가지기에 적당한 데는 이런 곳뿐이라고 생각했다.

긴 어두움 너머로 드러난 레스토랑은 거대한 보석같이 정갈하고 화려했다. 기본적으로 부드럽게 생긴 직원이 미소 지으며 그런 건물 속에서 나타나자, 경계심이 곧바로 녹았다. 역시 이상한 장소가 아니었다. 수아는 송진우를 등 뒤에 놓고 직원을 따라갔다.

레스토랑 내부는 다른 방문자들을 마주칠 일 없도록 설계된 듯했다. 무엇이 벽이고 문인지 분간이 안 됐다. 복잡한 미로 같은 구조를 이리저리 걷다 보니 넓은 방 하나가 눈앞에 있었다. 수아가 방 안으로 발끝을 담그자, 직원이 문을 닫고 사라졌다.

방 안은 보통 레스토랑의 프라이빗한 룸들과 별다를 게 없었다. 테이블 앞에 앉아, 누군가 미리 세팅해 놓은 물을 한 모금 마셨다.

"물맛이 뭐 이래……."

적당히 시원한 물이 몸속으로 미끄러져 내려가는데, 어쩐지 마음 위로 검은 그림자가 진다. 이상하게 가슴이 쿵쾅거려서 제자리에 앉아 있을 수가 없었다.

괜히 일어나 벽을 따라 찬찬히 걸어 봤다. 하얀 손끝으로 벽지를 훑으며. 그러다 한순간 얼어붙어 버렸다. 매끈한 질감으로 만져지던 벽 위로 웬 홈이 가 있었기 때문이다. 벽 사이에 문이 감춰져 있는 이 레스토랑의 특징을 떠올리며 홈 옆쪽을 조금 힘주어 밀었다. 그 가녀린 손가락 끝에, 홈이 더 깊이 파이듯이 벌어졌다.

"생각보다 빨리 도착했네."

벽으로 위장해 있던 문이 열리고, 어떤 남자의 목소리가 침묵을 베어 냈다.

겨울바람이 고이고 배어드는 구치소의 찬 방. 진흙 구덩이에 비벼 댄 것처럼 칙칙한 옷을 걸친 기정균이 얼굴을 찌푸렸다.

"귀찮게 왜 이렇게 불러 재껴, 새끼야."

"좁은 데 처박혀 있는 거 불쌍해서 일부러 꺼내 줬구만, 왜 또 앙탈이야?"

면회실 의자에 앉아 기정균이 오길 기다리던 서 경위가, 불붙인 담배를 꼬나물었다. 기정균이 내놓으라는 손짓을 하며 맞은편 의자에 앉았다.

"야, 처박혀 있는 게 아니라 나라에서 내 몸 관리해 주는 거야. 삼시세끼 꼬박꼬박 건강식 대령하고, 운동할 시간도 만들어 주잖아."

"저거 결국 미쳤네."

서 경위의 입술이 피식 비틀리고, 그 사이에 슬며시 물려 있던 담배가 테이블 위로 미끄러지듯이 던져졌다. 기정균의 비대한 손이 제 앞에 떨어진 담배 끄트머리를 집어 들었다.

"나 좀 있음 나갈 거야."

"어떻게. 아니, 야 기정균. 너 설마 평생 깜빵에 살기 싫어서 자살하려고? 인마, 우리도 지금 힘들어. 이청신이 햇병아리 경찰들 일기까지 싹 다 털어 가더라니까. 어떤 놈은 벌써 정직 처분 떨어졌어. 너 그렇게 협박하고 불쌍한 척하고 그래도 내가 도저히 해 줄 수 있는 게 없다고."

이청신의 논리는 억지로 끌러 내거나 잘라 버리지 못할 밧줄이다. 그렇게 치밀하며 강고하다. 기정균이 기용한 변호사들은 나날이 떨어져 나가기만 했고, 비리를 저지른 경찰들은 이미 죽어 버린 것처럼 맥을 못 췄다. 사람들은 경찰들이 대폭적으로 물갈이될 거며 기정균은 살아서는 감옥을 못 나올 것이라고 말했다.

"멍청한 버러지들. 내가 지들 같은 엑스트라 인생인 줄 알지. 난 주인공인데."

기정균이 자신의 패배를 예상하는 선하고 순진한 국민들을 비웃었다. 기정균이 혼잣말하는 모습을 말없이 지켜본 서 경위가, 치켜든 검지를 머리 근처에 놓고 빙빙 원을 그렸다. 너 정말 돌아 버린 거냐는 뜻이다.

"선화그룹 아들이 배수아를 좋아해."

"정균아. 이청신이 배수아 좋아한 건 나도 알지. 근데 그거 다 지난 일이잖아. 둘이 헤어진 지 오래야."

"이리환이 예전부터 수아를 갖고 싶어 했다고."

"이청신 얘기하다가 갑자기 뭔 소리야. 걔가 누군데."

"선화가 숨겨 놓고 키우는 첩 아들. 나 걔랑 거래했어. 걔랑 수아 목줄 공유해 주면, 걔는 나 여기서 꺼내 주기로."

하얗게 흩어지는 담배 연기 사이로, 기정균의 입술이 호선을 그렸다.

"그냥 들어오지. 이 침구 엄청 좋은 건데."

다정하게 웃는 입술에 소름이 돋았다. 문 뒤로 보이는 침실 광경에 넋을 놓고 있던 수아가, 재빨리 뒷걸음질 쳐 유리잔을 손에 틀어쥐었다.

"수아야. 지금부터 나랑 자자. 내가 평생 그 자리에서 안 떨어지게 도와줄게."

처음 보는 남자가 흐트러진 초콜릿 빛깔의 머리칼을 손으로 쓸며 침대에서 일어났다. 꽃다발처럼 달콤한 어투로 내뱉는 말은 다 썩어 빠진 쓰레기다. 수아의 긴 속눈썹이 남자를 노려보느라 잔뜩 추켜졌다.

"너 뭐하는 새끼니."

"앞으로 네가 싫어할 새끼. 그래도 네가 말 잘 듣고 조용히 자줘야 할 새끼."

"내가 싫어도 너랑 잘 거라고? 자신 있나 보네. 근데 넌 그 눈깔부터 내 취향이 아니라서."

남자는 얼음처럼 차갑게 쏘아보는 눈동자 속에서도 해사하게 웃었다. 새하얗고 보드라워서 어딘지 소년적인 두 뺨에, 보조개가 얕게 파이도록. 그 모습이 꼭 때가 안 탄 비누 같았다. 악의 없이 순수하게 미친놈이었다.

"수아야. 너 배성훈 딸이잖아. 내가 이거 뿌리면 넌 그대로 곤두박질인 거 알지? 그때 돼서 후회하지 말고 지금 알아서 누워."

뭐야. 협박한다고 하는 게 겨우 그거야? 그 비밀은 더 이상

밧줄이 아니다. 이젠 거미줄 한 오라기보다도 허무하고 약한 것이었다. 수아가 소리 없이 조소했다.

"뭔가 했더니, 기정균 따까리였어? 나도 어차피 내 비밀 다 뿌려 버리고 관둘 생각이었어. 추락하고 욕먹는 거? 누군진 몰라도 너 같은 새끼 쳐다보고 있는 것보다 덜 역겨워. 알리든 말든 알아서 해."

자신만만하게 뱉어낸 말에 남자는 조금 흔들거리는 눈치였다. 이 틈에 나가야 했다. 수아가 등을 돌리려는 순간.

"알려지면, 우리 형이 널 혐오하고 버릴 텐데. 그래도?"

남자의 웃음기 어린 목소리가 여린 발목을 베어 물었다.

"······형?"

"아, 형이 내 얘길 안 했구나. 그렇지. 할 리가 없지. 이청신 말야."

"그 사람이랑은······ 헤어졌어. 그 사람이 날 어떻게 생각하든 상관없어."

그딴 건 별것도 아니라는 척 서늘한 얼굴을 했지만, 인대가 어떻게 되어 버린 사람처럼 한 걸음도 내딛지 못했다. 형이라는 그의 호칭을 미뤄 보아 남자는 청신의 가족인 모양이었다. 청신에 대해 많은 것을 알고 있을 것이다. 그게 수아에게 치명타였다.

수아는 연인으로서의 이청신만 잘 알았다. 그의 이면이 어떻게 생겼는지는 하나도 모르고 있다. 아마 청신도 그렇겠지. 그가 사랑하고 있는 여자는 드레스를 입은 신데렐라다. 그 속에 벌벌 떨며 숨어 있는 살인마의 딸이 아니라.

"헤어지긴."

남자가 비틀린 입술을 달싹였다.

"우리 형, 자기 엄마를 살인자한테 잃었어. 그래서 미친 듯이 검사 짓 하고 있는 거야. 이 세상 살인자들 전부 다 잡으려고. 그런 형이, 살인마 피가 흐르는 널 이해하고 사랑해 줄까? 넌 살인마가 네 아빠란 걸 알고도 아닌 척 거짓말까지 쳤는데?"

배 속에 남들에게 없는 내장이 하나 있다. 불안감. 기 대표가 저주처럼 유리 구두를 신겨 놓은 뒤부터, 그 물컹한 덩어리 같은 감정이 수아의 살 밑에 자리 잡았다. 새로 돋은 장기의 거북함은 수천 밤이 지나도 익숙해지지 않았다. 심각한 비대증에 걸린 것 같이 점점 더 커지기만 할 뿐.

심장이 뛸 때마다, 늑골 아래 부풀어 있는 불안이라는 장기도 같이 팔딱였다. 들키면 어떡하지. 모든 게 발각돼서, 어느 날 갑자기 세상의 모든 손이 날 떠밀면. 그 누구도 내가 무사히 살아 있는 걸 원하지 않게 되면. 가시덤불 위마저도 나에게는 과분한 땅이 되면, 그러면……

피와 함께 온몸을 휘돌아 대던 두려움이 가라앉은 건 청신 덕분이었다. 세상이 통째로 저를 싫어하고 비난해도, 그 사람 하나만 있으면 심장에 꽂히는 화살조차 달콤할 것 같았다. 그런데, 남자는 드레스를 벗은 저를 누구보다 경멸할 사람이 바로 청신이라고 말한 것이다.

빛이 안 드는 깊디깊은 심해를 헤매다가 괴물의 지느러미를 건드린 느낌이었다. 발작 같은 공포가 온몸을 꼴깍 집어삼켰다. 수아가 끔찍하게 질려 숨도 쉬지 못하는 사이, 남자가 한 발 한 발 다가왔다.

"수아야. 형은 네 생각보다 매정해. 또 날카롭고, 언제나 극단적이고⋯⋯."

남자는 어느새 그 입술에서 흘러나온 숨이 솜털을 스칠 만큼 가까워져 있다. 수아가 반사적으로 고개를 피하자 미약한 웃음소리가 허공을 흔들었다.

"나랑은 밤에 잠깐만 자 줘도 돼. 우리 쓸데없이 힘 빼지 말자. 연예인이라는 이름도 잃고 형까지 놓치는 것보단, 밤에 내 장난감 좀 해 주면서 둘 다 지키는 게 낫지 않아?"

사근사근한 미성이 수아의 목을 휘감고, 다정한 온도를 가졌으나 집착적이고 불결한 손이 뺨을 감쌌다. 그리고 강제적으로 그의 얼굴을 보게 만들었다. 머리칼을 닮아 갈빛인 눈이 잔무늬까지 들여다보였다. 청신이 아닌 남자와 한 뼘 거리를 두고 서 있다는 게 절감되는 순간이었다.

수아는 조용히 고개를 떨구며 두 눈을 내리깔았다. 그리고 희미하게 비웃음을 머금었다. 청신과의 사랑을 위해 그를 배신하고 속이라는 개소리를 얌전히 듣고 있다니, 스스로가 너무 황당하고 짜증 나는 것이다.

"네가 내 첫사랑이야. 내가 꼭 갖고 싶었던 첫 여자애. 그래서 오늘만 자존심 버렸어. 내가 세컨드라도 좋으니까 자 달라고, 딱 한 번 매달려 주는 거야. 잘 생각해. 내가 버린 자존심 다시 주워 들고, 널 짓이기는 일 없게."

고개를 수그린 모습이 더없이 연약해 보였을까? 남자가 못을 박듯 겁박하며 수아의 턱을 붙들었다. 그리고 다시 한 번 강제로 얼굴을 들어 올리는 찰나이다. 쨍그랑! 거친 파열음이 공기를 산산이 부쉈다. 수아가 아직까지 손에 쥐고 있던 유리잔을 테이블에 있는 힘껏 내리친 것이다.

"지랄이 너무 길어. 지겹게."

남자를 무시하며, 흉하게 깨져 날카로운 흉기가 된 잔을 치켜들려고 했다. 치켜들어 그를 위협하고 달아나려고.

하지만 왜인지 뜻대로 되지 않았다. 무엇인가 손끝 발끝은 물론 눈꺼풀마저도 억누르고 잡아 내리고 있었다. 점점 부서지는 시야 속에서 남자의 발간 입술이 빙글 웃었다. 어떤 투명한 손길이 붉은 지점토를 함부로 짓뭉개고 있는 듯한 그 기괴한 광경 위로, 클럽 룸에서 들었던 기 대표의 목소리가 울려 퍼졌다.

'형님. 미안 미안. 오늘의 주인은 따로 있어.'

'그게 누군데.'

'선화 아들이요. 여기로 온다고 했는데, 왜 이렇게 안 와.'

기 대표가 말했던 선화 아들은 청신이 아니라 이 남자였다. 그날 술에 녹아 있던 수면제도 이 남자의 계획이었을 것이다.

"아까, 그 물……."

물을 마시지 말았어야 했구나. 뒤늦은 후회가 뇌리를 물들인 직후, 새카만 밤이 쏟아져 내렸다.

달빛을 부수어 동그랗게 빚은 듯한 두 보석이 눈꺼풀 아래 잠기고, 가느다랗고 하얀 몸이 힘없이 쓰러졌다. 리환은 마침내 조용해진 그녀를 제게로 당겼다.

날카로운 조각까지 치켜들며 리환을 싫어하던 그녀는 이제 순하게 그의 품에 안겨 왔다. 인형 놀이를 하고 싶었던 아이처럼 심장이 다디달게 부푼다. 인형이 생겼으니 그토록 원하던 걸 할 때였다. 리환이 청량하게 웃으며 그녀를 침실로 데려갔다.

아까 침실을 엿보고 기겁했던 그녀가 생각나길래 내려다보자, 그녀는 여전히 말없이 눈을 감고 있었다. 한 치의 오차 없이 완전한 아름다움이 사랑스러웠다.

"형을 좋아하는 게 눈에 보여서, 만나면 바로 망가뜨리고 싶었는데."

네가 이렇게 예뻐서 그건 곤란하겠다.

소리 없이 그런 생각을 하는데 문득 뭐가 깨지는 소리가 났다. 몇 시간은 깨어나지 못할 그녀 대신 욕을 지껄이듯, 그녀 손가락 사이에 걸려 있던 유리잔이 바닥으로 추락한 거였다. 리환은 산산조각 난 파편들을 아드득 짓밟고는 침대 위에 그녀를 내려놓았다.

아까부터 달콤한 냄새를 흘리는 그녀의 숨결부터 마실까 하다가, 보자마자 눈에 거슬렸던 운동화부터 벗겼다. 하얗게 드러난 발에 오래전 그녀를 위해 사둔 높고 화려한 힐을 신기자, 비로소 그녀를 가진 기분이 치밀었다.

"또 뭘 입혀 줄까."

리환이 제 방을 훑어봤다. 곳곳에 수아의 물건이 한가득이었다. 저것들을 모아들이기 시작한 건 몇 년 전 우연히 배수아를 보고 반했을 때부터다. 진작에 건네주지 못한 까닭은 역시 어머니 모경이다.

어머니는 보잘것없고 무능한 리환이 소리 내는 걸 극도로 혐오했다. 어머니가 아직 아버지의 옆자리를 꿰차지 못한 상태이니, 떳떳하지 못한 아들의 존재가 세상에 알려지는 게 싫어서 그럴 것이다.

리환은 어려서부터 어머니를 두려워했다. 어머니의 심기를 상하게 하는 건 못 할 짓이었다. 그리고 톱스타인 여자애를 잘못 건드려 소란을 일으키는 짓은 어머니 심기를 찢어 놓을 일.

갖고 싶어도 꾹 참고, 배수아와 닮았다는 여자들을 자신만의 은밀한 성으로 불러들였다. 이 침대를 거쳐 간 여자의 수가 아마 백에 가까울 것이다. 그녀들은 배수아처럼 예쁘고 부드러웠다. 하지만 그들 중 어느 누구도 배수아와 똑같지는 않았다.

당장 마셔야 할 건 물인데 식도에 알코올을 퍼붓는 느낌이었다. 갈증이 점점 더 심해지기만 하던 어느 날. 배수아의 주인이나 마찬가지인 기정균이 새로운 사업을 시작했단 소식이 들렸다. 그러더니 소속 연예인들을 이리저리 판매한다는 소문들도 퍼졌다. 리환은 난생처음 자신이 선화그룹 사람임을 드러낸 채 기정균에게 연락했다.

기정균은 단박에 리환의 뜻을 받아들였다. 선화가에 깃들어 사는 유일한 아들이니, 훗날 선화의 주인이 될 새끼라고 생각한 거겠지. 멍청한 놈. 그러니까 사업이 줄줄이 망하지.

리환은 자신이 가기 전에 수아에게 수면제를 먹여 놓으라는 부탁을 했다. 수아에게 자신을 강요하다가 시끄러운 소음이라도 나면 어머니가 저를 죽일 것 같아서였다.

그런데 어머니를 속이면서까지 가지려 했던 걸, 도중에 다른 남자의 손에 빼앗겼다. 그 남자는 하필 이청신이라고 했다. 리환이 온 생애에 걸쳐 시기하며 동경하는 존재.

제가 가지고 싶은 모든 걸 손에 쥔 형이, 이 여자마저 먼저 가져 버렸단 사실이 갑자기 떠올라 열등감이 솟구쳤다. 샹들리에처럼 눈부신 목걸이를 골라 수아의 목 위에 얹어 두는 리환의 손이 부들거렸다.

"하지만 얘는 이제 나한테 있잖아. 결국은 내가 이긴 거지."

리환이 숨을 삼키며 어금니를 악물었다. 그리고 잠든 수아의 뺨을 쓰다듬으려는 순간.

"뭐야."

꽉 다물려 있어야 할 침실 문이 열렸다. 벌어지는 문 틈새로 하얗게 잘생긴 얼굴이 보였다. 형이었다.

"혀, 형이 어떻게······."

안으로 들어서는 형 너머로 매니저 송진우가 보였다. 저 새끼가 꼰질렀구나. 일그러진 눈으로 송진우를 노려보자, 송진우의 순한 얼굴이 흠칫 놀라며 형의 어깨 뒤로 숨었다. 송진우의 움직임을 좇아 구르는 눈동자에 형이 닿는 순간, 리환은 꽝꽝 얼어붙었다.

형을 쳐다보면 늘 이렇게 됐다. 살인적인 볕이 절절 끓는 한여름에도 형 앞에서는 소름이 돋는다. 형이 차갑게 굴어서 그런 것은 아니었다. 그는 오히려 차분하고 때로는 다정해 보이기까지 했다. 그러나 모든 걸 알고 있는 듯한 형의 눈시울 앞에 놓이는 그 기분이란.

갑자기 나체가 되면 그 참담함과 비슷한 감정을 느낄 수도 있을 것이다. 그래. 형은 아무것도 모르는 척하지만, 사실은 모경과 리환의 실체를 꿰뚫어보는 유일한 사람이었다. 형과 함께 있으면 아무리 두껍고 비싼 옷을 입고 있어도, 지저분하게 썩은 부위를 드러내 놓고 있는 것만 같았다.

반면 형은 언제나 고고하고 깨끗했다. 출생에 더러운 부분이라곤 없고, 그 사실을 자랑하고 증명하듯 온갖 걸 잘해 내는 형. 리환은 어려서부터 그런 형을 부러워하며 형이 잘하는 건 저도 잘하고 싶어 했다. 형을 이기면 씨앗부터 추잡스러웠던 자신의 열등함이 조금 씻겨 나갈 듯해서였다. 물론 리환이 매번 졌다.

"얘는 내가 먼저였어."

이번엔 이길 거야. 내가 하나라도 이겨야겠어.

"배수아, 형보다 내가 먼저 좋아하기 시작했다고."

형이 배수아를 안아 들려고 하는 찰나, 리환이 분노에 찬 목소리로 말했다. 수아의 살갗에 닿기 직전이던 형의 손이 멈칫했다. 그리고 오직 수아만을 쳐다보던 형의 시선이 느리게 리환을 훑었다. 이윽고 마주친 두 눈동자에는 차갑고 격렬한 경멸감이 어려 있다.

저라고 이따위로 태어나고 싶었던 게 아니다. 삶을 택할 수 있었다면 이리환이 아니라 이청신이 되었을 것이다. 저를 그렇게 볼 수 있는 형의 천부적인 완벽성이 부러워서 미칠 것 같았고, 징그러운 벌레가 된 듯한 기분에 어딘가 숨어 버리고 싶었다.

리환은 부르르 몸을 떨며 뒷걸음질쳤다. 그러다 제풀에 꺾여 넘어졌다. 넘어지면서 수아가 떨궈 놓은 유리잔 위를 손으로 짚어, 살갗이 에였다.

발간 피가 흘러 바닥을 적셨다. 형은 이지러진 눈매로 그 선홍빛 물결을 쳐다보다가 수아를 안고 나갔다. 리환은 한참을 덩그러니 앉아 있다, 찢어진 손을 움켜쥐었다.

"두고 봐. 다 뺏을 거야. 내가 형 자리에 앉을 거야."

원치 않게 낮은 자리에서 태어나, 잔인한 수단을 동원해서라도 선화를 가지려 하는 어머니의 심정이 이해되기 시작했다. 리환은 곧장 몸을 일으켜 어머니의 집으로 향했다.

"네가 어쩐 일로."

"아들이잖아요."

어머니 모경의 삭막하고 온정 없는 눈은 책 위에만 머무른다. 리환에게 그건 태양이 땅이 아니라 하늘에 떠 있는 것만큼이나 당연한 일이었다. 모경에게 리환은 사랑을 먹여야 하는 아들이 아니었다. 선화의 돈을 잘 지니고 있어야 하는 지갑, 딱 그 정도 의미일 뿐.

"네가 새끼손톱 하나라도 날 닮기는 했니?"

"나도 여태 하나도 안 닮은 줄 알고 살아왔는데, 내 착각이고 오해였더라고요."

처음에는 그 눈에 잘 들어 보려고 발버둥질했다. 그러다 무슨 짓거리를 해도 사랑받긴 어렵다는 걸 깨우친 뒤로는 그냥 삐딱해졌다. 모두를 속여 먹고 죽이려 드는 어머니가 싫고 무섭기만 했다. 하지만 이제는 그녀의 건조하고 팍팍한 사막을 이해한다. 저 밑바닥에서 태어나, 기어코 이기며 빼앗아 온 삶을 산 그녀를 존경하고 사랑할 수도 있을 것 같았다.

"엄마. 나도 이청신이 없어졌음 좋겠어요."

리환이 선인장의 가시 같은 목소리로 말했다.

"그래서, 그게 뭐."

"같이 없애요. 되도록 빨리."

"같이……."

내내 책에 눈을 고정하고 있던 어머니가 드디어 리환을 보았다. 세상에 그렇게 하찮고 우스운 단어도 있냐는 양, 희미하게 조롱하는 낯으로.

"알아요. 우리 엄마는 누구랑 뭘 나누는 걸 질색하지. 그래서 형 죽이기 전엔 할머니도 아버지도 못 죽이는 거잖아. 둘이 먼저 죽어 버려서 그 재산이 형한테 흘러가고 나면, 그때는 형을 죽여도 늦으니까."

"왜 늦지?"

"형이 미리 유언으로 정해 둔 상속자랑 재산을 반으로 나눠야 하는 거 아니에요? 우리는 유류분인지 뭔지만 받아먹을 수 있는 거잖아요."

모경은 두 눈을 가느다랗게 접었다. 청신이 그 애는 어려서부터 영특하더니, 가출을 하자마자 유언장부터 만들어 두었다. 아무 상관없는 자들을 자신의 상속자로 삼아 두면, 온전한 선화를 얻는 게 목표인 모경이 제 집안 어른들을 더는 함부로 해하지 못할 걸 알았기 때문이겠지.

청신의 교묘하고 깜찍한 수작을 리환이 스스로 인지하고 있었다니. 아무것도 모르는 무지렁이인 줄 알았는데, 아니었나.

"제법 아는구나. 아, 하기야 그 정도 꾀는 네 친부도 부렸지. 걔도 생각보다 어리석진 않았어."

리환의 연갈색 머리칼 위로 한 남자애의 말간 얼굴이 겹쳐졌다.

호스트바에서 일하던 그 남자애는 모경의 메스 밑에서 숨을 거뒀다. 주제에 감히 셈을 해 가며 모경의 재산을 탐냈기 때문이다. 그 애는 셈을 할 줄은 알았지만 제 분수는 몰랐던 것이다.

"엄마. 나는 내 분수가 뭔지도 알아요."

리환이 생글생글 웃으며 입술을 달싹거렸다.

"엄마가 직접 움직여 주면 나한테 떨어질 재산들, 다 드릴게요. 뭐 내가 갖고 있는다고 해도 엄마는 어떻게든 뺏어 가겠지만. 내가 직접 주는 게 엄마도 덜 귀찮잖아."

저 애가 왜 평생 모르던 재롱을 부릴까. 그저 시끄럽고 성가셨다. 모경이 다시 책의 활자를 내려다봤다.

"리환아. 잘 알 텐데. 너 하나 어떻게 하는 거야 나한텐 귀찮은 일도 아냐. 쓸데없이 떠들지 말고 나가."

리환이 저 아이가 어렸을 적, 리환의 친부가 하루가 멀다 하고 찾아와 저 애 눈앞에서 실랑이를 벌인 적이 있다. 선화가 식구들이 도영이 술김에 모경과 불륜을 저질러 낳았다고 알고 있는 리환은, 사실 모경이 계획적으로 매춘남의 씨를 제 배 속에 심어서 세상에 나온 아이다. 리환의 친부는 그 사실을 무기로 쥔 채 매일같이 모경을 협박하다가 어느 날 갑자기 사라졌다.

리환이 아무리 작은 애였어도 사람이고 뇌가 있으니, 저와 똑같이 생긴 친부를 없애 버린 게 바로 모경임을 모르면서 커 오지는 않았을 것이다. 그 어떤 재벌가보다 단란하고 잔잔하던 선화를 피투성이로 헤집어 놓은 손이 모경임을 알고 있는 눈치이기도 했다.

"나 지금 실없이 떠드는 거 아니에요. 빨리, 나랑 같이 죽여요. 내가 형의 약점을 알아요."

저 아이는 늘 누군가를 해치는 모경이 저도 그렇게 해 버릴까 봐 공포에 짓눌려 있다. 지금 이 순간에도 목소리 끝을 부들부들 떨고 있었다. 그토록 무서워하면서도 물러서지는 않는 걸 보면, 외모는 몰라도 저 가슴속은 정말 나와 닮아가고 있는 걸까?

"알면 네가 직접 없애지 그러니."

"난 메스를 손에 쥐고도 아무도 못 죽일 걸 아니까. 어떤 혈관을 어떻게 끊어야 피가 솟구치는지, 그러고도 살인이라는 증거는 안 남길 수 있는지 난 하나도 몰라요."

"허풍은 아닌 모양이네."

"그럼요."

"가져온 메스나 봐 볼까."

"형이 좋아하는 연예인 알죠. 걔, 연쇄 살인마의 딸이에요."

모경은 안 그래도 그 여자애의 약점을 찾고 있었다.

"리환이 네가 바라는 건."

"장난감 하나만 갖게 해 주세요. 나한테 그런 거 사주신 적 한 번도 없잖아요. 그 장난감이 내 말을 잘 안 들어서, 조금 시끄럽게 놀아도 봐 주시고요."

아들을 향해 턱을 치켜든 모경이 빙긋 웃었다.

수아는 몇 시간은 잠에 단단히 구속되어 있었고, 또 몇십 분은 자신을 붙든 어떤 손아귀에서 벗어나고 싶어 기를 쓰는 사람처럼 울며 앓았다. 제발 이러지 말아 달라고 가냘프게 애걸하는 목소리 사이사이로 청신의 이름이 튀어 나왔다.

저를 찾으며 울먹거리는 그녀 옆에서 청신은 이를 짓이겼다. 그녀를 제게서 떨어트려 놓는 것이 가장 안전하게 지키는 방법이라 여긴 자신 때문에 이렇게 되었다. 할 수 있다면 이런 실책을 만든 스스로를 통째로 씹어 부수고 싶었다.

눈꺼풀 밑 새까맣고 깊은 절벽을 헤매던 그녀가 눈을 뜬 건, 청신의 자학감이 극에 달했을 무렵이다. 물먹은 눈동자에 맺힌 햇살이 청신을 말갛게 비췄다. 먹구름 뒤에서 벗어난 달이 검은 수렁에 빠진 세상을 건져 올리듯이. 그리고 가느다랗고 부드러운 손가락이, 짙은 괴로움이 덕지덕지 묻어 엉망인 청신의 얼굴을 살며시 매만졌다.

"……청신 씨?"

그녀는 눈으로 담고 손끝으로 확인을 해 봐도 자기 곁에 청신이 있다는 게 믿기지 않는 모양이다. 청신이 한숨을 삼키며 그녀를 품에 안았다. 악몽의 여운으로 흔들흔들 떨던 작은 숨결이 고르게 퍼지기 시작했다.

"어, 어떻게 된 거예요? 나 방금 전까지 분명히 그 남자한테……."

"괜찮아요. 아무 일도 없이, 잠깐 잠들었을 뿐이에요."

"아무 일도 없었다구요? 아니. 아니에요. 있었어. 이청신 씨는 아무것도 몰라. 나…… 아까 내가 어떤 말을 듣고 어떤 생각을 했는지 알면, 청신 씨는 나한테 실망할 거예요. 나는 나 자신의 문제 때문에 이청신 씨를 배신하려고 했어. 아주 짧은, 정말 짧은 찰나였는데, 어쨌든."

그녀가 여리게 흘리는 말 한 조각 한 조각은 물방울을 닮아 있다. 애처롭게 떨어져 안쓰럽게 터진다. 그녀는 울고 있었다. 그것도 몹시 서럽게. 서로의 시선을 맞춘 채 그녀의 상처를 신중히 어루만지고 싶었다.

청신은 가슴 위에 달라붙듯 안겨 있는 연약한 몸을 떼어내고, 눈높이를 맞추려 했다. 하지만 그녀가 원치 않았다.

"수아 씨."

"나한테 어떤 문제가 있는지, 그 얘긴 나중에요. 마음의 준비가 되면 그때 다 말할게. 지금은 나 혼자 있고 싶어요. 미안."

청신은 제게서 등을 돌리는 그녀를 말없이 바라보다가, 웅크려 누운 그녀의 뒷머리에 입 맞추고는 침실을 나왔다.

"검사님, 벌써 가시게요?"

문 밖에서 손톱을 잘근대며 불안해하고 있던 송진우가 낑낑대는 강아지처럼 청신을 불렀다. 자라다 만 소년 같은 면이 있는 그는, 수아를 어떻게 혼자 두냐는 걱정 어린 의문을 온몸으로 표출하고 있었다.

그녀가 입은 드레스는 겉은 아름답고 찬란하지만 그녀에게 잘 맞지 않는 것이다. 그래서 드레스 속은 모든 살갗에 흘러내림 없이 고정되어 있으라고 살 깊이 찔러 넣은 바늘들이 수만 개였다.

지금은 당신이 피투성이여도 껴안고 사랑할 수 있다고 말할 게 아니라, 그녀를 날카롭게 찌르고 있는 무수한 바늘부터 제거할 때다. 그리고 동시에 그녀를 바스러뜨리려 한 모든 것의 목을 꺾어 버릴 시간이었다.

"급한 일이 있어서. 바로 올 겁니다."

계획과 준비는 완벽하다. 하나하나 신속히 해낼 것이다. 청신이 현관문을 열어젖혔다.

어두움의 입에 잡아먹혔던 세상이 다시 핏기를 띠고 움직이는 시간. 수사 기록을 들고 청신의 집무실에 들어갔던 신현수 검사가 미간을 좁혔다.

"황 계장님. 여기서 뭐 하세요?"

"……."

청신의 책상 옆에 서 있던 황 계장이 눈에 띄게 당황하더니, 어떤 변명도 없이 신현수를 피했다. 신현수는 무슨 범죄자같이 고개를 푹 숙인 채 빠져나가는 황 계장의 모습을 뚫어져라 쳐다봤다.

"방금 황 계장님 손에 그거……."

검사님 머플러 같던데. 아니, 원래는 수아 씨가 겨울마다 하고 다녔던 거니까 수아 씨 머플러라고 해야 하나…….

"뭐든 간에, 계장님이 그걸 왜 들고 나가시지?"

제자리에 서서 중얼거린 신현수가 찜찜한 얼굴로 문을 열고 나간 순간. 청신이 어딘지 날 선 모습으로 검사실에 들어섰다.

"어, 검사님 오셨어요? 어제 지시하신 서류, 지금 막 검사님 책상 위에 올려놨습니다. 검토 부탁드려요."

"신 검사. 잠깐 얘기 좀 하자."

청신이 자신의 방으로 들어서며 낮게 말했다. 신현수는 잠깐 멍청히 두 눈만 깜빡거렸다.

청신은 늘 신현수를 이름으로 불렀다. 수습 검사로 만난 첫날부터 실수란 실수는 다 저질러 놓고 제가 세상에서 제일 잘났다고 뻗대니, 검사 취급을 안 해 줬던 것이다. 신현수는 청신에게서 네가 검사라는 소리는 평생 못 들을 줄 알았다.

"저기 혹시 방금 저 부르신 분? 황 계장님. 한 오 초 전에, 황 계장님이 저 부르셨어요?"

도무지 믿기지 않아서 황 계장에게 확인을 요청했다. 장난치기 위해 사는 줄 알았던 황 계장은 웬일로 웃음기 없이 무거운 분위기이다. 일이 너무 많다고 종알대며, 꾀병 부리는 애처럼 축 처져서 울먹이는 것도 아니었다. 어둑어둑하면서 또 황폐한 게 아예 딴사람이 되어 버린 듯했다.

"뭐야? 황 계장님은 또 왜 저러셔. 나 지금 설마 책상 위에서

졸고 있나? 신현수 너 꿈꾸나? 안 되는데? 오늘 아침까지 이청신한테 받은 숙제 끝내야 하는데?"

신현수가 두 손으로 제 뺨을 두들기며 심각하게 꿍얼대자, 자기 자리에서 눈치만 보던 남예은 실무관이 살그머니 다가왔다.

"황 계장님, 얼마 전에 사표 내셨어요. 아마 오늘내일 중으로 사표 수리될걸요."

남 실무관이 조용조용 흘려 준 귓속말에 신현수의 두 눈이 커졌다.

"왜요?"

남 실무관은 그건 저도 잘 모르겠다는 듯 어깨만 으쓱하더니 방긋 웃었다.

"얼른 들어가 보세요. 이 검사님이 찾으십니다, 신 검사님."

신 검사라는 호칭을 힘주어 말하는 남 실무관의 목소리에, 신현수가 재빨리 청신의 집무실 문을 열었다.

"신 검사 여기 들어왔습니다, 검사님!"

신현수의 우렁찬 소리에 청신은 조금 웃는 듯했다. 그러나 누굴 베어 버리기 직전의 칼날 같은 느낌은 하나도 가시지 않았다. 그가 저러고 나면 검찰청 안팎으로 피비린내 나는 바람이 불었다.

그는 또 뭘 준비하고 있는 걸까. 이유 있는 긴장감이 엄습했다. 신현수가 마른침을 넘긴 뒤 청신의 책상 앞으로 걸어갔다.

"이거, 혼자서 해 볼 수 있겠어?"

청신이 서류 한 묶음을 내밀었다.

"고소장이네요. 피고소인은 이리환. 와, 고소인이 왜 이렇게 많아. 감금에 성폭행. 한두 명만 그런 게 아닌 거 보면, 피해자가 더 많을 수도 있겠는데요? 저 주세요. 제가 한번 해 볼게요."

신현수가 눈을 빛내며 서류를 껴안았다. 그리고 인사를 하려는데, 청신의 손이 또 뭔가를 건넸다. 이번에는 USB였다.

"그리고 이건 개인적인 부탁. 마무리만 남았어. 네가 해 줘."

"뭔데요?"

청신은 답하지 않았다. 신현수는 그를 가만히 쳐다봤다. 이청신은 지금 무슨 일을 저지르고 있고 신현수 저는 그 일에 말려들고 있다. 분명 그런데 그 일이라는 게 무엇인지 도통 모르겠다. 하지만 꺼림칙하지는 않았다. 이청신은 드물게 강직한 검사이고 귀감으로 여길 만한 선배였다.

"검사님. 이건 진짜 저한테 떠맡기시는 거니까, 잘못해도 혼내시면 안 돼요. 제 책임 아닌 겁니다."

말은 그렇게 해도 속으로는 잘 해낼 거라 다짐한 신현수가, 재킷 안쪽에 USB를 넣으며 돌아섰다. 그러다가 잊었던 뭔가가 퍼뜩 떠오른 듯 다시 청신을 향해 섰다.

"아. 맞다. 검사님 그, 머플러 말이에요. 봄 다 되도록 맨날 맨날 두르고 다니시는 거. 그거 수아 씨가 준 거죠? 제가 수아 씨 출근 사진이랑 공항 사진 다 봐서 그 머플러 잘 알거든요."

"맞아. 그게 왜."

"그거 소중하게 여기시는 거 아니에요? 그거 아까……."

신현수가 황 계장의 미심쩍은 행동을 고발하려는 찰나이다. 누군가 집무실 문을 발칵 열었다.

"검사님. 지금 급히 올릴 말씀이 있어서요."

황 계장이었다.

"아. 저는 이따가 올게요, 검사님."

황 계장은 신현수가 나가고도 한참을 고요하다. 연모경을 칠 준비를 막 마치고, 이제 모든 걸 터뜨릴 참인 청신이 더 기다리지 못하고 고개를 들었다. 황 계장이 공허한 눈으로 입을 열었다.

"연 이사님께서 찾으십니다."

청신은 듣지 못한 사람처럼 다시 황 계장을 무시하려 했다. 그러나 그러지 못했다.

"그냥 잠자코 가시는 게 좋을 겁니다. 배수아 씨에 관한 일이거든요. 아니, 배수아 씨가 걸렸다는 표현이 더 적절하겠네요."

연모경이 던진 투명한 밧줄이 청신의 사지를 묶어 올린다. 순순히 끌려갈 수밖에 없었다.

전신이 형체가 보이지 않는 끈으로 감겨, 직접 핸들을 쥐고 차를 몰았다. 황준서가 지시한 목적지에 도착했을 때 세상은 어둑하게 번들거리고 있었다.

청신은 차창 밖을 응시하며 미간을 일그렸다. 실핏줄처럼 가느스름하게 흘러내리는 빗줄기 사이로 오래된 폐병원이 보였다. 잿빛의 건물은 시신 몇 백 구를 한 모금에 삼킬 수 있는 거대한 화장로 같다. 저 화장로 속에 들어서면 벌어질 일이 뻔했지만, 청신은 서슴지 않고 차 문을 열었다.

연모경이 고용한 남자들이 청신을 포위해 왔다. 이윽고 누군가 치켜든 각목이 뒷덜미를 내리치고, 휘청이다 바닥으로 쏟아진 몸이 포박되었다.

남자들은 검은 천으로 머리를 덮어 시야를 가린 뒤에야 청신의 등을 건물 안으로 툭툭 떠밀었다. 초장부터 압도적인 무기력감을 들이붓기 위한 연모경의 술수일 것이다.

농도 높은 암흑 속에서 수없이 발을 헛디디고 차디찬 바닥 위로 나가떨어지고 벽에 던져졌다. 그렇게 일그러지고 닳아가면서도 청신은 스스로 몸을 일으켜 걸어 나갔다. 연모경을 찾아야 했다. 그 여자가 거머쥐고 있을 수아의 숨을 구하려면 1초도 지체할 수 없다.

그 집요함이 꺾인 건 어느 계단 끝에서이다. 누군가 등을 거칠게 후려쳤다. 자유롭지 않으면서도 꼿꼿하고 아름다웠던 걸음이 부려져, 계단의 길고 울퉁불퉁한 사선 위로 미끄러졌다. 이마로 축축한 온기가 번져 오는가 싶더니 피비린내가 물씬 풍겼다. 모서리에 부딪치며 살이 찢긴 모양이었다.

개의치 않고 일어서려 했다. 하지만 모든 의지는 몸 마디마디로 새어 나가, 되는 건 오직 비린 호흡을 몰아쉬는 것뿐이었다. 청신이 자신의 고개도 추켜올리지 못할 지경이 되자, 손 몇 개가 청신을 강제로 끌고 갔다. 그리고 알 수 없는 문을 열어젖히고 들어가, 그 안에 억누르듯 눕혔다.

손을 등 뒤로 묶었던 포박이 풀리고, 어떤 판판한 대 위에 강하게 묶였다. 목덜미로 끼쳐 오는 느낌이 동사한 사람의 피부처럼 딱딱하고 서늘하다. 자신이 누운 곳이 수술대라는 것을 직감한 찰나, 머리를 가린 천이 벗겨졌다.

"여기가 어딘지 알 것 같니?"

예리한 메스의 날을 닮은 목소리가 귓바퀴를 도려내고, 수술등에서 팍 하고 터져 나온 희디흰 빛 입자들이 두 눈동자를 저몄다. 청신이 눈을 일그리면서도 연모경이 도사리고 있는 까만 어두움 속을 쳐다봤다.

"32년 전 내가 수련의로 일하던 병원이야. 살면서 수많은 수술대 앞에 섰는데, 이 수술실은 잊히지도 않아. 그날은 잘 갈린 칼에 살이 베이고 장기가 찔린 환자들이 쏟아져 들어왔어. 도대체 무슨 일이 벌어지고 있는 건가 싶었는데, 근처 가게에서 무차별 칼부림 난동이 벌어졌다고 했던가."

연모경이 오래된 과거를 쓰다듬기 시작했다. 차갑고 건조한 목소리가 공기를 파고들 때마다 습관적인 두려움이 청신의 목줄기를 옥죄어 왔다. 이마에서 흐른 피로 붉어진 입술이 야트막이 벌어져, 약한 호흡을 쉴 없이 토해냈다.

천천히 수술대 옆으로 걸어온 연모경이 부드럽게 웃으며 청신의 입가를 한 손가락으로 훔쳤다. 생살이 칼에 문질러지는 듯 선득한 감각이 모든 살결을 도려내, 청신이 눈썹을 일그러뜨리며 기침했다. 목젖과 입술을 베고 나간 탁하고 미약한 소리가 허공을 몇 번 긋는다. 청신은 그 소리로 자신이 공포에 사로잡힌 걸 알았다.

또, 어린애처럼.

청신이 느리게 심호흡을 머금었다. 이청신 자신의 운명에 수아가 엮여 있다. 이렇게 휘둘리기만 하다가는 수아가 다칠 것이다. 나약하게 떨리던 긴 속눈썹이 조금 차분하게 가라앉았다.

"병원은 아비규환이었어. 정말이지 정신이 없었지. 나는 핏물을 뒤집어쓰고 남의 살 속에서 샘솟는 붉은 호수 속을 헤맸어. 환자들 대부분이 과다 출혈이야. 다들 피가 모자라 사경을 헤매네. 그러면 빨리 출혈을 막아야 했겠지? 난 한두 군데가 아닌 출혈 부위를 온몸으로 붙들고, 그 사람들 몸에 남의 혈액을 들이부었어. 몇 시간을 그랬을 거야. 내가 남들을 살리느라 그러고 있는 동안, 내 인생은 처참히 베여 나가는 줄도 모르고."

자신의 계획이 틀어지기 시작한 시점을 짚는 연모경의 음성은, 흡사 상처 입어 내장이 몸 밖으로 흐르는 사람처럼 괴롭게 전율했다. 오연하고 세련된 가면이 한 꺼풀 한 꺼풀 벗겨지고 있었다.

"맞아, 그래. 그때 나를 보러 이 병원에 왔다가 그냥 돌아가던 이도영이 간호사 박은하와 어깨를 부딪혔어. 불길을 헤집어 이도영의 목숨을 구하고, 이도영과 친해지고, 끝내는 이도영을 내 남편으로 만들기 위해 애지중지 키워 왔던 내 운명이 찢어진 거야. 절단된 혈관은 이을 수 있지, 운명은 한 번 찢어지면 돌이킬 수가 없어."

"그래서 그 찢어진 운명에 남의 피를 부으셨습니까. 어떻게든 그 운명에 피를 돌리려고."

청신이 그녀의 실체를 직시했다.

"알아낸 게 꽤 많은 것 같더구나. 그럼 조심했었어야지, 청신아. 왜 네 스스로 약점을 만들었니."

그녀는 조금도 부정하지 않는다. 수만 조각의 살점과 핏물이 엉킨 맨얼굴을 고스란히 드러내고 잔인하게 웃는다. 그녀가 살인마의 낯을 내보였다는 건 청신이 그녀의 죄악을 다 알아도 더는 상관없다는 뜻이다. 이제 죽여 없애면 그만이라 여기고 있을 것이다.

이무기처럼 치밀하고 끈질긴 살인자는 긴 시간을 인내해, 드디어 청신의 목숨을 갈라 버릴 계획이다. 청신이 사랑하는 여자를 인질로 삼아.

"수아라는 애, 이미 찔렸어. 그 애가 연쇄 살인범의 친딸에 거짓말쟁이란 사실이 내 손에 있는 이상 그 애 운명은 칼에 찢겨져 나달거리는 거나 마찬가지야. 내가 치부를 밝히기만 하면 지금 당장 그 애의 모든 게 끝난다. 어때. 그래도 괜찮겠니?"

연모경의 손이 수아의 드레스 자락을 집어 들었다. 이대로 조금만 들춰도 재투성이인 그녀의 맨살이 드러나, 사람들의 손가락질을 받게 되어 있다.

수아는 그녀의 일을 많이 사랑하는 듯했다. 갑자기 추락하게 두면 견디기 어려워할 것이다. 청신이 안간힘을 다해 고개를 저었다. 끌려오며 멍이 들고 깨졌을 몸은 고작 그런 미동을 하는 것도 버거워, 입술과 눈꺼풀이 바르르 떨렸다.

언제나 죽이고 싶은 것의 몰골이 그러니 만족스러웠을까. 연모경이 엷은 소리를 내며 웃었다.

"그럼 청신이 네가 그 애의 출혈점을 단단히 붙들고, 네 피로 수혈을 해야겠구나."

연인을 살리는 대가로 너 스스로 네 삶을 찌르라는 협박이다.

"하겠습니다. 뭐든."

망설이지 않고 대답했다.

"너는 영리하지. 거의 평생을 내 살인을 밝히는 데 썼고, 지금 쯤엔 아마 모든 걸 알아냈을 거야. 전부 다 말해라. 하나라도 놓치는 게 있으면 안 돼."

"첫 살인은 열다섯 살. 부암동 주택에서 일하던 입주 도우미를 죽였습니다. 살인을 의도한 건 아니었지만 부엌에서부터 피어오른 화마는 고의였죠."

"옳지."

청신은 연모경의 눈부신 미소 아래에서 자신을 베어 내기 시작했다.

연모경이 이도영의 구원자라는 이름을 갖기 위해 일부러 불을 지르고 이도영을 구해 낸 것부터, 이리환이 태어난 배경, 그 애의 친부인 남자를 살해한 것. 리환이 이도영의 씨가 아님을 눈치챈 청신의 조부를 죽인 뒤 사고사로 위장하고, 청신의 어머니 은하를 죽인 것까지.

몇 년을 악착같이 끌어 모았던 그 모든 진실을, 연모경을 허물어 뜨리기 위해 필사적으로 살았던 자신의 생을, 결결이 난도질했다.

"두 개가 더 남았을 텐데."

"지병이 있는 이도영에게 치료제로 가장한 독약을 몇 년째 투여 중입니다. 며칠 후 뇌출혈이 일어나고 식물인간이 될 겁니다. 그러면 이도영의 보호자가 되어, 이도영 수중에 떨어진 선화그룹을 그 대신 좌지우지할 계획입니다. 경영권과 자산을 대부분 넘기고 이름만 회장이신 할머니는, 어젯밤부터 집 안에 가둬 둔 상태고."

더는 온전한 구석이 없었다. 피를 짤 차례였다.

"역시 완벽하구나. 그러면, 그걸 알아내고 확신할 수 있었던 증거들은."

"……"

"아무래도 그건 어려울까."

연모경이 보란 듯이 휴대폰을 꺼내들었다.

"아뇨. 아닙니다. 다 말하겠습니다."

반드시 지키겠다고 맹세하고 약속했다. 그 여자를 위해서라면 못 할 게 없었다. 청신이 결박당한 몸을 들썩이며 절박하게 매달리자, 연모경이 흐뭇해했다. 그러나 손가락으로는 휴대폰을 건드렸다.

기어이 수아의 비밀을 퍼뜨리려는 건가?

그건 이미 가련할 대로 가련한 그녀를 끝으로 내던지는 일이었다. 새하얗고 연약한 여자가 눈앞에서 찢어지고 죽어 가는 환상이 각막에 들러붙어 온다. 청신이 붉게 충혈된 눈을 치떴다.

"정원을 산책하다가 불길을 발견했다는 진술과, 당시 증거 물품들을 찍은 사진 사이에서 모순점을 발견했습니다. 그 무렵 저택의 산책로를 갈아엎느라 정원은 젖은 흙으로 뒤덮여 있었다고 들었는데, 사건 당일 고모가 신으신 신발 바닥은 깨끗했습니다. 정원에 가지 않았다는 뜻입니다. 그리고, 그리고 무엇보다 신발에 불에 눌린 자국이 보이지 않았습니다."

쉿.

연모경이 필사적으로 토로하는 입술 위로 살며시 검지를 댔다.

"황준서 씨. 지금부터 얘가 말하는 증거들, 전부 다 찾아서 내 앞에 가져오세요."

통화가 연결된 휴대폰이 청신이 누운 수술대 위에 놓였다.

"실외에서 불을 발견해 안으로 뛰어 들어갔다면, 신발을 벗을 틈 같은 건 없었을 겁니다. 고모는 별채에서 본채로 이어지는 실내 복도를 통해 걸어가, 들고 온 신발을 테라스에 내려놓고 부엌으로 갔습니다. 그, 그리고……."

"그래 청신아, 착하구나. 처음부터 다시."

명령이 떨어졌다. 청신은 기억하고 지니고 있는 사람들의 증언과 물증 일체를 연모경 앞에 바쳤다. 자신의 핏물을 남김없이 버리고 짜내는 것처럼.

7. 해피엔딩

모든 것을 흘려보낸 청신은 으깨지고 말라붙은 것처럼 기진맥진했다. 연모경은 해쓱하게 질린 그의 살결과 그 위에 엉겨 붙어 있는 검붉은 핏자국을 고요히 쳐다보았다. 그건 모경이 오랫동안 염원했던 그림이라, 두 눈이 희귀하고 아름다운 작품을 감상하는 것처럼 즐거웠다.

"네가 처음부터 이랬더라면."

빚어지자마자 이런 빛, 이런 모양이 되어서 사라졌더라면, 내가 그 많은 사람을 죽일 필요까지는 없었을 텐데.

사실 모경은 청신이 태아일 적부터 그를 죽이려고 했다. 도영과

은하가 결혼을 서두른 게 이 아이 때문이었으므로, 유산시킨다면 그 둘을 자연히 갈라서게 할 수도 있었다. 하지만 청신은 번번이 살아남았다. 그 탓에 길이 복잡해졌던 것이다.

이 아이로 인해 찢기고 엉킨 지난날을 떠올리니 마음속에 응어리 진 살의가 들끓는다. 모경이 손을 들어 청신의 목을 가볍게 졸랐다. 우그러든 손가락 밑으로 맥박이 성가시게 발딱거렸다. 당장 끊어 버리고 싶었으나, 핏자국은 짙어질수록 눈에 띄고 긴 꼬리는 밟히기 쉽다.

모경의 손이 몸소 살해했고 또 살해하고 있는 식구가 이미 여럿이었다. 젊고 건강한 청신마저 수상쩍은 죽음을 맞이한다면, 사람들의 의혹은 이 연모경부터 손가락질할 것이다. 청신의 죽음은 인과와 살해 동기가 뚜렷해야했다. 아무도 진실은 짐작도 할 수 없도록.

모경은 쥐고 있던 목을 놓아준 뒤, 미리 준비한 주사기 끝을 청신의 혈관 깊이 꽂아 넣었다. 어려서부터 영특하고 예민한 청신은 알지 못할 약물을 주입당하면서도 겁을 먹지 않았다. 모경이 저를 친히 죽이지는 못할 거란 걸 다 알고 있는 것이다.

청신의 의식이 가물대다가 암흑에 잠기는 것을 지켜보며, 모경은 소리 없이 웃었다. 청신이 미처 모르는 것이 있었다. 얼마 전 모경에게 새로운 개가 생겼다.

"기정균은?"

"구속 기간 연장이 기각됐으니 지금쯤 출소했을 겁니다."

청신의 집무실과 자택에서 모든 증거물을 챙겨 나온 황준서가,

모경 앞에 고개를 조아리며 대답했다. 모경은 기정균과 기정균의 새 사업을 후원해 주는 대신, 기정균을 이용해 청신을 죽이기로 했다.

청신과 기정균 사이의 적대감은 세상 사람들이 다 아는 것이다. 기정균은 이청신의 살인자라는 이름에 가장 걸맞는 인물이다. 그놈을 쓴다면 아무도 의혹을 내세우지 않을 것이다.

"애는 오늘 저녁 8시, 기정균이 원하는 장소로 데려다 놓으세요."

"예."

잠든 청신의 목숨을 기정균 앞에 가져가라 말하자, 황준서는 웬 머플러부터 청신의 목에 둘렀다.

"그 머플러는 왜?"

"아, 이건, 이청신이 요즘 매일같이 매고 다니던 유일한 물건입니다. 일을 확실히 처리하려면 이청신을 가리키는 과녁이 필요할 것 같아서 챙겼습니다."

"뭐, 괜찮네요."

황준서는 쓸 만한 인부이다. 모경은 부드럽게 웃고는 수술실을 떠났다.

그날 밤.

인적이 드물다는 어느 강가에 청신의 피가 흩뿌려졌다. 기정균은 그 애에게 세 개의 치명상을 입혀 물에 빠트렸다고 보고했다.

시신은 아직 건지지 못했으나, 강 주변에 웅덩이를 이룬 피와 거기 떨어져 있던 머플러가 이청신의 것이라는 수사 결과가 나왔다. 세상은 촉망 받는 젊은 검사의 죽음으로 떠들썩했다. 어느 누구도 모경더러 살인자라 하지 않았다.

이대로 녹아 어두움에 스며들고 싶다. 작은 물거품이 되었다가 톡 터져서, 내가 여기 있었다는 흔적도 없이 없어졌으면.

아니야. 숨 쉬고 싶다. 그 남자에게 깊이 안겨, 어떤 꽃잎도 못 이길 그만의 내음으로 나를 적셨으면.

확 죽어 버리고 싶어.

그런데 살고 싶어.

행복하고 싶고, 그만 항복할까 싶고, 사라질까 싶다가도 사랑이 하고 싶고 그래.

손끝이 하얀색으로 질리도록 힘껏 쥔 채 눌러쓰고 눌러쓰던 연필 끝이 부러졌다. 온종일 저를 붙들고 이랬다가 저랬다가 하는 주인의 변덕에 물린 듯, 툭.

깎여 나간 연필 껍질 무더기에서 칼을 찾아 쥐었다. 그리고 연필대 위에 칼날을 가져다 댔다가, 울상 지으며 연필을 바닥에 내팽개쳤다. 아무리 연필심을 뾰족하게 세우고 세워도 어차피 답은 나오지 않을 걸 안다.

"나를 조금만 깎아 볼까. 그럼 내가 정말 하고 싶은 게 뭔지 알수 있을 텐데."

흐린 조명 아래서 파랗게 빛나는 날을 손목에 살그머니 대보는 그 순간. 아주 작은 발소리가 공기를 울렸다. 수아가 놀라 칼을 떨어트렸다. 방문은 그러고도 몇 초나 있다가 열렸다. 스스로가 우습다고 생각했다.

발소리 같은 건 다 핑계다. 사실 차갑고 날카로운 것이 살갗에 닿자마자 무서워져 버렸다. 그렇게 죽을까 말까 고민해 놓고, 실은 마음에 가득 든 건 그에게 모조리 다 이해받고 사랑받았으면 하는 이기심뿐이다. 버려짐에 대한 무서움을, 제멋대로에 구차한 욕심이 가뿐히 짓누르고 이겨먹는다.

"수아야, 나 잠깐만 밖에 나갔다 올게. 집 밖에 택배가 왔대. 경비실에서 좀 내려와 보라고 난리네."

매니저가 문틈을 조금 열고 속닥거렸다. 평소라면 저러고 휙 갔을 텐데, 오늘은 할 말을 다 한 뒤에도 숨죽인 채 수아를 살핀다. 아무래도 안 좋은 일이 있었으니 쟤가 괜찮은지 보는 걸 것이다. 심지어 살금살금 들어와 바닥에 내던져진 커터 칼을 주워 숨긴다.

안 그래도 되는데. 난 너무너무 죽기 싫은 사람인걸. 모든 게 거짓인 불쾌하고 초라한 애인데도, 그 남자 옆에서 살고 싶어 죽겠는 이기주의자가 대체 어떻게 스스로 죽겠어. 수아가 자조적으로 웃고는 입술을 열었다.

"이 시간에 웬 택배래."

"어, 그러게. 검사님이 시키신 건지, 엄청 중요한 물건인가 봐. 경비 아저씨가 꼭 직접 가지러 와 달라네. 금방 다녀올게."

"얼른 와. 나 배고파."

평소처럼 까칠하고 왠지 다정한 목소리를 뱉자, 매니저가 환하게 웃고는 다급히 달려갔다.

다시 홀로 남아서는 책상 밑에 쪼그려 앉은 채 휴대폰을 만지작거렸다. 그리고 삭제한 지 오래여도 영원히 잊지 못할 숫자들을 조심히 새겨 넣었다.

"미안해요. 역시 내가 살지 말지는 이청신 씨가 판단해 줘야 할 것 같아. 부담스럽고 참 싫을 텐데, 그래도 이청신 씨가 해 줘요. 난 결말이 어떻든 받아들이고, 울지 않을 테니까."

당신이 나한테 선을 그으면 나는 온몸이 반으로 잘려지는 기분일 거야. 어떤 흉이 질까. 그건 끔찍하겠지. 하지만 어쩌면 좋을지도 몰라요. 어쨌든 당신이 나한테 주는 무엇이기 때문에. 그 어떤 비난과 경멸도 당신의 것이면 사탕처럼 달콤할 거야. 그러니까 부디 한껏 마음대로 하기를.

갈피를 못 잡고 휘청휘청 헤매던 마음이 드디어 한 방향을 향해 곧게 서자, 그의 번호 뒤로 통화 버튼을 누를 수 있었다. 연결음이 길게 늘어졌다.

일하는 중인가? 문자를 넣을까 하다가, 이런 얘기를 일방적으로 내던지긴 좀 그래서 다시 한 번 전화를 걸었다. 이번에도 들리는 건 단조롭고 반복적인 소리뿐, 그의 음성은 답을 하지 않는다.

차라리 빨리 말하고 싶은데. 뭐 시간이 될 때 전화 주겠지.

수아가 매를 맞기로 약속한 아이처럼 무거운 한숨을 내쉬고는, 휴대폰을 내려놓는 찰나이다. 진동 소리가 방 안을 요란하게 흔들었다. 청신에게서 온 전화였다.

"이청신 씨."

호흡을 재빨리 가다듬은 수아가 전화를 받았다. 수화기 너머는 고요하다. 이 남자가 전화를 잘못 누르기라도 했나? 아니, 그럴 리가. 그는 철저하고 깔끔한 사람이다. 그러면 혹시 내가 그의 번호를 틀린 걸까. 물론 꿈에서도 똑바로 누를 수 있는 숫자들이지만, 그래도……

왜인지 산소가 모자란 느낌이 수아의 아랫배를 죄여 온다. 수아가 마른침을 꾹 삼키며 다시 한 번 입술을 열었다.

"……여보세요? 청신 씨."

쓸데없는 긴장감을 밀어내려 애쓰며 또박또박 뱉은 발음 뒤로, 낮고 기분 나쁜 웃음소리가 매달려 왔다.

─안녕, 배수아.

기정균이었다.

뜨거운 촛농이 심장에 뚝 떨어져 달라붙은 것만 같았다. 헛숨을 삼키며 통화를 끊었다. 맥박이 뛸 때마다 달궈진 피가 손끝부터 발끝까지 달려가, 모든 세포를 따갑게 화상 입힌다.

살갗 위로 미열이 어지럽게 지펴지는 가운데, 청신이 위험하다는 직감이 아지랑이처럼 피어올랐다. 외투도 챙기지 못하고 문 밖으로 뛰어나갔다. 어디로 가야 할지도 모르면서 무작정 엘리베이터 버튼을 누르려는데, 마침 엘리베이터가 눈앞에서 멈췄다. 문이 조용히 벌어지고, 연한 신음 섞인 피비린내가 풍겨왔다.

"수아야. 미안해. 내가, 또 대표한테 고자질했어. 너 어디 있는지. 내가 말 안 해 주면, 너 찾아가서 더 나쁜 짓 할 거라고. 나 하나 입 안 연다고 널 못 찾을 것 같냐고, 그래서, 그래서……."

신나게 달려 나갔던 매니저는 피떡이 된 채 늘어져 있다. 그를 저 지경으로 만든 덩치들이 그를 엘리베이터 밖으로 던져 버리고, 수아에게 다가왔다.

그냥 저항 없이 붙들렸다. 청신이 가장 안전하다고 한 주소를 기정균이 알고 있다니, 청신에게 무슨 일이 있다는 게 더 명백해졌다. 기정균에게 가면 청신을 만날 수 있을 거라고 생각했다.

기정균의 따까리들이 수아를 끌고 간 곳은 기정균의 자택이었다. 색색의 술병들과 담배꽁초들이 쓰레기처럼 나뒹구는 거실 한가운데, 가장 더러운 존재인 기정균이 거만하게 앉아 있었다. 수아는 작은 이를 잘근잘근 씹으며 기정균을 쏘아봤다.

"야. 그 사람 어딨어."

"배수아. 그동안 너 혼자 아주 살판났지?"

네까짓 건 갓 태어난 강아지 새끼의 입질보다 아프지 않다는 듯, 기정균이 여유롭게 웃었다.

종양 같은 새끼. 내가 처음부터 잡아 뜯고 도려냈어야 했는데. 이제라도 죽여 버릴 거야. 수아가 턱 끝까지 차오른 욕지거리를 입 안에 꽉 물고, 기정균에게 달려들려고 했다. 뼈마디가 다 꺾이고 살이 후들거릴 지경으로 간절하게 그랬지만, 겨우 깡패들 손가락 몇 개로 제압당했다. 두 무릎이 꿇려지면서도 계속 덤볐다.

"어딨냐고, 그 사람!"

앙칼지게 할퀴는 소리에, 기정균이 옆에 서 있는 부하에게 턱짓을 했다. 뭔가 축축하고 검붉은 것이 수아의 눈앞에 떨어져 내렸다. 저게 뭐야? 수아가 눈살을 찡그린 채로 작은 고개를 기웃거리다가, 두 눈을 크게 떴다. 붉음에 발갛게 잡아먹혀 흐린 빛으로 보이는 패턴이 익숙했다. 저건 수아 제 손으로 그의 목에 둘러 주었던 머플러였다.

동그란 눈동자 위로 물기가 넘실거렸다. 수아가 힘없이 무너져, 피를 잔뜩 먹은 머플러를 품에 껴안았다. 차갑고 잔인한 냄새가 콧속으로 파고들었다.

"처, 청신 씨…… 아, 아냐. 아니죠. 그런 거 아니잖아요, 대표님."

기정균을 애처로운 눈으로 올려다봤다.

"그냥, 그 사람이 나를 버렸죠? 내가 못되고 더러운 거짓말쟁이라서, 나 구해 주기로 한 거 취소하고 대표님 놔준 거죠."

그 사람은 괜찮잖아요. 나 따위를 잘살게 해 보겠다고 자기가 죽진 않았을 거야. 그러지 않고, 내가 싫어진 걸 거야…….

그의 핏물을 부정하는 입술이 달달 떨리다가 쏟아지는 눈물에 무너졌다. 기정균은 우는 수아를 잡아 지하실에 가뒀다.

"선화 아들이 너 원한다는 건 알지. 보낼 준비 될 때까지 얌전히 기다려. 야, 요즘은 재벌가 새끼가 현대판 왕자라며. 신데렐라, 신데렐라 했더니 너 같은 것도 왕자한테 안기게 되네. 축하해, 끝내주는 해피엔딩이다."

"네, 맞아요. 대표님 말이 다 맞고, 다 알겠어요. 나 하라는 거 다 할게. 다신 안 대들 테니까, 그 사람 괜찮다는 말 한마디만 해주세요. 잘 있지, 그 사람."

바들거리며 매달렸지만 기정균은 귀찮다는 얼굴로 돌아섰다.

문이 쾅 닫히자 사방이 캄캄했다. 이 빽빽하고 짙은 절망의 물살은 몹시 익숙한 것이다. 바닥과 사방 벽이 뱉어내는 쿰쿰한 냄새도 잘 알았다. 방금 전까지 겪었던 모든 일이 꿈결 같아진다.

먼 옛날로 되돌아간 듯한 착각이 온몸을 감싸고, 살 밑 어딘가에 작게 움츠려 있던 작은 소녀가 눈을 뜨고 발악하기 시작했다. 수아는 어릴 적 도주에 실패해, 이 지하실에 갇혔던 때처럼 문을 두드리고 애원했다.

혼자 놔두지 마세요. 시키는 대로 할게요. 나 좀 꺼내 주세요. 그러다 문득 헛웃음을 지으며 주저앉았다.

"여기서 나가면? 네가 뭘 할 건데."

맨날 이 유리 구두에서 날 꺼내 달라고 기도하겠지. 희망을 갖겠지. 절벽 끝에 서서도 악착같이 살려고 기를 쓰겠지. 혼자 조용히 떨어져 버리지, 주제도 모르고 어떤 남자한테 쓰러지고 안길 거야. 그러면 나 대신 그가 부서질 게 뻔한데.

"배수아 너를 위해서는 아무것도 하지 마. 넌 죽은 듯이 살아야 돼. 안 그럼 네 꿈처럼 돼. 그 사람이, 그렇게 되는 거야."

그가 피 흘리고 사라진 건 다 꿈이야.

그 사람은 괜찮아, 수아야.

나는 다시 시작할래. 다시 여기 갇힌 열일곱 살로 돌아가서, 살이 짓무르고 썩어도 그러려니 견딜래. 그러니까 제발 아무나 내 시간 좀 돌려놔, 그 사람 만나기 전으로. 제발…….

흐느끼다 깊이 들이마신 숨 속에는 피 냄새가 강렬하게 묻어 있다. 손에 꼭 쥐고 있는 머플러는 너무 눅눅해서, 손끝이 쪼그라드는 게 눈에 보이는 듯 선명히 느껴졌다. 그가 죽은 건 상상이나 꿈이 아니라 현실이다.

"아니다. 죽지 않았을 수도 있지. 이청신이 얼마나 잘났는데, 겨우 기정균 같은 놈한테 죽겠어. 내가 지레 겁먹고 오버하는 거야."

손등으로 눈물을 닦고 휴대폰을 켰다. 그리고 인터넷 화면을 띄웠다. 이, 청, 신. 아름답고 곧은 획 하나 하나를 조심스럽게 두드려 그의 이름을 검색했다.

「[속보]서울중앙지검 이청신 검사, 피습 당한 뒤 실종…사망 추정」

「[속보]강가에서 발견된 다량의 혈흔과 머플러, 이청신의 것으로 확인돼」

「[속보]이청신 검사 '사망했을 가능성 커'」

눈동자를 칼날처럼 푹푹 찔러오는 글자들에 아픈 슬픔이 치밀었다. 사람이 겨우 글자 몇 조각 때문에 이렇게 괴로울 수는 없는 법이다. 지나친 악몽을 꾸는 거라고 믿기로 했다. 휴대폰을 거칠게 내던지고 웅크렸다. 그리고 잠을 청했다.

깊고 긴 밤이 끝나 눈이 떠지면 그 남자에게 전화를 걸어야지. 청신 씨. 나예요. 나 세상 사람들한테 너무 못된 거짓말을 해서요. 청신 씨가 그런 나를 알면 날 미워하고 싫어하고 버릴까 봐 너무 무서웠던 모양이야. 청신 씨가 다치고 사라져 버리는 악몽을 다 꿨지 뭐예요.

아마 내 무의식이 나를 호되게 혼내 준 것 같아요. 이 꿈을 보라고. 네가 무서워하는 그것보다 더한 일도 있을 수 있다고. 청신 씨한테 미움받고 버려지는 건 아무것도 아니라고. 그런 걸 꾸고 났더니 청신 씨가 날 경멸하고 밀쳐내도 아무렇지도 않을 것 같아요.

난 이렇게 준비되고 단련됐어요. 마음 편히 날 버려도 돼요. 숨만, 제발 숨만 쉬어 줘요 청신 씨. 나는 그거면 돼……. 그렇게 속삭이며 예쁘게 웃어야지.

이 무서운 시간에서 벗어나 그렇게 할 걸 떠올리니, 좋은 기분이 몸을 껴안아 준다. 까무룩 졸았다가 일어났을 땐 아직 세상이 캄캄했다.

뭐, 밤인 거겠지. 곧 파란 새벽빛이 창가로 스며들겠지.

웃으려고 애쓰며 바닥을 더듬어, 휴대폰을 주워 들었다. 조금 전 집어 던진 바람에 깨진 액정은 모르는 척, 부드러운 손끝으로 그의 이름을 재차 검색했다.

「이청신 씨 유해 수색, 이틀째 성과 없어」
「이청신 검사 시신은 어디에…수중 수색 작업 잠시 중단」

기절하듯 잠들었다가, 일어나지면 도로 휴대폰을 들여다봤다. 그런 짓을 열 번도 더 반복하고 나자 세상은 조금 더 혹독해져 있다. 수아가 연쇄 살인범의 친딸이라는 게 드러난 것이다.

저를 으스러뜨릴 기세로 매도하고 욕하는 사람들의 소리들이 하나도 괴롭지 않았다. 저는 이미 잔혹하게 죽어 가는 중이었다. 그러니 너 같은 건 죽어야 된다는 그들의 저주가 아무 느낌이 없는 것이다.

청신의 이름을 두드리고 또 두드리다 보니 어느덧 휴대폰 전원도 나가, 악몽이 그만 지쳐 나쁜 장난을 끝냈는지 확인할 길이 없어졌다. 암흑 속에 모로 누워 청신이 오기만을 기다렸다. 잠도 자지 않고 마음속으로 그를 불렀다.

그의 이름이 가슴속에 천만 번은 아로새겨졌을까. 지하실 문이 여러 번 달각거렸다. 밖에 온 사람이 기정균이라면 저러지 않을 것이다. 기정균은 이 지하실을 아꼈고, 술에 절어 네 발로 기어 다니면서도 저 문은 한 번에 열어 젖힐 줄 알았다.

수아가 두 눈을 커다랗게 뜬 채 상반신을 일으켰다. 여는 법을 모르는 양 조금 흔들리기만 하던 문이 벌어지고, 눈부신 빛이 쏟아져 들어왔다.

"청신 씨?"

도저히 어쩌지 못할 견고한 어두움을 부스러뜨리고, 그 잔해마저 새하얗게 녹이는 건 언제나 그였다. 순백색의 빛 속에서 울려오는 단단한 발소리는 분명 그 남자의 것이다.

수아는 바닥을 짚고 비틀비틀 일어서, 햇살보다 날카로운 온도로 눈망울을 에는 빛을 꿋꿋이 쳐다봤다. 긴 시간을 차갑고 까만 방에 방치된 몸이 마치 세워 놓을 수 없는 인형처럼 중심을 잃었다. 먼지가 엉킨 지저분한 몸을 꼭 안아 오는 품이 있었다.

"수아 씨."

온기가 벚꽃 위에 내려앉는 봄볕같이 살갗에 스미고, 다정한 부름이 귓바퀴를 쓰다듬었다. 수아는 대답 없이 울먹이며, 넘어질 뻔한 저를 받아준 남의 어깨 너머로 지하실 문을 쳐다보았다.

그 남자가 그쪽 어딘가에 아름답게 서 있을 거라고 믿었다. 저에게 이렇게 따뜻한 걸 줄 사람은 오직 그 남자뿐이었다. 그가 잠시 일이 있어, 그 대신 저를 좀 안아 주라고 신현수 검사를 보낸 걸 것이다. 그런데 아무리 두 눈을 감지 않고 버텨 봐도 그는 그림자조차 보이지 않는다.

현수 씨가 여기까지 왔으니 그도 충분히 올 수 있었을 텐데. 그는 지금 어디에 있지?

그가 있을 법한 곳을 생각해 내 보려고 하니, 가죽이 벗겨져 죽은 동물의 몸처럼 끔찍했던 머플러의 축축한 촉감이 손가락 사이사이로 파고든다. 암흑 속에서 눈을 상처 입혔던 기사의 글씨들이 다시 칼을 세우는 느낌도 들었다. 맥박이 제멋대로 튀어 숨결을 헤집는다. 수아가 흐트러진 호흡을 삼키며 울먹이는데, 신현수가 조심스럽게 입을 열었다.

"다 끝났어요. 수아 씨가 겪은 문제 있잖아요, 그거 전부 기정균이 만든 거짓말이었어요. 이제 괜찮아요 수아 씨."

"거짓말?"

슬픈 밀물에 맥없이 잠겨 가던 눈이 동그랗게 열렸다.

"네."

"그 사람, 지금 어디에 있는데요?"

수아가 신현수를 조금 밀어내고 그녀의 얼굴을 쳐다봤다.

"거짓말이라면서요, 현수 씨. 그 사람 죽었다는 게 거짓말인 거잖아요."

아무것도 모르는 순진한 아이처럼 내민 목소리에, 신현수의 눈썹이 조금씩 구겨졌다. 속눈썹은 파르르 떨리다가 가라앉았고, 그 아래로는 물이 얕게 고였다. 그 서글픈 표정이 신현수의 대답이었다.

그가 죽었다고 확신하는 사람이라니. 이 순간의 신현수 검사는 아마 악몽의 한 파편일 것이다. 수아는 작게 휘청거리며 뒤돌아섰다. 청신이 직접 데리러 와 저를 안아 주기 전까지는 아무것도 믿기 싫었다.

신현수는 그런 수아를 부축해 밖으로 나갔다. 이러지 말라고 밀어내고 싶었지만 몸에 힘이 하나도 들어가지 않아, 차에 타야 했다. 그래도 저는 멀쩡하니 병원으로 가긴 너무 싫다는 말은 받아들여졌다. 신현수는 수아를 기다리던 구급차를 빈 채로 보내 놓고, 자신의 차에 수아를 태웠다.

집 주소를 묻는 신현수에게, 헤어져 있는 동안 그가 머무른다고 했던 오피스텔 이름을 댔다. 도착하자마자 모든 방 안을 열어 봤다.

잠깐 떨어져 지내던 사이 도대체 어떻게 생활을 한 건지. 집 안에는 온통 먼지만 부옇게 깔려 있을 뿐, 사람이 살았던 흔적은 드물었다. 그나마 서재 책상 위에는 종잇장들과 메모 조각들이 널려 있어, 그가 금방이라도 그 자리로 돌아와 앉을 것 같았다.

수아는 그의 책상 아래 작게 웅크려 앉았다. 여기서 이렇게 그를 기다려야지. 노을이 수천 번 파도쳐 와 발끝을 붉게 적시고, 동그란 달이 제 외눈을 수만 번 깜빡여도 절대 믿지 않을 것이다. 그가 올 때까지는 하루가 지나고 일주일이 지나도 아직 오늘인 거야. 그리고 그는 언제나처럼 오늘 밤, 늦어서 미안하다고 속삭이며 내 어깨를 끌어안을 것이다.

하지만 노을이 지기도 전에 신현수가 다가왔다.

"수아 씨. 선배, 이 집에 안 온 지 일주일 넘었어요. 제가 이미 방문 기록이랑 CCTV 다 확인해 봤어요."

신현수는 수아의 안쪽이 훤히 보이는 것처럼 그 속에 든 믿음을 부수더니, 다시 수아를 차로 데려갔다. 계속 이러면 병원에 데려다드리는 수밖에 없어요, 낮고 안타깝게 속삭이면서. 하지만 그 속삭임은 수아 귀에 와닿지 않았다.

"현수 씨. 미안한데 저 검찰청에 좀 가고 싶어요. 거기 내려 주세요."

가만히 생각해 보니, 그가 매일같이 출근하는 곳에 가 있는 게 더 좋을 듯해서.

조용히 출발한 차는 도심이 아니라 외곽으로 흘러갔다. 그러다 어느 강가에 다다라 멈췄다.

"여기예요. 청신 선배 있는 곳."

"······현수 씨."

"천천히 설명해 드리려고 했는데, 그냥 지금 할게요. 수아 씨."

신현수가 차분히 꺼낸 얘기는 긴 세월 수아의 발을 옥죄고 있던 유리 구두에 대한 것이다.

수아가 여섯 살이 되던 해, 기정균이 목숨처럼 받들던 폭력 조직이 무너졌다. 어떤 국가 기관도 함부로 손대지 못하던 조직이 한순간에 파탄 난 건, 조직원으로 위장해 있던 언더커버 경찰의 공이었다.

기정균은 신분을 들켜 탈출하려던 경찰을 잔인하게 죽였다. 그리고 이미 이혼한 상태이던 그 경찰의 전 부인을 찾아갔다. 경찰이 사랑했던 존재라면 무조건 찢어 없앨 심산이었으므로, 전 부인의 핏물에 젖은 발로 나머지 가족을 뒤지러 다녔다.

죽은 경찰은 아마 자신이 어떻게 되더라도 이혼한 여자만큼은 건드리지 않을 거라 예상했나 보다. 평범하게 살아가던 전 부인과는 달리 어머니와 어린 딸은 꽁꽁 숨어 살게 했다. 하지만 그것도 큰 소용은 없었다. 기정균의 집요함은 기어코 그 둘의 은신처를 알아냈다.

기정균은 나이 든 어머니부터 농약을 이용해 독살했다. 마지막으로 혼자 남겨진 일곱 살배기 딸도 죽이려다가, 그 애 하나만 있으면 무너진 자신의 인생을 회복시킬 수 있겠다는 생각을 퍼뜩 했다.

마침 자기가 아끼던 깡패 중에 경찰과 같은 배 씨가 있었다. 기정균은 아직 출생 신고도 하지 못한 경찰의 딸을 빼돌린 뒤, 해외에 나가 있던 배성훈의 친동생이 입양하게 했다. 그리고 아무것도 모르는 그 애틋한 여자아이를, 연쇄 살인범인 배성훈의 친딸인 것처럼 알게 세뇌하며 키웠다.

"그러니까 결론은, 제가 그 경찰의 딸이라는 거네요."

"맞아요. 이제 사람들도 그 사실을 다 알아요. 기정균이 어린 수아 씨를 어떻게 괴롭히고 착취했는지, 추효영 기자가 낱낱이 기록하고 편집한 다큐가 오늘 공개됐거든요. 아무도 수아 씨를 욕하지 않아요. 얼른 밝은 얼굴로 대중 앞에 서 주기를 바라죠."

"현수 씨. 그게 뭐요?"

이제와 그게 무슨 소용일까. 평생을 빌어대던 소원이 이루어졌는데도 하나도 기쁘지 않았다. 오히려 화가 나고 스스로가 미웠다.

참 생각도 없지. 왜 기정균의 말을 한 번도 의심하지 못했을까. 기정균이 채운 유리 구두를 벗고 싶어 매일을 울었으면서, 왜 그 유리 구두가 잘 깎인 거짓말일지도 모른다는 생각은 해 보지도 않았을까.

저는 깨지기 쉬운 거짓말에 놀아나 기정균을 거역하지 못했고, 그렇게나 멍청하고 미련한 저를 사랑하고 지키려다 청신은 죽었다. 그러면 그를 죽게 한 게 결국 나인 거잖아.

배수아가 싫어서 미칠 것 같았다. 수아가 손가락을 꽉 오므려 주먹 쥐었다. 조금 기른 손톱들이 살갗을 파고들었다. 신현수는 저에 대한 혐오감으로 바들거리는 조그만 주먹을 쳐다보다가, 손을 쥐어 왔다. 스스로를 찌르던 손이 부드러운 힘으로 펴져, 신현수의 온기로 감싸졌다.

"추 기자한테 다큐를 만들자고 제안한 사람이 청신 선배예요. 모든 지원을 선배가 했고, 다큐에서 파헤쳐진 진실들 대부분을 선배가 직접 알아냈어요. 그렇게 모든 걸 선배가 손수 해 놓고, 마무리 작업만 하면 되는 걸 저한테 맡겼어요. 그게 무슨 뜻이겠어요, 수아 씨."

나는 그가 상처투성이인 내 실체를 알면 날 버릴 것 같아 겁부터 먹었는데, 그는 그걸 알고도 실망하는 게 아니라 그 상처들을 깊이 바라보며 치유할 방법부터 고민한 모양이다. 그 자신이 죽는 것도 신경 쓰지 않으면서 나만을 보살폈다. 이제 그는 내 유일한 숨이 되고 땅이 되어 버렸는데, 그는 어디로 가고 없다. 아득한 물속에 빠진 기분이 들었다.

"마무리를 자기 손으로 하지 못하게 될까 봐 그런 거예요. 청신 선배는 이런 결과도 다 각오하고 있었어요. 어느 날 갑자기 허무하게, 불쌍하게 떠난 게 아니에요. 그러니까 너무 힘들어하지 말고, 수아 씨도 그만 인정하고 받아들여 주세요. 이게 수아 씨가 사랑하는 이청신의 선택이에요."

숨을 마시면 코끝으로 비리고 아픈 물이 들이치고, 가만히 앉아 있는데도 더 깊고 무서운 곳으로 빨려든다. 수아가 있는 힘껏 신현수의 손을 뿌리친 뒤 차 밖으로 달려 나갔다.

기사로 수없이 확인했던 강가가 바로 눈앞에 있었다. 파리한 안색으로 흐르는 물살과 그 주변에 선명하게 둘러진 노란 폴리스 라인이 시야를 베어, 눈물이 선혈같이 솟구친다. 그가 있는 곳을 분명히 알았으니 그에게 달려갈 차례였다.

"놔줘요. 나 청신 씨한테 가야 해요. 지금 얼마나 춥고 외롭겠어요. 내가 얼른 그 사람 안아 줄래요."

물에 뛰어들려는 수아를 신현수가 붙들었다. 힘껏 몸부림쳤지만 역부족이었다.

"수아 씨, 어떤 마음인지 알아요. 근데 이러면 안 돼요."

"왜 나는 이러면 안 돼요? 이청신은 나 때문에 자기 마음대로 죽어 버렸는데, 왜 나는 이청신 때문에 죽으면 안 되는데요."

"선배가 그걸 원하겠어요?"

"나도 원하지 않았어요. 나도, 그 사람이 이렇게 가는 거 바란 적 없어요. 근데 그 사람은 가 버렸잖아요. 자기 혼자서 이게 뭐야. 왜 여기서 이러고 있는데."

시려 보여요. 너무 무서울 것 같아요. 아무리 강하고 단단한 사람이어도 저런 곳에 혼자 둬선 안 되는 거잖아요. 내가 저렇게 모질고 아픈 곳에 빠져 있을 때, 그 사람은 앞뒤 가리지 않고 다가왔단 말이에요. 그리고 날 안아 줬다구요.

나도 그럴 거야. 내가 충분히 걸어가 안아 줄 수 있는 거리예요. 손을 조금만 뻗어도 그 사람한테 닿아. 하나도 어려운 게 아니니까, 그 사람을 끌어안게 날 좀 내버려 두세요.

여린 혀로 빚은 모든 애원은 전신을 커다랗게 휩쓰는 서러움에 부서져서, 입술 틈으로 흘러나오는 오열에 녹아든다. 죽을 듯이 비명 지르고 슬퍼하는 수아의 목소리를 다 알아들었는지, 신현수가 눈을 글썽이며 다독여 주었다.

"이제 다시 수색 시작한다니까, 선배 곧 찾을 수 있어요. 조금만 기다렸다가 인사해요. 수아 씨가 이렇게 힘들어하면서 얼굴 보면 선배가 슬퍼할 거예요."

다정한 그녀에겐 미안하지만, 그와 떨어져 있는 이 시간은 1초도 견딜 수 없다. 신현수를 살짝 밀고 강물 가까이로 내달렸다. 수아가 잠시 얌전히 안겨 있어, 신현수도 조금 방심하고 있을 때였다.

"수아 씨, 안 돼요!"

신현수가 외쳤지만 멈출 생각은 손톱만큼도 들지 않았다.

"수아 씨!"

신현수의 목소리가 흐릿하게 멀어진다. 수아는 물에 젖어 부예진 시선으로 제 발치를 내려다보았다.

한 발만 더 내디디면 그를 만날 수 있을 차가운 물속인데, 발끝이 더 움직이지 않았다. 청신이 언젠가 손에 쥐여 주었던 조그만 사슴 인형이 그 앞에 떨어져 있어서. 그가 자기 분신처럼 아끼던 물건이다. 그런 걸 이렇게 나뒹굴게 둘 순 없었다. 수아가 제자리에 주저앉아 인형을 품에 안았다.

"선배 물건이에요?"

고개를 힘없이 끄덕이며 울자, 신현수가 흘러내린 머리칼을 쓸어올려 주었다.

"그것 봐요. 선배는 수아 씨가 너무 괴롭지 않길 바라고 있잖아요. 수아 씨가 위험해지는 건 못 참겠으니까, 더 오지 말라고 하잖아."

정말 그럴까. 같이 죽으려던 내 발걸음을 막은 이 작은 인형이, 오지 말라는 그 남자의 손짓일까.

그런 거라면 그에게는 미안하게 됐다. 그가 어떤 동의도 구하지 않고 떠나 버렸듯, 수아도 그의 동의 없이 그를 따라갈 마음을 먹었다.

그 한 사람이 핏자국을 남기고 사라져 버린 세상은 투명한 독한 방울이 떨궈진 물이다. 모든 게 전과 똑같아 보이지만 치명적이다. 호흡 한 모금 한 모금이 아려서, 숨을 쉬면 쉴수록 폐 속이 고름과 피로 가득 찼다. 더는 살 수 없었다.

욕심 같아서는 당장 떠나고 싶지만, 여기서 조금만 더 버텼다가 그에게로 걸을 것이다. 이곳에서 반드시 해야 할 일이 있으니까.

"현수 씨."

"네."

"그 사람 이렇게 한 거, 기정균이겠죠?"

신현수는 대답이 없다. 하지만 수아는 그녀의 표정에서 그렇다는 조용한 목소리를 듣는다.

"저 현수 씨한테 부탁이 있어요. 들어 주세요. 그런 거라도 할 수 있어야, 내가 조금 살 것 같거든요."

그 조금이 단 몇 주밖엔 안 될 거란 말은 굳이 입 밖에 내지 않았다. 신현수는 부탁이 뭔지도 묻지 않고 고개를 주억거렸다.

마지막 숨을 내쉬는 동안에 한 일은 새로운 자작곡과 뮤비를 만드는 것이다. 난생처음 모든 진심을 실어 부를 노래는 콘서트장 무대에서 공개하기로 했다.

살인범의 딸이라는 폭로 때문에 예약 티켓을 환불하고 싶어 하는 사람들이 많았던 모양이다. 기정균은 서울 콘서트를 제외한 모든 지방 콘서트를 전면 취소한 뒤, 수아가 그 막대한 손해를 다 물게끔 조치했다고 들었다. 서울 콘서트만은 서게 해 준 건, 그쪽에서는 취소표가 거의 나오지 않았기 때문이겠지.

서울 콘서트장 대부분은 그 추악한 이슈가 있는 와중에도 수아를 사랑한 팬들이 채워 줄 것이다. 그런 사람들 곁에서 마지막 노래를 부르고, 이 호흡의 마침표를 찍으면 더없이 행복하겠다고 생각했다.

저를 대가 없이 감싸려고 애써 주는 그 고마운 마음들을 이토록 잘 알면서도, 그들 모두를 등질 생각을 하고 있다는 게 미안하지만.

내가 많이 미울 것이다. 괜히 좋아해 줬다고 후회도 할 거야. 설마 울지는 않겠지. 웃을 일은 아니어도…….

남겨질 팬들이 염려되어 자꾸만 뒤를 돌아보게 되지만, 그렇다고 발길을 돌릴 수는 없다. 세상에서 제일 눈부신 무대를 만들어 선물하고 가면 그들의 상처가 좀 덜하지 않을까. 잠도 아껴 가며 연습에 몰입하다가, 드디어 무대에 오르는 날.

"수아야."

"……오빠."

송진우가 목발을 짚고 대기실에 왔다. 세상 사람들이 합심하여 저를 폭력적으로 욕할 때, 그는 기정균을 배신하고 기정균이 저에게 퍼부었던 학대에 대해 고발했다던데.

라이브 방송을 하다가, 기정균이 보냈을 깡패에게 끌려 나가는 그의 영상은 수아도 보았다. 지금 그의 꼴이 엉망진창인 건 그가 제 편을 들었기 때문일 것이다.

"왜 왔어. 몸도 안 좋으면서."

"당연히 와야지, 내가 네 매니저잖아. 언제나 수아 네 옆에 서 있어야지."

"내 옆에 서야 할 때랑 안 서야 할 때 구분 좀 해. 오빠 원래 그런 거 잘했었잖아."

"예전에 그런 걸 잘해서 너무 미안했어. 앞으론 안 그럴 거야.

난 이제 무조건 네 옆이야.”

　기정균 발 아래 납작 엎드려, 그 인간이 하라는 건 다 하던 송진우는 솔직히 얄밉고 싫었다. 하지만 이해했다. 집안과 빚을 홀로 짊어진 그의 사정을 다 알기도 했고, 늘 불안감에 질려 있는 그 얼굴이 꼭 거울을 들여다보는 것 같았기 때문에.

　송진우는 수아의 바로 옆 감옥에 갇혀 있던 사람이다. 때로는 그의 존재가 있어 그 지옥이 외롭지 않았다.

　“오빠 있잖아. 내 통장 비밀번호 알지. 거기 있는 돈, 오빠가 다 가져가.”

　“왜?”

　“나 오빠 사정 다 알고 있었어. 내 돈 내가 가진 지가 얼마 안 돼서 많지는 않지만, 오빠네 빚 치울 정도는 돼. 가져가. 오빠 예뻐서 주는 거 아니야. 난 갖고 있어 봐야 기정균한테 뺏길 게 뻔해서 그래. 알잖아. 나는 기정균 못 벗어나. 그러니까 오빠라도 도망치라구.”

　청신과 추효영 기자가 협심하여 만들었다는 다큐는 마치 보름달처럼 수아의 유리 구두와 거기 갇혀 있던 가녀린 삶을 비추고, 어둠 속에 숨어 있던 기정균의 실체를 밝혔다. 사람들은 모두 달의 존재를 알고 그 빛이 씻어낸 진실들을 목격했다. 이제 세상 전부가 기정균이 어떤 인간인지 다 알았다.

　하지만 어떻게 단죄하지는 못했다. 기정균을 돌봐 주는 사람이 있는 모양이었다. 다큐 자료를 한 조각이라도 담은 게시글은 전부

다 삭제되었고, 관련 이야기를 하는 사람들은 형사 처분을 하겠다는 날카로운 협박이 모두의 입을 단단히 잠갔다. 심지어 다큐 제작자인 추 기자는 명예훼손죄로 기소당했다.

수아의 상황도 전과 달라진 게 없었다. 오늘 콘서트 일정을 마지막으로 마렌과의 계약이 종료되긴 해도, 그건 표면적인 일에 불과하다. 뒤로는 기정균이 핏발 선 눈으로 수아의 새 계약과 방송 출연을 차단하고 있었다.

대중의 시선을 의식해서인지 지금은 수아에게 어떤 위협도 가하진 않지만, 그 괴물이 이대로 물러날 리가 없다. 새 사업에 수아 몸이 필요하다고 했으니, 아마 기회가 나면 납치라도 하려 들겠지. 수아는 담담한 얼굴을 했다. 원래 달빛이 있어도 밤은 여전히 어두운 법이다. 지금은 밤이었다. 너무 깊디깊은.

"저기…… 수아야. 사실 나, 빚 사라진 지 오래야. 앞으로 평생 병원비 걱정도 안 해도 되고……."

송진우가 느리게 꺼낸 말에, 수아가 고개를 조금 기울였다. 그가 진 빚이 몇 억은 된다고 아는데, 그걸 어떻게 갚고 또 그러고도 돈이 많다는 건지 납득이 되지 않았다. 송진우는 오래 우물쭈물하더니 뭔가 결심한 것처럼 입술을 달싹였다.

"예전에 이청신 검사님이 다 도와주셨거든. 이제 그만 수아 네 편에 서 달라고 하시면서. 난 검사님 말씀 꼭 지킬 거야. 우리 같이 이겨내 보자. 나 진짜 하찮기만 한 놈이라서 별 도움 안 되겠지만, 그래도 같이 해 보자."

"별짓을 다하고 갔네, 이청신."

또 그 남자가 안고 싶어진다. 하지만 어딜 가도 그는 없어, 텅 빈 허공만 매만져야겠지. 눈물이 핑 도는 순간, 대기실 문이 열렸다.

"수아 씨!"

"현수 씨, 오늘 못 오실 줄 알았는데……"

신현수가 눈 밑에 까만 목탄 가루가 번진 듯한 얼굴로 수아를 껴안았다. 신현수는 청신의 피가 묻은 사건을 담당했고, 그가 죽은 밤의 이야기를 낱낱이 파헤치기 위해 밤낮으로 수사에 매달렸다. 그런데 어느 날 돌연히 담당 검사가 바뀌고 좌천당했다. 검찰 상부에서 신현수에게 내린 무언의 압박이었다. 더 이상 청신의 일에 손대지 말라는.

하지만 신현수는 그런 불합리하고 부정한 명령에 굴복할 성격이 아니었다. 타고난 성질도 그런데 존경하는 선배와 좋아하는 가수의 일이기까지 하니, 되레 기름을 배부르게 먹은 불처럼 날아다니며 여기저기 들쑤시느라 바쁜 모양이었다.

"저 몇 주 동안 하루에 세 시간도 못 잤어요. 그래서 수아 씨 콘서트 보고 기력 회복 좀 하려구요. 아 참, 이 꽃 받아요. 추효영 기자님이 수아 씨한테 드리는 선물이래요. 수아 씨 콘서트 준비한다고 꽃구경도 못 했을 거라고."

신현수가 껴안고 있던 팔을 풀고 꽃다발을 내밀었다. 수아는 새하얀 포장지를 입은 벚꽃나무 가지를 받고 나서야 세상에 봄이 와 있음을 깨닫는다.

좀 빨리 오지. 연한 꽃잎들이 만발한 벚나무 사이에 선 이청신의 모습은 어떨지 궁금했는데, 볼 수가 없네. 그래도 괜찮다. 이 벚꽃이 지기 전에 내가 그 있는 데로 가, 함께 이 봄을 만끽할 거라서.

"오늘 추 기자님 구속 영장 심사 있지 않아요? 구속 안 되신 거예요?"

"아뇨. 이건 심사 들어가기 전에 저한테 전해 주신 거구요. 구속되셨어요, 추 기자님. 원래 이딴 걸로 구속 수사 받는 게 말이 안 되는 건데. 기정균 그 새끼 뒤 봐 주는 게 대체 누군지."

"괜히 저 때문에 고생이시네요."

"추 기자님, 환하게 웃으시더라구요. 수아 씨 괴롭힌 벌을 이렇게 받는 것 같다고. 그동안 수아 씨 따라다니면서, 일거수일투족 기삿거리로 만든 거 너무 미안하대요. 벌을 받긴 해야 돼, 그 기자님. 그리고 뭐 기죽을 이유도 없어요. 추 기자님 그렇게 약한 여자 아니고, 기자님 구속된다고 해서 이 일이 끝나는 게 아니니까요. 저 진짜 열심히 일하고 있거든요."

신현수가 입술을 크게 휘었다. 웃음이란 걸 지어 보이려고 노력하는, 하지만 힘겨워하는 게 티 나는 표정이었다.

수아가 신현수에게 부탁했던 일은 청신의 죽음에 관한 모든 이야기와 물건들을 알고 싶단 거였다. 신현수는 수아의 그런 청을, 사랑하는 남자의 죽음이 제대로 밝혀지고 있는지를 누구보다 앞에서 감시하고 싶은 마음 정도로 해석하고 있는 것 같았다.

추 기자가 혼자 취재하고 폭로하려다가 실패했다는 청신의 피살 사건 자료들을 다 건네주고도, 수사가 더뎌질수록 수아에게 죄스러워하는 걸 보면.

굳이 말하지 않았지만, 수아는 애초부터 신현수만의 힘으로 청신의 죽음을 밝히는 건 어렵다고 생각해 왔다. 다른 방법을 쓸 것이다.

"현수 씨. 너무 힘들게 매달리지 않아도 돼요. 결말이 어떻든 현수 씨는 능력 있고 정의로운 검사예요."

수아가 연한 웃음을 문 채 말했다.

"고마워요. 근데 수아 씨, 결말은 정해져 있어요. 두고 봐요. 우린 아직 겨울인 거예요. 그래서 지금은 우리가 좀 후달리지만, 분명 봄이 오고 있어요. 결국 기정균은 뒤지고 우리가 이길 거라니까요?"

"맞아요. 그럴 거예요."

신현수가 그리는 것과 많이 다른 미래를 속에다 숨긴 채 대답을 하는데, 문득 은은한 꽃향기 같은 게 코끝을 스쳤다. 품에 들고 있는 벚꽃은 무향이니, 그 향기의 주인은 아마도 청신이 수아 곁에 완벽히 세워 주고 간 사람들일 것이다.

신현수와 송진우, 추 기자, 그리고 살인자의 딸이라는 누명을 벗은 저를 맘껏 사랑하고 보호해 줄 팬들.

그들이 지금은 비록 겨울날의 나무들처럼 연약하게 버티고 서 있을 뿐이지만, 신현수의 말대로 언젠가는 겨울바람을 밀어내며 벚꽃보다 아름다운 결실을 피울 수도 있을 것 같다는 생각이 불현듯 고개를 든다.

기어이 피고 마는 벚꽃들처럼, 그들이 반드시 피워 줄 봄도 궁금해졌다. 그래서 그가 없는 세상이라도 조금 더 살아 보고 싶단 충동이 약한 파동을 일으키기도 했다. 이청신 그 남자는 내 맘이 이렇게 흔들릴 것도 다 계산을 하고, 그들을 나의 세계에 단단히 심어 준 걸까.

내 세상을 이토록 예쁘게 만들어 놓고 정작 당신은 아무 데도 없다니. 당신은 이러면 내가 당신 없이도 이곳에 머물 수 있을 줄 알았나 봐. 아직 날 다 모르는 거야. 역시 우리는 조금 더 연애해야 돼.

조금만 기다려요. 내가 나에 대해 알려 주러 가고 있어요. 나는 이청신이 없음 안 된다고 속삭이기 위해, 꼭 당신 옆자리에 서야겠어요.

콘서트는 준비한 것 이상으로 완벽해서, 그만 까맣게 불을 끄고 저물 시간이 되었는데도 아쉬울 게 없었다.

팬들의 마음은 햇볕을 받지 않아도 빛나는 신비로운 크리스탈처럼 반짝거렸고, 사랑한다는 외침이 창가에 들려오는 새들의 지저귐과 같이 자연스러웠다. 이만하면 날 사랑해 주는 사람들에게 괜찮은 선물이 됐겠지. 이제 마지막 날숨을 토할 때이다.

"아마 여기 계신 분들은 잘 아실 거예요. 제가 원래는 앵콜, 그리고 앵앵콜 무대까지도 본 공연처럼 준비를 해 오거든요. 그런데 너무 죄송하게도 오늘은 이런저런 사정으로 못 하게 됐구요. 이번 곡이 여러분께 들려드리는 마지막 노래예요."

마이크를 타고 흐르는 수아의 목소리에 팬들이 아기처럼 울상을 지었다. 속이 무너진다. 한 사람 한 사람 다 안아 주고 갈 수 있으면 좋을 텐데.

"에고, 아쉬워 아쉬워. 어떡해. 내가 내 보석들을 속상하게 했어. 미안해요. 그래도 이거 봐요, 오늘 제가 오랜만에 피아노 앞에 앉았어요. 제가 지금 부르려는 이 곡이 온전한 제 자작곡이거든요. 작사부터 작곡까지 모든 과정을 제 손으로만 했고, 오늘 반주도 제가 직접 할 거예요. 조금 어설플 수도 있지만 이거 꽤 특별하지 않나요?"

최대한 많은 사람과 눈을 맞췄다. 내가 사라진다고 놀라지 말아요. 난 기다리고 기다리던 데이트를 앞둔 거예요. 마지막 1초만이 남은 내 세상은 하나도 아프지 않아, 오히려 달콤하고 사랑스러워요…….

그들의 눈동자에 눈빛으로 건네는 입맞춤 하나 하나에, 그런 소리 없는 당부들을 실으며.

이윽고 사람들 얼굴에 예쁜 웃음의 파도가 번졌다. 좀 더 이렇게 같이 있고 싶다고 우는 소리 대신, 사랑한다는 명랑한 외침들이 곳곳에 돋아나자 안심이 된다.

"오늘 공연이 끝나는 시간에 맞춰서 제가 제작한 뮤비도 업로드

될 예정이에요. 그 뮤비도 좀, 지금 저 바라봐 주시듯이 예쁘게 봐 주시기를 꼭 부탁드립니다. 음, 오늘 밤 제게 허락된 시간이 벌써 끝나 가네요. 여러분. 오늘 이렇게 찾아와 주셔서 너무너무 고맙구요. 괜히 저 기다리지 마시고, 차 끊기기 전에 얼른 가셔야 해요. 사랑한다는 말은 뭐 하도 해서, 이제 서로 입 아프고 귀 아프죠? 인사 끝. 이제 노래 들려드릴게요. 제목은, '유리구두가 깨지면'."

이 생의 끝에서 부를 노래로는 어떤 게 좋을까. 몇 주 동안 고민하며 썼다 지웠다를 반복한 가사는, 어느샌가 그와의 사랑이 담긴 시가 되어 있다.

유리 구두에 짓눌려 곪은 발로 계단 위를 달려야 했던 시간과, 그를 처음 마주쳤던 날의 두근거림. 모든 마법이 찢어지고 흩어질 자정을 향해 가닿던 시계 초침을 부러뜨리던 그의 손. 그리고 유리 구두가 금 가 깨지는 순간까지. 그 남자와 함께했던 시간들을 녹여 만든 곡이 밤을 맑게 물들였다.

안녕, 신데렐라. 그 계단에서 내려올 시간이야. 꽃잎처럼 뛰어내려. 가자, 이제야 찢어진 동화의 바깥으로. 어디든 아름답고 달콤할 거야.

폐허도, 깊은 물속도. 태양처럼 타는 불도. 모래 파도가 이는 끝없는 사막도, 그 무엇도 아플 리 없어. 그가 있는 땅이라면 그곳이 어디든 천국의 남쪽이란 걸 알아.

진심 들여 인사를 한 뒤 대기실로 향했다. 그리고 직접 챙겨

온 텀블러를 든 채, 무대 밑에 내려와 있는 리프트에 섰다. 스태프들에게는 십 분만 혼자 있게 해 달라고 부탁한 상태라서, 이쪽을 지켜보는 시선은 한 줄기도 없었다.

천천히 텀블러의 뚜껑을 열었다. 이 안에는 옛날에 기정균의 지하실에서 훔쳤던 독극물이 들어 있다. 딱 한 모금만 마시면 금방 청신에게로 갈 수 있을 것이다.

오늘 아침 이걸 텀블러에 옮겨 담을 때만 하더라도 마냥 달콤하게만 보였는데, 막상 마시려고 보니 손이 떨린다. 어리던 수아는 아픈 걸 유난히 싫어하는 애였다. 그래서 끈이나 독약, 예리한 칼날 같은 것들을 다 모아 놓고도 죽지 못해 살았다.

어쩔 수 없이 죽음을 체념하고는 꽤나 단단해졌다고 생각했는데, 그냥 난 이딴 삶도 잘 버틸 수 있다고 오기를 부린 거였을까. 하지만 아파도 참아야 해. 그래야 그를 볼 수 있고, 기정균을 물어뜯을 수 있어.

수아가 텀블러를 꽉 쥐며 마실 결심을 마쳤을 때. 팬들의 합창 소리가 퍼지기 시작했다. 얼른 가라니까, 모두 제자리를 지키고 앉아 수아가 다시 무대에 나와 주기를 기다리는 듯했다. 팬들 앞에서 죽어 가는 꼴을 보이면 안 된다는 생각이 솟구쳐 올랐지만, 금방 가라앉았다.

어차피 자신이 서 있는 곳은 캄캄한 무대 밑이었다. 팬들에게는 이 모습이 하나도 보이지 않을 것이다. 머리칼을 귀 뒤로 넘기며 잠시 흘러드는 노래에 젖었다.

팬들이 마치 한 사람처럼 마음 모아 부르는 노래는, 오늘 밤 당신이 사랑스러운 꿈을 꾸기를 바란다는 다정한 마음이 실린 곡이다.

"되게 좋은 자장가네. 다들 고맙고 미안해요. 안녕."

난 그만 그에게 안기러 갈게. 안녕, 나의 신데렐라. 안녕 내가 만났던 모든 사람들. 안녕. 모두 안녕.

조그맣게 인사한 뒤 텀블러를 들어 올렸다. 여린 아랫입술이 그 시리고 딱딱한 물건에 살며시 눌려 이지러지고, 고요히 도사리고 있던 죽음의 물결이 수아의 작은 혀를 향해 일렁였다. 수아가 두 눈을 질끈 구겨 감고 텀블러를 기울였다.

안녕하세요, 배수아입니다. '유리구두가 깨지면' 어떠셨나요? 신곡이라길래, 또 뮤비라길래 기대감을 가지고 틀어 보셨을 텐데, 불쾌하고 보기 힘든 것들만 줄줄이 보여서 놀라셨을 것 같아요. 죄송합니다. 이런 게 좋은 행동이 아닌 걸 잘 알면서도 이렇게 할 수밖에 없었습니다. 연예인인 제가 할 수 있는 유일한 일은 이거더라구요.

이미 알아차리셨겠지만 방금 노래 들으시면서 보신 영상과 사진들은 마렌 대표 기정균이 이청신 씨의 살해를 지시했다는 증거들입니다. 전 일곱 살 때 기정균을 만난 뒤부터 기정균의 상품처럼 취급

당했고, 이청신 씨는 그걸 알고 절 도우려다가 그런 아픈 일을 겪게 되었습니다.

경찰과 검찰은 기정균의 범죄 사실을 분명 알고 있으면서도 조용히 덮으려 합니다. 물론 모두가 그 부조리한 일에 동조하는 건 아니에요. 어떤 분들은 세상이 제대로 돌아가도록 만들기 위해서 온 힘을 다해 애쓰는 중이고, 저는 그분들을 믿습니다. 그런데 이곳에서 버티며 살아가기엔, 그렇잖아도 피 흘리며 떠난 그 사람이 혼자 떠돌 게 마음에 걸려서.

부탁드립니다. 제 평생의 가해자인 기정균이 합당한 벌을 받게 해 주세요. 저는 도저히 여유가 없어서 가지만, 여러분들은 진실이 드러나고 악한 행동들이 책임을 지는 순간들을 꼭 지켜봐 주세요.

그리고, 내 크리스탈들. 제가 살인자 딸인 줄 알면서도 거짓말 했다는 게 폭로됐을 때, 저 편들어 주시다가 비난을 많이 받으셨다고 들었어요. 어떤 분들은 당연히 저한테 실망도 하셨을 거예요. 여러분이 하신 일이라고는 절 사랑해 준 것밖엔 없는데, 저로 인해 받은 상처들이 많은 듯해서 한없이 죄송합니다.

그동안 부족한 저 좋아해 주시느라 고생 많으셨어요. 덕분에 용케 지금까지 숨 쉬어 왔습니다.

행복하셔야 돼요. 오래오래 건강하시구요. 여러분이 어떤 삶을 사시든 부디 아름다운 것만 보시기를, 제가 이 밤 속에서 진심으로 기도할 거예요. 안녕히 계세요.

8. 유리구두가 깨지면

어둠 따위가 감히 씹어 먹지 못하는 눈부신 시가지. 유독 황제의 보석같이 번쩍거리는 건물 앞에, 차 몇 대가 줄지어 섰다. 이 새끼들아 빨리 뛰어 들어가, 빨리. 가장 먼저 차 밖으로 나온 한 남자가 뒤이어 내리는 남자들을 독촉했다. 그리고 건물 입구에서 그들을 기다리고 있던 남자에게 성큼성큼 걸어갔다.

"우리 예쁜 정균이, 이 새끼는 가면 갈수록 러블리해져. 뽀뽀 좀 하자."

"야, 꺼져 새끼야."

기정균이 엉겨 붙는 서 경위를 밀어냈다.

"까탈은. 좋으면서."

"청장님은 왜 안 보여. 한 시간 전에 오신다고 했는데, 연락도 안 돼."

"아, 전달이 안 됐구나. 형님도 곧 오실 거야. 국회의원 누구랑 갑자기 저녁 약속이 생겼나. 그 양반 이청신 검사 있을 땐 다 뒤져 가더니, 그 검사 없어지니까 아주 부활하다 못해 회춘했어. 이게 다 이쁜이 네 덕분 아니냐. 귀여운 자식. 추효영이 올린 다큐 때문에 쫄딱 망할 줄 알았더니, 새끼. 어떻게 선화를 등짝에 업어 서는. 예뻐 죽겠다니까."

서 경위가 기어이 기정균의 볼에 입술을 맞췄다. 기정균은 질색하며 침 묻은 볼을 닦으면서도 피식피식 웃었다.

이청신이 죽은 직후. 기정균은 이청신에게 집중된 사람들의 시선을 다른 데로 돌리기 위해, 배수아의 비밀을 직접 터뜨렸다. 며칠 뒤 추 기자가 다큐를 공개해, 말짱 도루묵이 되긴 했지만. 뭐 그래도 기분이 더러울 뿐이지, 크게 문제 될 건 없었다.

기정균의 뒤에는 연모경이 있고, 그녀는 지금 이도영을 쓰러 뜨린 채 선화의 실질적인 주인 노릇을 하는 중이었다.

연모경이 기정균의 뒷배라는 소문이 돌자, 이청신이 죽은 일로 기정균을 의심하던 검찰은 사건 자체를 없던 것처럼 숨기고 있었다. 법조계는 선화의 노예이고, 그러므로 연모경의 수발을 드는 기정균을 함부로 잡아들일 수 없다.

"야, 그만 귀찮게 굴고 들어가 있어. 니네 경찰청이랑 나랑 오늘 제대로 자매결연 맺어야지.”

“네, 언니. 오늘 물은 어때요?”

“배수아 데려올 거야.”

“배수아? 이청신 죽은 지 얼마나 됐다고, 벌써부터 일 시키게? 야, 그러다가 걔 자살이라도 하면 어떡해.”

“걔가 그런 짓 할 용기가 있었으면 진작에 했지. 뭐냐. 너 나 못 믿냐?”

“그럴 리가.”

서 경위가 엄지를 치켜들어 보이고는 건물의 지하 계단 아래로 뛰어 들어간 직후이다. 고급차 한 대가 입구 바로 앞에 바퀴를 세우고, 채효수 경찰청장이 문 밖으로 모습을 드러냈다.

“오셨습니까, 형님.”

“어, 그래 기 동생. 그동안 고생 많았지? 얼굴이 반쪽이 됐네.”

“아닙니다. 그동안 형님을 보필하지 못해 죄스러울 뿐이죠. 안으로 들어가세요, 오늘 제대로 모시겠습니다.”

경찰청장이 빙긋 웃으며 기정균의 어깨를 두드렸다. 기정균은 그가 지하로 사라진 다음까지도 머리를 조아리고 있었다. 새로운 사업이 성공하면 저 늙은 여우부터 짓밟아 버려야지, 속으로는 그렇게 그의 뒤통수를 노려보며.

기정균의 탐욕은 아무리 살이 쪄도 만족을 몰랐다. 늘 배 곯는 그에게 연예기획사 대표라는 이름은 컵라면 한 입 정도다. 그래서 수아가 해마다 벌어들이는 몇백 억을 이런저런 사업에 쏟아부었지만, 전부 다 말아먹었다.

결국 기정균은 옛날에 불운하게 무너졌던 자신의 제국을 다시 일으키기로 결심했다. 마치 맞춤복처럼 제 삶에 감겨들었던 폭력 조직 말이다. 그건 법을 짓뭉개는 것이라 깨끗한 지폐 몇 다발로 될 일이 아니었다. 아무나 가지고 놀지 못 할 특별한 무엇으로, 있는 새끼들을 구슬리고 길들여야 한다. 자신 있었다. 제 손아귀에 수아가 있지 않은가.

그때 우리 조직 망하게 한 그 프락치 새끼, 자기가 진 빚 자기 딸 몸으로 갚게 생겼네. 기정균이 피식 웃으며 라이터 불을 켜 올렸다.

"대표님. 큰일 났습니다."

담배 좀 태우다 저도 안으로 들어가려는데, 부하 한 놈이 심각한 얼굴로 기정균을 불렀다.

"왜, 뭔데."

"지금 수아 콘서트장에 이청신이 와 있답니다."

"뭐래, 씨발. 잘못 본 거겠지."

"그게, 분명 이청신이라고……."

"확실한 거야?"

"예."

부하가 머리를 조아렸다.

"야 이 개새끼야. 어떻게 된 거야. 잘 죽인 다음 강물에 밀어 넣었다며. 이청신인 거 똑바로 확인했어?"

잔뜩 찌푸려진 기정균의 눈이 다른 부하에게로 돌아갔다. 커다란 남자의 몸이 부들부들 떨며 무릎 꿇었다.

"이, 이청신이 맞았습니다. 어두워서 얼굴을 잘 보진 못했지만, 그, 키도 컸고, 머, 머플러도 이청신 거였고…… 저, 저는, 이청신을 죽였습니다. 착오가 있는 게 분명합니다."

"이청신 숨이 끊어진 게 확실한 거면 그 말 지껄이면서 떨지를 말아야지, 새끼야. 너 일처리 제대로 안 했지?"

기정균이 비굴하게 구겨져 있는 몸을 발로 걷어찼다. 마음 같아서는 이 자리에서 찢어 죽이고 싶었지만, 지금은 어그러진 이 상황부터 수습할 때이다.

"일단 문부터 잠가, 안에 있는 것들 한 놈도 못 나오게."

이청신이 살아 돌아 왔을지도 모른다는 게 알려지면 짭새들이 또 겁을 집어먹고 배신하려 들 것이다. 그러면 일이 더 꼬이고 복잡해진다. 우선 걔들부터 안에 가둬놔야 했다.

"출입구 전부 봉쇄했습니다, 대표님."

"그래. 그럼 이제……."

이청신을 만나러 가 볼까.

요즘은 모든 바닥이 다 이 기정균의 영역이었다. 선화그룹이 뒤에 딱 버티고 있으니, 허술하고 형편없이 저지른 살인도 가뿐히 덮이는 것이다.

힘없는 대중은 이청신의 살해를 사주한 사람이 기정균인 게 아니냐고 의심하면서도 기정균을 감옥에 처넣지는 못했다. 그리고 며칠이 지나자 사건에 대한 논의 자체가 사그라들었다. 이청신의 죽음이 제대로 밝혀져야 한다고 요란하게 떠들어 댈 때는 언제고, 이청신이란 존재를 잊어버리자고 다 같이 약속이라도 한 것 같이.

처음에는 아무리 연모경의 비호가 있다 해도, 이 손에 이청신의 피를 직접 묻히기는 꺼림칙했었다. 이청신은 지금껏 기정균 자신이 죽여 온 다른 인간들과 달리, 너무 월등하고 특별한 놈이므로. 그러나 이제는 그 이청신이라 해도 그다지 두렵지가 않다.

다시 나타났다고? 그럼 또 죽여 버리면 될 일이지. 내가 죽인 시신은 어떤 항변도 못한 채 흙더미에 묻혀 아름다운 거름이나 되고, 나는 비옥해진 땅을 내 좆대로 누빌 것이다.

기정균이 씩 웃으며 집게손가락을 까딱거렸다. 차를 대령하라는 명령이 어린 그 손짓에 부하들이 재빨리 움직이는 그때.

"뭐, 뭐야 저것들은."

행인들이 기정균 주위에 멈춰 서서 뭐라고 쑥덕거리기 시작했다. 욕하며 손가락질을 하는 사람들도 있었다.

"저, 대표님. 이, 이것 좀 보십시오."

뒤에서 조용히 전화를 받던 비서가 사색이 되어 뭔가를 내밀었다. 휴대폰이었다. 세계 각국에서 애용하는 동영상 사이트가 켜져 있는.

"뭔데 이게."

기정균의 큰 손이 신경질적으로 휴대폰을 쥐어 들고는 동영상

재생 버튼을 눌렀다. 투명한 물처럼 말갛게 흐르는 노랫소리 아래로, 익숙한 사진들과 영상들이 한 장 한 장 펼쳐졌다.

기정균 자신이 보냈던 문자 내역이나 CCTV 영상 등으로, 기정균이 이청신의 살해에 가담했다는 증거들이었다. 이청신의 몸과 함께 이름 없는 무덤에 묻혀 있어야 할 것들이 세상 한복판에 드러난 것이다.

"이거 추효영이 가지고 있던 물증들이잖아. 흔적도 없이 없앴다며, 새끼야."

"죄송합니다."

"죄송하면 가서 이 영상 내려!"

"예. 다, 당장 그러겠습니다. 그, 근데 대표님, 이것보다 더 큰 문제가……"

"또 뭐."

"그게, 저……."

비서가 우물쭈물하는 사이, 영상 속 노래가 끝나고 작은 얼굴이 울며 나타났다. 달달 떠는 입술 사이로 자신의 죽음을 암시하는 배수아의 마지막 인사가 퍼졌다.

"야. 배수아, 죽었대?"

"그, 그렇다는 것 같습니다. 콘서트가 끝나고 독을 마셨다고 합니다."

한순간에 여린 여자애를 잃은 대중은 날카롭고 지독하게 분노할 것이다. 배수아 그 영악한 기지배가, 저에 대한 세상의 모든 애정을 독기 묻은 화살로 바꾸어 기정균을 찢어 먹으려 하고 있었다. 선화그룹이 이 화살도 막아 줄 수 있을까?

"비, 빌어먹을. 씨발!"

예감이 좋지 않았다. 잡히면 끝장이다. 철창에 갇혔다가 죽어서나 나올 것이다. 일단 어디로든 숨어야겠다는 판단이 기정균의 뇌리에 꽂혀드는 찰나, 마침 기다리던 차가 눈앞에 멈춰 섰다.

기정균이 운전석에 앉은 부하를 끄집어 낸 뒤 우악스럽게 핸들을 옮겼다. 액셀이 거칠게 짓밟히고, 순식간에 터질 듯이 과열된 엔진이 인파 가득한 길거리 속으로 차를 몰았다.

비명이 어지럽게 물결쳤다. 질주하는 차를 아슬아슬하게 피한 사람들이 바닥에 너부러지고, 그런 사람들을 밟지 않기 위해 바퀴를 꺾은 차들이 서로를 연신 박아 대며 굉음을 냈다.

쾅, 쾅! 철로 만들어진 차체들이 부서지는 소리들이 사방에 낭자하는 가운데, 어떤 소음에도 비교할 수 없이 거대한 폭발음 한 덩이가 땅을 울렸다. 기정균이 반사적으로 백미러를 쳐다봤다. 기정균의 건물을 들이받은 차가 붉게 터지고 있었다.

"어떡하냐. 짭새들 다 타 버리겠네."

기정균이 혀를 차며 다시 앞을 보는 순간이었다. 끼ㅡ 맞은 편에서 달려오던 거대한 트럭 한 대가 갑자기 나타난 기정균의 차를 피해 바퀴를 꺾었다. 트럭 뒤에 가려져 있던 주유소 유조차가 번쩍 나타나, 기정균의 시야를 잡아먹었다.

"어?"

또 한 덩이의 폭발음이 터졌다.

독을 담은 텀블러가 바닥에 떨어져 뒹굴었다. 그 둔탁한 소음이, 수많은 오르골이 동시에 돌아가는 것 같던 팬들의 합창 소리를 짓뭉갠다. 더는 아무 소리도 들리지 않았다.

나, 죽어 가는 걸까. 아님 벌써 죽은 건지도.

다신 맡지 못할 것 같았던 누군가의 향이 불어온다. 그리고 콧속에 고여 들어, 점점 짙어진다. 마치 세상이 온통 그 남자인 것처럼.

"이, 이청신 씨……."

목 밑에 꽉 맺혀 있던 숨이 조금씩 터져 나간다. 수아의 눈꺼풀이 느리게 열렸다. 아주 깊고 까만 물속에 오랫동안 잠겨 있다, 갑자기 끄집어내어진 두 눈동자가 애틋이 떨었다. 물에 젖은 채 올려다보는 시선에 맺힌 것은, 기다리다 못해 직접 찾으러 가려던 그 남자의 얼굴이었다.

무대 바닥 밑으로 흘러드는 조명은 초승달 색깔보다 연하다. 그런 게 비쳐 주는 그의 모습은 마치 깊은 밤 창가에 걸린 옷 같다.

그리운 그가 마침내 날 보러 왔나.

달려가 꽉 껴안았는데 가볍고 서늘한 감각만 두 팔 위로 맥없이 흐무러질까 봐 겁이 나. 그래서 그가 온 게 정말 맞는지 확인해 보기가 무섭다. 수아가 울먹이며 그를 바라보기만 하는 사이. 주위가 부산해졌다.

수아 씨 지금 어디 있어.

무대 밑인 것 같습니다.

지금 내가 무대 위에 있으니까, 리프트 올려. 혹시 모르니까 구급차 부르고.

허겁지겁 달려온 스태프들이 다급히 신호를 주고받는 소리가 정적을 긁고, 멈춰 있던 무대의 태엽이 돌아간다. 무대 아래 어두움 속에 내려앉아 있던 리프트가 천천히 솟아오르기 시작했다.

콘서트장 안에서 뮤비를 확인했는지, 아직도 자리를 지키고 앉은 채 울며 수아의 이름을 부르는 팬들의 목소리가 가까워졌다. 이윽고 오로라를 조심스럽게 떠다 놓은 듯한 보랏빛 스크린 속에 두 사람의 까만 실루엣이 뚜렷이 새겨지는 찰나. 팬들의 울음소리가 웅성거림으로 흩어졌다.

저기 수아 아니야? 수아 괜찮은 거지? 저 남자는······.

그러다 흰 조명빛 한 줄기가 둘에게 묻은 어둠을 씻어 내는 순간, 수많은 탄성이 피어올랐다. 사람들이 놀라 내뱉는 음성 속에는 청신의 이름이 실려 있다. 그건 눈앞의 남자가 수아 저만 보는 착시 같은 게 아니라는 뜻이었다.

연약했던 마음에 얇은 용기가 입혀진다. 작은 입술이 빗장을 열었다.

"청신 씨…… 맞아요? 정말 이청신이 내 앞에 있는 거야?"

아랫입술 밖으로 여리게 고개를 내민 물음이, 스탠드 마이크에 올라가 먼 공중으로 퍼졌다.

"아니, 아니에요. 그냥 대답하지 말아요. 착각이어도, 환각이어도, 그냥 이렇게 믿을래. 지금은 아무것도 깨닫고 싶지가 않네."

그가 많이 흔들거렸다. 제 눈동자를 덮은 물기가 많아져 그렇게 보이는 걸 것이다. 그는 한참을 고요하다가, 툭 떨어진 눈물이 수아의 뺨을 긋자 손을 들어 얼굴을 감싸 주었다.

"뭘 하려고 했습니까?"

"가려고 했어요. 이청신 만나러 가려고."

"그래서, 마셨습니까? 우리가 지금, 길을 엇갈리고 있는 겁니까?"

"잘 모르겠어. 내가 마셨는지."

그의 눈썹이 살며시 이지러졌다. 그러나 곧 언제 그랬냐는 듯 다정하게 피었다.

"생각해 보니 방금 질문은 중요한 게 아닌 것 같네요. 함께 가죠, 어디든."

어디로든, 내가 배수아 씨를 지키러 갈게요.

작지만 단단한 속삭임이 수아의 입술 위를 두들겼다. 수아가 울먹이며 그의 뜻을 제 입 안으로 삼켰다. 서로의 운명이 하나처럼 섞였다.

경찰 쪽에 심어 둔 놈으로부터 연락이 왔다. 오직 청신이 빠져 있어야 할 강에서, 청신 아닌 다른 것의 시신이 떠올랐다고. 시신에 칼자국이 여러 개란다.

그리고 그 칼자국의 모양은, 기정균이 청신에게 만들었다고 보고한 내용과 정확히 일치했다. 기정균이 죽인 게 청신이 아니라 다른 사람이란 뜻이다.

연모경이 시퍼렇게 질린 얼굴로 기정균에게 전화를 걸었다. 우아한 손톱 끝이 액정의 통화 버튼을 수차례 찍어 눌렀지만, 기정균은 답이 없다.

"멍청한 건달 새끼. 잘 처리했다더니, 이게 어떻게 된 거야."

제 모든 시간과 공들여 짜낸 피를 섞어 완성한 성 위로 갑자기 열이 끓고 있었다. 성을 이룬 벽돌들이 옅은 물거품으로 녹아간다. 이대로 둘 수는 없었다.

당장 비서에게 전화를 걸어, 아무라도 좋으니 사람 죽일 칼을 찾아내라고 명령했다. 그동안 연모경의 가면은 완벽하게 아름다웠다. 수화기 너머의 비서는 연모경의 실체를 몰라, 그 명령이 무슨 뜻인지 단박에 알아먹지 못했다.

답답하기는. 반 마디만 뱉어도 이 뜻을 알아먹던 황준서가 부재한다는 게 이렇게 아쉬울 수가 없다. 잠적해 있다가 이청신 사건이 어느 정도 조용해지면 돌아온다더니, 어디서 뭘 하고 있는 거야.

연모경이 미간을 찡그리고는 입술을 열었다.

"됐어. 넌 이청신 위치나 파악해서 보고해. 나머진 내가 알아서 할 테니. 알겠……."

상황이 급박했다. 하는 수 없이 직접 나설 궁리를 하는데, 달칵, 난데없이 서재 문이 열렸다. 그사이로 도영의 마른 몸이 나타났다. 오랜 지병을 앓으면서도 아름다웠던 육체가 빠른 속도로 시들어 버린 게 익숙지 않은 걸까. 도영은 짧은 거리도 제대로 걷지 못하고 비척거린다. 모경이 잠시 벗어 두었던 가면을 뒤집어쓴 채 그에게 달려갔다.

"당신 벌써 일어나면 안 돼요. 이 식은땀 좀 봐. 안색도 엉망이야. 안 되겠어, 약을 줄게요. 먹고 한숨 더 자요."

"그만둬라, 모경아."

젖은 이마를 부드럽게 쓸어 주던 모경의 손이 내팽개쳐졌다.

"뭘요. 당신, 나쁜 꿈이라도 꾼 거예요?"

모경이 연한 시선으로 도영을 올려다보았다. 그렇잖아도 말라붙은 도영의 두 눈 속에는 열기가 들끓고 있었다. 약하디약한 눈동자가 갈라지고 찢어질 듯했다.

아아. 모든 걸 알아 버렸구나, 당신.

모경은 소리 없이 웃었다. 차갑게 휘어지는 입술에 가면이 밀려났다.

"연모경!"

도영이 살을 떨며 소리쳤다.

"나한테 익명으로 메일이 왔어. 네가 고등학생 때부터 저지른 모든 짓들이 적혀 있더라. 증거들까지 같이. 이제 만천하에 공개될 거야."

"아니. 그럴 일 없어요. 내가 막을 거니까요."

"그게 막아질까? 아니. 결과는 이미 굳어졌어."

"굳어졌다고? 그래, 굳어졌지. 그럼 피를 뿌리면 돼요. 핏물로 다시 녹여서 내 뜻대로 주무르고 빚을 거야. 그러니 오빠 잠자코 쉬어요."

모경이 늘 지니고 다니는 주사기를 꺼내, 바늘자국 빼곡한 살결을 찌르려 했다. 도영은 평소와 달리 거칠게 버텼다. 그가 쳐낸 주사기가 바닥을 굴렀다.

"또 누구 피를 보게. 청신이를 죽이고 날 죽이고 내 어머니를 죽이면! 그러면 끝이 날까? 네가 살인자란 걸 알아 버린 사람들을 모조리 살해하고, 또 살해해야 할 거야. 아무리 많은 피를 들이부어도 굳어진 걸 바꾸기 힘들단 소리야."

"그런가. 왜…… 왜 그렇게 됐지? 아니, 아니야. 바꿀 수 있어. 방법이 하나쯤은 있을 거예요."

"사실이야? 정말 다 모경이 네가 그런 거라고? 일부러 불을 질러 네 어머니를 돌아가시게 하고, 내 아버지를 그렇게 만들고, 은하 씨를, 내가 사랑하는 그 여자 숨을 네 손으로 잘랐어?"

모경은 울먹이는 그의 얼굴을 가만히 쳐다보기만 했다. 그의 하얀 미간이 조금 더 슬퍼졌다.

"리환이는. 정말 내 아이가 아니었어? 내가 스스로 술에 취한 게 아니라 네가 탄 약에 쓰러졌니? 그리고 내가 널 안은 척, 네가 상황을 꾸몄어? 정말 모경이 네가 다…….”

착한 남자. 모경은 그가 사랑했던 것들을 다 부쉈는데, 그는 여전히 모경을 미워하기 싫어한다.

아예 사랑을 해 주면 좋았을 텐데. 만약 그랬으면 난 당신이 사랑하는 것들을 없애지 않았을 거고, 당신은 쓸데없이 아무것에나 마음 줬다가 상처받지 않아도 되었을 거야. 만약 당신이 내게 먼저 입술을 맞춰 줬다면…….

모경이 한 걸음 다가가, 아픈 파란빛인 도영의 입술에 살며시 입 맞췄다. 그리고 섬뜩하리만치 낮고 서늘한 소리로 고백했다.

“무시당하는 게 죽을 만큼 싫었어. 죽어서 새로 태어날 생각도 해 봤어. 근데 죽으려니 억울했어. 왜 내가 죽어야 해. 왜 내가 없어졌다가 다시 태어나야 해, 내가 잘못한 게 뭐가 있다고. 그래서 기생충처럼, 모기처럼 남의 살점 뜯어먹고 피 빨아먹으면서 살아보기로 했어. 세상은 원래 불공평해, 더럽고. 난 그 불공평을 더럽게 이용해 본 것뿐이야. 남이 날 짓밟아도 되는 세상이라면, 내가 남을 상처내도 되는 세상이어야지. 안 그래?”

“연모경.”

“그래요. 당신의 모든 게 피를 흘리고 부서져 버리는데도 당신이 버리지 못한 그 연모경이, 이래. 당신의 살인마야.”

도영은 곧바로 무너지기 시작했다.

“모경아. 알겠다. 너 억울했어. 그래서 날 속이고 내 인생 하나

불구덩이로 떠민 건 그럴 수도 있었다고 쳐. 거기서 그쳤어야지. 원하는 대로 지원받고 기득권에 파고들었으면 어느 정도 만족을 했어야지. 왜 아무 죄도 없는 청신이까지!"

"내가 갖고 싶었던 건 선화야, 그깟 의사 자격증이 아니라. 그리고 청신이 걔는 태어났단 이유로 선화를 가지려는 내 계획을 짓이겼어."

"연모경 너, 정말 사람 가죽을 뒤집어쓴 괴물이었구나."

"세상에 그런 괴물이 어디 나 하나일까요. 뭔가가 날 낳은 거야, 내가 혼자 생겨난 게 아니라. 그러니 아무도 날 욕할 권리는 없지."

"어쩐지. 그래 어쩐지 사랑이 잘 안 되더라. 내 목숨을 구해 주고 내 일이라면 제 생명이 달린 것처럼 달려드는 여자애인데도, 늘 찝찝하고 꺼려지더라. 죄책감이고 뭐고 상관없이 이기적으로 살았어야 했는데. 전부 내 잘못이야. 내가 널 밀어내기만 했어도, 아버진, 은하 씨는……."

은하에 대한 도영의 사랑이 부드러운 노래라면, 모경 몫으로 내주는 그의 애정이란 각혈과 흡사한 것이었다. 병이나 다름없는 죄악감과 부채감이 그의 폐를 물어뜯고 기도를 파열시켜, 어쩔 도리 없이 토해 내는 것.

도영은 그동안 자신이 앓은 게 불결한 사랑이 아니라 병적 증상임을 깨달은 뒤, 눈물을 쏟아냈다. 울며 심하게 흔들거리던 몸이 어느 순간 비스듬히 휘어졌다. 아마 그간 착실히 먹인 약이 돌며, 그의 머릿속에 출혈을 일으키고 있는 중일 것이다.

모경은 조용히 그를 받아 안았다.

만약 청신이 그 아이만 계획대로 죽어 주었다면 그를 이렇게 잠재워 안은 채, 선화를 내 손아귀에 완벽히 거머쥐었을 텐데. 아쉬워하며.

"그간 내 이에 물려 줘서 고마웠어요, 오빠. 푹 쉬고 있어요."

도영의 머리칼을 어루만지며 속삭일 때이다. 비서에게서 전화가 걸려 왔다. 수화기 너머로 들려오는 목소리는 아주 사랑스러운 것이다. 이청신과 배수아가 음독하여 선화병원으로 이송 중이라니.

모경이 살그머니 웃었다. 한 손으로 주머니를 헤적여, 지난 몇 년간 하루도 빠짐없이 품고 다니던 또 다른 주사기를 꺼내들며.

복도를 거칠게 건너는 걸음 옆으로 긴 가디건이 휘날렸다. 마치 몸부림을 치는 것처럼. 모경이 늘 견고하게 갖춰 입고 다니던 우아함의 올이 너덜너덜 풀린 채로 문가에 나타나자, 마침 청신을 병실로 옮기고 있던 의료진이 일제히 당황한 얼굴들을 했다.

모경은 침상 위에 잠들어 있는 청신의 흰 얼굴을 힐긋 바라본 뒤, 가쁘게 헐떡이던 숨을 골랐다. 차가운 온도를 되찾은 눈동자가 뒤늦게 의료진을 향했다.

"어, 원장님 오셨습니까."

"다들 나가세요. 내 아들은 내가 직접 돌볼 테니."

의료진은 모경의 아들 소리에도 놀라는 기색이 없다. 모경이 선화그룹을 직접 휘두르기 시작한 이후, 아름다운 과일 같던 선화가의 속사정에 대한 소문이 한바탕 퍼진 상태였다.

은하가 죽고는 쭉 독신 생활을 한 것으로 알려진 도영에게 정부가 있었고, 그 정부라는 여자가 바로 모경이더라는 이야기는 병원의 모두가 들었을 것이다. 죽은 박은하를 친언니처럼 그리워하는 척하던 여자가 뒤로는 그 언니의 남편을 차지하지 못해 안달이었다니, 다들 이 연모경을 구차하다고 비웃었으려나.

청신만 생기지 않았더라면 박은하와 이도영이 혼인하지 않았을 텐데. 그래서 내가 먼저 이도영을 가졌다면 오늘 같은 수모는 없었을 것이다.

모경은 불쾌감으로 얇게 경련하는 얼굴 위로 애써 웃음을 띠고는 병상으로 다가갔다. 의사들과 간호사들은 과일의 속살을 좀먹고 살던 벌레를 목도한 눈을 했다.

"나가라니까?"

하지만 겨우 그뿐, 감히 모경의 목소리를 어기지는 못했다. 모두가 모경의 눈 아래 고개를 숙이며 병상 근처에서 물러나는 그때. 병실 문이 열리고, 예쁘게 생긴 여자가 들어섰다. 모경은 그녀가 배수아임을 곧장 알아보고는 눈 끝을 구겼다.

둘이 같이 독을 마셨다더니? 어째서 저 여자애는 저렇게 무사하지? 잘못된 정보를 받고 왔나? 내가?

모경이 그 자그마한 얼굴을 고요히 관찰하는 사이, 마르고 가냘프면서도 야무지게 생긴 몸이 모경과 청신 사이를 가로막고 섰다.

청신에게 이 연모경의 실체에 대해 듣기라도 했나 싶었는데, 아니, 그렇다기에는 두 눈이 너무 부드럽고 행동에는 확신이 없다. 아무것도 모르는 아이였다. 모경이 나긋이 웃었다.

"우리 애랑 사귀었다는 아가씨로군요. 아가씨도, 나도 청신이도 일이 다망하니 서로 인사할 기회가 없었죠. 난 연모경입니다. 애 엄마니 그렇게 경계하지 않아도 돼요."

"청신 씨는 오래전 어머니를 잃었다고 했어요."

"그래요. 그래서 내가 그 자릴 채워 줬는데, 아마 많이 부족했나 보네요. 아가씨한테 내 얘길 안 한 걸 보면."

상냥한 어머니 흉내는 처음이라 그럴까. 영 효과가 없다. 오히려 부작용만 일었다. 순진무구하던 여자애의 두 눈망울에 적의가 어리는 것이다. 눈앞의 초면인 여자가 제 연인에게 이로운 존재가 아님을 확신하는 눈빛이 제법 날카로웠다.

그러나 네가 그것으로 뭘 할 수 있겠니.

모경이 소리 없이 두 눈을 휘며, 옆에 선 비서에게 눈짓을 보냈다. 모경의 뜻을 가볍게 알아본 비서가 수아를 억지로 잡아끌었다. 수아는 있는 힘껏 저항하는 듯했지만, 남자 힘을 당해 내기에는 역부족이었다. 청신을 지키려던 작은 몸은 맥없이 멀어지고, 모경이 청신의 옆에 섰다.

"청신아. 너 어디서 뭘 한 거야."

드디어 죽은 줄 알았더니. 이 낮에 왜 아직도 이런 혈색이 돌까.

모경의 손끝이 잠에 빠져 그림 같은 얼굴을 쓰다듬었다. 그리고 청신의 소매 한쪽을 걷어 올렸다. 백색의 피부 사이로 푸른 정맥이 선명했다. 저 자리에 이 바늘만 꽂으면 모든 것이 일사천리다.

청신이 마침 음독했다는 의혹을 안은 채 이 병원까지 실려 왔으니, 실제로 독을 먹었든 먹지 않았든 그런 건 아무래도 상관이 없다. 사인 조작은 모경의 오랜 특기다. 청신은 스스로 독을 마셨다가 응급 처치에 실패해 죽은 것으로 만들어질 것이다. 그러니까, 이쪽을 지켜보고 있는 저 눈들을 어서 치우고 싶은데.

"청신 씨. 청신 씨!"

수아라는 여자애가 생각보다 끈질기다.

"얼른 좀."

모경이 문가로 고개를 돌리고 비서를 재촉하는 그 순간이다. 병상 쪽에서 어떤 기척이 느껴졌다. 모경의 고개가 느릿느릿 돌아왔다. 어느새 의식을 되찾은 청신이 일어나 모경을 응시하고 있었다.

"청신아. 도, 독을 마셨다더니. 아니. 아니. 다행인 거지. 다행이구나, 이렇게 다치지 않아서."

모경은 안면 전체로 번져 오는 당혹감을 미소로 덮으며 물러섰다. 나가지 않겠다고 버틴 수아 때문에 의료진들도 아직 방에서 나가지 못한 상태였다. 별나게 눈에 띄는 얼굴이 소란을 피우니, 복도에서 이쪽을 들여다보는 사람들도 적지 않았다.

보는 눈들이 이렇게나 많은데 청신을 대놓고 찌를 수는 없었다. 그랬다가는 일평생 고매하게 가꿔 온 가면이 아예 망가져 버릴 테니.

어서 피할 생각에 돌아서는 모경의 손목을 청신이 붙잡았다. 청신의 힘으로 들어 올려진 손끝에는, 미처 놓지 못한 주사기가 걸려 있었다.

"이건, 영양제야. 네 아버지가 몸이 좋지 않으신 건 청신이 너도 알잖니. 응?"

청신이 모경의 손목을 더 높게 끌어 올렸다. 주사기 끝이 청신의 하얗고 단단한 목을 겨눴다. 모경은 뒷걸음질 쳤다. 한 발, 한 발, 절실하게 멀어지려는 그 걸음을 청신은 가뿐히 무산시킨다. 모경이 뒤로 피하면 그 애는 그만큼 모경을 향해 다가왔다. 포식자와 피식자처럼 쫓고 쫓기던 발들은 모경의 등이 벽에 부딪혀서야 멎었다.

"저를 찌르세요, 고모. 내 할아버지를 죽이고, 내 어머니를 죽였듯이."

청신이 주삿바늘의 끝을 제 목줄기에 박아 두고, 붙들고 있던 손목을 놔 줬다.

"내가 널 정말 찌르면 어쩌려고 이러니."

모경은 손이 자유로워졌으면서도 청신의 목에서 주사기를 거두지 않는다. 그럼에도 청신은 겁 없이 요지부동이다. 다 아는 거지, 내가 이 자리에서는 저를 죽이지 못할 걸.

모경은 어려서부터 자신을 경멸하거나 불결하게 여기는 시선을 못 견뎌 했다. 아무도 내려다보지 못할 드높고 아름다운 정상에서 순도 높은 존경을 받는 꿈. 그것이 모경을 여기까지 오게 만든 동력이다. 그리고 지금 청신은 그 꿈을 처참히 부수고 있었다.

모경이 서늘하게 웃으며 주위를 둘러봤다. 주사기에 든 것이 정말 독약이 아니라 영양제라면, 왜 청신을 조금도 찌르지 못하겠는가. 다들 모경이 청신을 죽이려 했다는 걸 눈치챈 얼굴들이었다. 어떤 이들은 벌써 모경을 제압할 준비를 하고 있었다.

가면이 갈기갈기 찢겨 민낯이 드러난다. 벌써부터 이 삶을 견딜 수가 없었다. 모경은 청신을 매섭게 노려보다가 주사기를 휘둘렀다. 바늘이 푹 꽂힌 살은 모경 자신의 것이었다.

오랫동안 썩어 있던 살이 마침내 가면 밖으로 나왔다. 연모경은 문드러진 이목구비를 일그러뜨렸다가, 이번에는 영원한 무덤 속으로 숨으려 들었다. 순식간에 자신을 깊이 찌른 그녀의 팔은 죽은 것처럼 늘어졌다.

그러나 그녀가 바라는 결과가 이루어질 일은 없다. 의료진이 즉시 달려들어 그녀를 데리고 나갔으니, 그녀의 맥박은 철창같이 강하게 솟아 그녀를 삶에 가두게 되어 있다. 그녀가 정신을 차릴 쯤엔 그녀가 저질러 온 모든 일이 백일하에 공개될 것이다.

마침내 숨을 쉴 수 있는 날이었다.

"수아 씨."

청신이 길고 편안하게 흘러나가는 날숨 위에 사랑하는 여자의 이름을 얹었다. 봄의 연한 바람을 미끄럼틀 삼아 내려가는 꽃잎 같은 목소리였다.

"……."

수아는 그 꽃잎을 받지 않고 바닥으로 떨어뜨렸다.

"다행이네요. 콘서트장에서 수아 씨가 쓰러지길래, 내가 너무 늦은 줄 알았는데. 독 때문이 아니라 갑자기 긴장이 풀려서라고요."

"……."

"담당의에게 들었을 수도 있지만 내가 잠깐 의식을 잃었던 건 과로 탓입니다. 나도 아무 문제 없어요."

"……."

그녀의 입은 꾹 다물린 채로 깎인 조각 같다. 계속, 계속, 대답이 없다. 미처 듣지 못해 그런 것이 아니다. 병실 안에는 이제 둘뿐이었고 그녀는 두 걸음이면 닿을 자리에 서 있었다. 청신의 큰 눈동자가 흔들렸고, 당혹에 사로잡힌 입술 사이에 침묵이 물렸다.

수아 씨. 당신 왜…….

내가 앞에 있는데, 어째서 그렇게 맥없는 표정만 짓는 거냐고 물으려던 마음이 음성을 입지 못한 채 목 밑에서 시든다. 굳이 묻지 않아도 알 것 같아졌기 때문이다.

그녀는 실망한 거다. 화가 나기도 하고 기막히기도 할 일이다. 나로 인해 받은 큼직한 상처가 너무 아려서, 나라는 존재 자체에 질려 버렸는지도 모른다. 아니. 당연히 그렇겠지. 그녀가 나 때문에 자신을 죽여 가고 있을 동안, 나는 살아 있으면서도 그녀를 속였다.

말없이 그녀의 곁을 걸었다. 조수석 문을 열어 그녀가 차에 타기를 기다렸다가, 안전벨트를 채워 줬다. 운전을 했다. 옆에서 들려오는 고른 숨소리를 들으며. 어쩌다가 붉은 눈을 뜬 신호등 앞에 차바퀴가 걸리면, 그녀의 옆얼굴을 살짝 바라보기도 하며.

간만에 들어선 집 안은 어디 한 군데도 예외 없이 눅눅했다. 곳곳에 그녀의 울음이 스며 있다. 그녀가 아기처럼 키우는 부추꽃은 말라붙었고, 식탁에는 청신이 몇 개월 전에 만들어 주었던 반찬들이 정갈한 모습으로 나와 있었다.

상하다 못해 짓무른 그 음식들을 먹으려고 했던 건지, 조금 먹다 만 쌀밥 위로 아직 찰기가 돌았다. 그것들이 자신이 말없이 사라져 있는 동안 그녀가 홀로 견뎌야 했던 시간의 초상화였다.

눈동자를 굴릴 때마다 보이는 모든 광경이 거대한 못과 다름없다. 전신이 못질당해 찢겨 나간다. 청신은 연붉게 젖은 눈을 일그러트리며 고개를 돌렸다. 마침 씻고 나오던 수아와 시선이 스쳤지만, 그녀는 투명한 허공을 본 사람처럼 가볍게 청신을 등졌다.

부추의 메마른 부분들을 정리한 뒤 물을 먹었다. 쓰레기라 해도 무방할 음식들을 죄다 치웠다. 깨졌지만 그녀가 차마 버리지 못하고 보관해 둔 자신의 물 컵을 버리고, 냉동실을 열어 당장 할 수 있는 모든 반찬들을 새로 만들었다. 그녀의 눈물 자국이 진물처럼 얼룩졌을 바닥을 몇 번이고 닦았다.

집 안을 치우고 치우다가 더 이상 손댈 데가 남지 않은 다음에야 그녀가 들어가 있는 침실을 향해 섰다. 그러나 문에 그림자 끝조차도 묻힐 수가 없다. 무거운 죄책감이 수갑을 채우고 족쇄 되어 두 발목을 묶는 탓이다. 이 쇳덩이 같은 잘못을 어떻게 그녀에게 녹여 달라고 말할까.

몇 분을 제자리에 묵묵히 서 있다가 돌아섰다. 그 순간. 등 뒤에서 문이 툭 벌어지는 소리가 났다. 청신이 고개 돌렸다. 어둡게 뻗은 그의 시선에 맺혀 온 건, 여리게 떨리는 몸이었다.

"수아 씨. 왜 그래요. 악몽이라도 꿨습니까? 아니면, 어디 아파요?"

"또 조용해져서…… 이청신 씨 또 없어진 줄 알고……."

큰 눈 가득 고인 눈물이 부드러운 뺨을 그어 내린다. 하얀 미간이 구겨지고, 울음이 흘러넘쳤다. 청신이 그녀와의 거리를 단박에 베어 낸 뒤 그녀를 안았다.

"이청신. 제발 좀 없어질 것처럼 굴지 마. 쓰러지지 말고, 위험하게 행동하지 말아요."

그녀를 멀리 떨어트려 놓고, 쏟아지는 유리 파편들을 홀로 맞으며 그녀가 안전할 일만 생각했다. 그 따가운 파편이 꽂히고 가루가 묻은 몸으로 그녀에게 돌아왔을 때, 그녀가 유리투성이가 된 자신을 껴안고 덩달아 피 흘릴 거라고는 예상하지 못했다. 청신은 약하게 말아 쥔 주먹으로 가슴팍을 두들기는 그녀의 투정을 가만히 받았다.

"나 자꾸 확인하게 된단 말이에요. 이청신 씨가 정말로 살아온 거 맞는지. 정말, 내 옆에서 숨 쉬는 건지. 나 혼자 상상하는 건 아닌지 꿈꾸는 건 아닌지 자꾸만 의심을 하게 돼요."

"……수아 씨."

"살아 돌아 왔다고 막 좋아하고 안도했는데, 돌아보면 또 없어지는 거 아닐까. 눈 깜빡하면 다시 사라지지 않을까 무서워요. 난 두 번 다신 이청신 잃기 싫은데. 나한테는 이청신을 잃는 게 내가 죽는 것보다 잔인한 일인데. 그게 얼마나 힘든데."

"미안합니다. 내가 잘못했어요."

"청신 씨. 이청신 씨. 이청신. 이청신, 이청신…… 이름 부르고 싶었어요. 목소리가 듣고 싶었어요. 마주보고 이야기하고 싶었어. 안고 싶었어. 손톱 끄트머리라도 좋으니까 제발 딱 한 번만 만져보고 싶었어. 그런데 이청신이 없었어. 어딜 가도 없었어. 매일매일 없었어. 나는 이청신이 있다고 믿고 싶은데, 다들 이청신 씨는 없어졌대요. 잊으래요."

서로의 상처를 안고 서로의 핏물에 젖어들었다. 쓰라리고 축축했으나 조금도 암울하지는 않다.

그녀를 옥죄고 있던 유리도, 그를 가두고 있던 유리도 깨졌으므로. 유리 한 장 위를 걷는 것처럼 불안했던 서사도 이제는 끝이므로.

"다신."

그들을 괴롭게 했던 유리란 유리는 전부 다 깨져 녹아내렸으므로.

"다시는, 없어지지 않아요. 우리 악몽은 영원히 끝났으니까."

두 사람의 심장에 주어진 마지막 장은 회복되고 사랑하는 것이다.

달이 지쳐 파란 보랏빛 이불을 덮고, 태양의 눈부신 드레스 끝자락이 창가를 스칠 때까지 그와 침대에 누워 얘기했다. 노을이 어떤 애가 엎질러 버린 자몽 주스처럼 하늘을 흠뻑 물들이고도 나눌 이야기가 많이 남아서, 별자리가 선명하게 짚이는 밤이 다시 올 때까지도 침대를 벗어날 수 없었다.

세상은 한 달 가까운 시간 동안 그가 죽었고 다신 돌아오지 않을 거라고 수아를 세뇌했다. 그 가혹하고 무자비한 세뇌가 부서지고 그가 살아 돌아왔단 게 믿어지려면, 못해도 일주일은 그의 숨소리나 목소리 같은 것들을 들어야 하지 않을까 싶었는데.

암흑이 짙어 반쯤 보이지 않는 그를 더듬어 보면 단단한 뺨이 만져졌고, 새하얀 태양빛이 모든 걸 색 바래게 해도 그의 눈만은 까맣게 선명했다.

청신은 더는 찢거나 삭제 버튼을 누르면 없어질 사진 같은 게 아니다. 하늘의 색이 변할 때마다, 그의 얼굴에 진 그늘의 방향이 바뀌고 명도가 달라진다. 그는 너무도 아름답게 여기 있다. 시시각 각 있었고 앞으로도 있을 것이다. 여기, 나의 옆에.

그의 짙은 숨결, 짙은 눈빛, 짙은 심장 소리. 숨 막히도록 짙은 그 아름다움들을 절감하면서 그에게 들은 이야기는, 수아가 몰랐 던 그의 삶이다.

부모님과 연모경의 관계. 어린 시절 연모경의 손에 질식되어 죽을 뻔했던 그의 기억과, 연모경이 벌인 죄들, 연모경을 잡기 위 해서만 흘러갔던 그의 외로운 시간들. 그리고 수아 저를 볼모 삼 은 연모경에게 끌려간 폐병원에서, 주삿바늘에 찔려 잠들었던 일 까지…….

"왜 거길 갔어요. 내가 살인자 딸이 아닌 거 다 알고 있었다면서. 그럼 아니라고 해명을 하면 되지, 왜 끌려가, 바보같이."

"아직 수아 씨의 과거가 밝혀질 때가 아니었으니까요. 너무 일렀습니다, 그땐. 그런데 내가 어떻게 두고만 있습니까. 제대로 준비되지 않은 상태에서 당신에 대한 논란이 일면, 당신이 다칠 걸 뻔히 알고도. 어떻게 내가."

"아무리 그래도, 연모경은 이청신 씨를 늘 없애고 싶어 한 사람인데."

"난 내가 그날 죽지 않을 걸 알았습니다."

연모경의 주삿바늘에 찔려 무기력한 밤에 빠졌던 청신이 눈뜬 곳은, 알 수 없는 컨테이너 박스 안이었다. 그는 이마 뒤쪽에서 모든 걸 난도질할 태세로 발광하는 두통을 참으며 일어났다.

시야를 집어삼킨 어두움이 세상에서 가장 진한 광물처럼 단단했으나, 그 안에서 빛을 찾는 것은 어렵지 않았다. 누군가 그를 위해 준비해 놓은 듯, 손전등 하나가 옆에 떨어져 있었기 때문이다.

그는 손전등을 더듬어 스위치를 켰다. 쏟아져 나간 빛살이 어두움을 둥글게 베어 먹고, 그 뒤에 숨어 있던 것들을 새하얗게 드러냈다.

어떤 병의 그림자도 드리우지 않은, 깨끗하고 아름다운 CT 사진.

자동차가 부서지고 피가 튄 사고 현장이 선명히 담긴 사진.

개복당한 한 남자의 건강한 장기들이 찍힌 사진.

그건 청신 그도 지니고 있던 것들이라 한눈에 알아볼 수 있었다. 사진 속 주인공은 차례로 청신의 어머니 은하와 할아버지, 리환의 친부였다. 그리고 그들은 모두 연모경에게 죽은 피해자들이다.

그는 미간을 일그리며 손전등의 방향을 틀었다. 사방 벽이 연모경에 관한 기사들과 연모경의 죄를 가리키는 증거물로 그득했다. 그는 이곳이 누구의 공간인지 알아차렸다. 그 누군가가 지금 무슨 짓을 벌이고 있는지도 알 듯했다.

흰 빛이 벽 한쪽에 붙은 지도를 비췄다. 지도 위 비스듬히 그려진 동그라미는 그가 검사로 일하면서 눈여겨본 적이 있는 곳이었다. CCTV가 거의 없고, 있어도 고장 난 것들뿐인 강가.

그는 곧장 뒹굴던 모자 하나를 집어 든 채 바깥으로 달렸다. 컨테이너 박스 뒤편에 바이크가 한 대 세워져 있었다. 엔진 울음소리가 외진 산속을 울리고, 바이크의 흰 눈자위가 앞길을 눈부시게 밝혔다. 그는 상체를 낮게 기울이며 액셀을 있는 힘껏 당겼다. 속도계가 무섭게 솟구쳤다.

그렇게 전속력으로 바이크를 몰아 목적지에 다다랐지만 모든 일은 마무리되어 가고 있는 중이었다. 칼을 몇 번 휘두르던 괴한은 바이크 불빛을 피해 달아났고, 그의 머플러를 목에 감은 남자는 맥없이 쓰러졌다.

남자가 시신같이 가라앉는 광경이 그의 동공을 짓눌렀다. 그리고 물가에 스멀거리는 습한 어두움이 코끝으로 파고들어, 폐부 속을 온통 점거했다. 잠시 눈을 감을 수 없었고 숨을 들이마시지 못했다.

"이, 이 검사님? 검사님이 왜 여기."

바이크를 내던지듯 뛰어내린 그가 피 냄새 웅덩이 진 남자 앞에 다가와 앉자, 연신 꿈틀거리며 머플러를 풀던 황준서는 당혹스러워했다. 크게 열린 두 눈은 반 이상이 흰자위였다. 지혈이 시급했다. 그러나 황준서가 응급 처치를 하려는 그의 손을 강하게 거부했다.

"아니요. 제가 죽어야 됩니다, 검사님. 제가 검사님인 척 이 세상에서 사라지고 나면 연모경의 뒤를 치세요. 그 여자가 어, 얼마나 잔인한지 잘 아실 거 아니에요. 혹시라도 그 여자가 검사님이 살아 있다는 걸 의심하면, 정말 어려워집니다."

"이 정도면 연모경도 속을 겁니다."

"절 찌르다 말고 도망간 그놈, 분명 다시 돌아올 거예요. 그 랬다가 검사님 살아 계신 걸 목격하게 되기라도 하면…… 그리고 무엇보다 나, 매일매일 약속했습니다. 오늘 이 밤에 반드시 누나한테 가겠다고요. 누나 얼굴을 꺼내 보면서 수없이 약속을 했어요."

"제 어머니는 그 약속 달가워할 분이 아닙니다. 혼자 하신 약속, 깨세요."

그는 황준서의 뜻을 가뿐히 꺾고 칼에 찔린 부위를 살폈다. 밤이 지옥처럼 검어 두 눈을 진득이 가리니, 찢긴 데와 무사한 데가 잘 분간되지 않았다. 그가 한숨을 뱉으며 빛을 흘려 줄 만한 것을 찾는 사이, 황준서가 괴한이 떨궈 놓은 칼을 들어 그의 팔을 조금 그었다. 그리고 자신의 복부를 푹 찌르고 갈랐다.

"황 계장님!"

"이, 이제, 아무리 검사님이어도 돌이킬 수 없으시겠지요."

황준서가 죽음의 문턱에 두 발을 다 걸친 채 다정하게 웃었다.

"은하 누나를 나 혼자 짝사랑할 적에, 그때도 나는 수천 번 나 혼자 약속하고 또 나 혼자 그 약속 수천 개를 깼어요. 오늘은 좋아한다고 말해 봐야지. 아니다, 내일, 내일 말하자. 그새 누나는 다른 남자에게 가더니, 그렇게 멀리 떠나 버렸습니다. 그래서 오늘밤엔 기필코 내 약속을 지켜보려고 하는 거예요. 이번에는, 시, 실패하고 싶지 않아서."

황준서의 사랑은 알려진 것과 달리 연모경이 아니었다. 황준서가 태어나 은애한 대상은 박은하라는 여자뿐이었다.

"그, 근데, 어떻게, 아셨어요? 연모경이 누나를 해칠 거란 걸, 우, 우연히 알게 된 이래로, 전 철저히. 정말 철저히, 연모경 편인 척을 했는데. 저 자신도 허, 헷갈릴 정도로. 그, 그래야, 모두를 완벽히, 속여야지만, 연모경을 속일 수도, 이, 있으니까."

"휴대폰 케이스에 넣고 다니시는 사진을 봤습니다."

"아, 예은 씨가, 말씀드렸나."

"제가 직접 조사하다가 알게 된 겁니다. 어머니와 절친하셨던 동료분께, 예전에 제 어머니가 병원 옥상에서 자결하려던 어린 환자 한 사람을 구했다는 증언도 들었고. 그 환자는 몇 년 뒤 완치 판정을 받고, 간호사가 되어 어머니가 계셨던 병원으로 돌아왔다더군요."

그녀가 만들어 준 새로운 삶을 가지고 그녀를 찾아갔을 때, 그녀는 다른 남자에게 안겨 있었다. 남의 품에 기댄 그녀 뺨에 말갛게 도는 핏기가 복숭아 물처럼 달고 부드러워, 그는 웃으며 자신만의 사랑을 꼬깃꼬깃 구겨서 숨겼을 것이다. 그리고 그녀가 억울한 죽음을 당한 뒤에야 다시 꺼내 펼쳤다.

그녀가 죽은 후부터 절절하게 시작된 황준서의 연모는, 자신의 생을 산 채로 갈아 이루는 것이었다. 황준서는 은애하는 그녀의 죽음에 대해 캐내기 위해, 그녀를 살인한 자의 발등에 오랫동안 키스했다.

"검사님. 은하 누나는, 그러니까, 검사님의 어머니는, 내 구원자였어요. 난치병으로 썩어 가던 내 삶을, 깨끗이 소독시켜 주고, 약 발라 준 사람. 감히, 사랑하기도 벅차게, 아름답고 고결한⋯⋯."

이제 소임을 다한 황준서의 숨결은 말라붙어 가고 있었다. 목소리가 기도에 쇠가 꽂혀 든 사람처럼 갈라지고 쉬어, 거의 알아듣기 힘들었다. 그렇잖아도 흐리던 말이 입술 밖으로 범람하는 피에 휩쓸려 자취를 감췄다. 그러나 터져 나오는 핏물에 깊이 잠겨 버린 황준서의 이야기를 청신은 다 들은 기분이었다.

"죄송합니다 계장님. 제가 계장님께 의지하는 게 아니었는데."

나의 아버지시여. 나를 만드시며 뜻하신 게 그녀의 안타까운 피를 닦고, 그녀가 남긴 또 다른 살이며 뼈인 아들을 아름답게 지키는 일인 줄로 믿습니다. 나를 아버지께서 뜻하신 길로 인도하소서. 걷겠습니다⋯⋯.

가끔씩 들렀던 성당에서, 황준서가 토씨 하나 어긋남이 없이 외웠다던 기도이다. 청신이 들여다본 황준서의 인생은 억척스럽게 고독한 외길이었다. 그곳에 빠져나갈 틈 같은 건 없었다.

"절, 의지하셨어요?"

청신은 말없이 고개를 끄덕였다. 황준서의 비밀스럽고 집요한 계획을 이미 예전에 인지하고 있었으므로, 연모경의 덫에 들어가면서도 두렵지 않았다. 두 남자는 무언의 공조를 해 왔던 셈이다.

"드, 드디어, 은하 누나한테, 자랑할 거리가, 하, 하나, 생 겼……네요. 이제, 어, 어서, 가야겠군요."

창백하게 죽어 가던 눈동자 위로 혜성의 부스러기 같은 것이 한 차례 부드럽게 발광했다가, 검은 재처럼 푹 꺼졌다.

그는 숨이 다한 육체라도 정중히 챙기고 싶었으나 그러지 못 했다. 황준서가 예견했던 대로, 아까 도망가는 듯했던 괴한이 다시 나타났기 때문이다.

그가 살아 있음이 발각되면 황준서의 희생이 쓸모없어진다. 몸을 피한 채 황준서가 강물에 던져지는 광경을 지켜보다 등 돌릴 수밖에 없었다.

죽음을 위장하고 은신해 있는 동안, 그는 황준서가 어지러이 수집해 놓은 증거들을 재정리하고 체계화했다. 새로 알게 된 연 모경의 범죄 사실들이 몇 가지 있어 시일이 예상보다 더 걸렸다.

점점 지체되는 시간 속에서 누군가 자신이 살아 있음을 알아차 릴까 염려했으나, 그런 일은 벌어지지 않았다. 황준서가 워낙 철 두철미했던 것이다.

그 사람은 청신이 매일 하고 다니던 머플러로 모든 이의 눈을 가리고, 청신이 정신을 잃은 사이 채혈해 둔 그의 피를 미리 뿌려 놓아 수사에 혼돈을 줬다. 그렇게까지 하고도 마치 청신의 시간을 벌어주듯, 강의 억세고 차가운 물살 속에서 오래 버텼다.

청신이 돌아온 날 밤, 그가 빠졌다고 알려졌던 강의 물낯 위로 시신 한 구가 떠올랐다. 유전자 감정 결과 죽은 사람은 황준서로 드러났다. 소식을 들은 청신은 즉시 참고인으로 출두해 황준서의 죽음에 대해 진술하고, 부검을 지켜봤다. 사인은 총 네 개의 자상 중, 두 번째로 난 것으로 추정되는 자상에서 비롯된 과다 출혈로 밝혀졌다. 명백한 타살이었다.

청신은 먼 식구조차 없는 황준서의 장례식에서 상주의 띠를 둘렀다. 한 사람을 영영 보내 주는 절차들을 감내하는 그의 눈이 참 붉었다. 수아는 장례를 치르는 내내 안타까운 죽음을 애도하며 그 곁을 지켰다.

발인을 마친 당일. 인천항에서 밀출국을 시도하던 기정균의 부하가 살인 혐의로 체포됐다. 살인을 명령한 핵심 교사자로 이미 수많은 살인 사건의 피의자가 된 연모경이 거론됐고, 함께 범죄를 모의한 기정균 또한 피의자로 떠올랐다.

그러나 수사는 아직 본격적인 궤도에 오르지 못하고 있다. 약물 자결을 시도한 연모경의 의식이 제대로 돌아오지 않았기 때문이다. 또 다른 피의자인 기정균에게도 수사를 받지 못할 사정이 있었다. 기정균은 도주하다가 교통사고를 당해 몇 차례의 큰 수술을 받았다.

결국은 어떤 처벌도 받지 않고 저렇게 가 버리는 건가 했는데, 하늘도 그런 악마는 받아 주기가 싫었던 걸까? 까다롭고 어려울 거라던 모든 수술은 하나같이 성공적으로 끝났다. 기정균은 화상 때문에 시력을 잃고 다리 한쪽이 절단되고도 말짱하다고 한다.

청신은 기정균이 곧 장애인들이 수형 생활을 하는 교도소에 수감될 거라고 알려 주었다. 청신에게 얌전히 잡혀 조금이나마 반성을 했더라면, 그래도 신체가 온전한 채로 남은 생을 살아갈 수 있었을 텐데. 기정균은 지나치게 악랄했다. 그래서 남의 살을 지나치게 깎아 먹으려다가 제 살을 도려내 버렸다.

한동안은 여유롭게 지내며 온갖 사랑을 해 주던 청신, 나무들이 온통 연둣빛으로 물들 무렵이 되자 서서히 바빠지기 시작했다. 그가 검사이다 보니 역시나 원인은 사건이다.

기정균에게 사고가 났던 그날. 기정균 소유의 건물에서는 화재가 발생했다. 지상층에 있던 사람들은 빠르게 대피해 아무런 부상도 입지 않았지만, 지하는 완전히 아수라장이었다고 한다. 지하실 출입구가 전부 바깥쪽에서 폐쇄된 상태였기 때문이다.

지하실에 갇혀 있다가 불에 타 죽은 그들의 신분은, 기정균에게 상납을 받기 위해 은밀히 모여 있던 부패 경찰들이었다. 그들 중에는 경찰청장 채효수도 있어, 경찰 조직의 부패를 대대적으로 수사하기 위한 특검이 설치되었다. 그리고 그 특검팀의 수장으로 발탁된 검사가 바로 이청신이다.

특검의 수사팀장으로는 이례적으로 젊었지만, 그의 특출함과 유능을 모르는 이가 없으니 그를 의심하는 시선은 없다. 다들 그의 손끝 아래 세상이 조금쯤 바뀔 것만을 기대하고 있다.

차라리 그 남자가 조금 모자라고 단점이 하나라도 있으면 좋았을 텐데. 그래야 다른 사람들이 이청신이 특검 팀장이라는 게 말이되냐고 딴지라도 걸 거 아냐. 그럼 내가 할 일 없이 버려진 그 남자를독점하는 건데…….

"아! 보고 싶어. 아까 봤는데 왜 또 보고 싶은 거야."

수아가 통으로 꺼내 놓은 하얀 아이스크림을 퍼먹으며 꽁알거렸다. 그러나 불평하는 말과 달리 입술은 예쁘게 휘어 있다. 하루종일 보고 싶기는 하지만, 그게 외로움으로 이어지지는 않으니까. 이청신은 바쁘게 돌아다니면서도 제 여자가 허기지지 않게 사랑을 먹여 주는 남자다.

오늘 밤엔 또 둘이서 뭘 할까? 어젯밤엔 진짜 짐승이 따로 없었는데…… 수아가 혼자 볼을 붉히며 자기 얼굴만 한 숟가락을아이스크림에 꽂는 순간. 휴대폰이 시끄럽게 울었다.

"뭐야, 왜 또. 나 바빠."

요즘 송진우가 지긋지긋할 정도로 연락을 해 댄다. 문자는 십분에 한 통, 전화는 한 시간에 한 통씩. 자기가 엔터테인먼트 사업을 할 건데, 제발 자기 회사의 1호 연예인이 되어 달라며.

─왜? 수아야. 너 오빠 회사 말고 다른 데랑 계약했어?

"했으면."

─했, 했으면…… 그러면 나 울지…….

갑자기 송진우의 목소리가 젖어든다. 아이스크림을 입에 물려던수아가 숟가락을 내려놓으며 두 눈을 토끼처럼 떴다.

"아니, 왜 그래. 오빠 진짜 울어? 아 오빠아. 나 계약 안 했어.

연락 오는 데는 많은데, 일 같은 거 생각할 여유가 하나도 없어. 나 요즘 생각하느라 무지 바빠. 무지무지 바빠 가지고, 지금 아이스크림도 간신히 먹어. 하루 종일 이래."

─무슨 생각?

"이청신 보고 싶다는 생각. 그 생각 잠깐 하다 보면 하루가 휙 가 버려. 24시간이 24초 같다니까."

─뭐? 수아야. 검사님이 너 외롭게 해? 아, 이청신 검사님 진짜 사람 그렇게 안 봤는데. 내가 지금 찾아가서 따끔하게 한마디 해야겠다.

찾아간다고? 그 남자를? 지금?

"……정말?"

수아가 별안간 머리를 얻어맞은 사람처럼 두 눈을 멍하니 깜빡였다. 아니 내가 왜 그 생각을 못 했지.

─응. 정말이지. 나 수아 너 위해서는 있잖아, 미국 대통령한테도 막 뭐라고 할 수 있어.

"그럼 나도 같이 갈래. 지금. 오빠 나 데리러 와라."

수아의 흰 발이 드레스 룸으로 뛰어 들어갔다.

"수아야! 안녕!"

송진우가 말갛게 웃으며 차 밖으로 튀어나왔다.

"어, 오빠. 안녕."

수아가 어리둥절한 얼굴로 손을 살랑살랑 흔들었다.

내가 데리러 오라고는 했지만, 어떻게 진짜 데리러 오냐. 그것도 이렇게 순식간에. 근데 한 번쯤은 그 남자 일하는 곳에 가 보고 싶긴 했으니까. 어차피 집에서 딱히 할 것도 없고. 가지, 뭐.

수아가 익숙하게 차 뒷문을 열어 주는 송진우를 무시하고, 직접 조수석에 올라앉았다. 송진우가 꼬리치는 작은 강아지처럼 좋아하며 운전대를 잡았다.

"검찰청으로 가면 되지?"

"응, 뭐…… 근데 오빠 안 바빠? 회사 차린다면서 일하는 걸 본 적이 없네."

"나? 맨날 일하는데?"

"거짓말. 맨날 나한테 전화하고 문자만 보내면서."

"그러니까, 하잖아. 내 제1의 목표는 배수아 영입이야. 회사 이름도 정했어."

"뭔데."

"배수아 외 여러 명의 스타들."

그게 뭐야. 수아가 웃음을 터뜨렸다.

"그렇게 웃겨? 나는 진지한데……."

송진우는 제법 진중하게 창업을 준비 중이었다. 사업이 잘 어울리는 성품은 아닌 듯해서 걱정했는데, 자기는 꼭 기정균 밑에서 일하며 보았던 어리고 가난한 지망생들을 돕고 싶다고 했다. 그저 기정균의 이득을 위해 착취당하고 이용당하다가 아무 이름도 없이 버려진 그 애들을 반짝반짝 빛나게 만들고 싶다고.

그런 좋은 일이라면 송진우에게 맞춤복같이 어울린다고 생각했다. 수아도 그 아이들이 잘 되는 일에 보탬이 되고 싶었다. 송진우는 선배로서 이끌어 주는 게 네가 해 줄 수 있는 최고의 선물이라고 말했지만, 연예인으로서의 활동은 조금 망설여진다. 팬들을 그렇게 놀라게 해 놓고, 다시 그들 앞에 설 면목이 없어서.

무대와 연기를 즐거워하긴 하지만 대체 뭘 위해 그 일을 해야 하는지도 잘 모르겠다. 기정균에게 억지로 끌려 다니다가 처음으로 갖게 된 자유는 아직 조금 어색하다.

"근데 어디서 오는 길이야? 되게 빨리 도착했네."

수아가 일부러 화제를 돌렸다.

"어, 병원 좀."

송진우의 얼굴에 난색이 피었다.

"병원은 왜. 오빠 어디 아파?"

"아니 아니. 그런 건 아닌데……."

"아니면. 그럼 뭔데."

"수아야. 나, 기정균 보고 왔다? 그 인간 정신 차렸다길래."

송진우가 미소 지으며 대답했다.

"기정균이 망했다는데, 난 여전히 무서운 거야. 내 회사 준비하면서도 진짜 기정균이 그렇게 됐나, 지금 세상이 나한테 거짓말하는 거 아닌가 그런 생각도 들고. 잘 지내다가도 기정균이 갑자기 들이닥칠까 봐 패닉이 오고……. 그래서 내 눈으로 보고 왔어.

기정균 어떻게 됐는지.”

“어땠어?”

“음, 진짜 비참하더라. 다시는 수아 너랑 나, 어떻게 못할 것같이 생겼더라고. 그냥 깔끔하게 죽여서 지옥으로 데려가 버리면 지옥이 있는지 없는지 모르는 사람들이 아쉬워할까 봐, 신이 세상 한 칸에다 모두가 들여다볼 수 있는 지옥을 만들어 줬나 봐. 나 원래 신 같은 거 안 믿었는데, 교회 다니려고. 하늘에 감사하고 속이 너무 시원해. 이제 나는 하나도 안 무서워. 기정균이 지금 눈앞에 튀어나와도 아무렇지 않을 것 같아.”

무덤덤한 목소리를 흘려보내던 송진우의 입술이 다물리는 순간, 차바퀴가 횡단보도 앞에 부드럽게 멈췄다. 수아는 두 눈을 천천히 깜빡이며 차창 밖을 바라봤다.

개나리 꽃잎처럼 차려입은 유치원 아이들이 팔을 열심히 치켜든 채 길을 건너고 있었다. 조금만 방심하면 커다란 흉기가 될 차들 사이로 뻗은 연약한 손가락들이 예뻤다. 그리고 그 끝에서 반짝거리는 순수한 신뢰는 어떤 보석보다도 아름다운 것이다.

저 애들은 기정균이 설치지 못하는 세상에서 자라나겠구나. 기정균의 그림자가 사라져, 서로를 해쳐선 안 된다는 가장 기본적이고 가장 아름다운 약속이 조금쯤 더 잘 지켜질 세상에서.

수아가 생긋 웃고는 입술을 달싹였다.

“잘됐다.”

기정균의 몰락에 대해 수아가 할 말은 그것뿐이다.

산호색 운동화 앞코가 괜히 바닥을 콕콕 차고, 흰 손가락이 가지런한 머리카락을 의미 없이 빗어 내렸다. 허공 위를 떼그르르 굴러다니는 눈동자에는 뻘쭘해서 죽을 것 같다는 문장이 또렷이 박혀 있다. 원래 이렇게 소심한 성격이 아닌데도 이럴 수밖에 없었다.

수아는 지금 검찰청 입구에 서 있었다. 일하고 있는 남자친구가 보고 싶다고, 아무 연락도 없이 무대뽀로 찾아와서는.

처음에는 여기서 이러고 서 있음 이청신을 1초라도 볼 수 있지 않을까? 하는 낭만적인 기대감이 있었는데, 시간이 지나고 이쪽을 힐끔힐끔 쳐다보는 사람들이 많아질수록 현실 감각이 되돌아온다. 십 분도 채 되지 않아 두 뺨이 발갛게 달궈졌다.

기왕 온 거 청신에게 연락이나 할까. 휴대폰을 만지작거리다가, 바쁜 사람을 막 불러내는 건 아닌 것 같아서 뒤돌아서는 그 순간.

"어? 배수아 씨 맞죠!"

검찰청 건물 안에서 나온 한 여자가 수아에게 아는 체를 했다. 연예인이 눈앞에 있는 게 신기해서 그런 거라고 생각했다. 수아가 살그머니 고개를 숙이고는 피하려고 하는데, 여자의 목소리가 한껏 떠올랐던 운동화 뒤꿈치를 잡아 내린다.

"혹시 검사님 보러 오신 거예요? 아, 저는 남예은 실무관이고요. 이청신 검사님 방에서 일해요. 저기, 지금 여기서 검사님 기다리시면 안 돼요. 아시죠? 이 검사님이 조금 별종이신 거. 그래서 별명이 미친…… 아니 이건 너무 직접적이네. 어, 뭐라고 하지. 그래. 광견. 광견이신 거."

수아가 남예은 실무관을 말끄러미 쳐다봤다.

남 실무관이 비밀스럽게 해 준 얘기는, 청신이 연차를 냈다는 거였다. 그래 놓고 남들 몰래 공판이 열리는 법정으로 갔단다. 원래 검사는 수사를 담당하는 검사와, 수사검사의 자료를 쥐고 법정에 나가 재판에 참여하는 공판검사로 나뉜다. 그리고 청신은 수사검사였다.

수사검사가 재판에 참석하는 게 잘못되거나 아주 없는 일은 아니지만, 그렇게나 은밀하게 갔다니. 그 남자가 또 상부의 뜻을 어기고 무슨 사고를 치려나 보다. 하여간 문제야. 대체 왜 그런담, 안 그래도 멋있는 남자가. 사람 설레게.

법정은 모든 국민에게 열려 있다. 거기서는 이청신을 당당히 볼 수 있다는 뜻이다. 수아는 기다렸다는 듯 옆 건물인 법원으로 달려갔다.

남 실무관이 가르쳐 준 법정을 찾아 들어서자, 숨 막히게 단단한 엄숙함이 온몸을 억눌렀다. 아직 재판이 시작되기 전인데도 긴장감이 서려 있다. 하지만 그 기류에 얼어서 맘 졸일 필요는 없다. 이제 이 공간에서 펼쳐질 사건은 수아와는 아무런 관계가 없었다. 일하는 남자친구를 감상하러 온 것뿐인걸.

수아는 조금 설레는 마음으로 제일 구석의 방청석에 앉아, 검사석을 쳐다봤다.

"어? 수아 씨?"

때마침 이쪽에 눈길을 준 검사석의 주인과 눈이 마주쳤다. 어? 수아의 입술이 소리 없이 벌어졌다. 거기 앉아 있는 사람은 청신이 아니라 신현수였다. 신현수가 검사복을 펄럭이며 벌떡 일어섰다. 오랜 팬답게 일이고 뭐고 수아에게 달려오고 싶은 모양이었다.

하지만 신현수가 발 하나를 앞으로 내딛는 찰나, 방청석 쪽 문이 활짝 열리고 법조 기자들이 쏟아져 들어왔다. 신현수가 입술을 조금 삐죽이더니 엄숙한 표정으로 휴대폰을 꺼내들었다.

[아니 기자들 뭐야!!!!! 왜 벌써 들어와! 나 지금 당장 우리 수아 씨 옆에 가고 싶은데!]

순식간에 날아 온 문자에서 신현수의 목소리가 들리는 것 같다. 수아가 웃으며 답장을 했다.

[무슨 큰 사건인가 봐요. 기자님들이 이렇게 우르르 들어오시는 거 보면.]

[조금요! 수아 씨도 아실걸요? 주동준 있잖아요. 주동준 아내 사건이에요.]

그 사건이라면 뉴스에서 자주 봤다. 유명한 야구선수인 주동준의

아내가 미리 준비해 둔 칼로 주동준을 찔렀다고 했다. 다행히 주동준의 생명에는 아무런 지장이 없었지만, 살인미수였다.

아내 측은 이십 대 초부터 주동준에게 받아 온 가정 폭력 때문에 심신이 불안정했고, 사건 당일에도 폭언과 위협을 당했다며 정당방위를 주장했다. 주동준 측은 온갖 매스컴을 동원해 이를 전면 반박했다. 아내에게 접근 금지 명령이 내려지고, 검찰이 아내를 살인 미수죄로 기소하니 여론도 주동준의 편이 되었다.

[사실 이게 매스컴에서 떠드는 거랑은 많이 달라요. 주동준 그 새끼가 진짜 쓰레기야. 확신해요. 이거 청신 선배도 기소 검토하다가 보류해 둔 사건이란 말이에요. 이게 진짜 살인 미수씩이나 될 일이면 그 선배 성격에 당장 피의자 잡아들였죠. 아니니까 보류한 거지. 근데 선배 실종된 사이에 선배 자리 차지한 다른 검사가 냅다 기소했다니까요? 일반 공판으로 하면 몇 년은 걸릴 거고, 시간 지나 버리면 여론이 어떻게 될지 모르니까, 모든 공판 과정 한 큐에 끝내겠다고 국민 참여 재판까지 신청하고! 나는 이거 다 뒤집어엎어 버리고 싶은데 그럴 시간이 없고!]

신현수의 손가락이 휴대폰을 거의 때리듯이 두들겨 대더니, 화가 잔뜩 담긴 장문의 문자가 도착했다. 신현수는 주동준의 아내를 별로 처벌하고 싶지 않은 모양이었다. 그런데 검사석에 앉아 아내를 공격해야 하는 입장이다.

뭐라고 위로를 해야 좋을까. 아랫입술을 물며 고민하는데, 신현수가 그새 또 문자를 보냈다.

[왜 하필 이 재판에 들어오셨어요 수아 씨. 저 원래 진짜 괜찮은 검사라고요. 원래 이렇게 무기력하고 잘못된 거 방관하는 검사 아닌데! 저도 뭘 하고 싶어도, 오전 오후 다른 재판들에도 꼬박꼬박 참여해야 하니까 도저히 수사에 간섭할 수가 없어요. 이청신 선배는 뭐 요즘 너무 일이 많아서, 이미 선배 손 떠난 이 사건엔 통관심이 없는 것 같고.]

왜 이 재판을 보러 온 거냐고? 이청신이 여기 있을 거라고 해서인데, 이걸 말해도 되는 건가? 신현수가 고민하는 수아의 얼굴을 지켜보다가, 갑자기 눈을 크게 떴다.

[설마 이청신?]

신현수의 문자가 수아의 휴대폰을 약하게 흔드는 순간. 법정 안쪽 문이 열리고 배심원들과 판사가 입장했다.
"어제 피고인 신문까지 마쳤죠. 오늘은 양측 최종 의견 진술하신 뒤에 판결 선고하겠습니다. 검사님, 진술 시작하시죠."
판사가 재판을 지휘하기 시작하고, 신현수가 자리에서 일어서는 그때이다. 배심원들이 놀란 얼굴로 수런거리고, 기자들의 타이핑 소리가 전쟁터처럼 끓어올랐다. 그렇게 일렁이는 좌중 사이로 청신이 걸어 들어왔다.

"이 선배, 또 돌아 버렸네."

신현수가 답도 없다는 듯 고개를 절레절레 저으며 중얼거리는 소리가 법정을 얕게 울렸다. 그러나 하는 말과 다르게, 신현수의 몸은 얼른 그에게 자리를 내주고 자신은 뒤로 빠진다.

어디 한 군데 아쉬운 곳 없이 완벽한 골격을 품은 남자의 몸이 법정 한가운데에 섰다. 이윽고 도톰한 입술이 열리며 장미 같은 목소리를 피워냈다.

정중한 듯 단호한 어조는 적색의 꽃잎처럼 강렬하고 가시처럼 거칠게 사람들 가슴에 박혀든다. 거칠 것 없이 유려한 흐름으로 이어지는 그의 달변에 푹 빠져 있다 보니, 어느덧 그의 진술은 마지막에 다다라 있다.

"비록 피해자가 전치 2주에 불과한 작은 부상을 입었더라도, 칼이라는 전통적인 흉기를 준비하고 휘두른 피고인의 행위에서는 살해 의도를 엿볼 수 있습니다. 피고인은 이 행위를 정당방위였다고 주장합니다. 그런데 무슨 의도에선지, 수사가 진행 중임에도 접근 금지 명령을 어기고 피해자 주동준을 찾아갔습니다. 피해자가 이 일로 재차 살해 위협을 느꼈다고 호소, 피고인은 결국 구치소복까지 입게 됐죠."

"아니야. 아니에요 검사님. 그, 그건, 그건!"

"아, 피고인. 조용히 하세요. 다음 순서에 피고인 말씀하실

기회 드릴 거니까요. 예?"

피고인인 여자가 울부짖자, 판사가 눈썹을 찌푸리며 나지막이 말했다. 판사의 손아귀에 여자의 운명이 달렸다. 가벼운 신경질, 조용한 명령이었지만 여자는 입술에 달궈진 쇠가 물린 사람처럼 달달 떨었다.

청신은 숨죽이며 우는 여자를 무겁게 바라보다가, 법원 직원에게 USB 하나를 내밀었다. 판사가 의아함이 담긴 눈으로 청신을 응시했다.

"그게 뭡니까 검사님. 새로운 증거입니까? 증거 조사는 다 끝났는데요."

"아뇨. 검사의 구형 의견을 효과적으로 뒷받침하기 위해 준비한 자료입니다."

"뭐, 그래요. 틀어 봅시다."

판사의 허락이 떨어지고, 법정 내에 설치된 큰 화면 속에 블랙박스 영상 하나가 재생됐다. 한 남자가 한 여자의 머리채를 잡아 쥔 채로 익숙하게 주먹질을 하고 발로 차는 모습이 법정의 모든 사람들 눈에 비쳐졌다.

영상 속 얼굴들이 몹시 또렷했다. 저항할 의지도 없이 얻어맞으며 비는 여자는 주동준의 아내. 그리고 그런 여자를 무지막지하게 끌고 가는 남자는, 와이프를 사랑하기만 했지 장난으로라도 때려본 적이 없다는 주동준이었다. 법정이 술렁거렸다.

"아내가 두려워 접근 금지 명령 신청까지 한 남편은, 술에 취해

인사불성이 된 몸으로 아내를 찾아가 폭행하고 성관계를 요구했습니다. 이제 묻겠습니다. 진정으로 신변의 위험을 느끼는 사람은 누구입니까. 이 피고인석에 앉아 고개 숙여야 할 사람이, 정말 이 겁먹고 멍든 여자가 맞는 겁니까?"

청신이 배심원들을 향해 섰다. 그의 몸을 따라 아름다운 선으로 떨어지는 검사복 자락이 흔들렸다. 그리고 그 흑색의 우아한 천에 장식된 붉은 실크 위에서, 그것보다 붉은 입술이 달싹였다.

"무죄를 구형합니다."

노트북을 두들기는 기자들의 손가락이 다시 소란스러워졌다. 피고인은 무너져 앉아 흐느꼈고, 배심원석은 예상 밖의 전개에 대한 논의로 들썩였다.

그러나 어떤 소리도 수아의 귓가에 침입하지 못한다. 누군가 두 귀를 틀어막은 것처럼. 분명히 활기차게 움직이고 있는 다른 사람들이 흑백이 되어 흐려지기도 했다. 검사복을 걸친 이청신과 정면으로 마주 서고 눈이 만나는 순간, 수아의 세상은 통째로 그의 몫이 되어 버린다. 수아가 떨리는 숨을 뱉었다.

"아. 이제 안 이럴 만도 한데, 나 또 이러네."

아무에게도 안 들릴 조그만 소리로 말하며.

그렇다. 이청신한테 또 반해 버렸다.

"와, 무슨 검사가 무죄를 구형해? 나한테는 이 일 하면서 개인적인 감정은 배제하라고, 검찰이라는 조직의 존재 이유와 철저한

이성에 기반해서 판단하라고 그랬으면서. 자기는 정의감과 감성이 넘쳐흐르는 드라마 한 편을 찍어 버리네?"

재판이 다 끝난 법정에 신현수의 목소리가 굵게 번졌다.

"아니. 근데 그 블랙박스 영상은 어떻게 구한 거예요? 일도 많으면서 언제 그걸 구하러 다녔대?"

청신은 자기를 졸졸 따라다니며 이것저것 묻는 신현수를 신경도 쓰지 않는다. 반듯한 그의 걸음은 방청석에 있는 제 여자만을 알고 직진했다.

"수아 씨. 여긴 어떻게 왔어요?"

"보고 싶으니까 왔지, 뭐. 근데 나 온 거 알긴 했네요? 일에 폭 빠져서 내가 자기 쳐다보고 있는 것도 모르는 줄 알았는데."

"어떻게 몰라요. 법정에 입장하는 순간 알았는데, 일부러 그쪽은 보지도 않은 겁니다. 이 눈이랑 제대로 마주치면 일이고 뭐고 다 잊어버리게 되니까."

다정한 음성과 함께 깊은 시선이 흘러내렸다. 수아는 숨을 마시다가 깜짝 놀라 버린다. 사탕 수백 알이 녹아 있는 양 공기가 달콤하고 달콤해서. 또 정신이 없어지려는데, 신현수가 대뜸 양팔을 내밀어 두 사람을 떨어트렸다.

"저기요. 여기 신성하고 거룩한 법정이거든요? 뭐하는 거야. 나가서 하세요, 나가서."

신현수의 핀잔이 찬물같이 끼얹어졌다. 그제야 아직 나가지 않고 이쪽을 쳐다보는 기자들 몇이 눈에 들어왔다. 이청신이 앞에 있으면 자꾸 사랑이 전부인 줄 아는 어린 소녀처럼 유치해진다. 멋쩍어서 온몸이 딸기빛으로 발그레 달아오르는데, 시선을 살며시 들어 그를 보니 거기에도 딸기가 한 알 있다. 그도 민망한지 귀 끝이며 볼이 다 붉은 것이다.

"우리 빨리 가요."

수아의 가느다란 손이 그를 살짝 잡아당겼다.

"잠시만요, 수아 씨."

그가 외투같이 걸치고 있던 검사복을 벗으려 했다.

"이거 안 벗으면 안 돼요?"

수아가 잽싸게 검사복을 여며 버렸다.

"너무 잘 어울려. 또 새롭게 멋있어."

심각하게 종알거리면서.

신현수가 못 볼 걸 봐 버렸다는 얼굴을 했다.

"저 선배 웃는 것 좀 봐."

청신은 웃고 있었다. 실실.

법원에서 나와 차에 탔다. 청신은 어차피 이 사고만 무사히 저지르고 나면, 간만에 데이트를 할 계획이었다고 했다. 드라이브를 하면서 한적하고 예쁜 카페나 찾아보기로 했다.

마침 점심시간이어서 신현수에게도 같이 가자고 권했지만, 신현수는 고개를 도리도리 저었다. 자기도 너무 그러고 싶은데, 오늘부터 다시 수사를 맡거니와 이리환의 구속 영장이 나왔다고 말하면서. 이리환을 제대로 털려면 지금부터 해야 할 일이 많다고 했다.

"이리환 걔, 벌 제대로 받을 수 있겠죠? 우리나라는 법이 너무 약해서."

"아마 무기징역 받아낼 겁니다. 처벌할 수 있는 법조항은 충분하고, 신현수는 집요하고."

청신의 입술이 빚어 내는 미래는 이미 이뤄지고도 남은 일처럼 단단하다. 수아가 생긋 웃었다.

"이리환은 뭐 벌써 무기징역 엔딩을 본 느낌이고, 기정균은 이제부터 조사받을 거고. 남은 건 연모경이네요. 연모경은 어떻게 됐대요? 깨어났대요?"

"깨어난 지는 오래입니다. 그걸 깨어났다고 할 수 있는 건지. 그건 조금 애매하긴 하지만요."

무슨 뜻인지 잘 이해가 되지 않았다. 수아가 고개를 한쪽으로 갸우뚱하며 그를 바라봤다. 그가 연한 한숨을 내쉬고는 찬찬히 입술을 움직였다.

"생명에는 지장이 없는데 뇌에 문제가 생겼어요. 열일곱 살에 방화를 저지르기 직전의 기억만 온전하고, 그 이후는 전부 잊었습니다. 아무 죄도 범하지 않았던 시절로 돌아간 거죠."

"그렇구나……. 저지르기 직전이라면, 그런 나쁜 맘을 먹었던 기억은 살아 있는 건가?"

"그런 것 같습니다. 자기는 그런 짓을 하면 어떨까 상상만 했지,

실행에 옮긴 적은 절대로 없다고 우는 걸 보면. 정말 어린애처럼 울더라고요."

"지금의 연모경 입장에선, 자긴 아무것도 저지른 게 없는데 재판을 받고 처벌을 받는 거네요."

청신이 말없이 고개를 끄덕거렸다. 차창에서 쏟아지는 햇빛을 먹은 까만 눈동자는 물속에 빠진 듯 투명하게 아련하고, 그 위로 오르락내리락하며 떠는 긴 속눈썹에는 쓸쓸함이 어려 있다.

그가 그의 삶에 대해 전부 이야기해 주던 밤. 그룹의 주인이 되어 권력을 틀어쥔 채 연모경을 쳐내는 쉬운 방법을 택하지 않고, 검사가 되어 바닥부터 시작한 이유를 낮게 읊조리던 그의 목소리가 문득 떠오른다.

그는 괴물을 잡기 위해 잔악무도해지고 싶지 않았다고 했다. 공정한 힘으로, 받은 만큼 돌려준다는 보복이 아닌, 정의를 보호하기 위해 만들어진 합리적인 형벌로 연모경을 막고 싶었다고 했다.

지금 이 착하고 정의로운 남자는, 그와 가족들의 삶을 망가뜨린 여자가 자기가 의도한 것 이상의 벌을 받게 되어 마음이 불편한 것이다. 수아가 손끝을 뻗어 그의 오른쪽 눈가와 뺨을 어루만졌다.

"잘된 일이에요. 괴물이 다 돼 버린 어른 연모경이 아니라, 아직 어리고 순결했던 자기 마음에 무서운 죄의 씨앗을 막 심은 순간의 연모경으로 돌아가서 벌 받는 거. 어떻게 보면 연모경에게 가장 알맞고 효과적인 처벌이에요."

"그럴까요?"

"고등학생 여자애는 자기가 그런 잔인한 계획을 품었다는 걸 평생 동안 후회할 거야. 옳은 방법을 떠올리지 않고, 그렇게 끔찍한 방법으로 자기가 원하는 삶을 가지는 상상을 해 버린 자신을 자책할 거야. 처절히 반성할 거야. 이게 맞는 거예요. 진작에 이렇게 됐어야 해. 그러니까 아무것도 불편해하지 말아요. 난 그냥 개운하게 잘 끝났다고 치워 버리고, 사랑이나 했음 좋겠는데."

한 알 한 알 신중히 골라 내민 말에, 외진 숲속 길을 내달리던 차가 멈춰 섰다. 청신이 그를 매만지는 손을 감싸 쥐더니 가만히 깍지를 꼈다. 그에 의해 벌어지는 손가락 틈새로 간지러운 온기가 스며들었다.

"어떡해. 이청신 씨, 지금 나 안고 싶지? 나 예쁜 게 이제 좀 잘 보이나 보다."

그가 조수석으로 넘어와, 수아가 앉은 시트를 뒤로 밀었다. 두 몸이 함께 움직일 수 있을 만한 공간이 생기고, 입술에 입술이 감겨 들었다. 예쁜 카페에 앉아 알콩달콩 노닥거리긴 다 글러먹었다.

잠깐 떨어졌다가도 서로 분리된 게 너무 어색해서 다시 하나가 된다. 그가 몇 번 움직이면 수아의 입술이 달콤하게 벌어져 가쁜 숨을 토하고, 수아 제가 발끝에 살며시 힘을 주며 무릎을 모으면 그가 엷게 인상 쓴다. 그와 연결되어 있다는 느낌은 통 질리지가 않아, 시간 가는 줄도 모르고 그렇게 붙어 있었다.

그러다 꼬르륵거리는 소리가 두 배를 거의 동시에 울리고 나서야 둘 다 풋 웃으며 시계를 봤다. 허겁지겁 집에 돌아온 지 열 시간이 지나 있었다. 곧 자정이 될 것이다. 그는 수아를 따뜻한 물이 담긴 욕조에 넣어 놓고 한참 때늦은 식사 준비를 했다.

"대충 차리지, 웬 잡채에 미역국에⋯⋯."

대강 샤워를 마치고 나와 보자 식탁 위가 풍성하고 화려하다. 그가 아무렇게나 말린 머리칼을 빗어 넘겨주며, 말갛게 드러난 이마에 입 맞췄다. 그리고 작은 몸을 깊이 끌어안았다.

"이렇게 10초만 셀까요."

큰 손바닥으로 뒷머리를 감싼 그의 손목에서, 째깍, 째깍, 작은 초침이 성실히 돌아가는 소리가 귓바퀴를 간질였다. 그리고 열이 다 지난 순간. 그가 나지막이 속삭였다.

"생일 축하해요, 수아 씨."

"생일? 난 생일 없는데?"

수아의 눈이 동그랗게 열려 그를 올려다보았다. 사실이었다. 평범한 부모 밑에서 나고 자라지 못한 그녀는 생일을 몰랐다. 그녀의 탄생을 누구보다 잘 알 부모는 모두 죽고 없었고, 어릴 적 할머니와 살 때는 딱히 생일 같은 걸 기념하지 않았다. 기정 균이 제멋대로 조작한 생일이야 물론 있는데, 그건 한겨울이다. 그날을 내 생일이라고 말하고 싶진 않지만, 아무튼.

"생일이 왜 없어요. 태어나서 이렇게 내 품에 있는데."

"네?"

청신이 어리둥절해서 얼어 있는 몸을 안아 들어, 의자에 앉혔다. 그리고 낡은 다이어리 하나를 내밀었다.

"청신 씨. 이게…… 뭐예요?"

"육아일기예요. 수아 씨 어머니께서 생전에 쓰신 겁니다."

"내…… 어머니? 이걸 어디서……."

"어머님 친구분이 간직하고 계시다가, 엊그제 내 사무실로 보내주셨어요. 수아 씨한테 전달해 달라고."

하얗게 질린 손끝이 바들거리며 다이어리의 첫 장을 펼쳤다. 출산을 막 끝낸 듯 땀에 젖은 젊은 여자와, 그녀의 품에 소중히 안겨 있는 작은 아이가 찍힌 사진이 가장 먼저 보였다. 그 아래로는 앙증맞은 글씨들이 깨알처럼 뿌려져 있었다.

벚꽃이 다 지어 아쉽더니 우리 수아가 태어났다. 예정일보다 한 달이나 빨리 나온 건, 겨우 벚꽃 같은 게 사라졌다고 울지 말고 개보다 예쁜 저를 보고 웃으란 뜻일까? 갓 태어났는데도 얼굴이 뽀얗고 코가 오똑하네, 내 딸. 아무리 봐도 너는 날 닮았는데 네 아빠는 자기 판박이래. 수아 네 생각은 어때? 너 엄마 닮았지? 응?

툭. 눈망울에 고여 있던 이슬이 떨어져 사진 위에 맺히고, 작은 입술이 예쁘게 휘어졌다.

"어떤 것 같아요? 나 엄마 닮았나?"

"눈이 똑같네요. 코는 아버님이랑 똑 닮았고."

옆에 앉아 어깨를 감싸고 있던 청신이, 사진에 묻은 눈물을 손가락으로 부드럽게 닦아내며 답했다.

"청신 씨. 이것 봐요. 나 신생아들 중에서 목소리가 제일 커서, 나중에 가수 시켜야겠대."

사랑스럽고 다정한 글씨들을 두 눈에 아로새겼다. 그가 미역국에 말아 조금씩 떠 주는 밥을 꼭꼭 씹어 먹으며. 오목하게 들어간 배가 어느 정도 채워진 뒤에는, 그의 몸에 폭 안긴 채로.

엄마. 아빠. 남들은 떠올리기만 해도 애틋해하는 그 이름들을 수아는 싫어했다. 별로 부르고 싶지 않았다.

아빠? 그건 악랄한 살인마여서 제 몸속에 흐르는 피마저도 혐오스럽게 만드는 이름이었다. 무서운 폭력으로 저를 임신했다는 가엾은 여자를 생각하면, 나를 기생충처럼, 갑자기 자기 배에 들어찬 끔찍한 괴물처럼 역겨워했을 마음이 손에 짚이는 듯해 감히 엄마를 그리워할 수 없었다.

일곱 살 때부터 쭉 그렇게 지내 왔는데 별안간 좋은 일을 하다가 희생된 아빠, 아빠를 사랑했지만 헤어져야만 했던 엄마가 생겼다. 내 몫이 아닌 드라마의 각본을 받아 든 기분이었다. 어색하고 이상했다. 그래서 부모님을 뵈러 가자는 청신의 말도 못 들은 체 넘겼다. 그분들 앞에 가서 뭐라고 해야 할지 모르겠어서.

수아는 아빠, 엄마, 그 이름들을 대체 어떻게 발음해야 하는 건지도 잘 모르는 사람이었다. 애써 불러 봐야 대답을 들을 수 있는 것도 아니니 굳이 노력도 해 보지 않았다.

그런데 청신이 건네 준 엄마의 육아일기에는, 획마다 늙지 않고 죽지도 않은 애정이 반짝반짝 살아 숨 쉬고 있다. 늘 알 수 없는 어두움을 헤매던 삶이 마침내 빛 속에 안긴다. 첫 생일이었다.

"그런데요. 청신 씨는 어떻게 알게 된 거예요?"

"뭐를?"

"내가 우리 엄마 아빠 딸이라는 거. 내가 뭐 숨기고 있다는 거 알고, 조사했어요?"

"수아 씨에게 무슨 사정이 있는 건 눈치챘지만, 직접 수아 씨 과거를 캐지는 않았습니다."

"그럼요?"

"수아 씨를 처음 만난 날부터 비리 문제로 채효수 청장을 조사하기 시작했어요. 그러다 아버님과 관련된 비밀 문건을 발견한 겁니다. 갓 경찰 시험에 합격한 수아 씨 아버님을 위장 경찰로 만든 사람이, 채효수였거든요. 아버님의 흔적을 따라가다 보니, 묻혀 있던 수아 씨의 과거를 만났고. 우연이죠."

수아가 몇 번이고 다시 읽은 엄마의 일기장을 조심스럽게 내려놓고는, 고개를 막 저었다. 우연이라니. 그런 말로 우리 인연을 폄하하면 안 되지.

"틀렸어요. 운명인 거야."

언제나 내 자리인 그의 품에 파고들어 잠들었다. 아주 좋은 꿈을 꿨다.

날이 밝고는 청신과 함께 엄마 아빠를 만나러 갔다. 아빠의 무덤 옆에 피어난 이름 모를 꽃을 쓰다듬었고, 엄마의 비석 주변에서 오래 팔랑거리던 나비가 제 손등에 앉는 걸 보고 눈을 크게 떴다.

행복하고 편안했다.

그냥 모든 것이 좋았다.

코끝을 스친 민들레 홀씨가 간지러워서 재채기를 하면서도 까르르 웃었고, 생각 없이 이청신을 쳐다보는데 새삼 너무 잘생겼길래 또 까르르 웃었다. 기정균 때문에 잃었던 작은 소녀 시절을 이제야 되찾은 것처럼.

뭐든지 사랑하는 아이같이 놀다가 그만 인사하고 돌아오는 길에 노을을 바라보는데, 문득 조금 쓸쓸해졌다. 왜 내 할머니는 그렇게 가셔야 했을까. 왜 내 엄마 아빠는 딸이 왔는데도 말 한마디 못하고 누워 계셔야 하나. 어떻게 겨우 손 한 번도 흔들어주지 못하나.

앞으로도 이따금씩 그런 생각이 고개를 들 것 같다. 하지만 걱정은 되지 않는다. 곁에 단단히 아름다운 남자가 있으니까.

한 회사의 어엿한 대표가 된 송진우와 계약을 했다. 연예 활동을 재개하며 처음으로 선택한 것은 드라마다. 어머니의 일기 가장 마지막 장에 적힌 문장 때문이다. 연극배우로 활약하던 어머니가 수아 저를 갖고는, 그 꿈을 버렸다길래.

뮤비에 유언을 담는 못된 짓을 한 연예인을 미워하지 않고 기다려 준 수많은 팬에게도, 텔레비전만 틀면 쉽게 볼 수 있는 드라마가 위안이 될 거라 생각했다.

수아가 드라마를 준비하느라 이리저리 분주해진 틈에, 청신은 할 일 없이 집에 뒹구는 수아와 같이 있느라 미뤄 뒀던 일을 했다. 선화그룹을 정리하는 것 말이다.

그의 할머니는 모든 것을 청신에게 물려준 뒤 불교에 귀의했고, 혼수상태에 빠졌다가 어렵게 깨어난 그의 아버지는 여생을 요양하듯 보내고 싶어 했다. 그러면 이제 그가 한 그룹을 이끌게 되는 건가 했는데, 그는 상속받은 주식 대부분을 기부하거나 적당한 사람을 찾아 매매해 버렸다. 왜 그랬냐고 물으니까, 뭐라 더라. 이런 세습이 사회를 곪게 하는 거라나 뭐라나. 하여튼 그 남자다운 발상이었다.

남들은 되지 못해 안달인 재벌의 타이틀을 그렇게 가뿐히 내던지고는 조용히 검사 일에 매진하고 있는 듯하다. 사실 그건 조금 의외였다. 연모경의 죄가 낱낱이 드러난 뒤로 청신은 진지하게 사직을 고민했기 때문이다.

자기는 특별한 의무감을 가지고 검사가 된 게 아니라서 중요한 일들만 마치고 나면 그만둘까 싶다더니, 늘 서재 책상 위에 가지런히 놓여 있던 사직서도 어느 날 사라져 버렸다.

무슨 심경의 변화가 있었길래?

궁금해진 수아가 틈틈이 물어볼 때마다 그는 영 어설픈 핑계 몇 마디만 내놓고는 말을 돌렸다. 그러다 수아가 해외 촬영이 잡혀 출국을 해야 하는 전날 밤, 달콤한 와인으로 나른해진 얼굴로 나지막이 고백했다. '내가 검사복 입은 게 그렇게 멋있었습니까?'라고. 귀엽게 실실 웃으면서. 술을 잘 못하는 수아가 분위기를 살려야 한다며 잔뜩 따라 대는 와인을 혼자 다 마셔선지, 그는 자기가 그랬다는 걸 전혀 기억하지 못하는 눈치다.

"수아야. 오늘은 잘 쉬고, 내가 내일 데리러 올 테니까 회사에 좀 같이 가자. 너 CF 골라야 돼. 오매불망 너만 기다리는 광고주들이 대체 몇인지, 지금 당장 우리 회의하고 검토해야 하는 게 스무 개가 넘어 스무 개가. 아 그리고!"

촬영을 잘 마치고, 집으로 돌아온 낮. 주차장에 차를 세우고는 트렁크 정리를 하던 송진우가 뻘쭘한 표정을 지었다. 킥보드를 타며 지나가던 동네 꼬마애가 혼자 고래고래 떠들던 송진우를 이상하게 쳐다보다가, 쌩 달려갔다.

"아니, 수아야. 너 언제 갔어……."

송진우가 뒷머리를 긁으며 중얼거렸다.

현관문을 열어젖히자 포근하고 달콤한 공기가 쏟아져 나왔다. 청신이 있다는 증거였다. 신발을 재빨리 벗어 던진 수아가 집 안으로 달려 들어갔다.

"청신 씨. 지금 뭐하는 거예요?"

안개가 낀 듯 부연 부엌 속에서, 무슨 가루 같은 걸 체에 넣고 거르던 청신이 놀라서 고개를 들었다. 그는 알 수 없는 차림새였다. 방진 마스크에 고글, 요상한 색깔의 토시와 장갑까지. 아이템의 조합만 보면 되게 못나고 우스꽝스러워야 하는데, 사람이 잘생겼다 보니까 좀 괜찮아 보이기도 하는 그런 복잡다단한 패션.

"왜 벌써⋯⋯. 밤 비행기로 온다길래, 내가, 마중⋯⋯ 나가려고 했는데."

그의 입술이 답지 않게 말을 더듬었다. 큰 눈은 당혹에 젖어 잘 깜빡이지도 못했다. 나쁜 짓을 하다 걸린 학생처럼 저러는 게 하도 수상해서, 인사도 없이 그의 주변부터 검사했다. 그가 만져선 안 되는 게 떡하니 보였다.

"이거 아몬드 가루잖아. 뭐야, 자기 알러지 심하게 있으면서."

"마카롱⋯⋯ 만듭니다."

"위험하게 진짜."

"늘 걸려서 그랬습니다. 예전에 마카롱을 사다 주지 못한 게, 자꾸 걸려서."

청신에게 늘 걸렸다는 순간은 수아에게도 강렬하게 걸려 있다. 이청신 때문에 짝사랑을 앓던 시간. 수아는 마카롱을 좋아한다는 제 목소리를 빤히 듣고도, 그것만 사다 주지 않은 그를 차갑고 무심하다고 단정해 버렸었다.

그가 견과류에 극심한 알레르기가 있고, 그 알레르기로 인해 연모경의 손에 죽을 뻔한 트라우마까지 가졌던 사람이란 걸 알고는 그때 그 순간의 자신을 얼마나 원망했는지 모른다. 마카롱을 사다 달라는 그 말이 그의 마음을 얼마나 무겁고 괴롭게 했을지를 떠올리면, 제 속이 다 무너졌다.

그에 대해 하나도 아는 게 없으면서 그에게 실망해 버렸던 제가 야속할 만도 한데, 그는 오히려 내내 저에게 미안했던 걸까? 이깟 디저트가 뭐라고.

수아는 그를 끌어안아, 속상함이 묻은 이목구비를 그의 가슴에 묻었다.

"그게 뭐라고 걸려요. 견과류 만지지도 못해서 그랬던 거 나도 이제 다 아는데."

"미리 약 먹었습니다. 혹시 몰라 응급 처치도 준비해 놓고."

"그렇게까지 조심해야 되는 걸 왜 하냐구요. 하여튼, 이 못되게도 예쁜 남자."

그의 엉덩이를 손으로 톡 치고는, 뾰족하게 치켜뜬 눈으로 그를 쳐다봤다. 두 눈시울에 어린 얄미움이 좀 덜 사랑스러우라는 뜻인 걸 알아봤을까? 그가 눈을 반달처럼 휘었다. 같이 웃으면서 그를 밀어냈다.

"저리 비키세요. 나머지는 내가 할래."

수아가 그의 손에 들려 있던 거품기를 빼앗아 들고 머랭을 휘저었다.

"수아 씨. 보고 싶었어요."

그가 백 허그를 하고는 뺨을 뒷머리에 비비며 말했다. 마스크에 가려져 살이 잘 닿지 않아선지, 연신 부비적거리는 그의 볼이 버려졌던 대형견처럼 애절하다. 아. 못 참겠다. 수아가 거품기를 내팽개치고 그에게로 돌아섰다. 그리고 그를 꼭 껴안았다.

"나도 너무너무 보고 싶었어. 그래서 일 얼른 끝내 버리고, 비행기 제일 빠른 걸로 잡아서 왔어요."

"또 해외 촬영 할 겁니까?"

"아니. 절대 안 하려구요. 이청신 씨랑 떨어져 있는 게 진짜 말도 못 하게 힘들더라."

"고생했어요. 자기."

"자기도."

둘이 이러는 걸 누가 보면 못해도 1년은 못 만난 사이인 줄 알 텐데, 수아의 해외 촬영은 달랑 이틀 걸렸다. 하지만 둘은 서로에게 산소보다 중요하다. 산소가 5분만 없어도 사람이 살기가 힘든데, 그 산소보다 필요한 존재를 이틀이나 못 봤으니 솔직히 죽을 맛이었다.

꼬끄 반죽은 대충 해서 오븐에 넣어 놓고, 집 안을 싹 치웠다. 그리고 아몬드 가루가 남지 않게 깨끗이 씻긴 청신의 맨몸을 껴안았다. 그와 입을 맞추고 그를 매만지니 이제 좀 살 것 같았다.

"근데요. 이청신 씨는 언제부터 나 좋아했어요? 마카롱 못 사 다 준 그날부터? 아님, 술에 취한 내가 좀 예뻤나? 메이크업 실장님이 내가 홍조가 되게 오묘하고 예쁜 색깔로 든다고 하던데."

"글쎄요. 아마 처음 본 순간부터?"

"아마? 대답이 뭐 그렇게 불확실하고 미적지근해요?"

"그때 든 감정이 겨우 좋아한다는 말로 표현이 되는 건가 해서요."

그가 무슨 소릴 하는 건지 모르겠어서, 토끼같이 뜬 눈으로 그를 바라봤다. 그가 살며시 웃고는 입술을 열었다.

"나는 배수아 씨와 처음 마주친 그 순간, 없어진 줄 알았던 내 심장이 아직 뛰고 있다는 걸 알게 됐어요. 그날 당신을 보지 못했더라면 난 오늘도 납골당 유리벽 뒤에 숨어 있겠지. 어머니를 지키고 있는 척은 하지만, 결국 아무것도 해내는 게 없는 겁 많은 인형처럼."

아주 어려서부터 연모경의 서슬에 맞서야 했던 그가 안쓰러워져, 손끝으로 그의 머리칼을 만져 줄 때이다. 그 지긋지긋한 얘기는 그만 하라는 듯, 오븐이 시끄럽게 울었다.

"어, 꼬끄 다 됐나 보다! 저거 나 혼자만 먹긴 좀 그런데. 청신 씨. 자긴 뭐 먹고 싶은 거 없어요? 그거 먼저 하고, 마카롱은 그다음에 먹을래. 나 기내식을 먹었더니 지금 배도 안 고프고."

"완성된 건 아니에요. 아직 필링도 만들어야 하고, 하루쯤 숙성한 다음에 먹을 수 있거든."

"뭐 그럼 더 좋네. 마카롱은 좀 이따가 하고, 우리 자기 먹을 거부터 하자. 응?"

"내가 원하는 건 늘 똑같은데."

그의 커다란 손이 여린 허벅지 바깥쪽을 부드럽게 쥔다. 입술이 들썩일 적마다 발갛게 보이는 저 혀끝은 수아도 늘 원하는 것이다. 수아가 활짝 웃으며 그의 목덜미에 매달리자, 그가 가뿐히 안아 들고는 침실로 향했다.

예쁜 빛깔로 포개져 있는 두 겹의 특별한 살 틈바귀로, 오직 그만을 위한 달콤한 잼이 고이기 시작했다.

"아, 이청신. 혀를 왜 그렇게까지 잘 쓰는데."

"당신이 너무 다니까."

사계절 내내 잔혹하고 추웠던 동화책의 바깥. 여기는 마침 우리의 앞날을 닮은 계절이다. 볕이 어떤 황홀한 사람의 입맞춤처럼 무르익어, 일교차 없이 따사로운 여름의 초입. 차갑게 긴장해야 했던 두 사람의 운명이 녹신하게 이완돼, 서로와 영원히 함께할 준비를 했다.

얼음보다 시리고 바늘처럼 아팠던 유리 구두는 산산이 깨져 흔적조차 없다. 흩날린 파편들은 날카로워 상처를 만들었지만, 핏자국은 씻겨 내리고 아팠던 자리는 아물어 흉터조차 희미하다.

까만 밤이 내리고 다시 또 내려도 연인을 그어 놓으려는 파편은 단 한 조각도 없다. 우리는 물리도록 사랑만 한다.

fin.